LA VIDA SECRETA DE LAS PALABRAS

Shayma Filali,
Israel Villalba
y Peru Amorrortu

LA VIDA SECRETA DE LAS PALABRAS

MÁS DE 2.000 ETIMOLOGÍAS PARA DESCUBRIR Y ENTENDER EL CASTELLANO

El libro de @EtimosDirectos

Φιλοκαλοῦμέν τε γὰρ μετ' εὐτελείας καὶ φιλοσοφοῦμεν ἄνευ μαλακίας
Amamos la belleza ciertamente con sencillez
y amamos el saber sin relajación

la esfera de los libros

Primera edición: febrero de 2022

Avenida de San Luis, 25
28033 Madrid
Tel.: 91 443 50 00
www.esferalibros.com

ISBN: 978-84-1384-283-7
Depósito legal: M. 36.686-2021
Fotocomposición: J. A. Diseño Editorial, S.L.
Impresión y encuadernación: Huertas
Impreso en España-*Printed in Spain*

ÍNDICE

A Sofía, pues con sus desvelos me regaló por fortuna parte de este libro;
a Isa, por ser Isa…

Nire gurasoei.

A mis padres y a mi abuelo Mustafa,
que sé que habría estado muy orgulloso de mí.

AGRADECIMIENTOS

Quisiéramos agradecer su paciencia y ayuda a todas aquellas personas e instituciones que han colaborado, de una manera u otra, en la consecución de este libro, en particular a la Asociación Nacional Presencia Gitana y a su presidente, Manuel Martín Ramírez, y al profesor Fernando Álvarez Montalbán, por su desinteresada colaboración al proporcionar información para poder elaborar los temas respectivos que en este libro se tratan. Extiéndase nuestro agradecimiento a nuestras familias, por su incondicional apoyo; a todos nuestros profesores, en particular a Vicente Cristóbal, Salustio Alvarado, Alicia Rodrigo e Inma Aldaz, por sembrar la semilla de la curiosidad que brotó en este libro; a nuestros compañeros de universidad y pupilos de instituto, según el caso, por acompañarnos a lo largo de este viaje; a todos nuestros seguidores, lectores y amantes del saber en general que a lo largo de estos años se han acercado a nuestra cuenta, y ahora a este libro, con la esperanza de aprender más sobre las humanidades; a nuestros colegas divulgadores, compañeros en la labor de compartir el conocimiento sobre las humanidades a los cuatro vientos, por su siempre amable colaboración. Vaya también nuestro reconocimiento a todas aquellas instituciones y bibliotecas (la Biblioteca Nacional, la Biblioteca Regional de Madrid, la Biblioteca de la UCM, la Red de Bibliotecas del Gobierno Vasco, etc.) que han hecho posible la realización de este libro en la complicada situación de pandemia en la que se desarrolló. Finalmente, agradecemos a la editorial, La Esfera de los Libros, la oportunidad y la confianza depositada en nosotros a la hora de encargarnos este libro.

PRÓLOGO

Decía el filósofo Platón en su diálogo *Gorgias* que κόσμος πόλει μὲν εὐανδρία, σώματι δὲ κάλλος, λόγῳ δὲ ἀλήθεια*, es decir, «adorno para la ciudad es la abundancia de buenos hombres, para el cuerpo la belleza, para las palabras la verdad».Y esa verdad, que Platón refería aquí al contenido del discurso y a la veracidad del sentido de las palabras de uno, se extiende también al campo de la semántica de las palabras.Y es que solo desvelando y sacando a la luz el significado histórico oculto de las palabras conoceremos su verdadero significado, a menudo oculto para nosotros. Eso mismo era la verdad para los griegos, la ἀλήθεια («alētheia») de la que nos habla Platón, que en griego deriva del sufijo privativo ἀ- («a-») y el verbo λήθω («lḗthō»), ocultarse. La verdad griega, de la que deriva el nombre propio ALICIA, es la cualidad de no estar oculto, de ser patente a nuestra vista y percepción intelectual. Ese es el cometido de la ciencia etimológica, como cualquier otra ciencia: sacar la verdad a la luz de las tinieblas de la ignorancia, cometido a veces dificultoso

* «Kósmos pólei mèn eyandría, sṓmati dè kállos, lógō dè alḗtheia», Gorg. B 11.1

debido a la falta de conocimiento lingüístico y escasez de testimonios, pero en el que los filólogos se afanan con ahínco.

No nos ha de sorprender, pues, que ese afán de esclarecer la veracidad primigenia del significado de las palabras se encuentre en la misma raíz de la ciencia etimológica. Y es que la ETIMOLOGÍA, en griego ἐτυμολογία («etymología»), alberga en su raíz el adjetivo ἔτυμος («étymos»), que significa en griego real o verdadero. La etimología se guía por la misma máxima que la ciencia histórica, con la que comparte a menudo grandes rasgos: conociendo el origen de un hecho o acontecimiento, en este caso, vocablo, conoceremos la verdad sobre ello. La etimología nos permite, por ejemplo, saber que el nombre (en realidad sobrenombre) del filósofo antes citado, PLATÓN, en griego Πλάτων («Plátōn»), proviene del adjetivo πλατύς («platýs»), ancho, que según la hipótesis clásica se refería a su fornida corpulencia y la anchura de sus espaldas. O que uno de los componentes de la palabra ἀλήθεια antes mencionada, el verbo λήθω, es un cognado, es decir, comparte origen, con el verbo latino *lateo,* que también significa esconderse, y al que los latinos atribuían la paternidad del nombre de su región, el *Latium,* actual LACIO. La etimología también nos revelará que el término COGNADO antes empleado, que a los lectores inexpertos puede parecer un palabro incomprensible, viene del latín *cognatus,* nacido de la misma madre, pariente. Con ese significado se emplea para referirse a dos palabras emparentadas entre sí. La mayoría de palabras tienen sus parientes o cognados, incluyendo el mismo cognado, que ha dado en castellano CUÑADO.

Sin embargo, antes de perdernos en el placentero océano de las etimologías, conviene realizar una serie de consideraciones para dejar en claro el objetivo de este libro y las pautas que hemos seguido a la hora de confeccionarlo. Al escribir un libro que trate sobre cualquiera de las ramas del saber, siempre encontramos divergencias entre escritores. Entre el libro erudito y culto y el libreto más popular media un océano, y la vertiente culta y científicamente correcta y la divulgativa son a veces difíciles de conjugar. Siendo como somos aristotélicos recalcitrantes, hemos intentado aunar en este libro la precisión y corrección propias de un escrito riguroso, con una redacción y estilo que pueda ser también interesante y accesible al lector medio, para que todos puedan disfrutar del origen arcano de las palabras. Esperamos que el lector más experto sepa excusar las posibles chabacanerías e imprecisiones que se hayan podido cometer, al igual que esperamos que el lector menos avezado sepa excusar nuestra ocasional pedantería, deformación profesional de casi cualquier filólogo.

Ante todo, el propósito principal de este libro es la DIVULGACIÓN, es decir, la *divulgatio* latina, que a través del prefijo *dis,* que indica repartimiento o dispersión, y el sustantivo *vulgus,* pueblo, masas, transmite el concepto de hacer algo accesible a todo el mundo. Este propósito condiciona en cierta medida los aspectos formales del libro, aunque hemos preferido en la mayoría de ocasiones seguir el estándar filológico vigente. Así las cosas, el lector encontrará que los verbos griegos y latinos se enunciarán primordialmente en primera persona, como hemos hecho anteriormente con los verbos λήθω y *lateo*, respetando los estándares de la filología clásica. Otras veces, sin embargo, citaremos la forma del verbo que más se acerque a la actual, para hacer más patente el origen de la palabra a aquellas personas poco conocedoras de las leyes de la evolución fonética. Lo mismo se aplica para el resto de categorías gramaticales como sustantivos y adjetivos, en los que antepondremos ocasionalmente la comprensión a la regularidad académica. Creemos que la comprensión por parte del mayor número posible de lectores justifica esta pequeña licencia, perfectamente acorde, por otra parte, con el espíritu de la divulgación.

En otros aspectos, sin embargo, hemos procurado guardar mayor exactitud y pulcritud, buscando el siempre esquivo y nunca alcanzado punto medio. En cuanto a las transcripciones del griego, por ejemplo, hemos seguido la pauta marcada por el diccionario de la Real Academia Española, que incluye cromas para indicar la cantidad vocálica y algunas transcripciones quizás difíciles de interpretar para el lector no versado en griego. Creemos, sin embargo, que en este caso la exactitud no entorpecerá grandemente la comprensión de la mayoría de lectores, con lo que hemos intentado mantener una transcripción más pura. Siendo como somos los autores provenientes de la filología clásica, hemos optado por realizar nosotros mismos las transcripciones. Lo mismo se aplica para las traducciones de textos clásicos, que, salvo referencia explícita, han sido realizadas por nosotros. Tanto en un apartado como en otro, es indudable que algún error ha debido de escapar a nuestra humana y falible inteligencia, fruto del descuido o de la ignorancia. Invitamos desde aquí al benevolente lector para que, si detecta alguno en el transcurso de la lectura de este libro, nos haga llegar su amable corrección, que enmendaremos con gusto en ediciones futuras.

Y es que la etimología es a veces una ciencia resbaladiza, en la que los mayores expertos no están libres de equívoco o enmienda. El mismo San Isidoro de Sevilla, autor de las *Etimologías,* el mayor libro compilatorio del saber de la Antigüedad, no deja de dar pábulo a etimologías inventivas o incorrectas, como veremos a lo largo de este libro. Nosotros hemos tratado de ser lo más correctos y actualizados posibles en este libro, de objetivo no compilatorio o de consulta, sino de divulgación y agradable lectura, tal y como recalcábamos hace poco. Hemos tratado de dar una versión lo más correcta y actualizada posible de la etimología de las palabras con las referencias en mano. Es también de rigor, pese a todo, que alguna tesis anticuada o incorrecta haya hecho involuntaria entrada en este libro. Apelamos aquí de nuevo a la benevolencia de los lectores más expertos: si ven ustedes alguna cuestión incorrecta, dudosa o matizable en este libro, hágannos llegar su comentario o enmienda, que leeremos y aplicaremos con gusto, de darse el caso.

Sin más dilación ni prolegómenos, a riesgo de impacientar al ávido lector, damos por terminada esta breve introducción, que esperemos haya satisfecho las dudas sobre nuestros estándares a la hora de componer este libro. No es más que un breve aperitivo con el que *abrir el apetito* de cualquier curioso devorador de etimologías. El menú de palabras se extiende a lo largo de las siguientes e interesantes páginas (o al menos eso creemos nosotros). Tengan una agradable lectura.

1

PON UN DIOS GRECOLATINO EN TU VIDA. DE LAS ARTES MARCIALES A LA VIAGRA

Y no te engañes, no digas
que era un sueño, que tus oídos te confunden,
quedan las súplicas y las lamentaciones para los cobardes,
deja volar las vanas esperanzas,
y como un hombre desde hace tiempo preparado,
deliberadamente, con un orgullo y una resignación
dignos de ti y de la ciudad
asómate a la ventana abierta
para beber, más allá del desengaño,
la última embriaguez de ese tropel divino,
y saluda, saluda a Alejandría que se marcha.

CONSTANTINO CAVAFIS, *El dios abandona a Antonio.*
Versión de Aurora Bernárdez

Como ya describió el insigne poeta griego Cavafis en el magnífico poema que citamos, en estos tiempos de ilustración donde el saber científico ilumina los rincones más insospechados de nuestras vidas, podríamos sentir la tentación de pensar que los dioses, esos antiguos dioses grecorromanos que otrora pulularan a sus anchas por el mundo de los clásicos, han abandonado este mundo, y que se han marchado con su Alejandría a otra parte, buscando lugares que les sean más propicios que nuestra avara tierra, que no les otorga ya el culto que se merecen. Sin embargo, quien pensara que el Zeus griego o la Venus de los romanos dejaron estos lares hace tiempo, bien se equivoca: viven todavía en las palabras que a diario y cotidianamente proferimos, su aliento es el nuestro. En efecto, muchos de los vocablos que hoy en día empleamos tienen como referente último alguna de las figuras de la mitología grecorromana. Dioses como la pasional Afrodita o el belicoso Marte siguen formando parte de nuestras vidas, muchos siglos después de que los humanos dejaran de creer en ellos (neopaganos aparte, pero esos son de otra pasta). Acompáñennos en este recorrido por el cielo, el tiempo y la vida, pasando por las energías renovables o los desayunos de todos los días.

PALABRAS DIVINAS

El poema de Cavafis se enmarca en el contexto histórico de la guerra civil entre Augusto y Marco Antonio, hijo adoptivo y lugarteniente de César, respectivamente, que se disputaban el poder en el marco de la República romana tardía, desde Roma el uno, y desde Alejandría el otro, donde residía entre mieles con su amante Cleopatra. Cavafis narra el momento en que, cercana su derrota, Marco Antonio es abandonado por Baco, el dios del vino y los impulsos primigenios, su divinidad tutelar, que ya no le favorece ante la inminente derrota y caída de Alejandría en manos de las tropas de Augusto. Solo podemos imaginarnos el PÁNICO que Marco Antonio sintió en esos instantes desesperados, una sensación, el pánico, que hunde sus raíces en la mitología griega, pues detrás de su nombre hallamos al dios PAN (en griego Πάν), dios primigenio de las fuentes y los bosques, que, según los antiguos, podía producir sonido terribles y fenómenos naturales inexplicables que causaban terror en sus incautas víctimas. En la mitología romana, su equivalente sería Fauno, cuya hermana, FAUNA o Bona Dea, diosa de la fertilidad, dio nombre al conjunto de animales que habitan una región. Al conjunto de plantas, sin embargo, se le dio nombre FLORA, otra diosa romana, en este caso de las flores y la vegetación.

Pero sin irnos por las ramas del bosque por el que trota Fauno, volvamos a nuestro pobre general romano. Baco dejó en la estacada a su protegido Marco Antonio, pero a nosotros no nos ha abandonado: Baco y su contraparte griega, Dioniso, siguen vivos en nuestro lenguaje cotidiano. Así, cuando hablamos de fiestas u orgías de gran desorden y desfase, todavía empleamos el término BACANAL, relativo a Baco, por las grandes celebraciones, repletas de vino y desenfreno erótico, que se celebraban en honor a este dios. Si queremos ser pedantes, hasta llamaremos a los participantes en dichos eventos BACANTES, del latín *bacchans-antis*, adoradores de Baco, que celebraban con locura y ebriedad el culto al dios. Podríamos también usar MÉNADE, del griego μαινάς, -άδος («mainás-ádos»), enajenada, enloquecida, aunque aconsejamos no ensayar tales niveles de pedantería sin ayuda profesional. El adjetivo DIONISÍACO, por otra parte, se emplea todavía para denominar a las personas impulsivas o frenéticas. He ahí un dios griego que permanece vivo en nuestro acervo cultural, tantos años después.

La misma noción de divinidad en castellano nos trae ecos clásicos. Y es que la palabra DIOS, que procede del latín *deus*, es cognado y comparte origen con las divinidades más importantes de la mitología grecorromana. En efecto, tanto Ζεύς o Zeus como el romano *Iovis* (siendo *Iuppiter-Iovis*, o Júpiter, resultado de la forma *Iove Pater*, padre Jove) provienen de una raíz común al *deus* latino, el protoindoeuropeo (tomen palabro) **deywós*, raíz que también comparten otras muchas divinidades principales de los panteones indoeuropeos. Vemos, pues, que las nociones relativas a lo divino y celestial tienen mucho que ver entre sí en las culturas indoeuropeas. Celestial, remarcamos, porque dicha raíz **deywós* no es otra cosa que una variante de **dyḗws*, que significa cielo, y del que deriva también… pues nada más y nada menos que el latino *dies*, el origen de nuestro

DÍA. Así que resulta que Zeus, Júpiter, Dios y día son cognados y provienen de un mismo origen celestial. Podríamos decir, pues, que indirectamente invocamos a Zeus todos los días.

Zeus y Júpiter, dioses distintos, pero que con la helenización progresiva de Roma se sincretizarían en una sola figura, ocupaban un papel importante en las respectivas mitologías de sus pueblos. Para algo eran los jefes del cotarro, vaya. Tan central era el papel de su padre *Iove* en la cosmogonía romana, que los latinos remontaban el origen del nombre de su región, el LACIO (o *Latium*, como le llamaban ellos), y por extensión, su lengua, el LATÍN, que deriva del primero, al episodio del ascenso al trono de los cielos del joven Júpiter.

Según cuenta la leyenda, en tiempos pretéritos Saturno gobernaba en los cielos. Sin embargo, una profecía hecha al dios rezaba que uno de sus hijos lo destronaría, al igual que él había depuesto a su padre, Caelo. Para evitarlo, Saturno devoraba a sus hijos nada más nacer. Otras versiones cuentan que Titán, su hermano mayor, había cedido a Saturno el gobierno de los cielos, con una condición: que no tuviese vástagos que lo sucedieran. Fuese cual fuese el motivo, el resultado era el mismo: todos los hijos de Saturno acabaron en su vientre. Todos, excepto el último. Harta de la situación, Ops, su esposa, decidió esconder a su último hijo, Júpiter, y darle una piedra envuelta en pañales a Saturno, quien, sin notar el engaño, procedió a comérsela. Júpiter creció a escondidas de su padre, y, al llegar a la edad adulta, destronó a su padre, liberó a sus hermanos y, en algunas versiones, derrota a Saturno y los titanes en la Titanomaquia, y los destierra. Saturno acabó exiliado, reducido a la condición de simple mortal, y tuvo que esconderse (*lateo*) en el LACIO, donde acabaría siendo nombrado rey. De ahí que, para los romanos, el Lacio fuese el lugar donde se escondió Saturno. El latín mismo tiene detrás de su nombre a una divinidad, para que veamos cuán profundas se hunden las raíces de las palabras.

Toda una ODISEA la de Saturno, un término que nos llega del griego Ὀδυσσεία, viaje de Odiseo, pues fue legendario el viaje o PE-

RIPLO (del griego περίπλους, circunnavegación) que realizó el héroe aqueo en su regreso de la Guerra de Troya. En un momento dado, Odiseo, Ulises en latín, se tiene que acercar a la morada de EOLO, en griego Αἴολος («Aíolos»), divinidad griega de los vientos. Odiseo le solicita ayuda para llegar a Ítaca, su isla natal, para lo que tiene que hacer frente a la ira de Poseidón, dios del mar. Eolo, enfadado con Poseidón, decide ayudar al héroe dándole un saco donde se hallan encerrados todos los vientos. Podríamos decir que el dios griego trata de ayudar a Odiseo con algo de ENERGÍA EÓLICA, esa energía renovable que empleamos hoy en día y, en efecto, deriva su nombre del dios griego. No en vano Eolo sigue, con sus vientos, recorriendo ese antiguo cielo, que comparte nombre con el ya mencionado abuelo de Júpiter.

UN REPASO CELESTIAL

Y no en vano el abuelo de Júpiter se llamaba Caelo, es decir, Cielo, equivalente latino del dios Urano de los griegos, pues en los cielos gobierna él y el firmamento era el espacio que romanos y griegos, al menos en las versiones clásicas de su mitología que nos han llegado, asociaban a sus divinidades. No es de extrañar, pues, que dieran el nombre de sus dioses a los PLANETAS, palabra que, por cierto, viene del griego πλανήτης («planētēs»), que significa errante o vagabundo, pues estos cuerpos celestes eran para los antiguos los que tenían un movimiento más perceptible en el cielo. Sin embargo, el origen del saber astronómico antiguo es un complejo viaje cultural, que no comienza con los griegos, sino con las antiguas civilizaciones de Mesopotamia. Y es una historia que merece la pena conocer, aunque sea brevemente.

Los mismos antiguos eran ya conscientes de que la astronomía como ciencia se había originado en el Oriente Medio. El propio Cicerón, en su tratado *De divinatione,* que aborda temas como la astrología o la adivinación, afirma que *al principio los asirios (...), a cau-*

sa de la inmensidad y llanura de las regiones que habitaban y, como veían el cielo claro y abierto por todas partes, observaron las trayectorias y movimientos de los planetas (I, 2). Según el catedrático de Filología Griega Aurelio Pérez Jiménez, los pueblos del Tigris y el Éufrates, que practicaban una religión más celeste que la de los griegos, más cívica y centrada en los asuntos relativos a la polis, asignaron una divinidad tutelar a cada astro, y bautizaron el Sol, la Luna, y los cinco planetas (curiosamente, el Sol y la Luna se consideraban planetas durante la Antigüedad) con nombres de divinidades de su propio panteón. Así, entre los acadios, por ejemplo, la Luna recibía el nombre de Sin, su dios tutelar, el Sol el de Shamash, Mercurio era Nabu, Venus era Ishtar, y Marte, Júpiter y Saturno se llamaban Nergal, Marduk y Ninurta, respectivamente.

	**Nabu**	Hijo de Marduk, divinidad patrona del mundo mesopotámico. Dios de la escritura, los escribas, las artes racionales y el lenguaje.
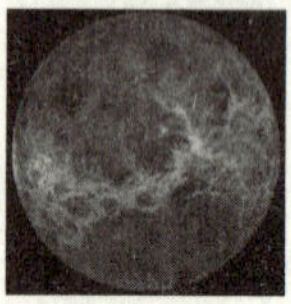	**Ishtar**	Diosa sincrética que incorpora aspectos de la Diosa Madre de la fertilidad. Relacionado con el amor, la guerra, la sensualidad y la sexualidad.
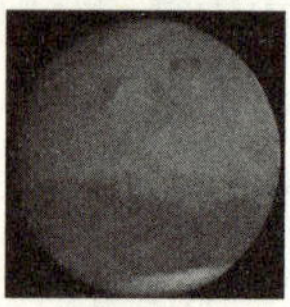	**Nergal**	Dios de la guerra, que posteriormente pasa a reinar en el inframundo.
	**Marduk**	Líder del panteón babilonio.
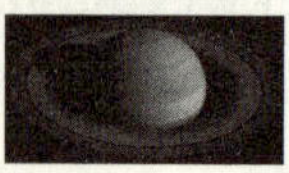	**Ninurta**	Dios granjero de la *agricultura*, entre otros muchos aspectos.

Comparando con sus colegas asirios, los griegos no tenían, al menos al principio, una ciencia astronómica así de desarrollada. Identificaban y nombraban pocos planetas como tales, y no se preocupaban en exceso por las cuestiones del firmamento. Hesíodo, por ejemplo, solo identifica el Sol, la Luna y Venus, al que llama φωσφόρος («phōsphóros», en latín *lucifer*) que significa portador de luz, por ser este planeta el lucero del alba. Para quienes se lo pregunten, los FÓSFOROS actuales tienen un nombre del mismo origen, que fue dado por sus descubridores al elemento químico homónimo, que se enciende con la fricción y se convierte, por lo tanto, en portador de luz.

Pero, retomando el hilo planetario, los griegos no pasaron mucho tiempo ignorantes: al igual que hoy en día muchos occidentales viajan a Oriente en busca de iluminación espiritual, los sabios griegos, como Tales de Mileto, pronto viajaron a Egipto y Mesopotamia en busca de saberes que ellos no poseían, y entre ellos se encontraron con la astronomía y la astrología. De los mesopotámicos los griegos no solo heredaron el sistema de constelaciones, tema muy interesante y que tiene gran relación con la mitología clásica, pero que en este libro no podremos cubrir, sino que también tomaron los nombres de los planetas, que tradujeron directamente del babilonio, sustituyendo los dioses mesopotámicos por su más cercano equivalente en la cultura griega. Los romanos repitieron el mismo proceso, adaptando los nombres a su propio panteón, y estos son los que han llegado hasta nosotros. Y no solo adaptaron los nombres, sino que crearon símbolos que representaban a los planetas, que después recuperarían y fijarían los astrónomos que, durante el Renacimiento, se basaron en la ciencia griega para construir el saber moderno. Así quedó el sistema planetario grecorromano:

☿	**Hermes/ Mercurio**	Dios mensajero del comercio, las artes fabriles, la escritura, las lenguas y la interpretación. Su símbolo representa al CADUCEO (del latín *cādūceus*) que portaba como mensajero.
♀	**Afrodita/ Venus**	Diosa del placer y del amor sensual, que sustituye a la babilonia Ishtar. Su símbolo deriva de la evolución de la letra griega φ («phi»), la inicial de su antiguo nombre.
♂	**Ares/ Marte**	Dios de la guerra que incorpora el aspecto bélico de Nirgal. El color rojizo de Marte acentúa su relación con la sangre y con la guerra. Su símbolo es, según fuentes antiguas, una estilización del escudo y la lanza de Marte.
♃	**Zeus/ Júpiter**	Líderes de sus respectivos panteones. El origen de su símbolo no está claro: parece que en un principio sería ζ o dseta, la letra griega con la que los astrónomos medievales representan al planeta, al que se le habría añadido un trazo vertical para sugerir una cruz cristiana en el Renacimiento.
♄	**Crono/ Saturno**	Crono y Saturno eran deidades que habían gobernado el cielo antes de ser destronados por sus hijos Zeus y Júpiter, pero también eran dioses de la agricultura y la fertilidad, particularmente Saturno. El símbolo inicial era una estilización de la hoz, al que se le añadió una cruz en el siglo XVI para su cristianización.

Sin embargo, la historia de los símbolos planetarios y los atributos de los dioses no acaba ahí. Por ejemplo, el CADUCEO de Hermes, que consta de dos serpientes entrelazadas y unas alas en su parte alta, se emplea como símbolo de la negociación internacional, del comercio y el intercambio, por estar estos campos relacionados con los atributos del dios. Curioso que Hermes y Mercurio también fueran dioses titulares de los ladrones… La utilización del caduceo también se extiende al mundo de la impresión, donde se utiliza por la asociación de este con la escritura. Erróneamente, a veces también se emplea como símbolo de la medicina, por confusión con la VARA DE ASCLEPIO, que representa a dicho dios de la medicina, pero que cuenta solo con una serpiente enroscada en torno a una vara.

Por otra parte, el lector curioso también se habrá dado cuenta de que los símbolos que empleamos nosotros para denotar los géneros masculino (♂) y femenino (♀) se corresponden con los símbolos del planeta Marte y Venus. Esto no tiene nada que ver con el famoso libro de John Gray *Los hombres son de Marte, las mujeres son de Venus*, sino que es un uso que se remonta al siglo XVIII. Fue en esa época en el que el famoso botánico y zoólogo Carlos Linnaeus (1707-1778) empleó estos símbolos en su obra para representar a los sexos masculino y femenino, junto con el símbolo de Mercurio (☿) que empleó para clasificar a los especímenes intersexuales. Del terreno biológico y científico, los símbolos dieron un salto en el siglo XX al terreno sociológico, y han acabado adquiriendo el uso que hoy nosotros les damos.

No obstante, hoy en día sabemos que existen más planetas y objetos celestes en nuestro sistema solar, descubiertos muchos más tarde que la época clásica, y que seguramente poseen nombres que poco tienen que ver con los antiguos dioses… Pues no. Los astrónomos de los siglos XVIII, XIX y XX, que fueron descubriendo diversos cuerpos celestes, decidieron seguir nombrándolos de acuerdo con la costumbre antigua. Por ello, cuando el astrónomo germano-británico William Herschel descubrió un nuevo planeta en 1781, aunque sopesó nombrarlo *Georgium Sidus*, o «planeta de George» en honor al que por entonces era monarca del Reino Unido, otros astrónomos enseguida propusieron cambiar el nombre a URANO, que seguía la convención establecida al nombrar el planeta en honor al dios griego del cielo, quien había sido destronado por su hijo Crono (el Saturno latino). Este, tras castrarlo, lanzó sus atributos al mar, y de la espuma generada nació Afrodita, diosa del amor. Ocho años después del descubrimiento del planeta, el químico Martin Heinrich Klaproth descubrió un elemento químico nuevo, el URANIO, que bautizó en honor al astro recién descubierto.

La costumbre se mantuvo durante todo el siglo XIX. En 1801 el astrónomo siciliano Giuseppe Piazzi descubrió, en el cinturón de asteroides principal que se encuentra entre Marte y la órbita de Júpiter, un pequeño cuerpo celeste que consideró un planeta enano. Lo llamó *Cerere Ferdinandea,* o Ceres Ferdinandeo, en honor al por entonces monarca siciliano Fernando. La parte de la monarquía quedó pronto abandonada, sin embargo, y el planeta enano, que hoy en día se considera un asteroide, pasó a llamarse CERES, en honor a la diosa romana de la agricultura, que, según los mitos antiguos, había nacido en Sicilia. Para los que les resulte arcano el nombre de Ceres, convendría que se dieran cuenta que es muy probable que sea la que les dé de comer en los desayunos… y es que los CEREALES, del latín *Cerealis,* relativo a Ceres, derivan su nombre de la diosa, por ser esta la divinidad de la agricultura y, en particular, de este tipo de cultivos.

Siguiendo con el hilo de los descubrimientos, en el año 1846, el matemático francés Urbain le Verrier predijo, basándose en la existencia de perturbaciones en la órbita de Urano, la existencia de otro planeta más allá de este. Basándose en sus cálculos, el astrónomo alemán Johann Gottfried Galle descubrió un nuevo planeta, al que llamaron NEPTUNO, en honor al dios romano del mar. El mismo Le Verrier también propuso una hipótesis, que hoy sabemos que es errónea, para explicar las perturbaciones en la órbita de Mercurio, que postulaba que eran el efecto de un planeta más cercano al sol, de nombre VULCANO, en honor al dios romano del fuego y la metalurgia. Hoy sabemos que el planeta Vulcano no existe, pero sí que sabemos de la existencia de los VOLCANES, que derivan su nombre del mismo dios, al pensar los antiguos que las actividades de los volcanes se debían al dios homónimo.

Hubo que esperar hasta el siglo XX, concretamente hasta 1930, para que el astrónomo estadounidense Clyde Tombaugh descubriera el planeta PLUTÓN, que se nombró en honor al dios romano del inframundo, equivalente al griego HADES, que también era llamado Πλούτων («ploutōn»), el rico, raíz que hoy conservamos en términos como PLUTOCRACIA (el gobierno de los ricos). Pocos meses después, el estudio de animación Walt Disney sacó a escena al personaje animado de PLUTO, y, aunque el mismo Walt Disney afirmaba no recordar el porqué de haber nombrado así al personaje, varios animadores que trabajaban para él creían que había sido una maniobra para aprovecharse de la notoriedad del recién descubierto planeta. De dios del Inframundo a dibujo animado perruno... quién lo hubiera dicho.

LOS MESES Y LOS DIOSES

Pero no solo por el cielo siguen pululando los antiguos dioses, y es que también tienen un papel destacado en la formación de nuestro CALENDARIO (del latín *kalendarium*, y este de *kalendae*, los primeros días de cada mes), que deriva del romano. De los antiguos nombres que usaban los romanos, pues, provienen los nombres de nuestro calendario. El calendario romano contaba, en un principio, con diez meses lunares. El invierno no tenía meses asignados. Fue Numa Pompilio, rey mítico de la Roma temprana, quien instituyó los dos primeros meses del año correspondientes al invierno. Hasta entonces, el calendario romano comenzaba en marzo, mes del equinoccio de primavera, y duraba 304 días. El primer mes, *Ianuarius*, por ser el mes que abre el año, estuvo dedicado a un dios (algo frecuente entre los romanos), en concreto a Jano, dios de las puertas, los comienzos y los finales. De ahí viene nuestro ENERO (Ianuarius > Januairo > Janeiro > Janero > Enero). En honor a Jano, *Ianus* en latín, las puertas se empezaron a nombrar *Ianua*, y de ahí deriva el término inglés para portero, que no es otro que *janitor*.

El segundo mes, *Februarius*, estaba dedicado a la festividad purificadora de las *februa*, que se celebraba durante las *lupercales*, fiestas dedicadas a la mítica loba Luperca que amamantó a Rómulo y a Remo. El ritual tenía raíces en un equivalente sabino, donde se empleaban las *februa* (singular *februum*), una especie de correas votivas hechas con la piel de una cabra sacrificada al efecto, con las que los jóvenes escogidos golpeaban a las muchachas en un ritual de fecundidad. De *Februarius* proviene nuestro FEBRERO. El tercer mes del año, antes primero, era el mes de *Martius*, el mes dedicado a Marte (latín *Mars*), dios de la guerra y la batalla, de gran importancia para los belicosos romanos. De ahí deriva nuestro MARZO.

El cuarto mes era el mes de *Aprilis*, de origen ignoto. Quizá provenga, a través de la forma **aperilis*, de *aperire*, abrir, por ser el mes en el que se «abre» la naturaleza en su pleno vigor. A esta tesis se suman autores clásicos como Ovidio. Otra hipótesis lo relaciona con *aphrós* (del griego ἀφρός, espuma), de la misma raíz que Afrodita, diosa griega del amor, pues *Aprilis* era el mes consagrado a Venus, la equivalente romana de Afrodita. De *Aprilis* deriva nuestro ABRIL. Pero no es esta la única palabra que nos ha legado la sensual diosa griega, pues todavía empleamos el término AFRODISÍACO para referirnos a sustancias o productos que aumentan o favorecen la excitación sexual. Tenemos dioses hasta en la viagra.

El quinto mes del año era *Maius*, también de origen incierto. Puede que tenga que ver con la diosa Maya (latín *Maia*), también llamada *Bona Dea* o Buena Diosa, numen de la primavera y la abundancia, o con *Maius* (contracción de Maximus) *Iuppiter*. De *Maius* proviene MAYO. El sexto mes era *Iunius*, mes dedicado a *Iuno* o Juno, diosa del hogar y el matrimonio, celosa esposa de Júpiter. De *Iunius* deriva nuestro JUNIO. El séptimo mes se llamaba *Quin(c)tilis*, quinto, por ser el quinto del primitivo calendario. En honor al divinizado Julio César, general y dictador romano, el Senado decretó cambiar el nombre a *Iulius*, pues César había nacido el 13 de ese mes. De *Iulius* deriva JULIO. Otro tanto ocurrió con el octavo mes, *Sextilis*, sexto, cuyo nombre se cambió, en el año 8 a. C., por el de *Augustus*, en honor a César Octavio, hijo de Julio César, investido primer emperador de Roma con el título de Augusto. De *Augustus* proviene AGOSTO.

El noveno mes era *September-bris*, de *septem*, siete, por ser el séptimo del primigenio calendario, que, recordemos, tenía solo diez meses. Lo mismo ocurre con los restantes meses: *October*, *November* y *December*; octavo, noveno y décimo, respectivamente. De *September*, *October*, *November* y *December* derivan nuestros SEPTIEMBRE (la RAE admite también la grafía SETIEMBRE), OCTUBRE (también OTUBRE), NOVIEMBRE y DICIEMBRE (tradicionalmente, también DECIEMBRE).

LOS DIOSES Y LOS DÍAS

Decíamos antes que los dioses pululan a nuestro alrededor en el día a día, y esto no podría ser más acertado. Y es que los mismos días de la semana derivan sus nombres, en inmensa mayoría, de algún dios de la mitología grecolatina. Si exceptuamos el SÁBADO, que proviene, a través del griego σάββατον («sábbaton»), y el hebreo *šabbāt*, del acadio *šabattum*, descanso, pues este era el día reservado al descanso en la religión judía; y DOMINGO, que se remonta ya al *dies dominicus* o día del Señor de época cristiana, el resto de días de la semana tienen que ver con dioses romanos. Es el caso del LUNES, día por algunos tan odiado, que deriva su nombre de la denominación latina *dies Lunae*, pues dicha jornada se hallaba consagrada, como los perspicaces lectores ya habrán adivinado, a la diosa Luna. Dicha diosa en griego se llama Σελήνη o Selene, de donde nos llegan el nombre propio Selena y la denominación SELENITA para los habitantes fantásticos de nuestro satélite, o los objetos que de ese astro nos provengan.

Otro tanto podemos decir del MARTES, que no es otro que el latino *dies Martis*, o día de Marte, dios de la guerra, tan importante para los beligerantes romanos. En efecto, Marte era el dios de la guerra, la agresividad y la lucha, y era una divinidad central en la cosmogonía romana, puesto que la conquista y la guerra fueron aspectos fundamentales de la civilización romana, siempre con vistas a expandirse. El arte de la guerra, pues, también fue llamado en occidente ARTE MARCIAL, siendo marcial un derivado de *Martialis*, relativo a Marte. Cuando a lo largo del siglo XIX los europeos se encontraron con las diversas escuelas y técnicas de defensa personal que poblaban Asia, no dudaron en calcar el término japonés *bujutsu*, que se traduce más o menos como técnica (*jutsu*) de la guerra (*bu*) como arte marcial. Quién nos diría que Jackie Chan tiene que ver con el dios romano de la guerra…

Nuestro MIÉRCOLES no es otro que el descendiente del antiguo *dies Mercurii*, pues los romanos dedicaron el tercer día de la semana a su dios Mercurio que, como ya decíamos antes, era el mensajero de las divinidades y dios tutelar del comercio, los viajeros, los ladrones y demás rufianes, además de inventor de la lengua y el arte de la interpretación. Un dios muy pillo con el que hay que andarse con cuidado, vaya. Su mismo nombre es testigo de su asociación temprana con el mundo del comercio, pues es más que probable que este tenga que ver en su origen con la palabra latina *merx*, que significa mercancía o bien. Su contraparte griega era Hermes (griego Ἑρμῆς). Dato curioso para los *fans* de Harry Potter: el nombre Hermione, o Hermíone en castellano, es un nombre propio derivado del dios Hermes, que significaría a grandes rasgos «dedicada a Hermes». En la Grecia antigua Hermes también contaba con el mencionado papel de dios creador de las lenguas y amante de las ambigüedades y los dobles sentidos, con lo que se le considera padre y patrón de la HERMENÉUTICA, o ciencia de la interpretación de los textos, que debe su nombre al griego ἑρμηνεύω («hermēneúō», traducir, interpretar), en cuyo origen se ha querido ver desde antiguo una raíz común con Hermes.

Por otra parte, Hermes también nos lega la palabra HERMÉTICO, que llega hasta nosotros envuelto en un aura de saberes secretos, complejos conocimientos simbólicos, esoteria y alquimia. En efecto, HER-

MÉTICO, que hoy en día significa impenetrable, cerrado, aun tratándose de algo inmaterial, deriva de la secta de los Herméticos, una escuela de pensamiento ocultista y simbólico que se basaba en el *Corpus Hermeticum,* una serie de textos sapienciales del siglo II a. C. atribuidos a Hermes Trimegisto, o sea, Hermes tres veces grande, epíteto asociado a una divinidad sincrética que mezclaba influencias del Hermes griego y del dios de la sabiduría egipcio Tot. Los textos herméticos dieron lugar a una tradición esotérica o de pensamiento oculto que se basaba en el pensamiento simbólico y una visión religiosa ecléctica, que haría las delicias de cualquier autor dado a las conspiraciones como Dan Brown (donde estén los herméticos, que se quiten los *Illuminati*). Las obras herméticas tuvieron un renacer importante en la Edad Media y el Renacimiento, época donde filósofos y autores como Tommaso Campanella o Giordano Bruno vieron a Hermes Trimegisto como un sabio profeta pagano que predijo la llegada del cristianismo. Las ideas herméticas se asociaron con la alquimia y otras corrientes esotéricas, y de ahí la relación con lo oculto, simbólico e intangible, sentido que guardamos en nuestro vocablo HERMÉTICO.

Siguiendo con nuestro recorrido por los días de la semana, nos encontramos con el JUEVES, que no es otro que el *dies Iovis*, o día de Júpiter, del que ya hemos hablado antes en este mismo capítulo. Pero no es este el único rastro del padre *Iove* en nuestro lenguaje, pues tenemos entre nosotros al adjetivo JOVIAL, que significa alegre, contento de espíritu, y, contrariamente a lo que se podría creer, no tiene que ver con joven, sino que proviene del latín *Iovialis*, relativo a Júpiter. Para explicar su significado, hemos de acudir a la cultura antigua, puesto que las creencias astrológicas, según las cuales las derivas y movimientos de los astros tienen influencia en los seres terrestres, eran muy frecuentes y practicadas en la Antigüedad. Poco hemos cambiado en algunos aspectos, y seguramente los romanos ya discutían el horóscopo mientras charlaban en las letrinas, como era habitual por entonces. Por cierto, que HORÓSCOPO viene del griego ὡροσκόπος («hōroskópos»), que significa «el que mira la hora», pues para el horóscopo se consulta la hora o época de nacimiento de una persona. Según estas creencias astrológicas, las personas nacidas bajo el signo del planeta Júpiter (que ya recibía ese nombre en la Antigüedad) eran más alegres y propensas al contento, es decir, más JOVIALES. De ahí que los alegres cuenten aún hoy en día con la protección del dios padre Júpiter.

Y llegamos al final del capítulo con el último día de la semana dedicado a un dios, o diosa, en este caso, romana: el VIERNES, relativo a la diosa VENUS, la ya mencionada diosa del amor y la sensualidad, en sus distintas advocaciones. Y es que no solo detrás del viernes se halla Venus. Hablamos a menudo de enfermedades VENÉREAS, significando en su origen relativo a Venus y, por extensión, al acto sexual. Sorprendentemente, gran parte de término que hoy manejamos, a un nivel culto, en un contexto erótico tienen que ver con esta divinidad. El mismo vocablo ERÓTICO proviene de EROS, en griego ἔρως («érōs»), hijo de Venus, la diosa del amor, pero también su amante (ahí es nada). En efecto, Venus es conocida por tener un gran número de amantes a lo largo de su existencia, entre los que podemos contar, por ejemplo, a ADONIS, que era conocido por su belleza y cuyo nombre todavía empleamos para referirnos a jóvenes de gran belleza.

Como hemos visto, grande y notorio es el impacto que los dioses grecorromanos tienen y han tenido en nuestra cultura, desde la época clásica y pasando por el Renacimiento, y eso ha tenido un reflejo en nuestro vocabulario. Aquí solo les hemos podido ofrecer una pequeña parte de ese inmenso legado, que entronca con el gran acervo clásico que poseemos. Podríamos incluso seguir enumerando, y contarles, por ejemplo, cómo un travieso dios con el miembro viril permanentemente erecto, PRÍAPO, dio origen al trastorno que tiene como principal síntoma, precisamente, la dureza permanente del pene, el PRIAPISMO. Sin embargo, esas cosas las reservamos para el capítulo siguiente, en el que les daremos a conocer etimologías relacionadas con la actividad venérea de la que antes hablábamos, siendo finos pero sin dejar fuera lo basto.

PARENTAL
ADVISORY
EXPLICIT CONTENT

2

DEL SESO AL HECHO HAY MUCHO SEXO. ETIMOLOGÍAS ERÓTICO-FESTIVAS

quos umeros, quales vidi tetigique lacertos!
forma papillarum quam fuit apta premi!
(¡Qué hombros, qué muslos vi y toqué!
¡Qué forma perfecta tenían sus tetas para apretarlas!).

Ovidio, *Amores* I 5 19-20

En anteriores páginas hemos visto cómo los dioses grecolatinos están presentes en innumerables parcelas de nuestra vida cotidiana. Y una de ellas, como saben, es el sexo. Justo el tema que vamos a tratar a continuación. Es esta una actividad que, por inclusión u omisión, tiene protagonismo en nuestras vidas. Así que dediquemos un tiempo a este menester. Pero echemos el freno, no nos fijemos aún en los versos ovidianos con los que hemos encabezado este capítulo y con los que se nos invita a disfrutar de una apacible y sensual tarde de verano. El mismo poeta romano, *magister amoris*, maestro del amor, afirmaba que en estos terrenos no conviene correr.

La palabra sexo no tiene en nuestro diccionario una única acepción, la que todos estamos pensando, la referente a la actividad sexual. Según la RAE, sexo es: 1.- la condición orgánica de animales o plantas; 2.- el conjunto de seres pertenecientes a un mismo sexo (masculino y femenino); 3.- los órganos sexuales; y 4.- actividad sexual. La semántica biológica está presente desde el latín medieval, y se documenta ya en francés en el siglo XIII y en español en 1402. El SEXO entendido como los órganos sexuales o como actividades íntimas (acepciones tercera y cuarta), es algo relativamente moderno, atestiguándose en obras literarias y ensayos entre finales del siglo XIX y primeros años del XX. Pero partamos de la segunda acepción. Como dirían los romanos, y nunca mejor dicho, empecemos *ab ovo*, desde el huevo.

SEXO procede del latín *sexus*, y se relaciona con el neutro *secus* (completado con los adjetivos *virile* o *muliebre*, masculino o femenino) y con el verbo *secare/sectus*, cortar, en tanto que hace una diferenciación, una distinción entre lo masculino y lo femenino. Esa distinción binaria es en la concepción tradicional el inicio de la vida: el ESPERMATOZOIDE (de quien nos ocupamos en el capítulo sobre la medicina) fecunda el ÓVULO de la mujer, del latín *ovulum*, huevecillo, creando una vida con una serie de factores fisiológicos que le determinan un SEXO BIOLÓGICO, es decir, una etiqueta que distingue por lo general en sexo femenino por poseer órganos sexuales y reproductivos femeninos; y sexo masculino por presentar órganos sexuales y reproductivos masculinos. En latín *feminam* hacía referencia a la HEMBRA (de la misma raíz), y de ahí *femininum*, FEMENINO. Del protoindoeuropeo *meh$_2$-s- se creó el latín *masculus*, y de ahí MACHO para denotar un animal de sexo MASCULINO (y también a un hombre con características concretas, como el arrojo y la fuerza, que históricamente se consideraron patrimonio de este sexo).

El sustantivo *sexus* configuró el adjetivo *sexualis*, que en latín tardío hacía referencia solo a lo femenino, quedándonos resquicios aún en la expresión despectiva y discriminatoria SEXO DÉBIL para referirse a las mujeres. Sexual, como SEXUALIDAD, poco a poco ha ido conquistando nuevos terrenos semánticos, bien relacionados con la actividad *sexual* (de ahí junturas como: juguete sexual, objeto sexual, sexi

—*sexy*— o *sex appeal*, atractivo); bien para crear nuevos términos en relación a la condición, orientación e identidad de un individuo.

Cuando este nace con una anatomía sexual híbrida, en diversas proporciones, y no se ajusta a la definición habitual de hombre o mujer, se denomina INTERSEXUAL, a partir del prefijo latino *inter*, entre. Mediante *trans*, al otro lado, tenemos TRANSEXUAL, que alude (parafraseando a la RAE) a una persona que adquiere, mediante intervención quirúrgica, los caracteres sexuales del sexo opuesto. Dentro del mismo campo conceptual tenemos las palabras HERMAFRODITA y ANDRÓGINO. La primera palabra se construye sobre dos dioses griegos: Hermes y Afrodita. Según la leyenda estas divinidades concibieron un hijo varón, Hermafrodito (Ἑρμαφρόδιτος), que fue abandonado por su madre en un monte de Frigia. Era tan bello, según cuentan, que la ninfa Salmacis se enamoró perdidamente de él. Al ser rechazada por el joven, la ninfa ahogó al muchacho y pidió a los dioses del Olimpo que unieran los cuerpos de ambos para siempre, fusionándose en un único individuo de dos sexos. Desde la Grecia clásica, sobre todo desde los tratados de Hipócrates (s. v a. C.), las personas que presentaban estas anomalías somáticas o los hombres que evidenciaban rasgos excesivamente afeminados recibían el nombre de ANDRÓGINOS, ἀνδρόγυνος («andrógynos»), por ser mezcla de hombre y mujer, en griego: ἀνήρ, ἀνδρός («anḗr, andrós»), varón; y γυνή («gynḗ»), mujer.

Y de sexo entre hombres, mujeres (y viceversa), nos vamos a ocupar a la hora de tratar las principales orientaciones sexuales existentes. La HETEROSEXUALIDAD es un término acuñado en 1869 por el intelectual húngaro Karl-Maria Kertbeny para describir la atracción hacia el género opuesto, a partir de la raíz griega ἕτερος («héteros»), distinto, otro. Al mismo intelectual húngaro debemos el neologismo HOMOSEXUAL, construido sobre la raíz griega ὁμοῖος («homoîos»), igual, para describir a personas con orientaciones hacia el mismo género. La palabra se popularizó en 1886 a partir de la obra *Psychopathia sexualis*, del alemán Richard von Krafft-Ebing, quien presentaba una mirada errada y HOMÓFOBA, muy usado hoy en día, por cierto, para las actitudes de odio o rechazo (phobía, «φοβία») hacia la homosexualidad, que en inglés, en su forma corta, se presenta como *homo*.

De la lengua británica también nos llega la palabra GAY, que a su vez se tomó del francés antiguo *gai*, con el sentido primigenio de persona alegre, florida y encantadora, tornándose su significado durante la Edad Media a lascivo o alocado. No será hasta las primeras décadas del siglo XX cuando empiece a relacionarse con la homosexualidad, principalmente masculina, en contextos jergales. A principios de ese mismo siglo podemos datar igualmente la palabra LESBIANA sobre un anterior LESBIANISMO de mediados del siglo XIX. Como bien saben muchos, el término se construye sobre Lesbos, isla griega y hogar de la poetisa Safo, quien escribió en el siglo VII a. C. unas delicadas composiciones poéticas en las que aludía al amor y al sexo entre mujeres. Desde Safo, diversos términos relacionados habían sido empleados para referirse a las mujeres homosexuales. De hecho, aunque menos conocido, la RAE recoge SAFISMO como sinónimo culto de lesbianismo.

En el mundo de los prefijos entramos de nuevo para explicar alguna palabra más. Con el elemento compositivo *bi-*, del latín *bis*, dos o dos veces, habremos de destacar BISEXUAL, que designa a las personas que sienten atracción por las personas de diversos géneros. Con una simple *a-* privativa (sin), pero llena de significado, construimos ASEXUAL, que actualmente designa la falta de apetencia o deseo sexual, si bien la RAE lo define como «sin sexo, ambiguo o indeterminado». A estos se han unido en tiempos recientes: POLISEXUAL, atracción hacia más de un género (πόλυ- «póly», mucho) —pero no todos— y PANSEXUAL, que algunas personas emplean para describir una sexualidad hacia otras personas independientemente de su sexo o género, del griego παν- («pan-»), todo o totalidad. Y tampoco podemos terminar este apartado sin referirnos a la palabra GÉNERO.

Procede de la raíz latina *genus-generis*, del verbo *gigno*, ORIGINAR O GENERAR, y hace referencia a un grupo originario, un linaje o una especie. En la actualidad se entiende como la conciencia interior que una persona tiene de su expresión de género dentro de un determinado contexto cultural. Las personas que se sienten acordes con el género asignado a su nacimiento son denominadas CISGÉNERO, del prefijo latino *cis*, de este lado. Del otro lado vuelve a aparecer el prefijo *trans* en la palabra TRANSGÉNERO, persona cuya identidad de género no coincide con las expectativas sociales del género asignado al nacer. Hay personas que no caen en la dualidad de género: hombre o mujer, el llamado GÉNERO BINARIO, por lo que una persona puede tener un GÉNERO FLUIDO, es decir, puede sobrepasar (en latín *fluidus*) la dualidad hombre-mujer, identificándose como de GÉNERO FLUIDO O NO-BINARIA.

NOMBRES MIL TIENE EL MIEMBRO VIRIL

Para no enfrascarnos en el apasionante mundo de los neologismos de género, pues no es cometido de este capítulo, nos vamos a ocupar de la tercera acepción de sexo que hemos visto más arriba, la relativa a los ÓRGANOS SEXUALES, si bien dejaremos la parte técnica para el capítulo dedicado a la medicina, y nos centraremos ahora en la etimología más picantona y popular de los GENITALES, palabra también relacionada en su origen con *gigno* y con el GÉNERO del párrafo anterior.

Empezaremos por las mil y una maneras de nombrar al órgano genital masculino: el PENE, del latín *penis*, y base para un sinfín de expresiones y voces a cada cual más expresiva en nuestra lengua. Dice la canción que «nombres mil tiene el miembro viril», así que nos limitaremos a la gran tríada léxica, al menos en el español peninsular: POLLA, PICHA, RABO. La primera es el femenino de pollo, que a su vez llega por el latín *pullus*, ave de corral. La metáfora juega en estos terrenos un papel fundamental, pues, según alguna teoría, el pene recibiría su nombre por EMPOLLAR los HUEVOS, palabra coloquial para designar a los testículos, también llamados vulgarmente, por su evidente semejanza, BOLAS, del latín *bulla*, burbuja; o PELOTAS, del latín *pilla*, como en otras lenguas (inglés *balls*, italiano *palle*). La segunda palabra antes citada, PICHA, tiene concomitancias con PIJA, y es la adaptación castellana de la palabra del árabe andalusí para el miembro viril: *píšš[a]*, aunque algo más diremos al respecto en el capítulo de las onomatopeyas. El CARAJO, del latín *characulum*, era el palo más alto de los barcos, y donde se disponía el vigía, por lo que se MANDABA AL CARAJO al último que llegaba; y por semejanza con dicho palo, se identificó con el miembro viril. Por último, el RABO como la COLA, del latín *cauda*, vuelven a retrotraernos al mundo animal por su muy visual parecido. Es curioso que en latín la palabra *rapum*, de donde deriva la española «rabo», se usase para nombrar el tubérculo del NABO, precisamente otra palabra malsonante para designar al pene, y que proviene del latín *napus*, que en terminología botánica es la palabra específica para la raíz de la planta.

Igual o casi más son los vocablos usados para los órganos sexuales externos de la mujer, aunque a veces estas palabras hacen referencia tanto a la VULVA, en latín *vulva*, como a la VAGINA, del latín *vagina*, que significa, ni más ni menos, VAINA. Este conducto membranoso recordaba la forma de las vainas de algunas plantas, y de ahí su nombre. En sentido figurado tenemos ENVAINAR o DESENVAINAR, meter o sacar de la vaina; así como del diminutivo de esta palabra nos ha quedado VAINILLA, planta aromática con una vaina alargada y pequeña semejante a la judía. Esa vinculación con la naturaleza y esa búsqueda con los parecidos razonables se hace patente en los términos malsonantes ALMEJA, del portugués *ameijoa*, o CONCHA, del latín *conchula*. Vulgares son igualmente formas muy conocidas. COÑO, del latín *cunnus*, era para los romanos una palabra de la calle y coloquial, si bien remontaba su raíz hasta el protoindoeuropeo **kutn* para las partes íntimas de la mujer, como en griego κυσός («kysós»). Y a esta parte pudenda volveremos en el capítulo de las onomatopeyas.

Además de todos los usos fraseológicos que nuestra lengua atesora con estos órganos como protagonistas (¡es la polla!; ¡y una polla!; ¡vaya coñazo!; ¡pero qué coño!; ¡coño!; ¡no me sale de la/del...!; ¡la concha de tu...!; la reconcha!), lo que no podemos obviar es que con ellos se logra la REPRODUCCIÓN, de *producere*, llevar hacia, crear; es decir, que sirven para la GENERACIÓN, para perpetuar nuestros GENES (del griego γένος, «génos», linaje o prole); para hacer bebés que crezcan sanos y fuertes, reproduciéndose en un ciclo sin fin.

SEXO ROSA

En torno a cualquier actividad sexual orbitan otros conceptos abstractos que la sociedad occidental suele relacionar con el sexo, y por tanto habremos de tocarlos, al menos, de pasada. Uno de ellos es el AMOR que, aunque no ha de tener necesariamente el sexo como ingrediente en su faceta romántica, se suele asociar tradicionalmente a este. Todos, antes o después, hemos caído ENAMORADOS, es decir, hemos sucumbido *en amor* a los designios del flechador Cupido; *falling in love*, dicen en inglés. De hecho, seguro que han sentido un FLECHAZO, del franco **fleukka*, dardo, un amor a primera vista. Según los poetas griegos y romanos, Amor era un gracioso niño con un carcaj a la espalda que cargaba saetas de plomo y de oro con las que hacía trascendentales travesuras. Las primeras causaban rechazo, las otras hacían conectar, o como dicen ahora, hacían surgir el CRUSH, del inglés *to crush*, aplastar o triturar, metafóricamente, claro. De los elegíacos latinos Tibulo, Propercio y Ovidio (s. I a. C.) aprendimos tópicos inmortales, como que el amor es una batalla donde a veces se gana y otras se pierde; que el amor es como un bote sin rumbo que llega a buen puerto o puede zozobrar; o que las paredes separan e impiden, pero caen derrumbadas ante la fuerza del amor. Todo esto les sonará, pues se ha repetido hasta la saciedad en la literatura, el cine y la música. Esa actitud sentimental lleva por nombre ROMANTICISMO, y el adjetivo resultante es ROMÁNTICO/A. El término tiene su miga, pues, como saben, se remonta hasta el francés *romantique*, a partir de *roman*, novela, pues estas al principio se escribían en lenguas vernáculas (o romances) derivadas del latín, y por ello se entendía como algo novelesco. Poco a poco fue aplicándose a composiciones literarias que se alejaban de lo clásico, lo que propició un movimiento cultural que arrasaría la Europa de la primera mitad del siglo XIX bajo los preceptos de libertad creadora y auge de sentimientos.

Con el paso del tiempo, el adjetivo romántico ha ido perdiendo sus originales características, más si cabe, cuando tratamos la juntura *amor romántico*. Lejos quedan ya las imágenes de aquellos ROMÁNTICOS atormentados en continuo conflicto personal. Resta en cambio una idealización del amor, a caballo entre la vorágine *sentimentaloide* y el arrebato comercial que perpetúa ciertos conceptos idílicos como la «media naranja», la fidelidad a la misma y la compenetración sexual. Fuera de ser más o menos románticas, en este sentido, lo que sí presentan casi todas las RELACIONES, del latín *relatio*, conexión, son unas fases diferenciadas. Al enamoramiento ya visto, al flechazo, le sigue el CORTEJO, del italiano *corteggio*, a su vez del latín *cohortem*, acompañamiento; o también el FLIRTEO, del inglés *to flirt*, SEDUCIR, del latín *seducere*, conducir hacia uno mismo. El éxito llega cuando se logra CAUTIVAR a la otra persona, cuando se ha conquistado y se ha hecho prisionero de nuestro amor, pues *captivus* en latín tenía inicialmente un significado bélico. La relación, por tanto, se inicia, apoyándose en un ATRACTIVO, derivado de *trahere* (que tira), tanto físico como moral. Ya saben, la belleza no solo está en el exterior.

LÉXICO CARNAL

Si todo va como debe ir, si la llama sigue viva y encendida, el sexo funciona; la relación se COMPENETRA, se mezcla y retroalimentan el uno al otro. Y no sean malpensados, que el origen de esta palabra nos lleva hasta el adverbio latino *penitus* dentro, al fondo, y de ahí llevar dentro, *penetrare*. Esperemos que haya mucha compenetración y no hiervan de CELOS, pues es algo que emponzoña las relaciones y malgasta el amor, dejándolo con fecha de caducidad. La etimología es sabia y nos vincula la palabra CELO con el latín *zelus*, ardor, a partir del griego ζῆλος («zêlos»), derivado del verbo ζεῖν («zeîn»), hervir o acrecentar con fuego.

Y es que hay veces que los sentidos, en latín *sensus*, se ven trastocados por nuevos atractivos SENSUALES que nos conducen a un PASAJERO ROMANCE (que no romántico); al PLACER por el PLACER, palabra de origen latino *placere*, también presente en la muy romántica frase italiana: *mi piaci* (me gustas). De ahí que exista también el sexo rápido, sin amor, fruto del LIGOTEO, de LIGAR, que, como han visto en el capítulo de la política, no es más que atarse o aliarse momentáneamente con alguien.

Este placer CARNAL, de *carnem*, carne, es el epicentro de otras palabras que poseemos en nuestra lengua para evidenciar el deseo. La LASCIVIA (en latín *lascivia*) era el estado de excitación, y se remonta hasta la raíz protoindoeuropea para el ansia y el desenfreno, **las-ko*. La LUJURIA, del latín *luxuria*, exceso, carga las tintas sobre el irrefrenable deseo de placer, lo que hace conectar ese pecado capital con el LUJO, del latín *luxus*, palabra para la abundancia, la exquisitez o la delicadeza. En terrenos más psicológicos tenemos la palabra LIBIDO, impulso y deseo sexual, popularizada por las obras de Freud a finales del siglo XIX. En latín *lubido* y *libido* se pueden traducir como anhelo, a partir del verbo *libere*, apetecer, que curiosamente se construye sobre la raíz protoindoeuropea **lewb^{h}-*, cuidar, amar, presente en el inglés *love* o alemán *Liebe*, amor.

En la búsqueda de ese desmelene sin tapujos, el sexo ofrece un sinfín de posibilidades, tantas como podamos imaginar. Como no queremos ser unos teóricos del *Kama-sutra*, trataremos las prácticas sexuales más habituales. Si empezamos por lo reflexivo, como si de un pronombre se tratara, habríamos de hablar de MASTURBARSE o

MASTURBAR a otro/a(s). La palabra MASTURBACIÓN, estimulación sexual por medio de la mano u otro objeto, nos llega por el francés pero hunde sus raíces en el latín *masturbari*, a partir de *manus*, mano, y *stuprare*, profanar, aturdir, de ahí que exista en otras lenguas la variante *ma(n)stupration*, si bien se opina que hubo un influjo del verbo *turbare*, confundir, en su configuración final *masturbationem*.

También esta actividad es conocida como ONANISMO, que deriva del personaje bíblico Onán, quien casó con la viuda de su hermano y evitó a toda costa tener un hijo con ella para poder seguir optando a la herencia de su hermano, que, según la ley judía, iría a parar al hijo que tuviera con la viuda, que se consideraría descendiente del difunto. Para no concebir, Onán practicaba el *coitus interruptus*, es decir, lo que hoy se conoce como MARCHA ATRÁS. De tal forma, eyaculaba en la tierra todas las veces que se acostaba con su mujer. Esto desagradó a Yahvé, quien lo mató. Los teólogos interpretaron que la acción de Onán era despreciable por haber derramado su semilla en vano, lo que en latín diríamos con el verbo *eiaculari*, es decir, arrojar o echar fuera, EYACULAR. Este hecho propició que culturalmente la masturbación fuera tabú hasta hace bien poco, y más, paradójicamente, si se trataba de la masturbación femenina. En el caso de los hombres la abundancia de términos vulgares o eufemísticos, así como de expresiones cómicas con más o menos gracia, nos hacen pensar en cierta naturalidad y permisividad. Entre los vocablos más conocidos para la masturbación de los varones habremos de destacar aquí dos palabras que comparten un mismo campo léxico, la PAJA, del latín *paleam*, y la GAYOLA, del latín *caveola*, especie de jaula hecha con juncos o palos. Ambas se deben a la semejanza de la actividad onanística en sí con la recogida de juncos, mies y espigas (como en italiano *segaiolo*, de *sega*, siega, y por tanto PAJERO O PAJILLERO).

De la soledad de uno (o no) pasamos a las prácticas que se pueden realizar entre dos o más personas. Parece que hablamos de póker, pero no, simplemente de sexo. Puede que sean PAREJAS, del latín **pariculus*, sobre *par-paris*, igual; TRÍOS, del italiano *trio*, composición o pieza de tres instrumentos (de música, se entiende); u ORGÍAS, del latín *orgia* y a su vez del griego ὄργια («órgia»), prácticas de sexo en grupo que se remontan a los ritos en honor a Dionisio y Baco donde se consumían estimulantes y bebidas alcohólicas. En estos contextos de más de una persona puede tener lugar el SEXO ORAL, de *os-oris*, boca, y de ahí las FELACIONES, de *fellare*, mamar, estimulación bucal del pene; y de ahí el CUNNILINGUS, de *cunnus*, vulva, y *lingere*, lamer, práctica muy antigua pero con un término acuñado a mediados del siglo XIX.

Pasamos a otras zonas y por tanto a otras actividades. Del latín *anus*, ano, que no *annus*, año, tenemos el adjetivo ANAL (no anual), que hace referencia a todo lo que tiene que ver con el CULO, que ya en Roma (bajo la forma de *culus*) se usaba para nombrar la parte baja de las cosas o el conjunto de las dos nalgas. Al coito anal se le conocía en la Europa medieval con el nombre peyorativo de SODOMÍA en clara alusión a la ciudad de Sodoma, que fue arrasada por Dios a causa de la depravación de sus habitantes, los SODOMITAS. Como ocurre con la masturbación, el castigo ejemplarizante de la Biblia surtió su efecto, por lo que se demonizó y castigó esta práctica sexual, llegando a considerar a los sodomitas como pecadores del más alto rango.

Otros dioses, los grecolatinos para ser más exactos, eran más abiertos de mente, y se regodeaban con el placer en sus más variadas formas. Zeus, el gran *latin lover* o *greek lover*, siendo puristas, fue un maestro de la triquiñuela seductora con tal de llevarse a sus enamorados y enamoradas a su olímpico lecho. La repera de su capacidad metamórfica se alcanzó cuando se transformó en LLUVIA DORADA, y de ahí esta curiosa práctica sexual. Si no se acuerdan de la leyenda, les refrescaremos la memoria en unas muy breves líneas. El cuento parte de un rey, Acrisio, que recibe el oráculo fatal de ser asesinado por su futuro nieto. Para evitar la profecía, encierra a su hija Dánae en una habitación subterránea construida en bronce bajo su palacio, evitando todo contacto humano. Pero Zeus es divino y se cuela en forma de la citada lluvia dorada por entre las rendijas del arcón, consiguiendo dejar encinta a la muchacha. Tras muchos devenires, esta dio a luz al héroe que arrancó la cabeza de la Medusa y salvó a Andrómeda. Como saben, es Perseo, quien terminó asesinando sin querer a su abuelo, cumpliendo lo que el destino marcaba en un principio.

Que el hado se cumple, como ven, es innegable. Tanto como que la culminación de cualquier placer sexual es el ORGASMO, ese punto álgido de máxima EXCITACIÓN, palabra esta del verbo latino *exciere*, levantar, animar. En efecto, el impulso o agitación en griego antiguo era denominado ὀργή («orgḗ»), y el resultado de la misma era el ὀργασμός («orgasmós»), sobre el verbo ὀργάω («orgáō»), desear ardientemente, alcanzar el punto de maduración, llegar al orgasmo. En sexología, cuando se habla de una actividad muy intensa, ya sea parcial o totalmente provocada por un orgasmo, se le denomina técnicamente ERETISMO, del latín *erethismus*, y a su vez del griego ἐρεθισμός («erethismós»), irritación.

FULANA DE TAL...

Para encontrar ese culmen de deseo, como vemos, se puede tener amor; se puede tener un ligue pasajero; o se puede recurrir a un o a una profesional. El sexo es también un negocio, una mercadería que desde los albores del mundo ha tenido casi tanto o más predicamento e importancia que el mismo dinero. La PROSTITUCIÓN es sin duda una ocupación que, con más o menos regulación, se sigue practicando en nuestros días. La palabra viene a través del francés, pero se remonta hasta el latín *prostitutionem*, del verbo *prostituo*, compuesto de *pro* y *statuo*, ponerse delante, anunciarse públicamente.

La PROSTITUTA se conoce también con otras formas vulgares y denigrantes, pero de mayor uso que el término culto. Aunque parezca mentira la palabra PUTA nació como un eufemismo para referirse a las «mujeres públicas». Ya en la misma Roma se usó *putta/puta*, niña, muchacha, para dulcificar el oficio más antiguo del mundo, si bien la palabra fue cargándose poco a poco de la negatividad que mantiene hoy en día. Lo mismo con la palabra PUTO, que en un principio hacía referencia a un chiquillo o chaval, *puttus/putus*, y que más tarde se volvió negativa para describir no solo la prostitución masculina (PROSTITUTO), sino como la práctica de la sodomía.

También despectivo es el uso de FULANA, que se remonta posiblemente hasta el egipcio, según la RAE. En esta lengua la expresión *pwm* aludía a un hombre cualquiera, a «cierto hombre», pasando al árabe clásico como *fulán* y más tarde al árabe hablado en la Península, terminando por configurar en español un FULANO y una FULANA para una persona cualquiera de la que no se sabe el nombre. De aquí tenemos nuestra expresión «fulanito/fulano de tal...», y por supuesto FULANA, prostituta, y FULANO, que tiene una menor carga negativa y es sinónimo de amante mantenido.

El machismo en el lenguaje implica muchas veces cambios de semántica. Mientras que «una fulana» es denigrante, «un fulano» no lo es tanto. Si puta es malsonante y un insulto, GIGOLÓ, como se conoce al prostituto, está cargado también de un cierto matiz positivo, definiendo a un hombre triunfador, un Don Juan con mucho éxito entre las mujeres. Su significado primigenio es el de acompañante o pareja de baile, y se remonta al francés de principios del siglo XX, sobre la raíz francesa de *gigole*, o *gigolette*, nombre femenino para la bailarina o mujer desvergonzada, quien necesitaba como pareja un gigoló. El significado cambió, y del baile se pasó al uso del masculino para hombres que acompañaban a mujeres, normalmente de avanzada edad, a cambio de una suma de dinero.

El entorno donde se practica la prostitución ha cambiado poco a lo largo de los siglos, pues el BURDEL O LUPANAR de las culturas antiguas (grecolatina, sobre todo) tiene su continuación en los CLUBS de la actualidad. Lupanar nos llega por el latín y su palabra para designar vulgarmente a las prostitutas, lupa, LOBA, como la que amamantó a Rómulo y Remo. Este mismo eufemismo que los latinos empleaban para denominar a las prostitutas ha llevado a pensar que la famosa leyenda de los fundadores de Roma escondería detrás una referencia velada no a una loba, que recogió a los huérfanos y los crió, sino a una prostituta que habría hecho eso mismo. En el mundo animal nos movemos al traer a colación otras variantes despectivas para la prostituta, ya sea ZORRA, insultante, a partir del portugués *zorro*, holgazán; o MALA PÉCORA, mujer taimada y astuta, del latín *pecus-pecoris*, ganado lanar.

Del latín igualmente nos llegan otros nombres para lo que conocemos en español como CASA DE PUTAS, a saber: CASA DE MANCEBÍA y CASA DE LENOCINIO. La MANCEBÍA era practicada normalmente por hombres jóvenes o MANCEBOS, del latín vulgar *mancipus*, esclavo o aprendiz joven. Igualmente, el LENOCINIO era el negocio del LENÓN, del latín *leno-lenonis*, quien se dedicaba al tráfico de la prostitución, un ALCAHUETE, del árabe *alqawwád*, que facilita las relaciones ilícitas y recibe premio por ello. Una profesión que se asemeja a la del CHULO, cuya etimología discutiremos más adelante; al igual que la MADAMA o en francés *madame*, antigua prostituta que regenta un PROSTÍBULO, del latín *prostibulum*, literalmente que está delante, estar expuesto en venta. A veces, las MERETRICES, del latín *meretrix*, subían y bajaban la calle, denominándose en Roma *circulatrices*, por lo que abandonaban los lechos o CUBÍCULOS del lupanar, y se convertían en CONCUBINAS, es decir que dormían, *cum cubere*, junto a otro(s), y de ahí el CONCUBINATO, relación extramatrimonial. En definitiva, y siendo tradicionales, lo que se consideraba una QUERIDA, del verbo latino, *quaerere*, buscar o pedir.

En la actualidad los CLUBS O CLUBES DE ALTERNE son los sitios dedicados a estas actividades que estamos describiendo. La palabra CLUB es curiosa y nos lleva hasta el protogermánico **klumb-*, basto o garrote. Más tarde pasó a designar un palo de la baraja, y de ahí un grupo de gente. En el inglés de 1640 conservamos *club* o *clubbe* como cofradía o compañía de personas en un mismo espacio físico. ALTERNE, a su vez, es un claro eufemismo, a partir de *alternus*, de *alter*, otro en latín, por lo que alternar podría traducirse como variar de una/uno a otra/otro.

A cambio de cierta cantidad económica estipulada se brindan diferentes entretenimientos sexuales con los que la vista goza. Muy popular es el PEEP-SHOW, que nació en 1813 como un espectáculo infantil para ver imágenes por un agujero, y que se volvió lascivo cien años más tarde, en 1914, ofreciendo sexo en vivo, del inglés *to peep*, ver parcialmente, insinuar. Y de semejantes características es el ESTRIPTIS O STRIPTEASE, voz inglesa a partir de *to strip*, desnudarse, usada desde 1936 para el espectáculo consistente en observar a otra persona mientras se quita la ropa de manera INSINUANTE, es decir que lleva hacia cierto camino sinuoso, curvado, de *sinus* en latín. Nos conduce a la perdición.

Ese disfrute del sexo ajeno a partir de la vista, la del MIRÓN, del latín *mirari*, admirar; o la del VOYEUR/VOYER O el VOYERISTA, del verbo francés *voir*, tiene una ramificación que desde la llegada de la televisión y las conexiones a Internet se ha popularizado de forma planetaria. Estamos hablando de una de las grandes industrias del mundo, la PORNOGRAFÍA, la presentación abierta y cruda del sexo, según la RAE, para producir excitación. Lo que popularmente conocemos como el PORNO parte de la raíz griega πόρνη («pórnē»), palabra para prostituta (de hecho, el burdel en griego antiguo se decía τὸ πορνεῖον «tò pórnēion»), si bien el PORNÓGRAFO era quien representaba prostitutas en las obras de arte. De ahí pasó al francés del siglo XIX, consagrándose la literatura pornográfica, *pornographie*, como la que trataba de prostitutas y/o sexo.

VAYAMOS AL GRANO

Quizá ya estén hartos (o calientes) de tanto retruécano y de hablar de tanto tema sin tratar el TEMA con mayúsculas: el acto sexual, el coito. Efectivamente, habrán notado que hemos dejado el fuego de artificio para la traca final. Hemos ido haciendo un recorrido sensual con todo tipo de PRELIMINARES, es decir, que nos hemos quedado literalmente a las puertas, del latín *prae*, antes, y *liminaris*, del umbral. Y por fin llegamos a la actividad sexual más practicada, aunque no por ello tiene que ser la más satisfactoria; la actividad que culturalmente más valía retiene, quizá por su relación con la reproducción biológica y por ser el centro neurálgico de nuestras conciencias judeocristianas.

Hablando del rey de Roma, precisamente, en la Biblia, se usan diferentes eufemismos que casi conservamos hasta nuestros días. En muchos pasajes del Antiguo Testamento leemos CONOCER como sinónimo de relación carnal, como en este caso de Génesis 4:1: «Conoció Adán a su mujer Eva, la cual concibió y dio a luz a Caín, y dijo...». En efecto, en el diccionario de la RAE, en la sexta acepción, se puede leer que CONOCER, del latín *cognoscere*, es mantener relaciones sexuales con alguien. En terrenos eufemísticos nos movemos al hablar del verbo YACER, del latín *iacere*, estar tirado o echado, y que tiene un significado que se puede aplicar tanto a un cadáver, como a tener trato carnal con alguien. Preferimos lo segundo, por supuesto.

Y seguimos finos y biológicos sacando a colación otras dos formas: el COITO (o COITAR, que existe) y COPULAR. El COITO es heredero del *coitus* latino, que no es más que una forma derivada del verbo *coeo*, ir juntos, por lo que el coito es algo así como una reunión, un amigo con derecho a roce, que se decía antes. La CÓPULA y COPULAR tienen el significado de unión, del latín *copulare*, si bien puede ser física o hasta gramatical. De hecho, en terrenos de morfología y sintaxis tenemos las conjunciones COPULATIVAS, que no es que sean unas pequeñas conjunciones obsesionadas con el sexo, sino que se dedican a unir diferentes componentes de una oración. Y curiosidades de las lenguas, el inglés *couple*, pareja (los que están unidos), proviene, vía francés antiguo *cople*, del latín *copula*, conexión. ¡Qué bonito!

La lengua latina nos ha dado muchas cosas, como ya saben, y entre ellas varios términos para referirnos a esa unión de la que hablábamos antes. Durante mucho tiempo se ha pensado que era el matrimonio el marco apropiado para las relaciones sexuales, de ahí la palabra CÓNYUGE. El *iugum* en latín era el instrumento para uncir a los bueyes, que unidos arrastraban a la vez el arado. En un sentido metafórico se usó igualmente para los esposos, que van tirando del yugo simultáneamente, y de ahí que sean *coniuges*, de *coniux-coniugis*, es decir, CÓNYUGES, llevando una vida CONYUGAL en la cual está permitida la unión carnal o COYUNDA, del latín *coiungula*, un lazo fuerte para sujetar (y palabra para el pene en Nicaragua, según recoge el diccionario de americanismos).

Para CONSUMAR el matrimonio hay que pasar por la cama, ACOSTÁNDOSE juntos, tener a la pareja en el flanco de tu costilla, a tu *costa* (lado en latín). Consumar es completar del todo, del latín *consummo*, cumpliendo así con los deberes conyugales. Para eso hay que fornicar, aunque seguro que a la pareja, si supiera etimología, no le haría tanta gracia. FORNICAR es un verbo procedente del bajo latín *fornicari*, derivado a su vez de *fornix*, el nombre que recibía la zona abovedada (curvatura interior del arco) que se encuentra bajo los puentes y en callejones, justo donde las prostitutas romanas solían llevar a cabo sus negocios. Ese es el origen, no se asusten; hoy se entiende como copular (si bien, fuera del matrimonio, ojo, según la RAE) o como ayuntamiento extramatrimonial. Y claro, esto de ayuntamiento choca en este capítulo. Lo explicaremos. AYUNTAMIENTO no solo es la casa consistorial, sino que es el hecho o la acción de AYUNTARSE, es decir, juntar, asociarse, del latín *adiunctus*, junto a, por lo que se entienden ahora los dos significados: el político y el sexual. ¡Qué dos mundos tan unidos!

Y para significados, y curiosos, daremos la etimología de la reina de las palabras relativas al fornicio: FOLLAR. Posiblemente este verbo derive del latín *follicare*, sobre la base de *follis*, fuelle, reteniendo significados iniciales como soplar con el fuelle o respirar. Más tarde su semántica se amplió a estar ocioso y dispuesto a situaciones más relajadas, conectándose así con el significado sexual. De ahí nos viene FOLGAR, presente ya en el *Quijote*, cuando se dice que un caballero andante se abstiene de los placeres mundanos y no va a «ni con su mujer folgar» hasta cumplir su deber. Esa acción ociosa e inoperante se observa en otra palabra que ya conocerán más adelante por el capítulo dedicado a la política, la huelga. Así que ojo con lo que practican.

Asimismo, nuestra lengua se sirve de otros mecanismos para crear sinónimos de la cópula. Y gracias a frases hechas podemos aludir al acto sexual por antonomasia. Sin duda, en la lengua vulgar existen varias expresiones muy creativas. Una de ellas es ECHAR UN KIKI/QUIQUI, forma popular para el acto sexual rápido e improvisado. Parece plausible la relación entre el inglés *quick*, *quicky*, rápido, veloz, con nuestra expresión. De hecho, en inglés existe *to have a quickie/quicky* para un encuentro amoroso rápido y desenfadado. En la misma línea, tenemos la coloquial y muy usada frase: ECHAR UN POLVO, que deriva del siglo XVIII y que se empleaba primero sin connotación sexual. Se refería a la costumbre de tomar el tabaco en polvo, en forma de rapé, que se aspiraba por la nariz. Cuando los «raperos» sentían necesidad de tomar algo de tabaco, salían a echar un polvo. Con el tiempo, parejas de tortolitos comenzaron a aprovechar la excusa de echar un polvo para dejar la reunión social y tener apasionados encuentros eróticos. De ahí, ECHAR UN POLVO pasó a denominar el encuentro sexual.

Y llegamos así al CLÍMAX (del griego κλῖμαξ, «klîmax», escala), de este capítulo breve pero intenso, subido de tono pero curioso y juguetón. Si se han quedado con ganas, no del tema que tratamos, pero sí de saber más frases hechas en castellano y sus orígenes, como en el párrafo anterior, no desesperen, y aguanten. El próximo capítulo está a su entera disposición, dispuesto a darles placer… etimológico, claro está.

3

A ÉTIMO REGALADO NO LE MIRES EL DIENTE

> No hay persona que hablar deje
> al necesitado en plaza;
> todo el mundo le es mordaza
> aunque él por señas se queje;
> que tiene cara de hereje,
> y aun fe la necesidad:
> ¡verdad!
>
> LUIS DE GÓNGORA, *Dineros son calidad*

Tal y como podemos observar a menudo, los dichos, frases hechas o refranes que empleamos en nuestra vida diaria o hemos escuchado alguna vez suelen tener un origen ignoto o inesperado, causado a menudo por la pérdida u olvido del referente en el que se basaban. Esto convierte a menudo este tipo de expresiones en pequeños misterios lingüísticos, laberintos etimológicos que se han de recorrer para dar con el origen de los dichos cuyo significado primordial se ha perdido en la noche de los tiempos. Este origen es a veces imposible de dilucidar, pues puede ser una cuestión trivial, una anécdota sucedida en un lugar indeterminado hace mucho tiempo que no ha llegado hasta nuestros días, y del que el refrán o dicho es un eco lejano en la paredes de la cueva de la historia de la lengua. Otras veces, sin embargo, sí que podemos intuir cuál es el origen de la frase o giro, y las respuestas que obtenemos son a menudo sorprendentes.

El caso del refrán que cita el poeta Luis de Góngora en la obra que encabeza estas páginas es muy ilustrativo de lo que acabamos de exponer. Dice Góngora que LA NECESIDAD TIENE CARA DE HEREJE. El significado del dicho refiere que la necesidad no respeta ninguna ley ni costumbre, y que las personas en situación de carestía harían cualquier cosa con tal de ver sus necesidades satisfechas. Visto así, el origen del dicho resulta bastante opaco. ¿Qué tiene que ver el que la necesidad obligue a las personas a cometer actos desesperados, y el que esta tenga cara de hereje? Se ha intentado racionalizar que, en la percepción popular, los herejes eran vistos como gentes no civilizadas, que no respetaban ley alguna, al igual que la proverbial necesidad. El origen del dicho, sin embargo, es algo más enrevesado y a la vez más meridiano, algo tan sencillo como una traducción pedestre. Y es que este refrán es una adaptación casi fonética del famoso dicho latino NECESSITAS CARET LEGE, la necesidad carece de ley. Este dicho, que no necesita mayores explicaciones en cuanto a su significado, fue reinterpretado por aquellas personas que no tenían conocimiento del latín como «la necesidad tiene cara de hereje», con lo que nos encontramos ante este dicho tan peculiar como curioso.

DEL ERROR NACE EL REFRÁN

No es este el único caso en el que una mala traducción o una interpretación poco erudita de un dicho o frase en latín ha dado como resultado una frase hecha en castellano. Es el caso de la famosa exclamación ciceroniana *O tempora, o mores*, que podría traducirse como «¡Oh, tiempos, oh, costumbres». El famoso orador romano Marco Tulio Cicerón la había empleado en su primera Catilinaria del año 63 a. C. como forma de deplorar la perversión de las costumbres de su tiempo, algo que echaba en cara a Catilina, su rival, hombre con fama de tener un estilo de vida muy disoluto. A oídos de la gente que desconocía el latín, sin embargo, esta expresión se convirtió en ¡OH, EN TIEMPOS DE LOS MOROS!, que mantenía su significado, deplorando las costumbres de la época presente frente a los aguerridos usos de los «tiempos de los moros», mitificando la época guerrera de cuando los poderes musulmanes controlaban buena parte de la península.

También es el resultado de una reinterpretación errónea la expresión BUSCAR A MARÍA POR RÁVENA, que significa buscar algo sumamente difícil de encontrar. La expresión es la deformación del latín *Ravennae maria quaerere*, buscar los mares en Rávena. Rávena, ciudad italiana que fue por un tiempo capital del Imperio romano de Occidente, se hallaba a cierta distancia de la costa, y su puerto estaba a unos diez kilómetros de la ciudad, con lo que encontrar el mar en la Rávena misma, ciudad que en teoría tenía puerto, era difícil. Con el tiempo, el latín *maria*, que significa «los mares», se reinterpretó como el nombre de pila María, que da como resultado el dicho actual.

Los errores de interpretación también se hallan en la raíz de expresiones como AHÍ ESTÁ EL BUSILIS. El *busilis* es la clave de un asunto, la cuestión que permite entender el conjunto. Pero, ¿Qué es un *busilis*? Las explicaciones tradicionales apuntan a que un estudiante, cuando se le pidió interpretar la frase latina *In diebus illis*, que significa «en aquellos días», dijo que entendía que *In die* significa «en el día», pero que no entendía el *bus illis*. De ahí el BUSILIS, la parte difícil de un asunto con la que hemos de dar para entender todo. Similar es el origen de la expresión DE BÓBILIS, BÓBILIS, que significa conseguir algo sin esfuerzo o GRATIS, una expresión que también tiene un origen latino, pues viene de GRATIIS, por la gracia, es decir, hacer algo por el simple amor al arte. Pero volviendo al «de bóbilis, bóbilis», este parece remontar su origen a la frase *de vobis, vobis*, forma que ya se atestigua en *El Quijote*, y que empleaban los mendigos para pedir la limosna, diciendo que esa limosna procedía del dador (*de vobis*) pero que redundaba en su beneficio (*vobis*, para ti), pues era un acto de caridad que ayudaría en la salvación de su alma.

El ámbito de la misa era donde la mayoría de los habitantes del pueblo llano y las clases no instruidas tenían su principal contacto con el latín, lengua en la que se realizaba este rito. Las expresiones latinas empleadas en misa también han dado origen a más de un dicho. Es el caso de la expresión NO HARÉ ALGO AUNQUE LO MANDE EL SURSUNCORDA, donde Sursuncorda designa a un supuesto personaje de gran importancia. Este personaje, empero, nunca ha existido ni obedece a una figura histórica concreta, sino que deriva su nombre de la expresión *Sursum corda*, «¡Arriba los corazones!», exhortación que profería el sacerdote en uno de los puntos clave de la misa, animando a los fieles a que elevasen sus corazones hacia el Señor. Los fieles que no entendían latín entendían que el tal sursuncorda al que hacía referencia el cura era alguien muy importante para ser llamado así en misa, de lo que surgió esa expresión. La expresión EN UN SANTIAMÉN, que significa hacer algo rápido y sin demora, también deriva de un contexto eclesiástico. Y es que era habitual que en la misa los fieles se encontraran aburridos y deseando que se acabara, pues la mayoría no entendía el latín, y escuchar durante horas un batiburrillo de palabras ininteligibles resulta una actividad en extremo tediosa. Por eso muchos pronunciaban las oraciones finales, que solían acabar con la fórmula *In nomine Patri, Filii et Spiritus Sancti, Amen* (en nombre del Padre, del Hijo y del Espíritu Santo, amén) de manera muy rápida, es decir, en un SANTIAMÉN, derivación de ese *Sancti, Amen* final.

LOS DICHOS BÍBLICOS

No se acaba aquí la colección de dichos de inspiración cristiana, referidos a hechos o pasajes bíblicos o eclesiásticos. ECHAR MARGARITAS A LOS CERDOS es una expresión derivada de Mateo 7:6, y también es el resultado de una traducción poco acertada. El original reza μηδὲ βάλητε τοὺς μαργαρίτας ὑμῶν ἔμπροσθεν τῶν χοίρων («mēdé bálēte tous margarítas hymôn émprosthen tôn xoírōv»), que se traduce por «no echéis vuestras perlas delante de los cerdos». El error se encuentra aquí en la interpretación del término μαργαρίτης («margarítes»), de donde deriva su nombre la flor, pero que originalmente se refiere a las perlas. Lo que el Evangelio quería decir, por lo tanto, no era que no hay que echar margaritas a los cerdos, sino perlas, en referencia a que a los que no merecen no hay que dar nada.

Otro de los dichos más famosos extraídos de la Biblia, EL NÚMERO DE NECIOS ES INFINITO, en latín *Stultorum numerus est infinitus*, es el resultado de una traducción poco acertada del griego por parte de San Jerónimo de Estridón, quien a finales del siglo IV tradujo de nuevo la Biblia al latín vulgar por encargo papal. Jerónimo traduce el Eclesiastés 1.15 por *Perversi difficile corriguntur et stultorum infinitus est numerus*, lo que viene a ser «los malvados se corrigen con dificultad, y el número de necios es infinito». Sin embargo, si recurrimos a la Septuaginta, la versión en griego koiné de la Biblia (nombre que, por cierto, se debe a los supuestos 70 sabios que la tradujeron del hebreo), bastante más fiel al original, se lee διεστραμμένον οὐ δυνήσεται τοῦ ἐπικοσμηθῆναι καὶ ὑστέρημα οὐ δυνήσεται τοῦ ἀριθμηθῆναι. La frase se transcribe por «diestramménon ou dynḗsetai tou epikosmethênai, kaì hystépēma ou dynḗsetai toû apithmēthênai», y se traduce como: «Lo torcido no puede enderezarse y lo que falta no se puede contar». San Jerónimo traduce διεστραμμένον, torcido, desviado [del camino recto] como malvado, y ὑστέρημα, defecto, falta, como necio, defectuoso de juicio. Esa es su defectuosa traducción.

De origen bíblico es también el dicho MÁS VIEJO QUE MATUSALÉN. Se trata de una referencia al personaje homónimo de la Biblia, que es mencionado en el libro del Génesis. Según la genealogía en la que aparece, el anciano Matusalén llegó a vivir 969 años. Algunos han argumentado que se trataría de una antigua traducción errónea y que la edad de Matusalén aparecía originalmente consignada en meses, lo que daría como resultado una edad cercana a los 79 años. Hemos de recordar, sin embargo, que las figuras míticas extremadamente longevas son una constante en las épicas antiguas que refieren hechos que se pretenden muy lejanos, con lo que el Libro del Génesis contenga esperanzas de vida delirantes no es algo descabellado.

De la Biblia deriva también la expresión CHIVO EXPIATORIO. Cuenta el libro Levítico que los judíos, para celebrar la fiesta del perdón o Yom Kippur, llevaban una cabra o chivo ante el sumo sacerdote. Esta cabra, a la que llamaban Azazel, simbolizaba el pecado y el demonio, y el sacerdote conjuraba sobre el chivo todas las culpas del pueblo judío. El chivo era luego abandonado en el desierto para que muriera de inanición, y así expiara las culpas de los judíos.

De origen no bíblico, pero sí relacionado con el ámbito eclesiástico, es la expresión ABOGADO DEL DIABLO. Este apelativo se aplica a las personas que, por el placer de debatir, asumen puntos de vista con los que no necesariamente están de acuerdo para fomentar la discusión. Es esta una referencia a la figura del abogado del diablo o promotor de la fe, que estuvo presente en los procesos de canonización de santos de la Iglesia católica hasta su supresión en 1983. El cometido de este prelado era encontrar objeciones a las propuestas de santidad o beatificación para cerciorarse de que estas no fueran falsas o fraudulentas desde el punto de vista del derecho canónico. Dado su papel, este promotor de la fe parecía ser un enemigo de santos y beatos, con lo que se ganó el apodo popular de ABOGADO DEL DIABLO que hoy ha pasado al lenguaje general. Otra expresión, COLGARLE A ALGUIEN EL SAMBENITO, nos retrotrae a elementos más oscuros de la tradición eclesiástica, en concreto, la Inquisición. Este SAMBENITO, que no tiene nada que ver con cierto San Benito, es una contracción de «saco bendito», una especie de traje de tela basta en forma de saco que se colgaba a los arrepentidos en los procesos inquisitoriales una vez finalizados. De ahí deriva esta expresión, que nos ha llegado con el significado de acusar injustamente a alguien. Por su relación con el tormento, recuerda a la expresión PONER A

ALGUIEN EN UN BRETE, que significa poner en peligro, en referencia al BRETE o especie de cepo que se solía colocar a los condenados en los pies para inmovilizarlos.

Otras expresiones parecen remontarse a acontecimientos históricos cuya memoria lejana nos impide entender su pleno significado. Es el caso de la expresión MANTENERSE EN SUS TRECE, que, según suposición mayoritaria, hunde sus raíces en el Cisma de Occidente. Durante este acontecimiento político-religioso, hasta tres papas llegaron a disputarse la autoridad sobre la Iglesia católica. Uno de los más tenaces fue Pedro de Luna, quien, con el apoyo del monarca francés, declaró ser el Papa legítimo con el título de Benedicto XIII, y defendió su título desde la ciudad francesa de Aviñón. Aunque recibió presiones constantes para que renunciara a su título y diera paso a otro pontífice que fuera reconocido por toda la cristiandad católica, de Luna no dio su brazo a torcer, ni siquiera cuando el rey de Francia le retiró su apoyo y tuvo que refugiarse en el valenciano castillo de Peñíscola, donde murió, pasados ya los noventa años, defendiendo su título de Benedicto XIII, número al que debemos la expresión MANTENERSE EN SUS TRECE.

REFRANES REALES

De raigambre histórica medieval es también la expresión AL BUEN CALLAR LLAMAN SANCHO, que se usa para ponderar las virtudes de la persona discreta que sabe callar cuando es oportuno. Se suele afirmar que el dicho se remonta, ya sea de manera fáctica o apócrifa, a la muerte del rey castellano Fernando I, quien, al morir en 1065, repartió sus títulos entre sus hijos, entre los que se hallaba Sancho II. A este le disgustó enormemente que la ciudad leonesa de Zamora fuera a parar a su hermana Urraca y no a su persona, pero supo callar y no expresar su disgusto en el lecho de muerte de su padre, para luego intentar arrebatar Zamora por la fuerza a su hermana cuando fuera oportuno. Lo que sí que parece estar claro es que esta expresión no tiene que ver con el famoso Sancho Panza del *Quijote*, obra de Cervantes de la que extraemos muchos dichos y al que se remontan otros de manera apócrifa. Es el caso de la expresión CON LA IGLESIA HEMOS TOPADO, AMIGO SANCHO, que se emplea de manera despectiva cuando alguna gestión o asunto es obstaculizado por el poder, percibido o real, de las instituciones religiosas. Lo cierto es que la expresión no se encuentra, ni con esa forma ni con ese significado, en el *Quijote*, donde sí aparece el «con la Iglesia hemos dado, Sancho», que Don Quijote emplea aquí en sentido meramente descriptivo, pues se refiere a que se han encontrado con el edificio en cuestión.

De origen histórico es también la expresión exclamativa ¡A BUENAS HORAS, MANGAS VERDES!, que se usa para echarle en cara su tardanza a una persona que no se presenta a la hora debida. Parece que los orígenes de esta expresión se encuentran a caballo entre el fin de la Edad Media y el comienzo de la Edad Moderna, cuando los Reyes Católicos crearon la Santa Hermandad, una especie de primitivo cuerpo policial encargado de mantener el orden público. Se basaba en las Hermandades ya existentes desde hacía siglos en varias ciudades de Castilla, que fueron unificadas por Isabel I en 1476 para crear una fuerza común al reino. Aunque en un principio muy efectiva, con el tiempo la Hermandad fue ganando fama de inoperante, y el estereotipo popular era que a menudo llegaban tarde al lugar de la comisión de un delito, cuando su presencia ya no era necesaria. Debido a ello, teniendo en mente los uniformes verdes de los miembros de la fuerza, fue acuñada la famosa expresión ¡A BUENAS HORAS, MANGAS VERDES!, para quien llegase tarde como los miembros de la Santa Hermandad, que sería disuelta definitivamente en 1834.

A un rey medieval parece hacer también referencia la expresión COMO PEDRO POR SU CASA, que en Aragón se ha conservado en la variante COMO PEDRO POR HUESCA. Se trata de una referencia a Pedro I Aragón, quien en el año 1096 conquistó la ciudad de Huesca a los musulmanes, en la que entró como si por su casa anduviera, a lo que debemos la expresión actual. A otro rey debemos el A TODOS LLEGA SU SAN FERNANDO, expresión para denotar que a todos los que cometen una falta les llega su justa venganza. Se cuenta que el origen de esta frase se remonta al saqueo de Santiago de Compostela por parte del caudillo andalusí Almanzor, quien en el 997 sometió a pillaje a la ciudad y a la catedral de Santiago Apóstol, tras lo que obligó a varios cautivos cristianos a llevar a hombros las campanas de la catedral a su capital, Córdoba, donde funcionaron por varios siglos como lámparas. Sin embargo, más de doscientos años después, cuando las tornas del poder en la península se habían vuelto y eran los reinos cristianos los que ostentaban la primacía frente a los musulmanes, el rey de Castilla Fernando III el Santo conquistó la ciudad de Córdoba y obligó a los cautivos musulmanes a devolver por el mismo procedimiento las campanas que sus antepasados se habían llevado desde Santiago. Este hecho fue visto por los contemporáneos como una acción de justicia divina para con los musulmanes, lo que dio como resultado la frase que aquí comentamos.

Otro acontecimiento histórico, más concretamente una batalla, da su origen a la frase SE ARMÓ LA DE SAN QUINTÍN, que se emplea cuando estalla alguna riña o pendencia de envergadura. Esta batalla de San Quintín tuvo lugar al norte de Francia, en el contexto de las guerras entre los Habsburgo del rey Felipe II y los Valois del monarca Enrique II por la hegemonía en Italia. Las tropas de Felipe entraron en el reino de Francia por los territorios de Flandes y sostuvieron un enorme enfrentamiento con las fuerzas francesas frente al fuerte de San Quintín, en el que los franceses fueron derrotados de una manera escandalosa. Debido a las dimensiones de la batalla, se acuñó este dicho. Batalla que, por cierto, ocurría el día 10 de agosto (que en el calendario gregoriano actual habría correspondido al 20 de agosto), festividad de San Lorenzo, en honor de quien Felipe II construiría su famoso Monasterio de El Escorial. No es esta la única batalla que dio como resultado una frase hecha en castellano, pues también contamos con la expresión ES UNA BICOCA, con el significado de «es un chollo». El origen de esta expresión se remonta al reinado del padre de Felipe II, Carlos I, quien también mantuvo gran rivalidad con el monarca francés de la época, Francisco I. En la primera de muchas guerras que ambos soberanos libraron por el control de Italia, las tropas de Carlos derrotaron de manera muy contundente a las de Francisco I en las cercanías de la localidad milanesa de Bicocca, castellanizada como Bicoca. La victoria fue prácticamente un regalo para las tropas imperiales, pues los franceses fueron presionados por los mercenarios suizos en sus filas para cargar hacia una posición favorable al enemigo con la esperanza de obtener una rápida victoria y el subsiguiente botín. Al ser esta victoria aplastante e inesperada, BICOCA pasó a denominar un chollo, un gran beneficio a coste mínimo.

EXPRESIONES DE ARMAS TOMAR

El mundo castrense nos ha dejado también varias expresiones habituales en la lengua. Es el caso de TENER LA MOSCA DETRÁS DE LA OREJA, que no se refiere al insecto, sino a la MOSCA o mecha del arcabuz, una de las primeras armas de fuego utilizadas de forma masiva por la infantería de la Edad Moderna. Ante un posible combate, los arcabuceros se colocaban la mecha o mosca de su arma detrás de la oreja, para poder tenerla a mano y poder disparar cuanto antes en caso de ataque enemigo. De ahí que la expresión signifique estar alerta o sentir el peligro que se avecina.

Con el léxico militar tiene también que ver la expresión A CAJAS DESTEMPLADAS. La caja hace referencia a los tambores que se suelen tocar en el ejército para acompañar la marcha de los soldados. En el caso de que se desease expulsar a alguien del ejército por sus infamantes delitos (deserción, abandono de filas, etc.), esto no se hacía al son de los tambores o cajas bien afinados, sino que estos se

DESTEMPLABAN, es decir, se desafinaban previamente para que el sonido burlesco denotara la infamante expulsión de filas del soldado al que acompañase tal banda sonora. Para destemplar las cajas, se solía aflojar la cuerda que ajustaba el cuero del tambor, con lo que el instrumento producía un sonido agónico y latoso que debía avergonzar a los soldados. Pero no era esta la única ocasión en la que se destemplaban las cajas, pues esto también ocurría en el caso de los condenados a muerte cuando tenían que marchar al cadalso.

IR DE PUNTA EN BLANCO también tiene origen militar. En principio, significaba ir pertrechado con todas las piezas de la armadura y las armas desenvainadas, listo para el combate, de ahí lo de punta en blanco, por llevar las armas con el filo al aire. De armadura completa pasó a designar uniforme completo de gala, y de ahí a traje elegante que se suele llevar en eventos sociales de importancia.

Si queremos no ser tan castizos a la hora de expresar que se ha armado una buena bronca, o la expresión SE ARMÓ LA DE SAN QUINTÍN vista un poco más arriba no nos agrada, tenemos también la ocasión de emplear otras frases hechas de origen muy curioso, pero muy alejadas en el tiempo de la anterior. Podemos decir que SE MONTÓ UN POLLO. O deberíamos decir POYO, con i griega. Y es que, aunque el origen de esta expresión es imposible de determinar con seguridad actualmente, la hipótesis más estimulante afirma que haría referencia al poyo o poyete, una especie de tarima que llevaban los oradores a finales del siglo XIX y principios del XX. En el clima político exaltado de aquellos años, no era raro que cualquier persona con interés en hacerlo se llevara su poyo a la plaza y empezara a predicar su credo político, lo que solía acabar en trifulca cuando los del signo contrario le increpaban, acabando a menudo el improvisado mitin en batalla campal. El yeísmo imperante en la mayoría de regiones hispanohablantes, donde el dígrafo elle y la i griega no se distinguen y se pronuncian como la segunda, habría llevado a que los hablantes confundieran el poyo, una palabra en creciente desuso, con el animal. En contra de esta tesis puede aducirse que la mayoría de fuentes recogen esta expresión en su variante animal, que podría quizás explicarse por recogerse de manera tardía.

Y si somos más clásicos todavía, podemos afirmar que SE ARMÓ UN TIBERIO, equivalente a decir que se creó un escándalo público. El referente en este caso es el emperador romano Tiberio, quien reinó en los años 14-37. Pese a que fue un militar y gestor relativamente exitoso, las fuentes de la época se muestran contrarias a él y le achacan toda clase de excesos y escándalos públicos (no se sabe hasta qué punto estos son verídicos o fruto de la mano de un imaginativo cronista predispuesto contra el emperador), como la matanza de miembros cercanos de su familia, entre otros. Debido a este retrato negativo, las generaciones posteriores tuvieron una imagen muy adversa del emperador Tiberio, y ello explica que a su nombre debamos una expresión tan negativa como SE ARMÓ UN TIBERIO. Y no es este el único emperador romano que figura como protagonista de una frase hecha, pues tenemos también el dicho COMER MÁS QUE UN HELIOGÁBALO, en referencia al emperador Vario Avito Basiano (218-222), quien era apodado Heliogábalo, por haber sido anteriormente sacerdote del dios El-Gabal en su Siria natal. Heliogábalo, un emperador niño que era básicamente un títere de su abuela Julia Mesa, suscitó el odio de las clases altas romanas debido a su origen oriental y extranjero, y la animadversión que causaba su tía y valedora, con lo que fue retratado de manera muy negativa en las fuentes. Entre otros excesos, se le achacaba comer en demasía en enormes banquetes.

Para referirse a la persona que come mucho o se regocija con los banquetes de gran envergadura tenemos también la expresión COMER MÁS QUE PAPÚS. No es fácil dilucidar quién fue el tal Papús, y bien podría ser un personaje inventado, pero las fuentes nos transmiten que el individuo en cuestión era un artista circense que circulaba en las galerías de maravillas o engendros que eran tan habituales en el siglo XIX. Su número consistía en ayunar por periodos excepcionalmente largos: se colocaba en una vitrina y ayunaba durante días y semanas a la vista del público, motivo por el que los espectadores suponían que al acabar uno de esos ayunos debía pegarse una comida pantagruélica que le preparase para el siguiente. Lo de la COMIDA PANTAGRUÉLICA es una expresión que se basa en el personaje literario del escritor medieval francés Rabelais. Gargantúa y Pantagruel, dos gigantes caracterizados por su gran apetito, son los protagonistas de varias de sus novelas, donde los grandes banquetes de los protagonistas forman uno de los componentes humorísticos y argumentales de las obras. Y, para terminar con sabor clásico, tenemos la expresión LÚCULO COME EN CASA DE LÚCULO, que refiere a la persona de Lucio Licinio Lúculo, un militar y político romano del siglo I a. C. que pasó a la historia por sus gustos extravagantes, su sibaritismo y su costumbre de comer con desmesura.

PALABRAS DE CLÁSICOS

Como hemos visto ya distintas de veces en el transcurso de este libro, el legado de la cultura grecorromana, tanto clásica como medieval, se hace notar en nuestra lengua y nos deja un variado número de expresiones. Aquí hallamos el dicho CRASO ERROR, que refiere a un fallo grave e inexcusable. Se suele pensar que esta es una expresión derivada del triunviro y político romano Marco Licinio Craso, quien, en un error fatal, decidió comandar una expedición contra el Imperio parto, para ser derrotado y asesinado prontamente en la batalla de Carras del año 43 a. C. El CRASO que acompaña aquí a error, sin embargo, no tiene que ver con el malogrado comandante, sino que corresponde al adjetivo craso, derivado del latín *crassus*, gordo, de gran envergadura.

De origen clásico es también la expresión ECHARLE A ALGUIEN UNA FILÍPICA, equivaliendo aquí filípica a bronca o reprimenda. El origen se remonta a las famosas Filípicas, unos discursos pronunciados por el orador ateniense Demóstenes, el más destacado orador de la Antigüedad, en contra del Rey de Macedonia, Filipo II. Demóstenes, demócrata ateniense, se oponía a los planes de Filipo de dominar Grecia. Realizó contra el monarca una serie de discursos de gran virulencia y mala leche, que consiguieron que filípica se convirtiera en sinónimo de invectiva, gran bronca. Gran muestra de la fama de estos discursos es que Cicerón (el mismo del *O tempora, o Mores* que glosábamos más arriba), el segundo en liza para el puesto de mejor orador de la Antigüedad, tituló así sus discursos en contra del triunviro Marco Antonio, queriendo sin duda emular a su admirado antecesor.

El parto de los montes es otra expresión de raigambre clásica que ha llegado hasta nuestros días. Se refiere a un acontecimiento grandemente anticipado que se resuelve de manera anticlimática, como el final de una serie muy anticipada que acaba de forma ridícula. Se refiere a un verso del poeta romano Horacio, quien en su *Ars Poetica* afirmaba que *parturiunt montes, nascetur ridiculus mus* («Los montes parieron y nació un ridículo ratón»), paradigma de un gran acontecimiento con magros resultados. Esta frase dio lugar a una fábula de Félix María de Samaniego, que sin duda contribuyó a popularizar el dicho.

De origen ya medieval, pero de raíz griega también, es la expresión discusión bizantina, que se aplica a las controversias inútiles que no llevan a nada, particularmente cuando las circunstancias apelan a la acción. Nos retrotrae esta expresión al Imperio bizantino, que durante toda la Edad Media contó con una de las culturas teológicamente y filosóficamente más refinadas de la Europa medieval, gracias en gran parte al legado clásico conservado. Las discusiones teológicas bizantinas, particularmente, alcanzaban un nivel de complejidad que muchos no entendían, con lo que se retrataba a los bizantinos como personas preocupadas por detalles nimios sin ninguna demostrabilidad y aplicación práctica, como el sexo de los ángeles. Cuenta injustamente la leyenda que en eso estaban precisamente, discutiendo del sexo de los ángeles, cuando los otomanos fueron a tomar Constantinopla, aunque esto es una mera leyenda, pues los bizantinos defendieron con uñas y dientes su capital hasta que cayó ante el asedio otomano.

Para poner broche a esta serie de expresiones de origen clásico, traeremos a colación aquella que dice CONFUNDIR ROMANOS CON CARTAGINESES. Designa la confusión de dos cosas que no tienen nada que ver y que pueden distinguirse fácilmente entre sí, particularmente por culpa de la ignorancia de uno. En efecto, cualquiera con un mínimo conocimiento de historia romana sabe que los romanos y cartagineses fueron grandes rivales durante siglos (aunque por otros tantos habían sido aliados), rivalidad que culminó con la destrucción definitiva de Cartago en el año 146 a. C. La misma filosofía subyace en la expresión MEZCLAR CHURRAS CON MERINAS, que proviene de ambientes ganaderos. En efecto, las CHURRAS y MERINAS son dos especies de ovejas, que para los que tienen algún conocimiento de ganado ovino resultan muy fáciles de distinguir a simple vista, con lo que mezclarlas equivaldría a distinguir dos cosas que poco tienen que ver a causa de la ignorancia. Otro tanto ocurre con la expresión MEZCLAR EL TOCINO CON LA VELOCIDAD, que se explica bastante bien por sí misma, pues poco tienen que ver la carne de cerdo y la velocidad.

Estas confusiones ocurren a menudo cuando se trata de explicar expresiones cuyo referente se ha perdido y, por tanto, no pueden ser entendidas fácilmente por los hablantes contemporáneos, como posiblemente ocurría con el POYO de la expresión MONTAR UN POYO. Es el caso de TIENE BUENA PINTA, expresión que empleamos para ponderar el aspecto de algo o alguien. Esa PINTA no es otra cosa que el palo de la baraja de cartas, que se indicaba en el margen de estas para distinguir los distintos palos (sotas, bastos, oros y espadas). Quien tenía buena pinta, tenía buena mano en el juego de cartas, y solía salir victorioso. Entre que hoy en día muchas barajas carecen de pinta y que los juegos de cartas no son tan prevalentes como lo eran otrora, para los hablantes resulta difícil relacionar estos dos aspectos. Otro tanto ocurre con HAY GATO ENCERRADO. La expresión no significa que haya un felino atrapado en alguna parte, pues este GATO, que también aparecerá, más adelante, en el capítulo dedicado a los insultos, no es otra cosa que la bolsa empleada antaño para guardar dinero. Si había gato encerrado significaba que alguien tenía escondido un dinero que no quería soltar, con lo que creaba sospechas. De ahí el significado actual.

A PALO SECO y A VOLEO son otras dos expresiones cuyo referente se ha perdido, y cuyo significado se desconoce, pese a que sean de uso corriente, particularmente el A VOLEO que se emplea a menudo entre los jóvenes. La primera proviene del léxico marinero, y significa hacer algo sin adornos o sin mayores preparativos. A PALO SECO o sin velas hace referencia a la navegación que se solía acometer cuando el viento era contrario o no soplaba, con lo que se recogían las velas y se dejaban los mástiles desnudos. La segunda locución viene de la siembra A VOLEO, una técnica en la que quien sembraba agitaba el saco de semillas extendiéndolas por el campo sin ton ni son, al vuelo (de vuelo viene, precisamente, el verbo volear) con lo que A VOLEO pasa a significar al azar o al buen tuntún.

REFRANES Y DICHOS CON PATRIA CHICA

Para cerrar este capítulo, nos centraremos en aquellos dichos o frases que remiten a un topónimo o lugar concreto, una de cuyas características lo han hecho proverbial. Decimos, por ejemplo, que cuando alguien está ausente y con la cabeza en otra parte ESTÁ EN BABIA, un valle leonés que deriva su nombre del topónimo Valdivia, es decir, val de la vía o valle del camino. Para explicar el origen de tal dicho, tradicionalmente se ha postulado que los monarcas del Reino de León tenían un palacio de verano en dicho valle, a donde iban a pasar los días de asueto. Decir que el rey está en Babia, pues, venía a indicar que el rey estaba ausente. La existencia de este palacio, sin embargo, no ha podido comprobarse por ningún medio. En realidad, todo apunta a que la expresión se originó en la jerga de los pastores y ganaderos trashumantes astur-leoneses, que, al acabar el verano, se dirigían al sur, hacia Extremadura, con sus ganados. Cuando uno se quedaba ensimismado o ausente delante de la hoguera o recorriendo el camino, se decía que su mente todavía estaba en Babia, es decir, la región natal de dónde venían.

Otra expresión habitual es IRSE POR LOS CERROS DE ÚBEDA. El origen de esta expresión es más oscuro, y la versión que habitualmente se narra parece ser una etiología construida *a posteriori*. Se cuenta que durante la conquista de Úbeda por parte de Fernando III el Santo, al que nuestros lectores ya conocen, uno de los capitanes de su ejército desapareció justo antes del combate, para volver a aparecer justo cuando las escaramuzas habían terminado. Al preguntarle el rey dónde se había metido, el oficial respondió que se había perdido por los cerros de Úbeda. Esta expresión vendría a significar, pues, perderse o irse por las ramas en el asunto que se trata. Más claro es el origen de la expresión ESTO ES JAUJA, que se usa para denotar que un lugar o una situación son paradisíacos. JAUJA era un valle del Perú, cuyo nombre se había vuelto sinónimo de riqueza y prosperidad para los conquistadores castellanos que acudieron a tomar las Américas.

La expresión que servirá de corolario a este capítulo es EL QUE FUE A SEVILLA PERDIÓ SU SILLA. Todo parece indicar que la versión original era «quien se fue de Sevilla perdió su silla», si es que el dicho tiene su origen verdaderamente en el hecho del siglo XV al que se le imputa. Resulta que por esta época don Alonso de Fonseca, a la sazón obispo de Sevilla, consiguió que su sobrino fuera nombrado para el mismo cargo en la ciudad de Compostela. Siendo el reino de Galicia un territorio socialmente muy conflictivo, con levantamientos frecuentes que culminarían en la revuelta Irmandiña, el sobrino se vio superado por los acontecimientos y pidió ayuda a su tío, quien decidió ejercer temporalmente el cargo de su allegado en Santiago mientras este ocupaba su vacancia en Sevilla. Para disgusto de don Alonso, una vez hubo resuelto la mayoría de problemas en la sede compostelana y vuelto a la ciudad hispalense, el sobrino decidió que en el sur se estaba mucho mejor y se negó a devolver el cargo a su tío. El asunto hubo de elevarse al rey y al Sumo Pontífice para que fuera al fin resuelto.

Con esta disquisición histórica damos por terminado el capítulo dedicado a los dichos y frases hechas, que esperamos que les haya servido de entretenida instrucción. No se acaban aquí, sin embargo, las informaciones relativas a los topónimos, nombres de lugar y ciudades que ya nos ocupaban en las últimas líneas, pues a ellos precisamente dedicaremos el siguiente capítulo, para que los lectores puedan saber un poco más sobre la tierra que pisan o, al menos, los nombres que la pueblan.

4

LAS PALABRAS *URBI ET ORBI*

Patria mea totus hic mundus est
(Mi patria es todo este mundo).

LUCIO ANNEO SÉNECA *el Joven*

Urbi et orbi, latinismo en dativo que traducimos por «a la ciudad y al mundo», o «a la urbe y al orbe», si nos hemos levantado pedantes, es la designación que se da a la bendición que el Papa imparte al mundo entero el domingo de Pascua y el día de Navidad. La ciudad es, por supuesto, Roma, a donde todos los caminos conducen. Metafóricamente, esta bendición viaja cual aerolínea por los cielos hasta las diversas partes del mundo, y de manera similar hemos pasado a emplear en castellano la locución latina *Urbi et orbi* para referirnos a algo que ocurre o se encuentra en todas partes, como las enfermedades víricas transmitidas por el aire en estos últimos tiempos. Y al igual que encontramos una serie de denominadores comunes a lo largo del globo, pues, al final del día, todos formamos parte de ese gran grupo que forma la humanidad, también encontramos etimologías en los nombres y denominaciones con los que describimos este mundo nuestro.

Hablando del MUNDO, merece la pena saber que el nombre que empleamos usualmente para el planeta en el que vivimos viene del latín *mundus*, que no es otra cosa que un calco del griego κόσμος («kósmos»), que los antiguos aplicaban a todo el universo conocido, que viene de la raíz indoeuropea **ḱens-*, que significa nada más y nada menos que ordenar. Para los griegos, pues, el universo (o cosmos, como aún podemos llamarlo nosotros si somos un poquito helenófilos) era un lugar bien ordenadito. A los latinos les gustó el concepto, y no hicieron otra cosa que calcarlo tomando su adjetivo *mundus*, que significaba limpio, ordenado, y aplicándolo al orbe en su entereza. A los antiguos, pues, les gustaba tener un mundo lógico y regido por leyes racionales, como a nuestras madres les gusta que tengamos el cuarto.

Siendo los seres humanos, en general, tanto o más amantes del orden y la clasificación que nuestros antepasados grecorromanos, nos gusta poner nombre a los lugares que nos encontramos en nuestra vida cotidiana, denominaciones que en filología reciben un nombre que sorprende por su originalidad: los conocemos como TOPÓNIMOS, palabra que viene de la combinación en griego de las palabras τόπος («tópos»), «lugar» y del griego ὄνομα, («ónoma»), «nombre». Topónimo significa, pues, nombre de lugar en griego. A los filólogos nos gusta darle muchas vueltas a las cosas, como se ve. En el mundo hay millones de topónimos, pero aquí solo tenemos tiempo de analizar unos pocos, y empezaremos por los más grandes: los continentes, que en un principio estaban juntos y revueltos en una gran masa de tierra llamada PANGEA, del griego πᾶν («pân»), todo, y γαῖα («gaîa»), tierra. Después se separaron para dar lugar a la configuración continental que hoy conocemos.

NOMBRES DE LOS CONTINENTES

Los continentes (conocidos así por contener en ellos toda la masa de la tierra no cubierta por el agua, por lo que su nombre deriva del latín *continens*, que contiene) que conocían los antiguos habitantes del Viejo Mundo, y, concretamente, de las civilizaciones mediterráneas clásicas, de las que el castellano toma la nomenclatura de algunas, eran más bien pocos. Solo conocían tres de ellos: Asia, Europa y África.

EUROPA se suele asociar con el mito griego de la princesa tiria Europa (Εὐρώπη), a la que un encaprichado Zeus raptó tras convertirse en un toro blanco para atraerla, en una de sus tantas correrías metamorfoseadas (Zeus tendría unos fetiches muy raros de haber existido hoy en día). Etimológicamente hablando, sin embargo, parece que el nombre proviene del vocablo semítico ʔrb («hrb»), que significa «ponerse el sol». Europa sería, pues, la tierra del poniente. Una etimología popular bastante extendida de origen griego (pues los antiguos también eran dados a las etimologías digamos... dudosas, como veremos más adelante en el libro) afirma que EUROPA viene en realidad del griego εὖρος («eûros»), ancho o extenso y ὤψ (ōps), vista, mirada, aunque esta hipótesis no se sostenga.

El nombre de ASIA se empleaba al principio para referirse a la región que correspondería a Asia Menor y al Próximo Oriente. Plinio el Viejo es el primero en emplear el nombre para referirse al continente en su totalidad, pues nos habla de los mares que rodean África, Europa y Asia (*maria, quibus Africam, Europam, Asiam dispescit*). En cuanto al origen del nombre, la hipótesis más extendida lo conecta con el vocablo acadio *(w)aṣû(m)*, que significa salir o alzarse, en referencia al levante, por donde sale el sol. ASIA sería, pues, la tierra de la que sale el sol. El nombre que nosotros aplicamos a Japón, pues, parece también adecuado al continente en su entereza.

ÁFRICA, por su parte, proviene del gentilicio *Afer*, que designaba a los indígenas de la provincia romana del África Proconsularis. Las hipótesis modernas relacionan *afer* con *ifri*, voz bereber o amazigh para cueva, pues el trogloditismo era todavía habitual allí en época romana, estilo de vida que se mantuvo, hasta hace relativamente poco, en muchos lugares del mundo, como en Andalucía o alrededor de los Montes Tauroes, en Turquía. Hay bastantes etimologías populares respecto al nombre de este continente, pues el sol parece estimular la imaginación de los eruditos. El historiador judeorromano Flavio Josefo afirma que proviene de Epher, nieto de Abraham, que habría invadido Libia, dando así su nombre al continente. Isidoro de Sevilla, en cambio, en sus famosas *Etimologías* (que ya conocemos por la introducción de este libro) lo relaciona con el latín *apricus*, soleado. Sin embargo, ya sabemos que Isidoro probablemente se servía de alguna copa que otra del vino de misa para sus más que imaginativas etimologías, con lo que esta tiene también poca fiabilidad. Estos eran los tres únicos continentes que las civilizaciones del Viejo Mundo conocían.

Cuando el afán de exploración y conquista llevó a las naciones europeas a expandirse marítimamente y encontrar nuevos continentes hasta entonces desconocidos para el Viejo Mundo, pasaron también a nombrarlos sin molestarse mucho por preguntar a los indígenas (que, en muchos casos, tampoco tenían noción de continente o nombres para ello). Así fue en el caso del Nuevo Mundo, que fue bautizado como AMÉRICA en honor a AMÉRICO VESPUCIO, cartógrafo y navegante florentino, uno de los primeros en defender que AMÉRICA era un continente separado de ASIA. Aparece por primera vez en el *Universalis Cosmographia*, de Martín Waldseemüller (1507). Hay todo tipo de teorías alternativas para todos los gustos sobre el nombre de América, pero sobre eso ya entraremos más adelante. En cuanto a OCEANÍA, fue el geógrafo francés Conrad Malte-Brun quien le dio nombre en 1812, basándose en el francés *océan*, que viene del griego Ὠκεανός, pues OCEANÍA está compuesta por una multitud de islas esparcidas por el Pacífico, el mayor océano del mundo.

En cuanto al último e inhóspito continente, la ANTÁRTIDA, debe su nombre al adjetivo griego ανταρκτικός («antarktikós»), que quiere decir «opuesto al Ártico», término que los griegos ya utilizaban para llamar al Polo Sur, que sabían que existía porque, según ellos, la tierra era redonda (jaque mate, terraplanistas). ¿Y de dónde proviene ÁRTICO? Pues del griego ἀρκτικός («arktikós»), que significa «cercano al oso» (de ἄρκτος, «árktos», oso), en referencia a las constelaciones de la Osa Mayor y Menor, en la última de las cuales se halla Polaris, la estrella polar que señala el Norte. Se podría decir que, para los antiguos, las osas eran de gran ayuda en la orientación. Esto es lo que respecta a los continentes. Ahora, pasemos a escalas menores, es decir, a los nombres de los países. No podemos encajar todos los estados del mundo en este pequeño libro, pero daremos un buen viaje en torno al globo para ver los curiosos orígenes de los nombres de algunos países, tanto en castellano como en las lenguas que se hablan en dichos países.

LOS PAÍSES DE EURASIA

Comencemos nuestro viaje por el CÁUCASO, donde la historia nos ha deparado varios nombres significativos. El nombre de la región deriva, según las explicaciones dadas por las crónicas georgianas medievales, de *Caucas* o *Kavkas* (კავკასოსი, *Kavḳasosi* en georgiano), el nombre de uno de los bisnietos de Noé, según las leyendas narradas a tenor de los relatos bíblicos, y el supuesto ancestro de los pueblos checheno e ingusetio. Aunque esta explicación sea, probablemente, una reelaboración etimológica medieval, la raíz original no ha llegado hasta nosotros. En esta región situada en los siempre difusos límites entre Asia y Europa encontramos GEORGIA, montañoso país enclavado en la costa del Mar Negro. Los griegos y romanos conocían esta región como ιβηρία («Ibería»), topónimo derivado del exónimo armenio Վիրք («virk»).Durante siglos, la zona fue conocida como la «Iberia del Cáucaso».

Para quien se lo pregunte, poco tienen que ver la República de Georgia y el estado de Georgia. Este último, perteneciente a los Estados Unidos de América, fue nombrado así en honor al monarca británico Jorge II (cuyo nombre en inglés es George II). El endónimo empleado por los propios georgianos para referirse a su país es

Sakartvelo (საქართველო). Sa-o es una construcción locativa, «lugar donde moran los kartveli (endónimo de los georgianos)», siendo los kartveli los habitantes de la región de Kartli, en Georgia central. Según la tradición, la región de Kartli debe su nombre a Kartlos, el hermano del ya mencionado Kavkas, ambos hijos de Targamos, legendario descendiente del bíblico Jafet y etnarca mítico de los georgianos. Así se nos narra en las *Reales Crónicas Medievales Georgianas*, las *Kartlis Tskhovreba*.

Y al igual que hubo una Iberia en el Cáucaso, también existió una Albania, un exónimo utilizado en la época antigua para referirse a un reino que se formó en lo que hoy es el oeste de Azerbaiyán. El actual país de Azerbaiyán poco tiene que ver en su nomenclatura con aquel antiguo reino: según la teoría etimológica más aceptada, su origen se remonta al general y sátrapa persa Atropates (Ατροπάτης, en griego, *Atupater* o guardían del fuego sagrado, en persa antiguo), quien, durante el reinado de Darío III, emperador persa que fue derrotado por Alejandro Magno, dominó un reino en la costa del Mar Caspio, en la región que hoy controla el moderno estado de Azerbaiyán. Los griegos nombraron la región como Media Atropatene (Ατροπατηνή, cuyo equivalente persa es *Ātṛpātakāna*), es decir, la Media de Atropates, nombre que pasó al parto y al sasánida como *Aturpatakan,* que durante la Edad Media evolucionó hasta el moderno Azerbaiyán, derivado del persa *Āzarbāijān*, aunque los azeríes de hoy sean descendientes de los pueblos túrquicos asentados en la región. El mencionado antiguo nombre de Albania, por su parte, proviene del río Albano, (en griego Ἀλβανός, el actual Sumgait), que atravesaba la región.

El nombre de este antiguo reino poco tiene que ver con el de la moderna Albania, que deriva del dado a la tribu de los albanos (en griego, Ἀλβανοί), denominación que los expertos hacen derivar del término protoindoeuropeo para montaña, elevación, que parece estar también en la raíz de los Alpes. Así pues, los albanos serían «los montaraces». Aunque históricamente los albanos emplearon términos con esta misma raíz, como *Arbër, Arbëreshë, Arbëror* para referirse a sí mismos, y su derivado *Arbërisht* para referirse al país que habitaban, a partir del siglo XIX se generalizó el endónimo SHQIPËRIA, que, aunque los mismos albanos relacionan con el término *shqiponjë,* águila, pues esta es el símbolo nacional y heráldico principal, que aparece de forma BICÉFALA (del prefijo de origen latino *bi-,* dos, y el griego κεφαλή, cabeza) en su bandera, los expertos apuntan a que su origen reside en el verbo *shqiptoj*, pronunciar, derivado del latín *excipere*, con el mismo significado. SHQIPËRIA es, pues, el país de los que hablan [la misma lengua].

EUROPA OCCIDENTAL

Sin embargo, y si con dos no fuera suficiente, históricamente hubo una tercera ALBANIA, la actual Escocia, que en latín medieval recibió el nombre de *Albania,* derivado de *alba*, el nombre empleado en gaélico escocés para referirse al reino medieval de Escocia, derivado del irlandés antiguo *albu,* que, en un principio, se refería a toda la isla de Gran Bretaña. La denominación pasó inicialmente al griego y al latín como Albión (Ἀλβίων en griego), forma que conservamos hoy en día en la expresión PÉRFIDA ALBIÓN, que se popularizó durante las guerras napoleónicas y todavía se utiliza para referirse de manera despectiva al actual Reino Unido. Los romanos intuyeron, acertadamente, que ALBIÓN tenía relación con el latín *albus,* blanco, y que el nombre hacía referencia a los blancos acantilados de Dover. Aunque la segunda parte de esa interpretación es discutible, la primera es correcta, pues tanto *albus* en latín como *albu* en irlandés parecen derivar de la raíz indoeuropea *$h_2elb^hós$,* que significaría blanco o luminoso. Sea como fuere, durante la Alta Edad Media Alba, en gaélico, y ALBANIA, en latín, fueron los nombres con los que se conocía el reino medieval de Escocia, de habla principalmente gaélica.

Sin embargo, de forma paralela también se empleaba el nombre de Scotia, del que deriva la actual Escocia. Era este un término derivado del nombre dado por los romanos a los pueblos gaélicos, los *Scotti*. Dado que los gaélicos habitaban lo que hoy es Irlanda, en un principio Scotia y su equivalente anglosajona Scotland, se empleaban para referirse a la actual Irlanda, junto con el nombre de Hibernia, derivado del griego Ἰουερνία (Iouernía, transcripción del gaélico *Īweriū*), que significaría *tierra de Ériu*, de donde deriva la moderna *Éire,* el nombre gaélico para Irlanda. Sin embargo, durante el siglo III, en el ocaso del Imperio romano occidental, los gaélicos *Scotti* invadieron la actual Escocia, derrotando a los pictos, los que hasta entonces habían habitado el territorio, y sembraron el caos contra los romanos. Debido a que los habitantes gaélicos del norte de Escocia eran descendientes de estos mismos *Scotti,* también se empezó a llamar Scotia y Scotland a dicho territorio. El nombre acabó generalizándose en la Baja Edad Media, cuando Escocia pasó de ser un reino de cultura gaélica a estar dominado por una élite anglo-normanda, y ha perdurado hasta hoy.

Como el de Escocia, muchos nombres de países europeos derivan de los etnónimos de sus habitantes pasados o de sus supuestos ancestros nacionales. Es el caso de la vecina Inglaterra, que en la mayoría de lenguas europeas deriva su nombre del calco de *Engla land,* o tierra de los anglos. Los *angli,* mencionados ya por Tácito en el siglo I, eran, con los jutos y sajones, una de las tres tribus que invadieron la Britania romana después de su abandono por parte de las autoridades romanas. Su lugar de origen se encontraba en la península de Anglia, en el actual nordeste de Alemania, cerca de la bahía de Kiel. Se cree que el nombre deriva de la raíz **angh-,* cuyo significado es «estrecho», y haría referencia al Schlei, un pronunciado estrecho o fiordo que se encuentra al sur de la península. Resulta destacable que el nombre escogido para nombrar a la Inglaterra germánica, por oposición a la celta, fuera el de los anglos, y no el de los más prominentes Sajones. Es probable que a los sajones de Inglaterra, para distinguirlos de los del continente (pues la originaria región de Sajonia, en el noroeste de la actual Alemania, siguió siendo una entidad independiente y poderosa hasta su conquista por Carlomagno en el 785), se les conociera como *Anglii saxones,* es decir, ANGLOSAJONES, y que de ahí derive la preeminencia de la tribu menos significativa sobre la otra. De los jutos, la tercera tribu que se asentó en la romana Britania, ha quedado poco rastro, pues fueron pronto absorbidos por sus vecinos. Sin embargo, nos queda un rastro en el nombre de la península de JUTLANDIA, que hoy ocupan Dinamarca y Alemania.

Al otro lado del estrecho de Dover, el nombre de FRANCIA deriva también de los francos. Los francos no eran una tribu germánica *stricto sensu,* sino una serie de tribus romanizadas que se habían ido asentado en el decadente Imperio Romano de Occidente, y que los romanos agruparon bajo el nombre común de *Franci,* nombre que parece derivado de la *francisca* (en inglés antiguo *franca,* nórdico antiguo *frakka*) o hacha arrojadiza que estas tribus, conocidas por los romanos por su ferocidad, solían emplear en batalla. Que el nombre latino de una tribu provenga del arma que solían utilizar sus miembros no es nada nuevo: es el caso de los ya mencionados SAJONES, cuyo nombre parece derivado de la **sahsa* o espada corta que esta tribu empleaba. El nombre de FRANCIA se aplicaba primero a todo el Imperio franco, el estado más extenso surgido de la ruinas del Imperio romano, y acabó por aplicarse al reino medieval de Francia cuando, en el siglo XII, los reyes empezaron a utilizar junto con la denominación *Rex Francorum* (Rey de los Francos, titulatura empleada en las monedas hasta el siglo XVII) la de *Rex Franciae,* o rey de Francia.

Al sur de los Pirineos, PORTUGAL y ESPAÑA también deben sus nombres al legado romano. En el caso del primero, PORTUGAL deriva del topónimo latino *Portus Cale,* en el entorno de lo que hoy es la localidad de Vila Nova de Gaia. *Cale* parece ser una palabra de origen celta, y su significado no está del todo claro, aunque se ha propuesto que tendría que ver con el gaélico escocés *cala,* puerto, con lo que *Por-*

tus Cale sería un tautopónimo (más sobre esta curiosa clase de topónimos en futuros capítulos), aunque esta explicación no está exenta de controversia. Más aceptada es la teoría de que *Cale* tiene algo que ver con los *Callaeci*, la federación de tribus celtas que habitaba la región que hoy en día se corresponde con Galicia, el norte de Portugal, y las zonas orientales de Asturias y León. GALICIA, precisamente, deriva el nombre del topónimo *Gallaecia* o *Callaecia,* tierra de los Callaeci.

ESPAÑA, por su parte, debe su nombre a la provincia romana de HISPANIA, que en su mayor expansión llegó a abarcar la Península Ibérica en su totalidad, junto con la Mauritania Tingitana, ya en el otro lado del Estrecho de Gibraltar. El origen del nombre no está claro. Ya los fenicios empleaban el término *Spania,* con lo que se acepta comúnmente que se trata de una raíz semítica o fenicia. La hipótesis más difundida apunta que deriva de *I-Shpania*, tierra de conejos en fenicio, aunque esta es solo una de multitud de explicaciones.

Otro tanto podemos decir del caso de ALEMANIA. En pocos idiomas, aparte del neerlandés *Duitsland*, se emplea el endónimo alemán *Deutschland*, que proviene del alto alemán *diutisciu land*, tierras del pueblo [alemán], es decir, que pertenece al *diot* o *diota*, el pueblo. En muchos idiomas, se le conoce por algún derivado de GERMANIA, nombre que los romanos daban a la región desde el siglo I a. C., tomado de las tribus allende el Rhin, y que Julio César popularizó en sus crónicas de las guerras en la Galia. Es el caso del inglés *Germany*. En el caso del español y de la mayoría de las lenguas romances, el nombre deriva de la tribu de los *alamanii*, o alamanes, que habitaban la parte más cercana a las fronteras romanas de la *Germania Magna*, que, por metonimia y salvando distancias históricas, denomina hoy al país.

ÁFRICA

Variemos un poco los paisajes de este capítulo y traslademonos a otros continentes. En el caso de América y África, a raíz de las conquistas y colonizaciones sufridas por parte de las potencias europeas, pocos de los países actuales coinciden con antecedentes históricos, y la mayoría posee nombres que bien proceden de exónimos, bien de accidentes geográficos, o bien son de creación reciente. Algunos países sustituyeron sus nombres de la época colonial por otros nuevos, en un esfuerzo por deshacerse del legado de los tiempos de dependencia de la metrópoli. Es el caso de BURKINA FASO, un país del noroeste africano, que en tiempos coloniales recibió el nombre de ALTO VOLTA, por estar el territorio situado en una zona que atravesaban los tres ramales del epónimo río Volta: el Volta Rojo, el Volta Negro y el Volta Blanco. En 1984, pensando que el nombre era un testimonio del legado colonial de Francia, país que había controlado el territorio hasta 1960, el revolucionario y por entonces jefe de estado Thomas Sankara decidió cambiar el nombre del estado por el de BURKINA FASO. El nombre, que podemos traducir por patria de los hombres libres o íntegros, fue compuesto a partir de los términos *burkina*, que en idioma mossi significa «hombres libres» y *faso*, que significa patria en idioma diula, lenguas ambas que se hablan en el territorio.

A lo largo del continente, nos encontramos con casos parecidos, como los actuales países de ZAMBIA y ZIMBABUE. Las colonias británicas que hoy se corresponden con estos países eran conocidas como RODESIA DEL NORTE y RODESIA DEL SUR, respectivamente, en honor al que fue el mayor instigador de la colonización de la región, el británico Cecil Rhodes. El homenaje a un imperialista británico de profundas convicciones racistas como Rhodes no gustó a los habitantes de dichos países, y los movimientos a favor de la independencia optaron por el nombre de ZAMBIA, en el caso norteño, que deriva del río ZAMBEZE, que atraviesa la región, y ZIMBABUE, en el caso sureño. Este último nombre deriva del idioma shona, y hace referencia al asentamiento del GRAN ZIMBABUE, que fue el corazón de un entramado comercial y capital de sucesivos reinos. Su nombre parece derivar de la expresión *dzimba-dza-mabwe*, casas de piedras en el dialecto karanga del *shona* (*dzimba*, plural de *imba*, casa, *mabwe* plural de *bwe*, piedra).

También es el caso del actual estado de MALAWI, sito al oeste de Mozambique, que cambió su antiguo nombre colonial de Nyasalandia (derivado del nombre dado por el explorador David Livingstone al lago Malawi, Nyasa) por el actual, que la etimología popular relaciona con el chichewa (el idioma más extendido en el estado) *malaŵí*, que significa «llamas». El nombre, supuestamente inspirado por el espectáculo de los reflejos del sol naciente en el lago MALAWI, fue escogido por el primer jefe de Estado Hastings Banda para sustituir el anterior. Encontrarse países nombrados a partir de ríos o lagos epónimos es habitual en el continente africano: es el caso de ambos CONGO, que reciben el nombre del río homónimo, que, a su vez, toma el nombre del Reino del Congo que los portugueses se encontraron en la zona al llegar. En la segunda mitad del siglo XX, el dictador Mobutu Sese Seko cambió el nombre del río, y el de su país, la República Democrática del Congo, por el de ZAIRE, nombre que los portugueses dieron al río, una deformación del kikongo *nzere,* río, pero tras su caída se restauró el nombre antiguo. NÍGER y NIGERIA son otros dos países que reciben el nombre del principal río que los atraviesa, el NÍGER. El origen de dicho nombre no está claro, aunque podría derivar de alguna variante del amazigh *ger-n-ger,* el río de los ríos. De los ríos epónimos reciben también el nombre SENEGAL y GAMBIA. Sobre el origen de estos nombres poco podemos saber.

Sin embargo, también encontramos nombres que nos transportan a referentes históricos y enlazan con reinos o imperios del pasado, de los que también hubo un gran número en África. Es el caso de GHANA (el nombre de un supuesto gobernante, y de ahí soberano) o MALI (al parecer, hipopótamo en el idioma mandinka hablado en la región), que hacen referencia a sendos imperios que en su día reinaron en el entorno del noroeste africano. Igualmente, tampoco faltan los nombres que nos remiten, de nuevo, a la Antigüedad grecolatina. Es el caso de EGIPTO, ETIOPÍA o LIBIA. Los tres nombres provienen del griego: Egipto proviene de Αίγυπτος («Aígyptos»), nombre con el que ya se conocía el reino faraónico en época micénica. Investigaciones modernas apuntan a que deriva de uno de los apelativos dirigidos a la ciudad de Menfis, capital, durante ciertas épocas, del reino de Egipto: *ḥwt-k3-ptḥ* o *Hikuptah*, la casa del *ka* de Ptah, en referencia al templo de dicho dios en la ciudad.

Etiopía, a su vez, proviene del griego Αἰθιοπία, transcrito al latín como *Æthiopia*, procedente a su vez de Αἰθίοψ («Æthiops»), un término griego que ya emplea Homero en la *Ilíada* para referirse a las personas de piel negra en general. Su origen es incierto, pero los propios griegos creían que derivaba de αἴθω («aítho»), quemar, y ὤψ («óps»), cara, con lo que Æthiops se traduce por cara quemada, de piel oscura. Al principio, se aplicó a los habitantes de Nubia, el actual Sudán, pero, al ser esta conquistada por el Imperio de Aksum, centrado en Etiopía, esta heredó el nombre. Libia, por último, deriva del griego Λιβύη, latinizado como *Libya*, procedente del nombre de la tribu amazigh de los Libu, que en su día daba nombre a toda el África al oeste de Egipto.

AMÉRICA

En América, sin embargo, colonizada ya a partir del siglo xvi por castellanos y portugueses primero, y por británicos, franceses y holandeses después, fue mucho más habitual nombrar los territorios haciendo referencia al santo del día de su descubrimiento, una efeméride o una característica que los colonos encontraban en dichas tierras. Tras la independencia de muchos países latinoamericanos de la monarquía española, además, se renombraron varios de ellos haciendo referencia a importantes figuras de su historia. Sin embargo, también hallamos multitud de nombres derivados de las lenguas indígenas, en cuyo caso su origen y evolución resulta más difícil de trazar. Nombres que derivan de la conquista tienen países como Colombia, Venezuela, Brasil, El Salvador, Costa Rica o Argentina.

El primer caso es el ejemplo más destacado: Colombia hace referencia al nombre latino de Cristóbal Colón, Christophorus Columbus, quien descubrió América a los europeos en el año de 1492. La denominación es análoga a la del Distrito de Columbia, el nombre oficial del distrito federal de Estados Unidos donde se sitúa la capital, Washington. En el caso del país latinoamericano, el nombre fue adoptado, a instancias de Simón Bolívar, en el Congreso de Angostura de 1819, como Gran Colombia, e iba a denominar al gran país que formarían, unidos, los países recién independizados del dominio español. El proyecto acabó colapsando, y el nombre quedó limitado al actual país. No fue el único país que recibió su nombre como resultado de la lucha de los países latinoamericanos por su independencia: en honor al mencionado libertador, Simón Bolívar, la región que en época virreinal se conocía como Alto Perú pasó a llamarse, tras su independencia en 1825, República de Bolívar. Poco después, el nombre fue cambiado al actual, Bolivia. No es el único caudillo que luchó por la independencia homenajeado en Bolivia: una de las capitales del país, Sucre, sede del poder judicial, lleva el nombre de Antonio José de Sucre, quien contribuyó a la independencia del país.

Venezuela debe su nombre al ya mencionado Américo Vespucio, quien se embarcó, en 1499, en una de las primeras expediciones no colombinas a las Américas, capitaneada por el conquistador Alonso de Ojeda. Dicha expedición recorrió la costa caribeña de América del Sur y llegó a la desembocadura del lago Maracaibo, que deja paso a una gran bahía. Según se lee en una de sus cartas, Américo, al observar las casas de los indígenas añú, erguidas en el agua sobre maderos, se acordó de la ciudad de Venecia, cercana a su patria florentina, por estar dichas estructuras situadas sobre el agua, al igual que la ciudad de la laguna. Este hecho fue el que llevó a Ojeda a nombrar la bahía como Venezuela, o pequeña Venecia, nombre que acabaría abarcando toda la región.

BRASIL recibe su nombre del *pau-brasil,* un árbol local cuya madera rojiza, empleada en ebanistería, y la tinta rojiza resultante, muy cotizada como tinte, lo convirtieron en el producto estrella de la colonia portuguesa, hasta casi su virtual desaparición. Hoy en día se están haciendo esfuerzos para recuperar el *pau-brasil,* cuyo nombre hace referencia al citado color rojizo, pues *brasil* derivaría de *brasa.*

ARGENTINA hace referencia al Río de la Plata (de *argentum,* plata en latín). Aunque hay quien ha hipotetizado que el nombre se debe a las plateadas aguas de dicho río, lo cierto es que el nombre proviene de que dicho estuario daba acceso a una serie de ríos navegables que llegaban hasta las estribaciones de los Andes, al ya mencionado Alto Perú, donde se encontraban varias de las minas argentíferas más productivas de las colonias, como es el caso de Potosí. Debido a esta asociación, tenemos hoy en día los nombres de Argentina y el Río de la Plata.

EL SALVADOR, por su parte, fue bautizado por el conquistador Diego de Alvarado en honor a Jesucristo, mientras que la vecina COSTA RICA parece deber su nombre a la proverbial riqueza de los indígenas de la zona, fama fruto de las expediciones colombinas.

Otros nombres, como hemos dicho, proceden de las lenguas indígenas que se hablaban en el lugar, con mayor o menor grado de alteración al pasar de las lenguas locales a las de los colonizadores. GUATEMALA, por ejemplo, recibe su nombre del náhuatl *Cuauhtlēmallān,* lugar de muchos árboles. Parece que este era el nombre que los guerreros nahuas aliados de los españoles, procedentes de la ciudad de Tlaxcala, dieron al territorio cuando acompañaron a Diego de Alvarado en la misma expedición que trató de tomar control de El Salvador. Otro nombre que viene del náhuatl es MÉXICO. Los mexicas, también conocidos como aztecas, daban este nombre a su capital, *Mēxihco-Tenochtitlan.* La interpretación de este nombre náhuatl no está claro, y se han propuesto diversas explicaciones, ninguna totalmente satisfactoria.

PANAMÁ es otro nombre de aparente procedencia indígena, aunque su origen concreto está poco claro. Algunos afirman que procede de la denominación popular de la *Sterculia apetala* o árbol de panamá, llamado también camoruco. Sin embargo, parece ser que el topónimo precede al dendrónimo, por lo que la explicación ha de ser otra. Otra teoría postula que los primeros conquistadores europeos habrían llegado a PANAMÁ en el mes de agosto, cuando abundan las mariposas, y que, debido a tal suceso, PANAMÁ significaría «abundantes mariposas» en una lengua indígena local. No hay evidencias para tal teoría. Otro tanto ocurre con la versión de la historia que cuenta que este era el nombre que los indígenas daban a una gran piscifactoría creada en los primeros años de la época colonial, y que por tanto Panamá significaría «abundancia de peces». La teoría más creíble postula que provendría de la lengua kuna *bannaba,* lejano.

De origen indígena es también el nombre de CANADÁ, que parece derivar del iroqués hablado en el entorno del río San Lorenzo *kanata,* que significa pueblo o aldea. En el siglo XVI los nativos habrían empleado esta palabra al guiar al explorador francés Jacques Cartier al asentamiento iroqués más grande del entorno del río San Lorenzo, en el este de Canadá. Cartier aplicó el término a todo el territorio controlado por Donnacona, el jefe indio local, y, posteriormente, todo el territorio colonial que, con el tiempo, acabaría formando el CANADÁ actual acabó recibiendo el nombre.

ASIA

Siguiendo con nuestro viaje hasta atravesar el Pacífico, nos adentramos en el continente asiático, donde observamos un curioso fenómeno que también se da en otros lugares, pero en Asia con especial frecuencia: mientras que en los países occidentales ha predominado algún EXÓNIMO (del griego ἐξ, fuera, y ὄνομα, nombre), es decir, un nombre empleado en una lengua extranjera para referirse a algún país, en las lenguas locales continúa empleándose un ENDÓNIMO (del griego ἔνδον «éndon», dentro) para referirse al lugar. Para poner un ejemplo que ya hemos tratado en este capítulo, Alemania sería un exónimo, empleado en castellano para referirse al país tedesco, mientras que en la lengua alemana se emplea el endónimo Deutschland, que es el que usan los habitantes del propio país para referirse a él.

Este es el caso de los dos países más destacados de Asia, CHINA e INDIA. CHINA es un exónimo derivado del sánscrito *cīna,* que llegó a través del persa a las lenguas europeas en el siglo XVI. El término, que, según se cree, deriva de la denominación de la dinastía Qin (léase *chin,* reinaron en la antigua China en los años 221-206 a. C.), también llegó, a través de la ruta de la seda, a las civilizaciones griega y romana, que se referían a las gentes que habitaban la China actual como Σῖναι (*Sînai*) en griego y *Sinae* en latín. En chino mandarín, sin embargo, se conoce a CHINA como *Zhōngguó* (中国, en caracteres chinos simplificados), que significa «país central» o «país del medio», pues *Zhōng* significa central, y *guó*, país. Parece que el nombre se remonta a la dinastía Zhou Occidental, que reinó en China durante los primeros siglos del último milenio a. C., cuyos gobernantes poseían la mayoría de dominios reales en el norte del país.

INDIA debe su nombre actual en la mayoría de lenguas al griego Ἰνδός («Indós»), que, como su semejanza fonética indica, designa al río Indo (que hoy en día fluye casi en su totalidad a través de Pakistán), y, por extensión, a la densamente poblada región de su entorno, ya conocida por los griegos. En última instancia, el nombre parece derivar de algún ancestro del sánscrito *Síndhu,* el río, nombre que los habitantes daban a las caudalosas corrientes del Indo. A finales del siglo VI a. C., el Imperio persa de Darío I conquistó la región, y adaptaron el nombre a su idioma como *Hinduš,* de donde pasó al griego y, a través de su forma helenística, al latín como INDIA, nombre que se aplicó al subcontinente en su totalidad una vez los occidentales supieron de su existencia. En Hindú y varias de las lenguas habladas en la actual India, sin embargo, se conoce al país como

BHARAT, nombre derivado de Bharata, un personaje mítico del jainismo, una de las religiones más antiguas del subcontinente, quien, según se afirma, fue el primero en unificar el subcontinente bajo su mando y creó la casta espiritual de los brahmanes, entre otras cosas.

Otro de los países que hasta hace relativamente poco era conocido únicamente por su exónimo era PERSIA, nombre que recibió el actual IRÁN hasta los años cincuenta del siglo XX. PERSIA es otro exónimo que debemos a los griegos, que llamaban Περσίς («Persís») al antiguo Imperio aqueménida, que, con epicentro en la actual Irán, gobernó amplias partes de Oriente Medio y Próximo. El nombre provenía en realidad de los *Pārsa,* la tribu sobre la que reinaba Ciro el Grande antes de hacerse con el control de los imperios medo y babilonio para fundar el Imperio aqueménida. Sin embargo, los griegos teorizaron que el nombre provenía de Perses (Πέρσης, en griego), hijo de Perseo y Andrómeda, y ancestro, a través de Aquemenes, el también mítico predecesor de la dinastía aqueménida de Ciro que gobernó el imperio y, por ende, de todos los persas.

IRÁN se deriva del persa medio o farsí *ērān* o *aryān,* un endónimo que significa «de los arios» o «de los iraníes». Ario (originalmente **aryo*) es un vocablo que usaban para referirse a sí mismo los antiguos pueblos de habla indo-irania (la familia de lenguas que constituye la rama más meridional del tronco indoeuropeo, extendiéndose actualmente desde Anatolia hasta Bangladesh). En los años cincuenta el gobierno iraní pidió a la comunidad internacional que se refiriera a su país por el nombre autóctono de IRÁN, cambio que acabó calando, al menos en el contexto de la política internacional.

La lengua persa, es precisamente, el origen del nombre de muchos de los países de Asia Central y Oriente Medio, pues el sufijo persa *-stan,* que en farsí significa «lugar de», o «país de», forma parte de la denominación de muchas entidades políticas de distinto nivel a lo largo de estas regiones. Curiosamente, **steh*$_2$*,* la raíz protoindoeuropea de la que deriva el sufijo, es el mismo del que se origina el latín *stare,* estar de pie, estar quieto en un sitio, de donde deriva el castellano ESTAR. La mayoría de los países con este sufijo en el nombre lo combina con el del pueblo o grupo étnico principal que habita, o en algún momento de la historia habitó, esos países. Así pues, KAZAJISTÁN es el país de los kazajos, o el lugar donde habitan los kazajos; AFGANISTÁN, el país donde habitan los afganos (término que históricamente se ha empleado para referirse a la etnia Pastún, mayoritaria en la región); TURKMENISTÁN, el país de los turkmenos (o turcomanos), etc. Una excepción curiosa es PAKISTÁN, que no es un nombre surgido históricamente, sino que fue acuñado en los años treinta del siglo pasado para los territorios con predominio de musulmanes que pretendían separarse de India, mayoritariamente hindú. *Pāk* significa puro en persa y pastún, con lo que PAKISTÁN sería el país de los puros.

Hasta aquí llega nuestro recorrido por el mundo y sus etimologías. Como hemos visto, en ocasiones es difícil reconstruir el origen de un topónimo, y se suele recurrir con frecuencia a explicaciones inventivas, pero de poco rigor científico, para poder atribuir significado a los nombres, a menudo misteriosos, de los lugares y emplazamientos geográficos. Al igual que hacía San Agustín con África, muchos son los que se dedican a especular con el origen de las palabras, no solo con el origen de los topónimos. Y de eso mismo, de etimologías falsas o engañosas, precisamente, hablaremos en el siguiente capítulo, si al lector place acompañarnos.

5

FAKE NEWS: LA CONJURA DE LOS PSEUDOÉTIMOS

Muchos reciben engaño en las etymologías.

ANTONIO AGUSTÍN, *Diálogo de las Medallas*
(Citado por la RAE en su *Diccionario de Autoridades,*
Tomo III, bajo la entrada «Etymología»)

Como ya hemos tenido la oportunidad de ver en el capítulo anterior, la interpretación del origen de las palabras (un origen que, a menudo, resulta ignoto), se convierte en ocasión propicia para que intelectuales e individuos de todo tipo, poco familiarizados con la lingüística y la etimología, inventen historias de lo más diversas, desde las más creíbles hasta algunas totalmente delirantes, para explicar el origen de las palabras basándose en el significado actual. Dado que el desplazamiento semántico y la distancia entre el significado de una palabra actual y su predecesor etimológico suelen ser bastante significativos, estos intentos pocas veces son satisfactorios. Sin embargo, suelen resultar altamente exitosos, puesto que, de manera natural, las personas tendemos a recordar historias curiosas que poder contar en las reuniones entre amistades y familiares. Los bulos etimológicos se transmiten rápidamente de boca en boca, y resulta muy difícil eliminarlos del imaginario popular.

A menudo, también se abren paso en ambientes académicos o cultos, como veremos a continuación.

A CÉSAR LO QUE NO ES DE CÉSAR

Un caso muy conocido de falsa etimología, que hunde sus raíces en la Antigüedad, es que el parto por CESÁREA (situación en la que, debido a las dificultades del parto, el recién nacido ha de extraerse a través de un corte en el abdomen de la madre) deriva su nombre del famoso militar y *dictator perpetuus* (que no emperador) Julio César, quien habría dado nombre al procedimiento al tener un parto de esas características. Esta creencia errónea se halla muy extendida y se ha llegado a abrir paso hasta publicaciones de prestigio como el *Oxford English Dictionary*, que en varias ediciones llegó a consignar dicho origen a la palabra cesárea. Sin embargo, que Julio César naciera mediante este método es menos que probable, puesto que tanto él como su madre Aurelia sobrevivieron al parto, algo altamente improbable en los partos de este tipo, donde la tasa de mortalidad de la madre se acercaba al 90 por ciento en el siglo XIX, y sería incluso más alta en época romana.

En realidad, el origen del latín *caesarea*, de donde proviene nuestra CESÁREA, hemos de buscarlo en el verbo latino *caedere*, cortar, cuyo participio es *caesus*. Así pues, CESÁREA significaría «parto mediante corte», hipótesis apoyada por el hecho de que a los nacidos de tal parto se les llamara *caesones*, cortados. El mismo Plinio el Viejo decía en su *Historia Naturalis*, 7.7, que el nombre de César provenía de que un antepasado suyo había nacido *a caeso matris utero,* del útero cortado de su madre. Queda claro que la tan popular etimología que deriva la CESÁREA de César no se sostiene, y que incluso los mismos romanos hacían la asociación opuesta.

Como podemos observar, la etimología falsa es persistente y constituye casi una rama de la teorización etimológica en sí. Algunos se han referido a ella como ETIMOLOGÍA POPULAR. Sin embargo, no nos place esta denominación, pues estas etimologías no son siempre derivadas de la especulación popular. A menudo tienen su origen en autores de prestigio o teorizaciones en los libros, como es el caso de nuestro tan querido San Isidoro, que no se limitaba a recoger hipótesis populares en su libro, sino que añadía más de uno de su propia cosecha. Por ello, nos referiremos a esta espuria rama etimológica como PARETIMOLOGÍA, derivado mediante el sufijo griego παρά («pará», al margen o al lado de). Desgranemos unos cuantos de estos bulos paretimológicos.

Muchas de estas paretimologías suelen ser de raíz histórica: se intenta explicar el origen de un nombre o una expresión por un acontecimiento histórico, a menudo ficticio o no documentado, que permite racionalizar el nombre mediante su supuesto origen, que daría sentido a la palabra o expresión que se emplea hoy en día. Uno de estos casos lo hallamos en la explicación que se da, a veces, de la palabra HORCHATA, de la voz valenciana *orxata*, que en realidad proviene del latín *hordeata*, «agua de cebada», de *hordeum*, cebada. Una evolución fonética natural habría dado como resultado *orzad*, pero, debido a que la expresión llegó a través del mozárabe, el fonema «-d-» pasó a ser «-ch-», y la «-t-» original se mantuvo en lugar de suavizarse. Sin embargo, muchos han tratado de explicar el nombre mediante un supuesto acontecimiento ocurrido en el Reino de Valencia, allá por el siglo XIII.

LA HORCHATA DEL CONQUISTADOR Y OTROS BULOS

Según las diversas variantes de la historia que circula boca a boca, el famoso monarca Jaume I el Conquistador, hallándose cabalgando por una localidad valenciana (la capital recién conquistada, según algunas versiones, u otra localidad, según otras variantes), sintió una acuciante sed y se detuvo a pedir de beber. Una muchacha le habría traído una HORCHATA, que el monarca habría bebido con gusto. Tanto fue el placer gustativo que Jaume I sintió, que habría exclamado *Això és or, xata*. De ahí vendría ORXATA, que de la lengua local habría pasado al castellano como HORCHATA. Este origen, sin embargo, se demuestra inmediatamente apócrifo, pues, tal y como nos lo indican los diccionarios, *xato* es un castellanismo reciente en valenciano y catalán, derivado de chato, y resulta totalmente anacrónico en el siglo XIII. Este origen, pues, es claramente espurio, aunque constituye una buena anécdota para contar en cenas familiares o de amigos, lo que asegura su supervivencia por mucho que se desmienta repetidamente.

Otro bulo de carácter historicista que resurge de vez en cuando en las redes se relaciona con el origen de la expresión MÁS SOLO QUE LA UNA. Como el lector perspicaz probablemente piense inicialmente, la expresión tiene que ver con el número uno, y probablemente tenga que ver con la una, pues antaño, cuando las campanas se encargaban de dar la hora, un tañido solitario indicaba dicho momento del día. Sin embargo, esta explicación no parece satisfacer a los más fantasiosos, que dan una versión alternativa. Según esta, la expresión remontaría su origen al siglo XIX, en pleno régimen turnista de la Restauración borbónica, una época de la historia de España en la que el pucherazo y el fraude electoral estaban asegurados. Reza la leyenda que, en el municipio guipuzcoano de Ondarreta, un tal Iñaki Launaguerregaray, conocido como Laúna, habría tenido la idea de presentar su candidatura a las elecciones locales. Al estar el resultado pactado de antemano a favor del candidato oficial, en los resultados oficiales el pobre Laúna se habría quedado sin ningún voto. De este acontecimiento habría surgido la expresión MÁS SOLO QUE LAÚNA. A medida que pasaba el tiempo y la historia original se perdía en la noche de los tiempos, se habría convertido en MÁS SOLO QUE LA UNA.

Esta fantasiosa historia parece remontarse a un post de 2013 en un blog satírico dedicado, entre otras cosas, a inventarse historias disparatadas para las expresiones cotidianas. El obvio tono absurdista y satírico de la historia original no ha impedido que más de un lector poco atento se haya tomado en serio la historia y lo haya ido repitiendo, de tal modo que ha alcanzado cierta repercusión a través de las redes sociales y el boca a boca. Sin embargo, la historia se demuestra falsa con un poco de investigación, como veremos a continuación.

En primer lugar, el post habla de que el episodio ocurrió en el supuesto municipio guipuzcoano de Ondarreta. Aquí nos encontramos con la primera discrepancia con la realidad: dicho municipio no existe, ni ha existido. Se trata del nombre de una playa de Donostia/San Sebastián, que, junto con las zonas adyacentes, fue campo de maniobras militares durante casi toda la Restauración. En segundo lugar, está la fecha. El artículo sitúa el evento a finales del siglo XIX. Sin embargo, es imposible que alguien con el nombre de Iñaki Launaguerregaray, nuestro supuesto protagonista, existiera en esa época. ¿Por qué? Pues porque el nombre de Iñaki es el equivalente propuesto por Sabino Arana al nombre castellano Ignacio (cuyo equivalente tradicional en euskera es Eneko), y apareció por primera vez en su *Deun Ixendegi Euskotarra*, publicado en el año... 1910. Un poco fuera del siglo XIX.

Su apellido también es un obstáculo bastante prominente: Launaguerregaray no aparece documentado por ninguna parte. Sí que aparece el apellido Aguerregaray (ortografía estandarizada Agerregarai), sobre el que, parece ser, se inventó el primero *ad hoc* para tan peregrina historia. Por último, circula una foto, que adjunta el artículo, que, supuestamente, sería el mismo Iñaki Launaguerregaray. Claro está, no es tal, sino el arquitecto vizcaíno Pedro Guimón Eguiguren, (1878-1939), que nada tiene que ver con un pasaje de tales características. La historia, pues, se cae por sí sola, ya que fue pensada como una sátira fantasiosa, y no una explicación plausible. El origen de la expresión es mucho más simple, como ya hemos visto al principio, aunque, poca duda cabe, historias fantásticas como esta estimulan la imaginación y nos impulsan a contarlas, perpetuándolas en el proceso.

Este no es el único bulo de inspiración decimonónica que podemos encontrar circulando por estos pagos. Otra invención histórica interesante refiere, en sus varias versiones, el supuesto origen de la palabra GRINGO, que hoy en día ha adquirido notoriedad como el apelativo empleado en diversas partes de América Latina para referirse a los extranjeros, especialmente a los vecinos anglosajones del norte. Las erróneas teorías sobre esta palabra suelen remontarse a la guerra mexicano-estadounidense, también conocida como intervención estadounidense en México. Dicha guerra estalló en el año 1846, cuando los colonos anglosajones procedentes de Estados Unidos, que se habían asentado en la escasamente poblada California, se rebelaron y proclamaron su independencia de México, pasando a formar la República de California, imitando el proceso por el que había pasado Texas diez años antes, para, en 1845, entrar a formar parte de los Estados Unidos. Estos intervinieron a favor de los separatistas, y, ya de paso, arrebataron al derrotado México una tercera parte de su territorio tras el final de la guerra en 1848, quedando configurada la actual frontera.

En el contexto de la guerra, inmigrantes europeos que se encontraban de servicio en el ejército estadounidense (particularmente católicos irlandeses y alemanes que, al parecer, se sentían discriminados por su fe y origen en Estados Unidos, y tenían cierta solidaridad con los mayoritariamente católicos mexicanos) desertaron al enemigo y formaron el Batallón de San Patricio, en honor al santo patrón de Irlanda. El batallón tomó parte en alguna de las batallas más duras de la guerra, con relativo éxito. Según reza la leyenda, los mexicanos de los pueblos a los que llegaba el batallón, al ver los uniformes y rasgos europeos de sus integrantes, muy similares a los de sus enemigos estadounidenses, confundirían a los soldados con tropas estadounidenses, abucheándoles al grito de *green, go*!, («¡verde, fuera!»), que, deformado, habría dado lugar al actual gringo.

La hipótesis circula, en sus distintas versiones, siempre refiriéndose a México y al siglo XIX como supuesto marco espacio-temporal para el origen de la palabra. El problema con esta historia es que el vocablo es bastante anterior. Pues se documenta ya en los siglos XVII y XVIII con el sentido de «extranjero» que se le suele dar habitualmente en la mayoría de los países. Por ejemplo, el padre jesuita Esteban Terreros y Pando recoge en su obra *Diccionario castellano con las voces de ciencias y artes,* publicado en 1787, que «gringos llaman en Málaga a los estranjeros (*sic*), que tienen cierta especie de acento, que los priva de una locución fácil y natural castellano; y en Madrid dan el mismo, y por la misma causa con particularidad a los irlandeses». Respecto a su origen, aunque sigue siendo fruto de discusión, el filólogo Joan Corominas propone que pueda provenir de la deformación de «griego». Por ser el griego una lengua ininteligible por antonomasia para las clases populares, el apelativo «gringo» se aplicaría al castellano difícil de descifrar de los extranjeros, y por extensión a los foráneos mismos, y en cada sitio del globo se aplicaría al grupo extranjero más prominente: en México a los estadounidenses, en Madrid a los irlandeses, etc., de manera similar a lo que ocurre con la palabra GABACHO, que en España se suele aplicar a los franceses, mientras que en partes de América Central se aplica a los norteamericanos. En todo caso, el origen de GRINGO no reside en el siglo XIX, y menos aún en México, puesto que aparece documentado ya en el siglo XVIII en Madrid y en Málaga.

UNA CHUMINADA

Y a Málaga nos lleva otra popular teoría que parece tener poco aval académico, que en tiempos recientes tiene un éxito fulgurante en las redes: el del origen de la palabra CHUMINO, que se emplea para designar al aparato genital femenino, muy extendido en Andalucía y cuya patria se disputan las ciudades de Cádiz y Málaga, que cuentan con una larga historia de ciudades portuarias con importante presencia del comercio exterior. La palabra se documenta por primera vez en una obra satírica basada en el *Don Juan Tenorio* de Zorrilla, *Don Juan Notorio. Burdel en cinco actos y 2.000 escándalos,* supuestamente publicado en Sanlúcar de Barrameda (es dudoso, pues poco se conoce de la anónima obra) por alguien que emplea el pseudónimo de Ambrosio el de la Carabina (en referencia a la expresión «más inútil que la Carabina de Ambrosio». Ya en el siglo XX, se documenta ampliamente a través de la península. Todo indica que la palabra es parte de un grupo numeroso de apelativos de origen expresivo (como chocho, chichi, chiribiqui, chivo, chirla, chuqui, etc.) que hacen referencia a los genitales femeninos. Algunas teorías apuntan a factores sociales en la connotación que adquieren ciertos fonemas, con lo que, mediante este proceso de fonosimbolismo, en el imaginario popular castellanoparlante la «ch» habría acabado por relacionarse con la vulva, como atestigua la amplitud de palabras de origen expresivo que cuentan con dicho fonema para referirse a ella.

Sin embargo, circula mucho por las redes una historia que apunta a que el origen de la palabra se remontaría a los siglos XVII y XVIII, cuando gran número de comerciantes ingleses fondeaba en los puertos de muchas ciudades andaluzas (aunque el mayor volumen de comerciantes británicos no llegaría a las costas andaluzas hasta el siglo XIX, una vez independizadas la colonias americanas). Reza esta historia que las meretrices de la correspondiente ciudad, al conocer la llegada de los marineros, que suelen desembarcar con un elevado grado de concupiscencia carnal, se desplazaban hasta el puerto, donde se levantaban las faldas para enseñar a sus potenciales clientes la mercancía. Ante tanto despelote, las autoridades habrían metido baza, persiguiendo esta práctica comercial. Los marineros ingleses que llegaban al puerto a partir de dicho punto, extrañados al ver a las prostitutas en puerto sin sus habituales destapes y aspavientos, les gritarían *show me now!* («¡enséñamelo ahora»), que, deformado, habría dado lugar a CHUMINO. Las historias que circulan por las redes suelen tener tintes conspiranoicos, acusando a la RAE u otros de ocultar deliberadamente el origen de la palabra. Lo cierto es que no hemos hallado documento alguno que registre esta práctica de forma generalizada, ni avale dicho origen inglés. Todo apunta a que CHUMINO tiene un origen expresivo, y que el origen inglés sería fruto de algún ingenio especialmente avezado para las historias.

Un pasaje parecido es el que se relata a menudo en relación a CHUMINO suele escucharse cuando se discute el origen de la expresión HACERSE EL SUECO, que significa hacerse el sordo o escurrir el bulto. La explicación más difundida y picante es que los marineros suecos que llegaban a puerto en Andalucía u otras costas peninsulares se hacían los sordos a la hora de pagar los servicios de las prostitutas a las que contrataban, haciendo como que no entendían la lengua para intentar escaquearse del pago. De ahí vendría la expresión, según esta explicación que atestigua el gusto popular por el intercurso carnal, hasta en la etimología. Aunque esta explicación parece claramente apócrifa, HACERSE EL SUECO ha suscitado un gran debate entre los expertos. Algunos han tratado de relacionarlo con algún evento histórico referido a los suecos, con más o menos éxito, o han tratado de proponer ejemplos alternativos. Por ejemplo, lexicógrafos como el navarro José María Iribarren proponen su derivación de *soccus,* una especie de zueco (palabra que deriva precisamente de ese origen) que se empleaba en las comedias romanas de género popular, y que se asociaría con personajes tontos y de poca perspicacia.

De esa misma raíz deriva ZOQUETE, con lo que esta explicación adquiere cierta plausibilidad, y esta misma es la que recoge la RAE. Sin embargo, la primera aparición de la expresión en los textos escritos no sucede hasta el año 1841, con lo que la derivación de la misma de una palabra que llevaría en el acervo popular mucho tiempo y que no se registra de otra forma parece poco probable. La explicación más satisfactoria parece darla el profesor Fernando Álvarez Montalbán, quien, en un artículo de 2007, proponía que el acontecimiento histórico que habría dado lugar a la expresión era la costumbre de los barcos ingleses de izar la bandera sueca (pues Suecia era por entonces un país neutral) para poder comerciar en puertos españoles durante las guerras napoleónicas, debido a la enemistad que por entonces existía con España. Esta práctica se documenta ya en el siglo XVIII por parte de barcos holandeses, y el hecho de que, un poco antes de la expresión HACERSE EL SUECO, se documente IZAR LA SUECA, en clara alusión al fenómeno y con el significado de escurrir el bulto o pasar desapercibido, aporta solidez a la teoría.

BULOS UTRAMARINOS

La navegación, como podemos apreciar, estimula la imaginación y produce paretimologías rocambolescas. Si retrocedemos desde el siglo XIX a centurias anteriores, cuando la exploración y conquista de nuevas tierras estaba a la orden del día en la agenda de la potencias europeas, hallaremos que el contacto con nuevas realidades desconocidas hasta entonces conllevó la entrada en el lenguaje de numerosas palabras (que podrán ver en el capítulo VIII, dedicado a los americanismos) cuyo origen exacto es a veces difícil de trazar, ya que la colonización europea ha llevado, a menudo, a la desaparición de las lenguas de origen. Este vacío o desconocimiento de la cadena etimológica se convierte en campo abonado para la especulación paretimológica, con historias que se introducen tenazmente en la cultura popular y a menudo se abren camino a esferas más altas.

Es el caso de la leyenda sobre el origen de la palabra CANGURO, que se halla muy extendida en gran número de fuentes (tanto que, en su día, nosotros mismos llegamos a reproducirla en nuestra cuenta). La historia reza que, cuando el navegante inglés James Cook desembarcó en Australia, al preguntar a los nativos sobre el nombre de tan extraño animal, desconocido para los europeos, los indígenas habrían respondido algo similar a *kan-ga-roo,* que significaría «no te entiendo». Los ingleses, fruto de su desconocimiento de la lengua, habrían tomado la frase como nombre del animal, que pasaría, a su vez, a otras lenguas europeas. Sin embargo, ya en 1898 algunos autores trataron de desmentir esta leyenda, aunque sin mucho éxito. Y es que CANGURO no viene de una frase que signifique «no te entiendo», sino del Guugu Yimithirr *gangurru.* Los Guugu Yimithirr son un grupo aborigen del nordeste de Australia, y, en su idioma, *gangurru* se refiere a una subespecie de canguro, concretamente a los canguros grises del este. Así pues, resulta que tal malentendido no tuvo lugar, y el nombre que los ingleses registraron era el de una especie concreta de CANGURO.

Uno se puede encontrar bulos etimológicos hasta en la comida. Un ejemplo es lo que acontece con la etimología de MERMELADA, cuyo origen hacen algunos remontar a María Estuardo, reina de Escocia durante la segunda mitad del siglo XVI. María, que contaba con apenas seis días de edad cuando su padre, Jacobo V de Escocia, falleció en el campo de batalla, fue prometida con cinco años al delfín de Francia, Francisco II. Su familia política se hizo cargo de su educación y, debido a ello, María pasó casi trece años en Francia. Cuenta la leyenda etimológica que, cuando la reina estaba enferma, tenía costumbre de ingerir MERMELADA, cuyo nombre habría derivado de la expresión francesa *Marie est malade* (María está enferma) que las sirvientas proferían cada vez que este manjar le era servido a la reina. Nada más lejos de la realidad: este alimento, tal y como lo conocemos, tiene su origen en Portugal, donde se le conocía como *marmelada*, de *marmelo*, dulce de membrillo. Este *marmelo* es, a su vez, un derivado del griego μελίμηλον («melímēlon»), del griego μέλη, miel, y μῆλον, manzana, expresión con la que los griegos conocían el dulce de membrillo. Y es que el origen de la MERMELADA poco tiene que ver con Francia, pues sus orígenes residen en las costas atlánticas de la Península Ibérica.

FANTASÍAS INVERSAS

Otro campo en el que las etimologías poco veraces suelen campar a sus anchas es el de los acrónimos, o, mejor dicho, el de los RETROACRÓNIMOS. ¿Qué es un RETROACRÓNIMO, llamado también bacrónimo? Pues se trata de lo inverso de un acrónimo convencional: en vez de crear una palabra a partir de las letras iniciales de una expresión o frase, se crea una expresión u acrónimo que encaje con una palabra ya existente. El procedimiento de inventarse acrónimo para dar una explicación etimológica que parezca coherente a palabras que tienen un origen oscuro parece estar muy extendido, ya que los RETROACRÓNIMOS con pretendida raíz etimológica son abundantes y numerosos. En los párrafos siguientes, expondremos algunas de las paretimologías más difundidas de este tipo.

Una de las etimologías falsas de este tipo que muchos habrán oído tiene que ver con el origen de la palabra CADÁVER, que, según algunas historias, vendría de un acortamiento de la expresión latina *caro data vermibus*, que se traduciría por «carne entregada a los gusanos». Esta sería la frase que los aguerridos soldados romanos escribían en las sepulturas de sus queridos enemigos muertos en batalla (algo que no sucedía, puesto que los enemigos muertos no solían ser enterrados en sepulturas). Aunque esta paretimología resulte especialmente sugestiva por lo poético de su contenido, lo cierto es que se trata de una invención de los universitarios medievales (entre los que se dan los primeros testimonios), que, en un ambiente escolástico, eran muy dados a los juegos de palabras.

El origen de CADÁVER, palabra que ya empleaban los mismos latinos, viene del verbo *cado*, caer, con lo que sería una expresión eufemística que significaría «el caído», en referencia al cuerpo del muerto.

Ya los mismos romanos explicaban de esta manera el origen del término, como atestigua el apologeta cristiano Tertuliano, quien, en una digresión etimológica de su obra *De resurrectione carnis,* es decir, «Sobre la resurrección de la carne», afirmaba que *atque adeo caro est quae morte subruitur, ut exinde a cadendo cadaver enuntietur,* que podríamos traducir como «puesto que la carne es la que es derribada por la muerte, de ahí que de cayendo se le llame cadáver». Isidoro de Sevilla, quien esta vez sí acierta, recoge esta explicación en sus *Etimologías.*

Otro caso de retroacrónimo es el del origen del apelativo DON, que hoy en día se usa cada vez menos, sustituido por otras fórmulas de cortesía, pero que antaño se usaba para dirigirse respetuosamente a personas de rango social más elevado, anteponiéndolo a su nombre de pila (expresión, por cierto, que hace referencia a la pila bautismal en la que las criaturas recibían el nombre). Diversas teorías paretimológicas afirman que DON sería el acrónimo de la expresión «de origen noble», algo que parece lógico, pues las personas a las que se aplicaba a menudo lo eran, pero no por ello deja de ser apócrifo. En realidad DON y su contraparte femenina DOÑA son descendientes directos de los términos latinos *dominus* y *domina,* señor y señora, respectivamente. La evolución fonética se aprecia de forma especialmente clara en la forma DOÑA: *domina > domna > doña.* He ahí otra explicación acronímica que resulta ser poco veraz. Guárdense de los acrónimos etimológicos, queridos lectores.

Pero la lista de retroacrónimos es larga y no acaba ahí. Si nos trasladamos a Italia, veremos que historias de parecida índole circulan en torno al origen de la palabra MAFIA, que algunos relacionan con el episodio de las Vísperas Sicilianas. Fue este una rebelión de la población siciliana contra el monarca Carlos de Anjou, de origen francés, pero rey de Sicilia y Nápoles, quien se había ganado la animadversión de los isleños al trasladar la capital de su reino de Palermo, en Sicilia, a Nápoles, en la península italiana, y al introducir funcionarios y tropas francesas en la administración de sus dominios. Resentidos ante lo que percibían como dominación extranjera, los sicilianos se levantaron en armas y dieron matarile a todo francés que se les pusiera delante. Y aquí entraría el origen del vocablo, pues, según afirman las tesis paretimológicas, los sicilianos habrían llevado a cabo el levantamiento al grito de *morte alla Francia, Italia anela*, que podríamos traducir por «muerte a Francia es lo que Italia desea», cuyo acrónimo daría como resultado el vocablo MAFIA. La expresión es, sin duda, una invención, como se desprende por la distancia histórica entre dicho acontecimiento el surgimiento de la mafia siciliana, que data del siglo XIX, además de lo anacrónico que resulta el grito nacionalista italiano en contra de los franceses en pleno siglo XIII. El origen del término hay que buscarlo en el siciliano *mafiusu*, mafioso en italiano estándar, del que deriva el término. *Mafiusu* podría traducirse por fanfarrón o chulo, y se empezó a emplear a mediados del siglo XIX para referirse a los integrantes de las bandas que con el tiempo darían lugar al surgimiento de la MAFIA. Aunque el origen del término no está claro, parece que puede tener raíces árabes, y las conexiones con las Vísperas Sicilianas brillan por su ausencia.

Incluso si nos acercamos más a la época moderna y a términos más recientes, las paretimologías siguen haciendo su aparición. Es el caso de la palabra AVIÓN, en el que alguien especialmente avispado vio un acrónimo derivado de *Appareil Volant Imitant l'Oiseau Naturel*, que en francés vendría a significar «aparato volador imitando al pájaro natural». AVIÓN, en realidad, es una forma aumentativa, un derivado culto del latín *avis*, ave, y poco tiene que ver con ese supuesto acrónimo, una explicación que no aparece hasta varias décadas después.

FALSAS ETIMOLOGÍAS GUIRIS

Otros idiomas tampoco se libran de la fiebre paretimológica de los retroacrónimos. En inglés, por ejemplo, circulan diversas etimologías de esta índole para palabras que también han pasado a este idioma. Es el caso del conocido deporte del GOLF, por ejemplo, que, según teorías que Internet ha popularizado, sería un acrónimo de la expresión *Gentlemen Only, Ladies Forbidden*, que en inglés significa «solo para caballeros, prohibidas las mujeres», pues dicho deporte habría estado vetado a las mujeres. Y, aunque es verdad que las mujeres han sido discriminadas en este deporte, como en otras muchas facetas de la vida, esto es particularmente cierto para la época victoriana, en el siglo XIX. Desde el siglo XVI se documentan casos de mujeres que han jugado a dicho juego, siendo una de las primeras María Estuardo, reina de Escocia, a quien nuestros lectores ya conocen. Es en 1457 cuando por primera vez se documenta la palabra GOLF (escrita indistintamente como *gouff, goiff, goffe, goff, gowff,* y *golp*) en Escocia, donde se origina el juego en su forma moderna. Curiosamente, se trata de un acta del rey Jacobo II, que prohíbe el juego debido a que resulta una distracción para que los jóvenes de la corte aprendan la arquería y los modales. El origen del término, pues, no reside en un acrónimo, sino que parece derivar del escocés (lengua germánica que, aunque a menudo se toma por dialecto del inglés, históricamente ha evolucionado de forma separada) *goulf,* verbo que significa golpear, lo cual se corresponde con la naturaleza del juego.

Otro bulo prominente que incluye un anglicismo que ha pasado a nuestra lengua es el concerniente al origen de la palabra ESNOB, derivado del inglés *snob*, que, según la RAE, se refiere a la persona que imita con afectación las maneras, opiniones, etc., de aquellos a quienes considera distinguidos. El término, que se popularizó en Inglaterra en el siglo XIX, se empleaba principalmente para referirse a aquellas personas de clase baja que, mediante la ostentación de riquezas, lujos o talentos que no poseían, pretendían asimilarse a las clases altas, que creía superiores. Por ello se popularizó la teoría de que snob derivaba de la expresión latina *sine nobilitate,* que significa «sin nobleza». Sin embargo, las primeras acepciones de la palabra antes de su popularización no tenían esta connotación, pues *snob* se registra en varios dialectos del inglés en el siglo XVIII con el significado de zapatero. Debido a que los zapateros solían tener condiciones materiales modestas, la palabra pasó a significar persona de clase baja, y, con el tiempo se popularizó como persona de clase baja que imita el comportamiento de las superiores a su rango. El origen latino resulta muy culto, pero muchas palabras tienen un origen bastante más pedestre, lo cual no les quita, dicho sea, dignidad alguna.

EL NO TAN SIMPLE PEPE

Sin embargo, en castellano, la madre del cordero de los retroacrónimos paretimológicos son, según parece, los HIPOCORÍSTICOS (ahora lo explicamos, no se asusten con el palabro). Los HIPOCORÍSTICOS son los nombres cariñosos, a veces llamados también diminutivos, con los que nos solemos dirigir de forma afectuosa a las personas cercanas. El nombre proviene del griego ὑποκοριστικός («hypokoristikós»), del verbo, ὑποκορίζομαι («hypokorízomai»), acariciar o actuar de manera infantil. Estos nombres cariñosos son, a menudo, resultado de un acortamiento del nombre original, con lo que su formación es perceptible y su origen resulta claro. Otras veces, debido a las modificaciones que ha sufrido el nombre propio a lo largo del tiempo, el antropónimo y su correspondiente hipocorístico acaban pareciéndose bien poco, lo que da lugar a toda clase de paretimologías sobre su origen. Uno de los hipocorísticos que da lugar a más especulación es PEPE, diminutivo de José, que, a primera vista, no parece un diminutivo del nombre original.

Esta falta de parecido contribuyó a formar una conocida historia, que remonta los orígenes del hipocorístico a la expresión *Sanctus Josephus Pater Putativus Christi,* que se emplearía en los misales para referirse a San José. En esta frase se emplea el apelativo *Pater Putativus*, padre supuesto, ya que San José no era el padre carnal de

Jesucristo, limitándose a ser esposo de María cuando Jesús fue engendrado por Dios. La expresión se habría acortado a P. P. en la mayoría de misales, con lo que los poco cultos feligreses, que contaban con escasos conocimientos del latín, habrían leído la expresión como *Sanctus Josephus Pepe Christi*. Por ello, habrían pensado que Pepe era una especie de mote para José, y de ahí habría surgido esta forma hipocorística. Lo cierto es que dicha expresión latina, que apenas cuenta con testimonios documentales, no está en el origen del diminutivo PEPE, que no es exclusivo del español, y es un derivado de la forma original del nombre, Josepe, que se documenta con profusión en los siglos XV y XVI, cayendo en desuso después, aunque se documenta esporádicamente hasta finales del siglo XIX. Es de esta forma original (que podemos apreciar en versiones del mismo nombre en otras lenguas, como el italiano *Giuseppe,* el catalán *Josep* o el euskera *Joxepe*) de la que deriva el hipocorístico PEPE, derivación que aparece bastante más natural una vez tenemos conocimiento de la forma primigenia Josepe, sin necesidad de recurrir a elaborados retroacrónimos.

Otro tanto podemos decir de PACO, hipocorístico de FRANCISCO, que parece estar bastante alejado del antropónimo original. La paretimología tradicional ha creído encontrar la explicación a esto mediante un nuevo retroacrónimo que nos hace viajar hasta la Italia del siglo XIII. Fue a principios de este siglo cuando el santo Francisco de Asís (cuyo nombre de nacimiento era Giovanni di Pietro di Bernardone) fundó diversas órdenes monásticas, basadas en los ideales de la pobreza y humildad del clero que, se creía, habían caracterizado a la Iglesia en épocas primitivas. En el seno de la orden franciscana, apelativo que reciben coloquialmente las tres órdenes que el santo fundó, se le conocía como *Pater Communitatis*, Padre de la Comunidad, que habría dado como resultado el acrónimo PACO. Frente a este origen apócrifo, la explicación más fiable nos remite a otra hipótesis muy distinta. En efecto, del nombre FRANCISCO habrían derivado diversas variantes dialectales, como Panchico, Paquico (de donde deriva el también hipocorístico KIKO), etc. Al terminar todas estas variantes en -ico, sufijo diminutivo por excelencia, los hablantes las habrían reinterpretado como diminutivos en sí, y habrían procedido a crear el supuesto original. Esto nos lleva a las diversas variantes diminutivas del nombre que hallamos a lo largo del globo: de Paquico deriva PACO, de Panchico, PANCHO, etc.

Y PARA ACABAR: EL ORIGEN DE GILIPOLLAS

Con esto ya son bastantes los ejemplos de retroacrónimos en este capítulo, aunque indudablemente nos dejamos muchos en el tintero. Como norma general, estimados lectores, tengan en cuenta que la mayoría de los acrónimos previos al siglo XX, que es cuando se generaliza este tipo de procedimiento para la creación de palabras, suelen ser apócrifos o inventados *ad hoc* para explicar el origen de una palabra que a los hablantes resulta difícil de discernir. Lo mismo podemos decir de las anécdotas históricas o sucesos que dan lugar a la creación de palabras: aunque a menudo resultan ciertas, como hemos visto y veremos a lo largo de este libro, las paretimologías suelen mezclarse con la buena cosecha etimológica, y la imaginación suele ganar a menudo la batalla a la veracidad. Es por ello que hemos de andarnos con cuidado a la hora de buscar etimologías a nuestra palabra preferida, y comprobar si, a la hora de la verdad, esa hipótesis tan atractiva posee alguna referencia fiable.

Para poner fin a tan contemporáneo capítulo que versa sobre etimologías falsas, acabaremos con un interesante caso que intenta poner una explicación al origen de uno de los insultos más empleados en castellano: GILIPOLLAS. La versión historicista (y apócrifa) de esta etimología nos remite a Baltasar Gil Imón de la Mota, fiscal del Consejo General de Castilla a principios del siglo XVII, durante la época del monarca Felipe III. Cuenta la historia que el señor Gil tenía tres hijas casamenteras, las tres poco agraciadas y de un ingenio un tanto aletargado, con las que el caballero acudía a todo tipo de reuniones y eventos, intentando desesperadamente que las muchachas encontraran pretendientes para su boda. Esto nunca ocurría, y la estampa del señor Gil acompañado de sus tres hijas, o pollas (polla se emplea, de manera coloquial, para designar a mujeres jóvenes), empezó a suscitar comentarios al estilo de «ya están aquí Gil y sus pollas», que eventualmente, deformado como Gilipollas, daría lugar al famoso insulto. Esta historia no puede ser cierta por dos razones: por una parte, ni esta versión de los hechos ni el vocablo malsonante en cuestión se documentan hasta el siglo XX, y, por otra, la acepción de polla como muchacha joven no se registra hasta un par de siglos después de estos acontecimientos. Sin embargo, sí que encontramos una historia, relacionada con Don Gil y sus hijas, que puede explicar el surgimiento de esta leyenda: la historia de las GILIMONAS.

En efecto, Baltasar Gil Imón de la Mota (también Baltasar Gilimón y Baltasar Jilimón), abogado y juez, nació en Medina del Campo alrededor de 1545 y murió el día 5 de septiembre de 1629. En esa fecha era contador mayor de cuentas de Felipe IV y miembro del Consejo de Estado. De sus hijas, nos cuenta Tomé Pinheiro da Veiga en su obra *Fastiginia*, de 1605: «(20 de abril de 1605)... Están aquí en la corte Gilimón de la Mota, que es riquísimo, y su mujer Dª Gregoria de la Vega, medio portuguesa, y tienen tres hijas, doña Fabiana de la Vega, casada, Dª Feliciana y doña Isabel, vestidas de monjas, á las que llaman las Gilimonas, y tienen muy honrados casamientos; tienen dos coches madre é hija, y así siempre se hallan en las fiestas».

Vemos cómo este relato contemporáneo desbarata ya la supuesta historia de las pobres muchachas casamenteras, pues se nos presentan como esposas de sendos maridos, fruto de muy honrados casamientos. Pero, ¿por qué se les llamaba gilimonas, y por qué iban vestidas de monjas? En la raíz de esto parece estar una curiosa historia, cuya veracidad no está fuera de toda duda, pero que explicaría dicho apelativo: en efecto, las hijas de Don Gil se habrían rebelado contra un edicto de Felipe III que exigía vestimentas oscuras y púdicas para las mujeres de la corte, vistiéndose, en cambio, con atuendos llamativos. Como castigo a su rebeldía, su padre las obligó a vestir de monjas, como se nos cuenta en *Madrid viejo: crónicas, avisos, costumbres, leyendas y descripciones de la villa y corte en los siglos pasados*, de Ricardo Sepúlveda.

Parece que quien lanzó la hipótesis de don Gil y sus pollas conocía la historia de las Gilimonas, cierta o no, y en ella se basó para su imaginativa hipótesis. ¿Cuál es, entonces, el origen de la palabra GILIPOLLAS, se preguntarán nuestros lectores? Nada más y nada menos que el vocablo GILÍ, un préstamo derivado del romaní o caló *jilí*, estúpido, necio, que se combina con polla, con el significado de miembro viril, para formar una expresión del mismo estilo que otras como «tonto de la polla». Su origen es mucho más moderno, y no hemos de viajar al siglo XVII para encontrarlo. Al igual que esta, son muchas las palabras derivadas del caló o romaní, lengua hablada por los gitanos que habitan la Península Ibérica. Y puesto que son numerosos los caloísmos, vamos a consagrar el siguiente capítulo a exponerlos, para los lectores que gusten de acompañarnos en esta nueva etapa de nuestro periplo etimológico.

6

EL CALÓ Y LOS PUEBLOS ROMANÍ: DE LA INDIA AL MUNDO

Las tomaron del caló los rufianes de la época de Quevedo, en aquellos tiempos en que la raza perseguida de los gitanos ocupaba con tanta frecuencia los mismos calabozos que la gente rufianesca de sangre blanca.

FRANCISCO SALES DE MAYO, «Quindalé», *Prefacio al Vocabulario Caló-Castellano*

Ya hemos visto que la palabra GILÍ, tonto o lelo, y sus derivados provienen del caló *jilí*, inocente, candido, derivado de *jil*, fresco. Es una de las muchas palabras que nos han llegado del caló. Es probable que algunos de nuestros lectores desconozcan lo que es el CALÓ, también llamado calé o romanó ibérico. Se trata de la lengua hablada históricamente por el pueblo ROMANÓ o los roma, cuyos integrantes son conocidos en países hispanohablantes como gitanos, exónimo derivado de *egiptanos*, pues se creía que su origen radicaba en Egipto. Hoy en día sabemos que los romané (plural de romanó), y la lengua homónima que trajeron consigo son originarios del norte de la India, y son descendientes de los pueblos indoarios que habitaron en la región del Punyab, hoy en día entre India y Pakistán. Debido a que las comunidades gitanas han permanecido fundamentalmente ágrafas a lo largo de la historia, apenas existen registros fiables sobre sus avatares, con lo que sus orígenes e historia han sido fruto de especulaciones durante mucho tiempo, como demuestra la creencia, otrora generalizada en Europa, de su origen egipcio.

Por razones que desconocemos, debido a la mencionada ausencia documental, los romané comenzaron una migración hacia el oeste en algún punto entre los siglos XI y XII, asentándose en las zonas de Persia y el Mar Caspio. Desde ahí, diversos grupos se adentraron en Europa Central y el norte de África. No está claro exactamente cómo y cuándo penetraron los primeros gitanos en la Península Ibérica, pero las fuentes parecen indicar que entraron por el sur de Francia a principios del siglo XV. Esto parece atestiguar una de los primeros salvoconductos, otorgado por el monarca aragonés Alfonso V, a un tal *Inclitus Thomas Comes In Egipto Parvo*, el «Ilustre Tomás, conde (o caudillo) en Egipto Menor» y sus gentes, muestra temprana de la creencia de que este pueblo había llegado desde Egipto a Iberia. Con el tiempo, los gitanos de la Península Ibérica, junto con los del sur de Francia y el norte de África, acabarían conformando un grupo común: el de los CALÓS, con una variante lingüística propia, el iberorromanó.

ORIGEN DEL CALÓ

Desde el momento de su entrada en el territorio, los gitanos despertaron los recelos de la población y las autoridades por igual. Su estilo de vida nómada, poco ortodoxo para los locales, su idioma propio, que se hacía incomprensible a los oídos de los habitantes del lugar, su apariencia extranjera y sus costumbres particulares, elementos todos reforzados por su fuerte adhesión al grupo, crearon conflictos y contribuyeron a que fueran vistos como un «otro» apropiado para ser objeto de los odios xenófobos por parte de la población. Las autoridades, por su parte, veían con recelo a esta masa de la población a la que no podían controlar debido a su estilo de vida itinerante, ni comprender debido a su lengua, con lo que las medidas represivas por parte del Estado para sedentarizar y aculturizar a los gitanos no se harían esperar.

En un principio, las autoridades se centraron en intentar que estas gentes se sedentarizaran, asignándoles municipios donde debían asentarse, estando obligados a permanecer en ellos, pues solo podían abandonarlos con permiso oficial. Junto a estas políticas de mayor o menor éxito, se comenzaron a implantar medidas de asimilación cultural para intentar que los gitanos renunciaran a su lengua y cultura, con objeto de que se diluyeran en la sociedad general para que no constituyeran una minoría que, a ojos de los gobernantes (civiles y eclesiásticos), suponía un peligro potencial para la unidad religiosa y cultural del reino, que los Reyes Católicos ya habían procurado afianzar con la expulsión de los judíos primero, y los moriscos después. Como muestra de dichas políticas represivas, bastante extendidas, les traemos este fragmento de un bando de junio de 1592 de la Sala de Alcaldes de Madrid, donde se dice a los «pobres y vagabundos» lo siguiente: «[Que] vayan a residir a los lugares de donde son vecinos... Y que ninguno de los que llaman *gitanos* hable lengua particular sino la común y ordinaria con apercibimiento que por el mismo caso aunque estén avecindados y tengan tratos y oficios serán castigados como vagabundos (...) con azotes y destierro».

Debido a este tipo de medidas que, añadidas a un sentimiento popular que frecuentemente era hostil a los gitanos (no siempre fue así: las noticias de relaciones amistosas entre gitanos y otras gentes son numerosas, y los matrimonios mixtos no son escasos), no es de extrañar que los integrantes de los pueblos romané se vieran a menudo abocados a las clases más bajas del escalafón social, moviéndose en un estado de semiclandestinidad. Aunque tenemos también noticias de gitanos que llegaron a asentarse y a medrar, amasando cierta fortuna, estos eran una minoría muy exigua. Los gitanos eran a menudo apresados por las autoridades bajo el pretexto de vagancia o de haber contravenido alguna de las numerosas ordenanzas contra ellos.

En las cárceles de los siglos XVII y XVIII, el contacto entre los delincuentes, vividores y canallas de todos los tipos con gentes del pueblo romanó llegó a ser habitual, y de ahí entraron en las jergas o germanías de las gentes de mala vida los primeros caloísmos, de una manera parecida a la que lo harían después, ya en el siglo XX, la mayoría de palabras del léxico romanó que hoy empleamos.

La persecución de los gitanos no hizo más que aumentar con la llegada de la dinastía borbónica al trono, y culminó con la tristemente famosa Gran Redada, llevada a cabo el miércoles 30 de julio de 1749. Bajo el reinado de Fernando VI, don Gaspar Vázquez Tablada, gobernante del Consejo de Castilla, diseñó un plan para aprehender a todos los gitanos que moraran por los dominios del monarca, con el objeto de que fueran «separados preventivamente [del resto de la población] para atajar sus delitos y ociosidad», como afirmaba en una consulta elevada al rey un par de años antes. Entre 9.000 y 12.000 gitanos fueron hechos prisioneros, y el último de ellos no sería liberado hasta catorce años después, ya en 1763.

Auspiciada por estas medidas, se fue desarrollando una progresiva aculturación entre los romá, que fueron perdiendo su lengua original en detrimento del castellano y de las otras lenguas dominantes de su entorno. Como resultado de esto, se crearían diversas lenguas híbridas, llamadas también hablas para-romané, que mezclaban vocablos romané con las estructuras gramaticales de las lenguas dominantes. Estas hablas recibieron el nombre de CALÓ, que es, en sus diversas variantes (caló español, portugués, catalán y occitano) el habla que ha llegado a nuestros días. Esto no se dio solo en el caso de las lenguas romances: en las tierras vascoparlantes también encontramos un ejemplo de la fusión del vocabulario romanó con la gramática del euskera para crear un nuevo lenguaje, que suele recibir el nombre propio de *erromintxela* (que podría entenderse como el habla de los romá). Esto, sin embargo, es tema para verter en otras páginas.

Para finales del siglo XIX y principios del XX este proceso de hibridación ya estaba completo, y lo que quedaba de la antigua habla romaní se reducía a vocablos insertos en el CALÓ. De este lenguaje, los delincuentes y demás gentes de mal vivir, que a menudo convivían con los gitanos en los márgenes de la sociedad, comenzaron a emplear términos para oscurecer su habla y crear un argot incomprensible a los miembros ajenos a su grupo social. De estas jergas, los caloísmos pasaron, junto a muchos otros, a formar parte del habla juvenil, desde donde se extendieron al habla coloquial en general. Pasaremos revista a estos caloísmos en las siguientes páginas.

EXPRESIONES DE TODA LA VIDA

Algunos de los siguientes vocablos serán particularmente conocidos a aquellos lectores que vivieron sus años de juventud en las décadas de los setenta y ochenta, cuando los caloísmos nutrieron abundantes jergas juveniles. Otros, que han transpirado el lenguaje popular, forman parte ya del acervo coloquial, con lo que resultarán familiares a jóvenes y mayores por igual. Algunas palabras incluso han traspasado ampliamente las fronteras de la península, como es el caso del verbo CHINGAR, derivado del verbo caló *čingaráro* o *chingarar,* derivado de la raíz romaní **činger-*, que se encuentra en la mayoría de lenguas romané con el significado de pelear. De allí el significado parece derivar a molestar, fastidiar a alguien, del que pasó, en un salto semántico que parece inverso a verbos como joder, a significar fornicar o hacer el amor. No puede descartarse en esta derivación la influencia de otras raíces indígenas en los diversos ámbitos hispanohablantes. Resulta interesante que varios diccionarios, entre ellos el de la Real Academia Española, registran la acepción embriagarse o emborracharse para este verbo, aunque no hemos podido encontrar ningún ejemplo de este uso, muestra quizá de lo efímero del habla coloquial, o bien de la impericia de los académicos a la hora de consignar el lenguaje popular en los diccionarios.

Otra palabra que los ya no tan jóvenes recoradarán haber empleado a menudo es MOLAR, que significaría gustar o ser guay. La expresión «¡mola!», referida a algo, expresa en la mayoría de los contextos una aprobación entusiasta. En su sentido original en el caló, MOLAR parece significar valer o producir. De la primera acepción podemos deducir cómo llegó esta palabra a su significado en castellano: la respuesta «mola» a algo dicho por el interlocutor sería una expresión de aquiescencia equivalente a «vale» o «de acuerdo». El camino de expresar acuerdo a mostrar entusiasmo o aprobación es muy corto. Una derivación parecida se ve en el término CHACHI, apócope en este caso del caló *chachipén*, que significaría verdad. En un principio, pues, chachi sería una respuesta que indicaría que lo que el interlocutor ha dicho a uno es verdad, significado que se aprecia en algunas de las acepciones recogidas bajo chachi en el diccionario, que mencionan auténtico y verdadero, entre otros. De esa expresión de aprobación pasaríamos a una valoración de entusiasmo positivo, dando a CHACHI su sentido de bueno, estupendo. No es esta la última expresión ponderativa que el habla coloquial ha tomado prestada del caló: también tenemos la expresión DABUTEN, que, con sus distintas variantes (de buten, dabuti), significa estupendo, muy bueno. Parece derivar de la palabra *bute* o *but*, que denota «mucho» en caló, y que aparece en distintas formas en las diversas variantes del romanó y que parece emparentado con el sánscrito *bahu* y el indostánico *bahut*. La expresión DE BUTE O DE BUTEN significaría, en un principio, «de gran valor» o «mucha valía», y de allí derivaría DABUTEN con el significado de estupendo.

No todo van a ser expresiones ponderativas: algunos de los dichos más sonoros del lenguaje popular para expresar la negación también hunden sus raíces en el caló. Es el caso de la expresión NANAY (a veces también escrito como nanái), que se emplea para indicar el rechazo completo de lo que el interlocutor acaba de decir.

Deriva del adjetivo caló *nanai*, que significa «ningún», que adverbializado pasa a significar «de ninguna manera», «imposible». Muy cercana es la expresión NASTI, que los desafortunados lectores que sobrevivieron a las rimas jergales de los años ochenta y noventa del siglo pasado recordarán en el seno de las expresiones NASTI DE PLASTI O NASTI MONASTI. Aunque la segunda mitad de dichas expresiones carezca de sentido alguno, no ocurre lo mismo con la primera, derivada de *nastí*, que en romanó da a entender «nada», con lo que responder a alguien con un NASTI expresa también oposición frontal a lo afirmado por el otro.

Quienes hayan alguna vez chamullado (del verbo CHAMULLAR, que en caló significa hablar) la jerga juvenil ochentera también habrán afirmado más de una vez que tienen ganas de JAMAR (o JALAR), que para los profanos vendría a significar comer. No parece que contemos con un préstamo análogo para el verbo beber, pero si documentamos el caloísmo PAÑÍ, agua o bebida, voz de origen caló que los expertos remontan al sánscrito *pānīya*. En estas dos palabras podemos apreciar el origen indio del romanó, pues la raíz de este verbo también coincide con el sánscrito *khān* o *khāna*, que significa comer. Sin embargo, para comer uno necesita contar con PARNÉ, o sea, dinero. Esta palabra deriva del caló *parnó*, blanco, relacionado con el sánscrito *pāndu*, pálido. Esta derivación se explica porque, antiguamente, esta palabra se empleaba para referirse a las monedas de plata, que tenían un color cercano al blanco, mientras que las monedas de cobre recibían el nombre de *caló*, negro, pardo, debido a su color. Cabe notar que esta misma palabra, CALÉ O CALÓ fue adoptada como endónimo por los gitanos que se asentaron en la Península Ibérica y alrededores, y es el que usamos para referirnos al habla mixta que hoy en día emplean muchos de ellos, procedente de la mezcla de un pretérito hispanorromanó y el español. Bien es cierto que algunas asociaciones tratan de recuperar la lengua original, hoy perdida, pero de ello hablaremos más detalladamente al final del capítulo.

NADA QUE VER CON EL EMBUTIDO

Volviendo a los caloísmos, y al contexto en el que estos entraron a formar parte del castellano, ya hemos mencionado que los avatares sufridos históricamente por el pueblo gitano llevaron a menudo a sus miembros a tener que moverse en ambientes marginales, donde el robo y el hurto eran habituales. En definitiva, donde se daba gran cantidad de CHORICEO. Es esta una derivada de la palabra CHORI, que nos llega a través del caló *chorаró*, ladrón, este derivado a su vez de *čur*, hurtar, y que da origen a una amplia familia semántica que incluye los verbos CHORAR, derivado más directo, y otros como CHORIZAR o CHORICEAR, cuyo significado no hace falta explicitar, y aunque pueda parecer sorprendente, la forma aumentativa CHORIZO, que resulta ser un derivado de CHORI y que poco parece tener que ver etimológicamente con el embutido, aunque algunas atrevidas teorías se hayan propuesto para poner ambos en relación. Es muy probable que, si uno es un chorizo, acabe yendo de cabeza al ESTARIBEL, derivado de la forma idéntica del caló, y que significa cárcel. En una época muy extendido en ámbitos jergales, este vocablo casi ha desaparecido del lenguaje popular más general.

Y si a uno deciden chorizarle el parné, es probable que sienta CANGUELO, procedente seguramente del romanó *kandela*, forma verbal de la tercera persona del singular de la raíz *k(h)and-*, heder, apestar, palabra de origen índico, donde volvemos a apreciar la vinculación ancestral de los gitanos con el subcontinente indio (indostánico *gandh*, perfume, olor), cruzada en España con el gitano *sunguelar*, *funguelar*, del mismo campo semántico de apestar. Y, aunque tengamos miedo, podemos optar por fingirnos valientes y hacer el PARIPÉ, que significa fingimiento, acto hipócrita, un derivado del caló *paurripén* o *pairupén*, cambio, trueque, pues, al fin y al cabo, el fingimiento es el cambio deliberado de las propias emociones y reacciones para engañar a alguien.

Y más nos vale que la actuación dé resultado, porque un mal paso nos puede llevar a DIÑAR(LA), es decir, a fenecer prematuramente. DIÑAR significa dar en caló, con lo que diñarla significa, en su origen, dar la vida, es decir, morirse. El canguelo que uno experimenta puede, por otra parte, llevar a consecuencias inesperadas, y, si el terror nos atenaza las tripas, podemos llegar a JIÑAR, con la consecuente evacuación del vientre y consecuencias desagradables asociadas. JIÑAR es un verbo caló que derivaría de la raíz romaní *xin-*, de la esfera semántica de acobardarse, que, por extensión, habría pasado a denominar los efectos secundarios de dicho acobardamiento, es decir, hacer aguas mayores. Además del uso del verbo como equivalente de cagar, tenemos los sustantivos JIÑA y JINDA como sustitutos de excremento, para completar la escatológica familia.

El caló también nos ha dejado una multitud de palabras para referirse a un individuo, empezando por ANDOBA o ANDÓBAL, que también se registran con la grafía uve, y que deriva del demostrativo que significa aquel o este en caló. Se emplea para referirse a una persona cualquiera que no se quiere nombrar, normalmente de manera despectiva. Como equivalente también proveniente del caló, tenemos a su vez BARANDA, que se puede emplear para referirse sencillamente a una tercera persona, pero que normalmente se refiere a alguien dotado de autoridad, pues su origen es la palabra *barader* o *barander*, que quería decir juez o magistrado, con lo que la transmutación a querer decir jefe o persona al cargo resulta bien natural.

Otro apelativo que hemos tomado del caló es CHAVÓN o CHAVO, que, en sus variantes, se emplea en diversos países de América Latina, y que tiene el mismo origen que CHAVAL, empleado en España. Los tres derivan del romanó *chavo*, hijo, que pasó al castellano con el significado de muchacho. Mientras que las dos primeras variantes parecen derivados más directos, el tercero resulta del vocativo plural masculino, *chavále*, que ya resulta mucho más reconocible. De la forma femenina de *chavó*, *chaví*, tenemos también la forma CHAI, hoy en día mayormente en desuso, que de un significado de niña evolucionó hasta querer decir prostituta.

Como muestra de que las influencias entre dos lenguas son casi siempre mutuas, cabe decir que una de las palabras que muchos payos han llegado a identificar como gitanismo por excelencia, CHURUMBEL, que significa niño o hijo, al igual que chavó, no es de una raíz romaní, sino que parece ser derivado de una raíz romance, quizá de algún vocablo derivado del latín *calamellus*, diminutivo de *calamus*, caña o flauta de caña, que habría adquirido el sentido figurado de pene. De ahí, por metátesis, CHURUMBEL pasó a designar a aquel que tenía un pene, con lo que pasó a designar chico o joven. Para terminar con este apartado, otro apelativo que nos ha llegado desde el caló es MENDA, con el significado de «uno mismo» («el menda dice que...»). Es un préstamo del caló *menda*, el pronombre dativo de primera persona del singular, a mí, para mí, que pasa al castellano con el valor de uno mismo, conjugándose en tercera persona.

Hay veces en las que el origen caló de ciertas palabras que formaban parte del argot puede llegar a ser oscuro. Es el caso de un vocablo que en español peninsular se ha solido emplear para referirse de manera despectiva a la policía: la BOFIA, aunque algunos autores lo relacionan con el caló *bufaire*, delator, que habría resultado en una transmutación semántica. La hipótesis resulta controvertida, y no está del todo clara, aunque sigue siendo la más plausible de las existentes.

TERRENO RESBALADIZO

Algo parecido ocurre con el sustantivo CATE y el verbo CATEAR, que en algunas zonas se emplea por parte de los jóvenes para expresar «suspender un examen». Está claro que el sustantivo cate se deriva del caló *caté* (o *caste*), relacionado con el sánscrito *kaštha*, madera. Significaba bofetada o golpe, y se empleó en la locución dar cate para significar pegar o dar una paliza. Puede que suspender un examen sea resultado de un uso figurado del verbo CATEAR, pues, ordinariamente, suspender un examen no es nada placentero y podría verse como un golpe a la propia autoestima, pero también podría ser el resultado homófono que evolucionó a partir de una raíz que desconocemos. Como ya saben nuestros lectores, la etimología es un campo resbaladizo donde es fácil dar un paso en falso.

En el caso de las palabras que nos ocupan, esta confusión se ve aumentada por la poca o nula atención que los estudiosos y la gente de letras, más allá del panfleto derogatorio, han mostrado habitualmente a lo largo de la historia tanto por el hispanorromanó como por el caló, lengua mixta descendida de ella. En efecto, tenemos que esperar hasta el siglo XIX para encontrar las primeras y escasas obras de cierta extensión sobre el habla de los gitanos de la península. Se trata de diccionarios o gramáticas que a menudo pecan de una falta de rigor científico, de la mano de figuras bohemias o atípicas para la sociedad de la época, que de una forma u otra habían tenido una convivencia estrecha con los gitanos (algo muy inusual para una persona de extracción social alta o educada) y de esa manera habían entrado en contacto con su lengua y su cultura.

El caso más representativo es quizá el del británico George Borrow (1803-1881), un escritor poco usual para la época que, de la mano de la Sociedad Bíblica Británica y Extranjera, una asociación anglicana todavía en activo que pretende hacer la Biblia accesible a todos, viajó por el mundo vendiendo las Escrituras, y vino a España en los años treinta del siglo XIX, donde, entre sus diversas peripecias, habitó con los gitanos del lugar, aprendiendo su lengua. Sus libros *The Zincali: An Account of the Gypsies of Spain* (que incluye un glosario de palabras en caló y romanó) y *The Bible in Spain* narran sus aventuras como vendedor de biblias por la península, y son una de las fuentes más importantes para conocer las costumbres y la lengua de los pueblos gitanos de esa época, aunque la veracidad y exactitud de los relatos del inglés es dudosa en algunos puntos.

Otras figuras que publicaron trabajos sobre la lengua de los gitanos nos son casi completamente ignotas. Es el caso de un tal Francisco de Sales Mayo, un escritor liberal del siglo XIX del que apenas nada sabemos, pero que publicó, bajo el pseudónimo de Francisco Quindalé (*Quindalé* se traduciría por mayo en caló) una obra titulada *Los gitanos, su historia, sus costumbres, su dialecto. Con un vocabulario caló-castellano*, donde, además de consignar sus usos y costumbres, defendía la integración de los gitanos en la sociedad y su igualdad jurídica. Todavía menos sabemos de un tal Augusto Jiménez, autor de un diccionario publicado como el *Vocabulario del dialecto jitano* (*sic*), uno de los primeros del que se tiene constancia.

Como hemos visto, aunque estas obras sean de un valor etnográfico incalculable, su rigor y pequeña escala nos privan de una parte importante de la evolución de la lengua hispanorromaní y el criollo caló que emanó de ella. Hay que esperar hasta mediados del siglo XX para que filólogos como el alemán Max Leopold Wagner o el español Carlos Clavería comiencen a publicar los primeros trabajos rigurosos sobre el caló y su impacto en el castellano. Debido a ello, las primeras fases del contacto lingüístico y la evolución de los préstamos se pierde en la noche de los tiempos, con lo que es difícil saber si una palabra caló entró a formar parte de las jergas romances ya durante las *germanías* del siglo XVII, tal y como nos indica Francisco Quindalé en la cita de su obra que exponemos al principio del capítulo, o penetraron en el argot ya en los siglos XIX y XX. La procedencia de muchas de estas palabras es, pues, oscura, y su referente inmediato en el caló o el romanó no está claro. Sin embargo, en la mayoría de los casos su origen caló ha quedado demostrado y fuera de toda duda, como veremos en el caso de la mayoría de las palabras que comentaremos a continuación.

EL CURRO Y OTRAS ESTRELLAS DEL CALÓ

Volviendo pues a nuestros ya queridos caloismos, vale la pena que comentemos uno de los más extendidos en nuestra lengua, el verbo

CURRAR, con el significado de trabajar, que se emplea además en un amplio grado de variantes: CURRO para indicar el trabajo, CURRANTE o CURRELA para el trabajador, etc. Su etimología se confunde con la de otro caloísmo, CURRA, que significa paliza, derivado de una acepción de ese mismo verbo, pegar, que es el que se registra más a menudo durante el siglo XIX. La etimología parece explicar esta ambivalencia de significados del verbo CURRAR: aunque el diccionario de la Real Academia Española relaciona el verbo con el sánscrito *kṛnoti,* hacer, investigadores contemporáneos como el alemán Bernhard Helzle-Drehwald opinan que la raíz con la que habría que relacionar el verbo es el romanó *kur-,* que pertenecería a la esfera semántica de pegar o golpear, pero que en tiempos pretéritos se relacionaría especialmente con la acción del herrero que golpea el hierro con el martillo, de donde vendría la asociación con la acción de trabajar, que es la que ha pasado hasta nuestros días en el habla general.

Otra evolución semántica curiosa nos la encontramos en el caso de la palabra POSTÍN, que parece derivar del caló *postín*, pellejo o cuero, derivado de *pōst,* piel, que parece haber perdido su significado original para pasar a denominar la presunción afectada o sin fundamento, es decir, la chulería de alguien que se da una importancia exagerada o inexistente. Parece que con el uso por parte de las clases pudientes de las pieles como objetos de lujo que indicaban distinción, POSTÍN adquirió el metafórico significado de lujo, lustre, que explicaría la existencia de expresiones como DARSE POSTÍN (con el sentido de darse importancia) o DE POSTÍN (de lujo), resultado de esta evolución que atestigua los vericuetos intrincados pero fascinantes por los que transcurren las lenguas en su siempre cambiante camino.

Otro caloísmo que también ha permeado bastante en el castellano es el adjetivo CHUNGO, derivado del romanó *zung*, asco o repugnancia. Se emplea con los sentidos de en mal estado, de mal fario, o difícil, complicado. La evolución de un adjetivo que valora el aspecto de algo a algo que valora la dificultad o el embrollo de una situación no es inusitado, pues un asunto feo o desagradable es, a menudo, muy intrincado y difícil de manejar, ergo, CHUNGO. Parece que el uso de CHUNGA como broma pesada o broma festiva que se aprecia en locuciones como ESTAR DE CHUNGA, es decir, estar de broma, tiene también un origen caló, dado que CHUNGA tiene en el caló la acepción de «guasa», con lo que la expresión equivaldría a «estar de broma».

Frente a una situación CHUNGA, podemos optar por izar la sueca o HACERNOS EL LONGUIS, es decir, hacernos los distraídos para escaquearnos. Este LONGUIS es una de esas palabras con un origen poco claro, pero podría derivarse del caló *longui*, que significaría inocente. HACER EL LONGUIS, pues, sería hacerse el inocente y fingir desconocimiento de algo para evitarnos problemas. Pero ojo, no es lo mismo hacerse el inocentón que serlo. Dicho de otro modo, uno puede querer hacerse el longuis, pero nadie quiere ser un JULÁI (O JULAI, sin acento), es decir, alguien bobo o poco enterado proclive a ser víctima de los demás. Curiosamente, la acepción calé de esta palabra parece ser dueño, amo, mesonero o posadero. Partiendo de las dos últimas acepciones de estas expresiones, parece que podemos determinar la evolución semántica de esta palabra: en la España de siglos pretéritos, donde posadas, mesones y demás garitos abundaban, el robo y el latrocinio solían ser un manjar cotidiano. Y, de todas las personas que se encontraban en la posada o local, el más dado a ser robado o engañado por algún cliente poco escrupuloso era, cómo no, el que más tiempo pasaba en ella: el dueño, precisamente. Parece que de ahí vendría, pues, el uso de la expresión JULÁI como tonto o bobalicón.

Un vocablo que también cuenta con un origen gitano y que comparte el significado de tonto o pringado es PARGUELA, de uso bastante extendido en el sur de Andalucía, pero que a muchos de los hablantes sorprenderá por los tintes fuertemente homofóbicos que, aparentemente, tiene este insulto (que, como con casi todos los insultos con los que cuenta la lengua castellana, se puede emplear también para referirse a un compañero de manera irónica o cariñosa). Su origen parece remontarse al caló *parguela*, *pargo* que se documenta en el sentido de bujarrón u homosexual. En efecto, este significado primigenio, ya mayoritariamente perdido, registra la RAE al consignar PARGUELA, en su vertiente de persona amanerada o con pluma, como alguien parecido a una mujer en su persona y en sus maneras. Parece que el estatus subalterno al que a menudo se ven relegados las personas homosexuales o que, en el defecto de serlo, despliegan un amaneramiento significativo, habría provocado la transmutación de PARGUELA a pringado o perdedor. Etimología esta que suscita diversas reflexiones.

Si uno es un julái, pues, no sería extraño que a uno le acaben por MANGAR, o sea, robar, algo. Este verbo, del mismo campo semántico del chorizar que comentábamos más arriba, se registra en la mayoría de vocabularios gitanos con significados afines o coincidentes con pedir, rogar, suplicar, derivado de la raíz romaní *mang-*, relacionado con el sánscrito *mārg* o el hindú *mārguā*, exigir. En un principio, parece que un MANGANTE sería, pues, un pedigüeño o pordiosero. Sin embargo, debido a que en los estratos más marginales de la sociedad, donde los gitanos se han visto a menudo obligados a habitar por la discriminación circundante, los vagabundos y ladrones se mezclan y, a menudo, se solapan, el verbo pasó también a englobar el campo semántico de robar, significado más extendido hoy en día.

Si uno ve riesgo de mangancia, mejor es PIRARSE, del verbo PIRAR, que en caló significa andar, caminar, de donde la versión pronominal del verbo parece adoptar el significado de huir, marcharse. El horterismo poético de los años ochenta y noventa legó a la posteridad, entre otras construcciones del mismo calibre, la expresión ME LAS PIRO, VAMPIRO. Pirarse o darse el piro es una expresión bastante habitual para indicar que uno se marcha, pero su significado difiere un tanto del sustantivo PIRA, que designa o bien a la parranda o jarana, o a la acción de faltar a clase un alumno, lo que en determinadas regiones se conoce como hacer novillos. La relación entre PIRARSE, huir, marchar, y hacer pira o pirar clase resulta obvia. Como cuando uno decide no asistir a clase el plan alternativo suele incluir algún tipo de fiesta y desenfreno, la acepción de pira como parranda no resulta descabellada. Del caló también hemos tomado una expresión de significado parecido al verbo PIRAR, en este caso el verbo NAJARSE, que también hemos encontrado en su variante SALIR DE NAJA. El sentido es el de marcharse, largarse, y deriva del verbo romanó *nasel*, que significa huir o fugarse.

Alguno de nuestros lectores puede quizá verse confundido con el mencionado verbo PIRAR, puesto que este aparece también en el caló con el significado de amar, enamorar. Sin embargo, este es un verbo de una raíz distinta, y que pronto desaparece del uso, sustituido aquí por su equivalente CAMELAR, enamorar, relacionado con la raíz sánscrita *kõma* deseo, amor. En el castellano actual, este verbo ha evolucionado al sentido de enamorar, cortejar, engañar. No extrañen tales connotaciones negativas, pues, como todos sabemos, el amor es una cuestión compleja de DIQUELAR (variante del verbo romanó *dicar*. En un principio significaba mirar, observar con atención, de donde pasamos a la acepción castellana, comprender).

No es extraño que de los embrollos amorosos salga uno bastante CHALADO, derivado del verbo CHALAR. Deriva del verbo caló *chalar*, que quiere decir caminar o irse. El cambio semántico de ido, expresión que también significa mal de la cabeza en castellano, a loco, alelado es bastante transparente. CHALARSE, pues, sería quedarse ido, enloquecer. No es este el único gitanismo que concierne a la pérdida de las facultades mentales de la persona, pues también tenemos el término MAJARA O MAJARETA, que significa loco. Parece que este es una de las primeros caloísmos que registró la imprenta en la península, pues forma parte del título del *Embeo e majaro Lucas* (El Evangelio de San Lucas), una traducción del Evangelio que el ya mencionado George Borrow publicó en 1837 en romanó. Esto nos demuestra un muy curioso cambio semántico, pues, como se aprecia, en un principio el término *majaró* significa santo, pío. Los hablantes, sin embargo, parecieron fijarse más en los aspectos de la vida de un santo que recordaban la enajenación mental y la desconexión de la vida real, que en sus pías obras, con lo que la palabra acaba adquiriendo su actual significado.

Para olvidar las locuras y penas de amor, hay quien escoge irse de SANDUNGA, es decir, de parranda o juerga, y pillarse una buena CURDA o borrachera. La primera voz plantea bastantes problemas en cuanto a su etimología, pues aunque la mayoría de autores estén de acuerdo en asignarle un origen caló o romaní, las etimologías concretas no suelen ser excesivamente sólidas. Se ha relacionado la primera parte del término con el caló *sano*, que se documenta con el significado de flaco, delgado, pero poco más hemos podido concretar. Muchas menos dudas hay en cuanto al segundo término, CURDA, que, aunque ha sido habitualmente incluido en el número de los caloísmos, parece más bien formar parte de los términos de la germanía temprana que cuentan con otro origen: parece que se trataría de un derivado de *turco*, nombre que en broma se daría en ambientes festivos al vino puro o no aguado (aguar el vino es una costumbre antiquísima que se da habitualmente a lo largo de la historia) por «no estar bautizado», como los «turcos», al no tener «agua», que aquí en chanza se relacionaría con el agua bautismal. De este uso, ampliamente documentado, pasaríamos al término turca como borrachera, que acabaría por modificarse en CURDA. Como vemos, no todo lo jergal es caló, ni viceversa.

Sin embargo, emborracharse hasta olvidar uno las penas de amor no es lo más FETÉN que digamos (derivado del caló *feter*, mejor, significado que se ha mantenido en castellano), con lo que lo mejor para dejar atrás las penas de este mundo es SOBAR un rato, es decir, echarse a dormir. El origen de este término parece hallarse en la raíz romaní *sov-*. El resto de acepciones de este verbo, como manosear o golpear, parecen ajenas a este origen caló y se trata seguramente de homófonos cuyo origen no está del todo claro. Sea como fuere, una buena SOBADA reconstituye a uno y ayuda a aclarar la mente y olvidar los problemas.

Hasta aquí llega nuestro recorrido por los caloísmos en la lengua castellana, un vasto legado que no podemos cubrir en su entereza, con lo que nos hemos limitado a exponer lo que hemos considerado lo más representativo. Un legado, por otra parte, que trae a la memoria ecos de discriminaciones pasadas (como hemos visto en nuestra breve introducción histórica), o no tan pretéritas, según se mire (la última legislación explícitamente antigitana no fue abolida en España hasta el año 1978) y que continúan en el presente, en el que, pese a los esfuerzos de asociaciones y personalidades destacadas, el pueblo gitano sigue sufriendo profundas discriminaciones en el ámbito sociocultural. Esperemos que esta pequeña ventana a su legado lingüístico sirva para revalorizar la historia y la lengua de un pueblo mayormente ignorado a lo largo de la historia, y que hoy en día se esfuerza por recuperar su legado e identidad.

7

ÉTIMOS HASTA EN LA SOPA (DE LETRAS)

Hic tamen hanc mecum poteras requiescere noctem
fronde super viridi: sunt nobis mitia poma,
castaneae molles, et pressi copia lactis
(Entre tanto podrías descansar conmigo
sobre la verde hojarasca esta noche:
tenemos manzanas maduras,
castañas tiernas, y queso en abundancia).

VIRGILIO, *Bucólicas*, I (79-81)

Desde antaño, los humanos se han reunido en torno a la mesa para resolver sus diferencias y olvidarse de los infortunios con buena comida y bebida, como hacen estos personajes de la égloga primera de Virgilio. A eso mismo, a los manjares y la bebida, haremos referencia en este capítulo, que está dedicado a las palabras gastronómicas, a lo que comemos y bebemos y a lo que nos nutre y nos hace crecer.

Acabamos de conocer la etimología de JAMAR, coloquialmente comer. Un sinónimo de este verbo es ALIMENTAR, que es dar de comer o de beber para subsistir. Este deriva del verbo latino *alĕre*, que significa alimentar, educar, cultivar, nutrir… y que está emparentado con ALUMNO y con el adjetivo ALTO, en el sentido en que ambos se nutren y crecen (mental o biológicamente). De la misma manera nos referimos a la universidad en la que nos cultivamos como nuestra ALMA MATER, que equivale a «madre nutricia», haciendo de la universidad, metafóricamente, la progenitora que nos alimenta en lo intelectual. La raíz de estas palabras la podemos encontrar en otras palabras como ADOLESCENTE (*ad* y *alesco*, frecuentativo del mismo verbo *alere*, crecer hacia, madurar, hacerse mayor). El ADOLESCENTE, una forma que en latín corresponde al participio presente, designa al que está creciendo y está en proceso de maduración, mientras que ADULTO, derivado de un participio pasado, designa al que ya ha crecido y madurado.

Del adjetivo alto tenemos también los verbos ENALTECER y ENSALZAR. Ambos significan elevar a alguien hacia lo alto mediante alabanzas, pero, mientras que la primera palabra es una formación castellana bastante transparente derivada de «en» y «alto», la segunda es su equivalente latina, derivada de *exaltiare*, del prefijo *ex* y el adjetivo *altus*. Incluso ABOLIR, del latín *abolĕo* (con la preposición *ab*, con el sentido de retrasar el desarrollo de algo), y PROLETARIADO (con la preposición *pro*) serían cognados del verbo *alo*, pues derivarían de una forma antigua **oleo*, en el último caso, con el significado de estirpe, descendencia y la clase más baja de los ciudadanos cuya función era producir hijos para el Estado y el crecimiento de la sociedad. De la misma raíz tenemos PROLE, de **oles*, en el sentido de descendencia.

Preparar una buena comida es un arte que no posee cualquiera. Este arte lo llamamos GASTRONOMÍA, que también se define como una afición al buen comer, que seguramente practiquemos todos. La palabra se formó a partir del griego γαστήρ-γαστρός («gastḗr-gastrós»), estómago, vientre. De aquí se explican las patologías que afectan al estómago, como la GASTROENTERITIS, inflamación simultánea de la membrana mucosa del estómago y de la de los intestinos, la GASTRALGIA (compuesto del también griego algos, dolor), dolor de estómago, o la GASTRITIS, inflamación del estómago.

NADA HAY SIN EL AGUA

Por otra parte, los seres vivos no pueden vivir sin AGUA, el líquido transparente, incoloro, inodoro e insípido que constituye el componente mayoritario de nuestro planeta y de nuestro cuerpo. Su origen se remonta probablemente a la raíz protoindoeuropea *h_2_eḱ_-, celeridad, fluidez. El salto semántico, pues, es lo que fluye > río > agua. No obstante, de otra raíz indoeuropea que abarca la noción de humedad o mojadura y de agua, *_wed-_, provienen numerosísimos términos en castellano. Los más visibles son los que nos llegan a partir del griego ὕδωρ («hýdōr», agua) en palabras como HIDRÓGENO, HIDRÁULICO o HIDROTERAPIA. El nombre de la HIDRA y la NUTRIA también se remontan a esta raíz, pero hablaremos de ello en el capítulo correspondiente a los nombres de animales. A partir de esta raíz, nace la raíz germánica *_watar_, de la que nos llegan del alemán _Wasser_ y del inglés _water_. El inventor de la VASELINA empleó la forma alemana _Wasser_, junto con el griego ἔλαιον («élaion», aceite) para dar nombre a su producto, una sustancia crasa que se extrae de la parafina y aceites densos del petróleo y que se usa en farmacia y perfumería, y que tendría características parecidas tanto al aceite como al agua. La misma raíz *_wed-_ parece estar en el origen de _unda_ en latín, ola, onda, de la que nos llegan ONDULADO o ABUNDAR, salirse de las ondas, por ejemplo. El WHISKY y el VODKA también están relacionados con el agua y esta raíz indoeuropea. El primero viene de la abreviatura del gaélico _uisce beatha_, agua de vida, y el segundo nos llega del ruso _voda_, agua, con el sufijo diminutivo _-ka_, con lo que sería literalmente «agüita», un nombre irónico para una bebida tan potente.

Cuando ingerimos el agua o cualquier otro líquido, lo que hacemos es BEBER, del latín _bibo_ (decía César que _beati hispani, quibus vivere bibere est_, o sea, «dichosos los hispanos, para quienes vivir es beber», bromeando debido a que los hispanos pronunciaban la «v» y la «b» igual, fenómeno llamado betacismo) del que también derivan BIBERÓN, utensilio para la lactancia artificial con una tetina para la succión y BREBAJE, que nos llega a través del francés _breuvage_. Su origen se remonta a la raíz indoeuropea *_pō(i)_-, beber, de la que deriva el verbo latino _poto_, beber, que nos ha dado en castellano palabras como POCIÓN, líquido que se bebe, o POTABLE, que se puede beber. En griego esta raíz ha dado el verbo πίνω (pinō), que significa beber. Lo podemos encontrar en PROPINA y PROPINAR (formado con la preposición πρό, delante de, antes), que vendría a significar beber antes que alguien, beber a su salud y darle después el resto de la copa. Bebida se decía en griego πόσις («pósis») y de ella derivó SIMPOSIO (formada por la preposición σύν, «con»), en origen reunión festiva acompañada con bebidas en la que los participantes bebían juntos y discutían temas diversos de actualidad. Hoy conserva un sentido relacionado con la segunda actividad mencionada y designa una conferencia o reunión en la que se examina y discute determinado tema.

ETIMOLOGÍA ESPIRITOSA

Cuando hacemos banquetes o bebemos en compañía solemos brindar con los nuestros. BRINDIS es un germanismo, pues viene del alemán *[ich] bring dir's,* yo te lo ofrezco. Curiosamente, la fórmula alemana para el brindis es un latinismo, *Prost!*, que viene de *prosit*, te sea de provecho. Arriba hablamos de la etimología de whisky y de vodka, y a continuación repasaremos brevemente la de otras bebidas alcohólicas conocidas por todos. Empecemos por el VINO, que se hace del zumo exprimido de las uvas fermentado naturalmente, cuya etimología seguramente se remonta al protoindoeuropeo **wóinom* y a la raíz indoeuropea **wei-*, que significa doblar, retorcer y, que con sufijo ha dado el latín *vitis*, vid, planta trepadora y vivaz con tronco torcido cuyo fruto es la uva. Son cognados de esta palabra las designaciones para el vino en muchas otras lenguas, como el griego οἶνος («oînos», de donde derivan cultismos como ENOLOGÍA, el arte de elaborar vinos, o ENOTECA, una bodega donde se guardan los vinos), hebreo יַיִן («yayin»), alemán *Wein*, etc.

El nombre del CHAMPÁN, un vino espumoso originario de Francia, viene, como no, del francés, del nombre de Champagne, comarca de dicho país, donde este tipo de bebida adquirió renombre. La GINEBRA es una bebida alcohólica obtenida de semillas y aromatizada con las bayas del enebro. La palabra nos llega del francés *genièvre,* enebro, que a su vez viene del latín *iuniperus*, vocablo que designa a esta misma planta y que nos ha dado también el cultismo JUNÍPERO, sinónimo de enebro. El CÓCTEL es una bebida compuesta de una mezcla de licores a la que se añaden por lo común otros ingredientes. Nos llega desde el inglés *cock-tail*, cola de gallo. Las teorías sobre la relación entre la bebida y la cola de gallo son numerosas, aunque ninguna está verificada.

La más aceptada afirma que el uso original de *cocktail* fue como adjetivo que describe una criatura con una cola como la de un gallo, específicamente un caballo con una cola cortada. Esta cola cortada se empleaba para identificar a los caballos que no eran de pura sangre, es decir, para denotar la idea de mezcla. Así, el símil haría referencia a una bebida mezclada, como lo es un caballo mestizo que no es de pura sangre. El historiador de cócteles David Wondrich también especula con que el cóctel es una referencia al jengibre, que se usaba para animar a un caballo viejo por medio de un supositorio para que el animal levante la cola y sea juguetón. Una cola alegre y ladeada (o levantada) en un caballo es un signo de fuerza y vigor, por lo que los comerciantes de caballos del siglo XVIII ponían jengibre y/o pimienta en sus genitales para que parecieran un poco más «juguetones». Como el jengibre y la pimienta también eran ingredientes comunes utilizados para animar las bebidas alcohólicas (y, por extensión, sus bebedores), la teoría es que el término *cock-tail* se aplicó a esas libaciones vigorizantes en referencia a la práctica de sorprender a los caballos con supositorios picantes. Otra historia popular proviene de Nueva Orleans, donde un boticario llamado Peychaud sirvió una bebida de brandy mezclado en una huevera francesa. Finalmente, la bebida recibió el nombre de *coquetier*, el término francés para una huevera. Los invitados de Peychaud acortaron el nombre a *cocktay* y, finalmente, se habría convertido en cóctel.

La etimología de RON, bebida que se obtiene por la fermentación de la caña de azúcar, es discutida, y hay quien afirma que incluso es incierta. Lo que sí sabemos es que viene del inglés *rum*, ron, sobre cuyo origen existen muchas hipótesis. Se ha señalado durante mucho tiempo a la India como la tierra en la que se consumió por primera vez el ron, aunque la grafía francesa *rhum* sugería una conexión con el griego *rheuma,* corriente, flujo (como en REUMATISMO). La India llevó a los investigadores al sánscrito *roma,* agua, como étimo de la palabra, y esto es lo que decían muchos diccionarios del siglo XIX. Sin embargo, mayoría de la producción del ron se encuentra concretamente en el Caribe y, al parecer, esta bebida se menciona por primera vez en Barbados, donde los plantadores empezaron a destilarla entre 1640 y 1645. Era conocida como *rumbullion*, alias *Kill-Devil* (mata-diablos), y era descrita como «hecha de caña de azúcar destilada, un licor caliente, infernal y terrible». Como curiosidad, en las colonias francesas esta bebida fue denominada *guildive*, modificación de *kill-devil. Rumbullion*, en cambio, es una palabra de Devonshire que significaba un gran tumulto, y pudo haber sido adoptada por algunos de los colonos de Devonshire en Barbados en referencia a las grandes trifulcas que solían desatar los que se habían emborrachado previamente con esta bebida. Esta parece ser la hipótesis más plausible del origen del nombre.

El RON es un LICOR. El LICOR es una bebida obtenida por destilación, maceración o mezcla, compuesto de alcohol, agua, azúcar y esencias aromáticas variadas. La palabra viene del latín *liquor*, líquido, agua. En cuanto al TEQUILA, una bebida mexicana semejante a la ginebra, que se destila de una especie de maguey, encuentra el origen de su nombre en Tequila, un municipio del estado de Jalisco, en México, donde se encuentran muchas fábricas productoras de tequila. Casi todos los datos y los estudiosos apuntan que se trata de un americanismo, una palabra proveniente del náhuatl, aunque no hay una opinión generalizada. La mayoría de hipótesis sostienen que vendría del náhuatl *tequitl*, trabajo u oficio y *tlan*, lugar, como lugar de tributo o lugar de trabajo. Algunos creen que tequila debería traducirse como «la roca que corta», una referencia a la obsidiana que abunda en la zona. Parece más probable, sin embargo, que provenga de la lengua indígena antes mencionada. El tequila no es la única contribución del náhuatl al lenguaje moderno, y de ello trataremos en el capítulo correspondiente a los americanismos.

El BRANDY es un aguardiente cuyo nombre viene del neerlandés *brandewijn*, vino quemado. Y acabamos de mencionar el COÑAC, también aguardiente, que nace de la ciudad vinícola francesa de Cognac, donde lo llamaban *eau de vie*, agua de vida. Cuenta la leyenda que un comerciante holandés que estaba en esta zona de Francia, maravillado por la calidad del vino que allí se producía, quiso llevarse consigo una muestra destilándolo y quitando el agua y parte del alcohol para restarle peso y volumen. El resultado de ello habría sido algo parecido al brandy, que los holandeses denominaron vino quemado. Pasando a bebidas menos fuertes, al menos en España, la CAÑA es la cerveza tirada a presión. Aunque varias son las teorías, que hablan incluso de la forma en que los egipcios la bebían (con cañas para evitar los grumos), parece que hay una respuesta más sencilla. Y es que parece que caña en su origen tendría que ver con la presión de la cerveza tirada en cañerías. En las antiguas tabernas cerveceras de origen francés y alemán, el líquido salía a presión por una cañería o tubo alargado y ancho por arriba que se iría estrechando para crear la presión deseada del brebaje. Al llegar a España, la cerveza tirada con cañería pasó a denominarse cerveza de caña, y de ahí a nuestra caña, ese brebaje rubio o tostado que cautiva y enajena a la vez.

La CERVEZA es una bebida alcohólica hecha con granos germinados de cebada u otros cereales fermentados en agua, y aromatizada con lúpulo, boj, casia y otros ingredientes, cuya etimología también es dudosa. El filólogo Joan Corominas, entre otros, apunta que, a través del latín, su origen es celta, de *coirm,* cereales. Otros, sin embargo, relacionan *cervesia*, el término latino, con Ceres, la diosa romana de la agricultura, de la fecundidad y las cosechas, de la que ya hablamos en el primer capítulo. La raíz indoeuropea sería, pues, **ker-*, crecer, de ahí **ker-es-*, CERES, diosa que representa el crecimiento del grano, y CEREAL. Igualmente están relacionados con esta raíz indoeuropea otros vocablos castellanos como CREAR, CRIAR, CRIOLLO (derivado del portugués *crioulo*, que designa al descendiente de europeos nacido o criado en las colonias), CRECER... También decimos BIRRA de manera coloquial para referirnos a la cerveza. Viene del italiano *birra*, y este del alemán *Bier*, que parece derivar del verbo latino *bibĕre*, beber, del que ya hablamos en este mismo capítulo.

Hemos mencionado el verbo NUTRIR, que viene del latín *nutrīre*, con el significado de alimentar o amamantar. Su raíz se halla también en la palabra NODRIZA, de *nutrix, -īcis*, pues es aquella que amamanta y que nutre a una criatura ajena. Y es que en latín (y en castellano) existían numerosos verbos que se usaban para referirse a la acción de comer, alimentarse o nutrirse. Uno de ellos es *mandĕre*, que significa morder o devorar. El vocablo MANDÍBULA viene de este verbo *mandĕre* seguido del sufijo instrumental *-bulum*, pues la mandíbula sería, literalmente, nuestro instrumento de masticación. Un personaje típico de la fábula atelana, una pequeña comedia de carácter festivo y ambientación itálicos, era Manducus, cuyo nombre, proveniente de este verbo, significa glotón. Precisamente de la raíz de su nombre se forma otro verbo latino que evolucionará a la mayoría de lenguas romances: *manducare* (masticar, comer). En efecto, de *manducare* derivan los verbos *mangiare* en italiano, *menjar* en catalán y *manger* en francés. En español también tenemos MANDUCAR y MANDUCA, que significan comer y comida, respectivamente. Sin embargo, la palabra MANJAR, una comida exquisita, es la más usada y conocida de las derivadas del verbo *manducare*. Hablando de manjares, en la mitología, la AMBROSÍA es el manjar o alimento de los dioses, prohibido para los mortales. Su nombre viene del griego ἀμβροσία («ambrosía»), derivado de ἄμβροτος («ámbrotos», inmortal, divino, formado por la ἀ- privativa y βροτός, «brotós», mortal). Hoy en día la ambrosía es cualquier alimento o manjar agradable de gusto.

Pero ¿por qué decimos comer y no manducar, siguiendo la misma raíz que las demás lenguas romances? ¿De dónde viene el verbo COMER? Pues de otro verbo latino que hacía referencia a la acción de ingerir alimentos: *comoedere*, formado por la preposición *cum* y el verbo *esse* (o *edere*), que significa comer. La raíz de este verbo está emparentada con el *to eat* inglés y con el *essen* alemán, por ejemplo. Del participio de este verbo, *esum*, precedido por el prefijo *ob-*, tenemos en castellano el adjetivo OBESO, el que está excesivamente o completamente nutrido. Por otro lado, la falta de alimentación suficiente se denomina INEDIA, formada por el prefijo privativo *in-* y la raíz del verbo que estamos viendo. Por último, también nos podemos referir a la acción de comer apresuradamente como ZAMPAR, de la onomatopeya *zamp*.

CARTA ETIMOLÓGICA

Nos vamos ahora a la etimología de alimentos concretos y empezamos con el ALMÍBAR, azúcar disuelto en agua y cocido al fuego hasta que toma consistencia de jarabe, que viene del árabe andalusí *almíba*, este del árabe clásico *maybah*, y este del persa *meybe*, que significa néctar de membrillo. ¿Y de dónde viene «néctar»? Pues viene del latín *nectar*, bebida de los dioses, y este del griego νέκταρ («néktar»), de igual significado, pues en la mitologia el néctar es un licor suavísimo que estaba destinado al uso y regalo de los dioses. Hoy en día es un jugo azucarado, producido por los nectarios (glándulas de algunas flores), que chupan las abejas y otros insectos.

Este néctar del que hablamos lo producen las abejas, que comparten el origen con el APIO, una planta comestible; veamos su origen. Está en el latín *apium*, que parece estar emparentado con *apis*, abeja, por resultar una planta melífera para las abejas. Y el adjetivo melífero está emparentado, sorprendentemente, con MEMBRILLO. Efectivamente, membrillo viene del latín *melimelum,* manzana dulce, y este del griego μελίμηλον («melímēlon»), compuesto por μέλι («méli», miel) y por μῆλον («mêlon», manzana). La raíz indoeuropea que designaba a la miel era **melit-*, que, aparte de los vocablos que acabamos de ver, también nos ha dado CARAMELO (seguramente a través del francés *caramel*, diminutivo de *calamus*, caña, o incluso de *canna melis*, caña de miel). De *canna* también deriva CANELA, que nos ha llegado a través del italiano *cannella*, diminutivo de *canna,* caña, por la forma de canuto que toma la corteza seca del canelo.

En cuanto a nuestra MANZANA, su nombre viene del latín *Mattiana [mala]*, [manzanas] de Matio, derivado del nombre de Caius Matius, Gayo Macio, tratadista de agricultura del siglo I a. C., que estudió y clasificó una variedad de manzana que se hizo muy popular. El MELÓN, esa sabrosa fruta veraniega, curiosamente también comparte raíz con esto que estamos viendo, pues viene del latín tardío *melo-melonis*, y este es un acortamiento del griego μηλοπέπων («mēlopépōn», manzana madura).

Un alimento muy variado y que podemos comer durante cualquier época del año es la FRUTA. Nos ha llegado del verbo latino *frui*, que significa disfrutar, aprovechar. El fruto sería, pues, aquello que disfrutamos y aprovechamos de la cosecha. Y es que cuando obtenemos un resultado positivo del esfuerzo que hacemos para conseguir algo decimos que hemos cosechado lo que hemos sembrado. Este verbo «sembrar» se remonta a la raíz indoeuropea **bhrūg-*, que designaba al fruto de la tierra y, más genéricamente, al sentido de disfrutar, aprovechar o gozar (la tierra). El que aprovechaba y que se conformaba con el fruto que da su tierra naturalmente fue calificado con el adjetivo FRUGAL, y así, la virtud de la *frugalitas* tomó figuradamente el significado de sobriedad o moderación.

Todos sabemos qué fruto es la PIÑA, pero no todos cuál es el ANANÁS, sinónimo del anterior. Esta palabra viene del portugués *ananás*, y este del guaraní *naná*, que parece significar en origen perfume y que también designa a la planta y su fruto. El Diccionario de la Real Academia Española nos dice que sus flores son de color morado y su fruto grande, que tiene forma de piña, es carnoso, amarillento, muy fragante, suculento y terminado por un penacho de hojas. Esta comparación es importante, porque es común escuchar piña en referencia a esta misma fruta. En efecto, PIÑA se refiere tanto al fruto como a otra planta, con la que se hizo este símil por su forma. Su nombre deriva del latín *pinea*, fruto del árbol *pinus*. Podemos remontarnos a su origen en el indoeuropeo **pei-* (ser gordo, estar hinchado). Posiblemente esta raíz, en grado cero y con sufijo **pī-nu-*, haya dado el sustantivo latino *pīnus*, árbol que produce resina. De aquí también tenemos PIÑÓN, simiente del pino, APIÑAR, juntar o agrupar estrechamente, y PIÑATA (desde el italiano *pignatta*), una olla panzuda que suele tener dulces dentro, por su forma hinchada.

Por otra parte, la VERDURA, la hortaliza, especialmente la de hojas verdes, tiene una clara etimología, pues proviene del adjetivo verde. A su vez, VERDE deriva del verbo latino *virere*, que significa verdear, cobrar lozanía o esplendor, estar vigoroso, pues, refiriéndose a las plantas, significa que están exuberantes y verdes. El adjetivo latino que se formó a partir de este verbo fue *viridis*, fresco, lozano, vigoroso, floreciente. Hay quienes afirman que incluso tiene relación con *vis*, fuerza en latín, o con *vir*, varón. De entre las verduras es destacada la ACELGA, una planta hortense muy presente en la gastronomía mediterránea. Viene del árabe سلق («silqa»), y este del griego σικελή («sikelḗ»), que significa «la siciliana», porque los griegos encontraron esta planta en Σικελία («Sikelía»), en la isla de Sicilia.

Otra etimología que se creó a partir de un lugar es la de SANDÍA, del árabe hispánico *sandíyya*, y este del árabe clásico *sindiyyah*, de Sind, región de Pakistán de la que procede. En cuanto a la MACEDONIA, esa rica ensalada de frutas, viene del latín *Macedonius* (natural de Macedonia, reino de la antigua Grecia, dividido actualmente entre varios países), por comparación con el origen diverso de los macedonios. Una etimología interesante es la del PIMIENTO, que viene del latín *pigmentum*, color para pintar, pues este alimento no solo daba sabor a la comida, sino también color. También es llamativa la de CEBOLLA, que hemos tomado del latín *cepulla*, cebolleta, diminutivo de *cepa*. CEPA, a su vez, deriva de *cippus*, que era el nombre que designaba a una columna funeraria, una estaca o un tronco de árbol usado para empalizadas. El miembro viril es conocido vulgar y comúnmente como CIPOTE, y su sentido deriva de esta misma palabra que se refería a estas columnas o pilastras.

No con una verdura, pero sí con un fruto tiene que ver la ALBÓNDIGA, aquella rica bola de carne o pescado trabada con ralladuras de pan, huevos batidos y especias. Nos llega del árabe hispánico البندقة («albúnduqah») y este del árabe clásico البندقة («bunduqah», nuez), sin el artículo *al-*. A su vez, el término árabe deriva del griego [κάρυον] ποντικόν («[káryon] pontikón)», [nuez] póntica), nuez originaria del Ponto Euxino, lo que hoy en día es el mar Negro, y relacionada por similitud en la forma con esta bola de carne. Por otra parte, la nuez viene del latín *nux-nucis*, todo aquello cubierto por una cáscara. El diminutivo de *nux* es *nucleus*, y hacía referencia a la parte blanda de toda fruta que tiene cáscara dura, ya sea una almendra, una bellota, una nuez, y también al hueso de la fruta, a su núcleo. Y de aquí llega nuestro NÚCLEO como parte o punto central de algo material o inmaterial. Comparte raíz con estos vocablos el ÑOQUI, una comida italiana de masa hecha con patatas mezcladas con harina de trigo, mantequilla, leche, huevo y queso rallado, dividida en trocitos, que se cuecen en agua hirviendo con sal. El término deriva del italiano *gnocchi*, que proviene del napolitano *gnuoccolo*, del latín *nucleus.*

El BIZCOCHO, el ALBARICOQUE y el PEPINO vienen de la misma raíz indoeuropea. En efecto, dicha raíz es **pekw-*, referida a la idea de cocer o madurar. De su forma asimilada, **kwekw-*, se ha formado el verbo latino *coquo* (cocer), del que deriva BIZCOCHO (*bis*, dos veces: cocido dos veces); la COCINA donde preparamos las comidas y donde comemos y con ella lo CULINARIO; y ALBARICOQUE, que nos ha llegado por medio del árabe andalusí البرقوق («albarqúq»), este del árabe clásico برقوق («burqūq»), y este del griego βερικόκκιον («berikókkion»), aunque hay varias hipótesis sobre el origen de esta palabra, como la que sostiene que deriva del griego πραικόκιον («prekokion»), que significa «madura temprano». De esta misma raíz se ha formado el adjetivo griego πέπων («pépōn», cocido, maduro), que, a través del diminutivo del latín *pepo, -onis*, melón, ha dado nuestro PEPINO y PEPINILLO (graciosamente, pepinillo sería el diminutivo del diminutivo de la palabra latina).

A todos nos encanta comer bollería, aunque su ingesta siempre debe ser limitada. BOLLO viene del latín *bulla*, bola, burbuja, por su forma redondeada. El término latino *bulla* hacía referencia a cualquier objeto redondo artificial y a un botón con cabeza de oro en puertas, cinturones, etc. que se colgaba para señalar los días prósperos y adversos. Por otro lado, la *bulla aurea* era una bolita preciosa que contenía un amuleto que llevaban los niños romanos nobles hasta los catorce años de edad. En la Edad Media, una bula era un documento político o religioso sellado con plomo que se usaba generalmente como un pagaré, y se llamaba así precisamente porque los sellos eran redondos. En francés antiguo se formó el diminutivo de esta palabra como *bullete*, que evolucionó al francés actual como *billet*, de la que viene nuestro BILLETE, papel moneda que circula como medio legal de pago. Por otro lado, el BOLETÍN, publicación destinada a tratar asuntos científicos, artísticos, históricos o literarios, generalmente editada por alguna corporación, nos llega del diminutivo del italiano *boleta* (*bollettino*) de *bolletta*, un papel pequeño, con redacción generalmente breve, procedente de una autoridad a través del cual se dan noticias auténticas de todo lo que se da al público.

Un verbo latino que comparte raíz con *bulla* es *bullio* (bullir), del que provienen BULLA y BULLICIO, gritería o ruido que hacen una o más personas. Como curiosidad, de *bulla* nos llega nuestro BULLARENGUE, una prenda que usaban las mujeres para dar a las nalgas apariencia voluminosa. Al parecer, BURBUJA también está emparentada con esta raíz. Algunos estudiosos afirman que viene del italiano *borbogliare*, roncar los intestinos, del latín vulgar **bulbuliare*, reduplicación de *bulla*, bola, burbuja. La explicación mayoritaria, entre la que se encuentra la de la RAE, afirma que burbuja es una voz onomatopéyica. Nosotros, con nuestro limitado conocimiento, creemos que deriva de esta misma palabra que estamos viendo, que procede de *bullicula* (en euskera se dice *burbuila*, las palabras acabadas en -ila en euskera y en -ja en castellano suelen derivarse del diminutivo latino), diminutivo de *bulla*. Así, creemos que quizás el proceso que siguió la palabra fue el siguiente: *bullicula* > *bullucula* > *burucula* > *buruja* > *burbuja*. La creación de esa «be» epentética no es algo inusual, véase, por ejemplo, *hominem* > *homne* > *hombre*.

El nombre del fruto seco ALMENDRA viene del latín vulgar **amyndula*, este del latín *amygdala*, y este del griego ἀμυγδάλη («amygdálē», que significa almendra). La amígdala que nosotros conocemos, aquel órgano presente en nuestra garganta, proviene de este término mediante las traducciones que hicieron Avicena y Abulcasis de las lenguas clásicas al árabe, que asemejaron la amígdala con la almendra por alusión a su forma. En origen, tanto el término griego como el latino se han referido a la almendra. No será hasta el siglo XII cuando encontraremos ejemplos de usos en latín de *amendula* o *amigdala* con el significado de «amígdala». Este nuevo significado metafórico proviene del árabe y solo aparece en latín por traducciones de textos médicos árabes. En efecto, estos autores utilizan el término *lauzatain* (dual de *lauz*, «almendra») para hablar de las amígdalas. *Amygdala* fue un término que se utilizó de manera frecuente en tratados de cirugía, la especialidad en la que sobresalió Albucasis, que describía procedimientos para aliviar la inflamación de amígdalas en su obra *Kitab al-Tasrif*.

Y ya que estamos hablando de frutos secos, merece la pena explicar brevemente la etimología de DÁTIL, que viene del latín *dactylus*, y este del griego δάκτυλος («dáktylos», dedo), por alusión a su forma. Otro fruto, las PASAS, son típicas en la comida mediterránea y se pueden añadir a diversas recetas. Aunque su etimología parece obvia, no está de más repasarla. Viene del latín *passus*, participio pasivo del verbo *pandĕre*, tender, extender; como acortamiento de *uva passa*, uva pasa, y con el mismo significado que en higo paso. La palabra, en general, hace referencia a cualquier fruta extendida al sol para secarse o desecada por cualquier otro procedimiento. Si queremos remontarnos a su origen, nos encontraremos con la raíz indoeuropea **petə*, extender, desplegar. De ella viene el verbo latino *pateō*, estar abierto, extendido, que nos da PATENTE en su acepción como un documento público, en el sentido de que está abierto y extendido para todo el mundo. De aquí también deriva el mismo verbo que acabamos de mencionar, *pandere* (desplegar, tender, abrir, extender), que ha dado PASO, EXPANDIR, REPASAR, TRASPASAR, e incluso COMPÁS (instrumento que sirve para trazar circunferencias o arcos y tomar distancias), formado por la preposición *cum* y la raíz del verbo que estamos viendo. Esta misma raíz indoeuropea ha dado dos palabras griegas: πέταλον («pétalon», cosa aplanada, hoja), y πατάνη («patáne», plato, cacerola, fuente). La primera palabra nos ha dado nuestro PÉTALO que forma parte de la corola de la flor, y la segunda, palabras como PÁTINA, por el barniz de que están revestidos los platos antiguos, y seguramente PAELLA también (a través del latín *patella*), que toma su nombre del recipiente abierto del mismo nombre que se usaba para cocinar este manjar.

Otro alimento que no podemos dejar de mencionar son las LENTEJAS. Su etimología es curiosa, pues es la misma que la de las

LENTILLAS. Tiene sentido, porque ambas son pequeñas lentes. En efecto, las dos palabras nos llegan del latín *lenticŭla*, diminutivo de *lens, lentis* (lenteja), aunque LENTE (y su diminutivo lentilla) es un cultismo del siglo XVII, mientras que *lenticula* ya había evolucionado en el siglo XIII a lenteja en castellano. En árabe las lentejas se dicen عدس («'adas») y las lentillas عدسات («'adasat»), en alemán *Linse* y *Linsen* son lente y lentejas, mientras que en francés ambas palabras se dicen exactamente igual: *lentilles*.

PLATOS LATINOS

Sigamos con más platos deliciosos. La LASAÑA, plato formado por capas de pasta de harina que se intercalan con carne picada, verdura, etc., viene del italiano *lasagna*, este del latín vulgar **lasanea*, derivado del latín *lasanum*, soporte de hornillo, trébede de cocina, olla, y este del griego λάσανον («lásanon»), que significa también trípode de cocina, en referencia al pote donde se cocinaba y se ponía a hervir algún plato similar. Otra voz italiana es la de PIZZA, que parece venir del verbo latino *pinsĕre*, que significa machacar, triturar, presionar y que curiosamente también comparte raíz nuestro verbo PISAR. Y es que la Pizza es una especie de torta de harina amasada, aplastada, machacada, que se cuece en el horno. Aquí no podemos omitir los ESPAGUETIS ni los MACARRONES. El nombre del primero viene del italiano *spaghetti*, plural de *spaghetto*, y este es el diminutivo de *spago*, cordón fino. Los macarrones, por su parte, son un tipo de pasta elaborada con agua y harina de trigo que suele tener forma de tubo alargado. Su nombre proviene del griego μακαρώνεια («makarōneia»: felicidad para siempre), dicho en las comidas funerarias. El adjetivo μάκαρ («mákar», beato, feliz) hace referencia aquí al muerto. Existe un nombre geográfico, MACARONESIA, que comparte este mismo origen, pues deriva del griego μακάρων νῆσοι, («makárōn nēsoi», las islas de los bienaventurados). Este nombre hace referencia al mito griego que situaba estas supuestas islas de eterna felicidad más allá del Estrecho de Gibraltar, y se emplea para referirse al conjunto de archipiélagos formados por las Azores, Madeira, Cabo Verde y las islas Canarias.

Pero dejemos de un lado las etimologías geográficas, a las que ya dedicamos el capítulo cuarto, y volvamos a sentarnos a la mesa. Es muy habitual entre las carnes comer POLLO, que comparte raíz con curiosos vocablos que parecen muy lejanos a la comida, pero que en cambio vienen del mismo término. El pollo, que viene del latín *pullus* (pollo, cría de ave), es la cría que nace del huevo de un ave y en especial la de la gallina. De este mismo término tenemos también PULULAR, que, refiriéndose a la vegetación, significa empezar a brotar y echar renuevos o vástagos, y que, en general, significa abundar y bullir en un lugar. También EMPOLLAR, incubar los huevos, y más tarde con el sentido de hincar los codos, estudiar mucho; REPOLLO, retoño de una planta o de col, y PUCELA, de *pullicella*, diminutivo de *pullus*, palabra que ya está en desuso y que era sinónimo de doncella, muchacha virgen. La raíz remota es la indoeuropea **pōu-*, que designaba a lo pequeño y lo escaso (de ahí nuestro adverbio poco), que ha dado varios vocablos latinos y griegos que resultan ser parientes lejanos del pollo. Empezamos con *paucus*, escaso, poco, que ha dado nuestro POCO, APOCAR (reducir a poco alguna cantidad) y TAMPOCO (*tam* y *paucus*). Esta misma raíz con distinto sufijo ha dado el término latino *parvus*, pequeño, que ha derivado en castellano en el diminutivo PÁRVULO, pequeño. Por otro lado, esta raíz con el compuesto **pau-paros*, con el significado de que produce poco, pobre, ha dado en latín el adjetivo *pauper*, pobre, que encontramos en PAUPERISMO, situación persistente de pobreza, PAUPÉRRIMO, superlativo culto, y las palabras POBRE y POBREZA. De esta raíz indoeuropea, con otro sufijo, nace el sustantivo latino *puer*, niño, que encontramos en vocablos castellanos como PUERICIA, periodo de la vida que media entre la infancia y la adolescencia, PUERIL y PUÉRPERA, término que se refiere a una mujer recién parida.

Por último, esta raíz la hallamos en una palabra griega que tenemos presente en muchísimos términos castellanos. Se trata de παῖς-παιδός («paîs-paidós»), que significa niño y que nos ha dado las siguientes palabras: PEDIATRA (formada con ἰατρός, «iatrós», médico), médico que se ocupa de la salud y enfermedades de los niños, PAJE (a través del francés *page*), criado o muchacho cuyas funciones eran las de acompañar a sus señores, asistirlos en la espera de las antesalas, atender al servicio de la mesa y otras actividades domésticas; PEDERASTA (ἐραστής, «erastḗs», amante), aquel que siente inclinación erótica hacia los niños y que comete abusos sexuales con ellos; PEDANTE, del italiano *pedante*, maestro de escuela, deformación procedente de pedagogo, con identificación popular y burlesca con *pedante*, soldado de a pie, peatón, por alusión al hecho de que el acompañante de niños está constantemente de pie con ellos; obviamente PEDAGOGO también, formada con el verbo ἄγω (ágō: llevar, conducir); y terminamos esta serie con el término ENCICLOPEDIA, compuesta por ἐν («en»), κύκλος («kýklos», círculo) y παιδεία («paideía», educación), que en origen se refería a la educación general, la educación para un círculo amplio. En un giro sorprendente de la arqueología de las palabras, descubrimos que el pollo y la pobreza o la enciclopedia tienen el mismo origen etimológico.

7.000 AÑOS SIN CADUCAR

El YOGUR es un alimento cuyo nombre nos llega, a través del francés *yaourt*, del que los nómadas turcos empleaban para referirse a él: *yoğurt* (pronunciado *yoourt*), relacionado con el verbo *yoğurmak*, amasar, en referencia a su proceso de elaboración. Se cree que el yogur se originó en la antigua Mesopotamia, hace 7.000 años. Los antiguos griegos consumían un lácteo llamado *oxýgala* (οξύγαλα), que, según Galeno, se consumía junto con miel, habitual en la Grecia actual. Se cree que esta *oxýgala* era una especie de queso de yogur. El yogur parece haber sido un alimento muy apreciado a lo largo de la historia. Las fuentes de la India Antigua llaman al yogur con miel «el alimento de los dioses», y la tradición persa atribuye la longevidad del patriarca Abraham a una ingesta regular de yogur.

El testimonio literario más antiguo del yogur se atribuye a Plinio el Viejo, que en su *Historia Natural* cuenta que «los bárbaros, ignorantes de los méritos del queso, saben cómo amasar la leche para formar una forma de leche agria de placentero sabor». Los pueblos turcos lo consumían habitualmente, transportándolo y conservándolo en odres de piel de cabra, y ponderaban a menudo sus supuestas dotes curativas. Así se refleja en el *Dīwān Lughāt al-Turk*, el primer diccionario turco, del siglo XI. Una anécdota histórica da fe de este uso: cuéntase que el monarca francés Francisco I contrajo una severa diarrea que ningún médico podía curar. Su aliado otomano, el sultán Solimán el Magnífico, envió un médico, que curó a Francisco con una dieta a base de yogures. Stamen Grigorov, un estudiante de medicina búlgaro en Génova, fue el primero en analizar científicamente el yogur. Descubrió el *Lactobacillus bulgaricus*, la bacteria responsable de su formación. A Grigorov se debe la teoría del origen búlgaro del yogur. El que primero comercializó una marca de yogur con éxito fue Isaac Carasso, un judío sefardí oriundo de Salónica, que a principios del siglo XX era todavía otomana. Tras emigrar a Barcelona, fundó la empresa DANONE, nombrada en honor a su hijo Daniel. El resto es historia.

Bastante hemos hablado ya del YOGUR. Variemos un poco el menú de nuestra mesa, con un poco de MARISCO, por ejemplo. El MARISCO designa al animal marino invertebrado, y especialmente a los crustáceos y moluscos comestibles. Su etimología parece clara: viene de marino y este de mar. La raíz indoeuropea de este vocablo es **mori-*, mar, cuerpo de mar, y nos ha dado palabras como MAR, (del latín *mare-maris*) MAREMOTO (formado con *motus*, que significa movimiento), e incluso ROMERO, que se forma del latín *ros maris*, rocío de mar. En cuanto al PESCADO, este viene del latín *piscatus*, del verbo *piscari*, pescar, relacionado con *piscis*, pez, y lo encontramos en palabras castellanas como PISCICULTOR, el signo del zodíaco PISCIS, o PISCINA. La piscina era para los latinos, en efecto, el lugar donde uno va a comportarse de una manera parecida a los peces: es decir, a nadar. Por otro lado, la etimología de MOLUSCO se remonta al adjetivo latino *mollis*, suave, y a su vez del indoeuropeo **mel-1*, suave, de textura suave, que encontramos también en MOLLA, la parte magra o flaca de la carne. Esta misma raíz, con variante nasal (**mlad-*), es la que ha dado en latín el adjetivo *blandus* también.

PALABRAS CON CHICHA

La etimología de CARNE nos indica que viene del latín *caro-carnis*, carne. Esta palabra se asocia con la raíz indoeuropea **sker-*, (cortar), que está presente también en CARNERO (de *[agnus] carnarius*, cordero de carne), macho de la oveja, y en CARNAVAL, los tres días que preceden al comienzo de la Cuaresma y cuyo origen se encuentra en el latín *carnelevare*, formado por carne y el verbo *levare*, quitar, pues es en esta época cuando comienza el ayuno de Cuaresma. Esta raíz indoeuropea con sufijo, **kert-snā* es la que ha dado en latín *cena*, que en origen hacía referencia a cualquier comida del día; siendo la cena una porción de comida, no extraña que su nombre derive de una raíz que significa «cortar» o «porcionar».

Una teoría muy extendida afirma que JAMÓN y GAMBA comparten origen etimológico, porque ambas palabras provendrían del latín vulgar *camba*, pierna. La primera nos habrá llegado desde el francés *jambon*, a su vez del antiguo idioma galo *jambe*, pierna, mientras que la segunda ha evolucionado directamente del latín vulgar. Por otro lado, la RAE sostiene que gamba viene del latín *gambarus*, de *cammărus* y este del griego κάμμαρος («kámmaros», langosta).

Y ya que hemos hablado de la cena, tocaría a la mañana siguiente empezar el día con un buen desayuno de tostadas o *croissant* con aceite de oliva o huevos con un café con leche. DESAYUNAR significa etimológicamente romper el ayuno al que nos sometemos durante las horas de sueño. TOSTADA viene del verbo latino *tostare*, chamuscar, y del indoeuropeo **ters-*, seco, que es la misma raíz que se halla en TERRITORIO O TIERRA. CRUASÁN viene del francés *croissant*, o media luna creciente, debido a la forma coincidente con el astro nocturno en su fase creciente. La versión legendaria más famosa del origen de esta pieza de bollería lo remonta al sitio de Viena de 1683. Se cuenta que, ese año, unos panaderos de la ciudad consiguieron advertir a tiempo a la guarnición de la llegada de las tropas otomanas que pretendían conquistar la ciudad. El sitio se levantó gracias a la asistencia de las tropas del rey polaco Jan III Sobiesky, quien, en honor de los panaderos y mofa de los turcos (haciendo referencia a su estandarte, la media luna islámica) habría pedido a los primeros que elaboraran esta pieza de bollería. Lo cierto es que este tipo de bollería ha existido durante siglos, posiblemente incluso en la Antigüedad, y su versión contemporánea data del siglo XIX, con lo que esta historia es pura fantasía.

Respecto al ACEITE que echamos a las tostadas, viene del arameo *zaytā* a través del árabe *azzáyt*, y ambos términos se referían al jugo de la ACEITUNA. En latín, el aceite y la aceituna se decían *oleum* y *oliva*, de los que derivan nuestros ÓLEO, OLIVA y PETRÓLEO (con *petra*, piedra).

HÉRCULES, LA LECHE Y NUESTRA GALAXIA

LECHE viene del latín *lac-lactis*, leche, que está presente en otras palabras como LACTANCIA, LACTOSA e incluso LECHUGA, pues cuentan los romanos que la *lactuca* tenía hojas blanquecinas. QUESO viene del latín *caseus* (*caseus* > *caesus* > *quesu* > queso), queso. En el bajo latín, sin embargo, se popularizó el *formaticum caseum*, o sea, el queso formado o queso hecho en molde. De ese *formaticum*, que pasó a denominar al queso, vienen *fromage* y derivadas.

El vocablo latino está emparentado con la raíz indoeuropea **glak-*, que ha dado en griego *γάλα*, -ακτος («gála, -aktos», leche), que se halla en GALAXIA, la Vía Láctea, pues narra el mito que Hércules succionó con tal fuerza las mamas de la diosa Hera que de su leche rebosada se creó la Vía Láctea, dejando el universo lleno de leche o galaxias. En cuanto al PAN, alimento que ha acompañado al ser humano desde sus orígenes, este encuentra su procedencia en la raíz indoeuropea **pā-* (nutrir, proteger), y después en el latín *panis*, que se encuentra también en COMPAÑÍA (formada por la preposición *cum*, acción de comer con alguien de un mismo pan). En cuanto al CAFÉ, este manjar nos llega a través del italiano *caffe*, pero gracias al turco *kahve*, asimilación del árabe *qahwah*, infusión de la semilla molida del cafeto. Otra etimología nos lleva a Etiopía y a la provincia de Kaffa de donde tomaría el nombre. Por último, los HUEVOS son un ingrediente muy común en los desayunos. La raíz indoeuropea para pájaro era **awi-*, de la que derivan AVE (del latín *avis*), AVIÓN y también AUSPICIO, pues es el observador (del verbo *specio*) de las aves.

Toca ir acabando este capítulo y qué mejor manera que hacerlo con un buen POSTRE (del latín *poster-ĕri* posterior), porque es lo que viene después de la comida. Este podría ser una rica tarta de CHOCOLATE o un dulce REGALIZ, que nos dan a pie para hablar de las dos últimas etimologías de este capítulo: la de regaliz y la de chocolate. La primera deriva del latín tardío *liquiritia*, este del latín *glycyrrhiza*, y este del griego γλυκύρριζα («glykýrriza»), de γλυκύς («glykýs»), dulce, y ῥίζα («ríza»), raíz, por alusión a su forma. Como se ve, comparte raíz con GLUCOSA (de γλυκύς, «glykýs», dulce) o GLUCEMIA. Y para finalizar, les invitamos a tomar un buen chocolate caliente, aunque eso será mejor hacerlo en el capítulo siguiente, donde hablaremos de las palabras provenientes de las Américas, cuna de este mismo CHOCOLATE. ¡Que aproveche el banquete de conocimiento!

8

PALABRAS DE LA OTRA ORILLA. AMERICANISMOS Y ETIMOLOGÍAS CURIOSAS

Quantum est enim quod ab ultimis litoribus Hispaniae usque ad Indos iacet? Paucissimorum dierum spatium, si navem suus ferat ventus
(¿Cuánta distancia hay entre las últimas costas de Hispania y los Indos? Apenas un espacio de poquísimos días, si una nave lleva viento a favor).

SÉNECA, *Cuestiones naturales* 1, *praef.* 13.2

Ya desde la Antigüedad grecolatina se pensó que las costas españolas distaban de las tierras de poniente pocos días en barco con un viento favorable. Los escritos casi proféticos de Aristóteles, Séneca y Plinio el Viejo; los relatos de San Brandán y otros textos bajomedievales sobre el Paraíso Terrenal; y las propias noticias fantásticas que venían de ese imaginario de aventuras incitaron la curiosidad de un hombre que tuvo la idea de llevar a cabo un viaje a lo desconocido en busca de una nueva ruta por mar hacia las Indias. Ese hombre, Cristóbal Colón, personalidad cargada aún de misterio y debate, cometió uno de los errores más trascendentales de la humanidad: se topó, ni más ni menos, con un continente nuevo cargado de exotismo, riqueza y vida que abrió la siguiente página de la historia.

¿TAMBIÉN CONQUISTAN LOS CONQUISTADOS?

De esas Indias primero, de esa América después, los europeos trajeron y esquilmaron todo tipo de bienes materiales, humanos y culturales. Mediante la acción conquistadora de españoles, ingleses, holandeses, portugueses y franceses, entre otros, que fueron poco a poco imponiendo su modo de vida, lengua y religión allá por donde pasaban, llegaron con el botín algunas palabras que pronto se incorporaron a los diccionarios de las lenguas metropolitanas. Esto es, y parafraseando a Horacio (*Epístolas* 2.1.56: *Graecia capta ferum victorem cepit*...), que la América conquistada supo conquistar, en cierta manera, a su aguerrido conquistador, al menos en algunos campos semánticos, como veremos.

Estos términos que han llegado hasta nosotros proceden de lenguas aborígenes de América. El de los habitantes de América fue un anchísimo conglomerado de naciones, pueblos y culturas que se extendían desde Terranova hasta la Tierra de Fuego, desde los wampanoag a los araucanos, y sigue siéndolo hoy en día, pese a la dilapidación que supuso la conquista. Como hablantes de castellano, en este capítulo nos interesará observar qué palabras de dicho idioma proceden de esas lenguas americanas aborígenes. Esos vocablos son conocidos como *americanismos*, que la RAE, en su quinta acepción, define de la siguiente manera: «AMERICANISMO: vocablo, giro o rasgo fonético, gramatical o semántico que pertenece a alguna lengua indígena de América o proviene de ella». Igualmente, el *Diccionario de americanismos*, publicado por la ASALE, la Asociación de Academias de la Lengua Española, entiende como americanismo léxico «los lexemas autóctonos de América y, en caso de haberlos, sus derivados».

La historia de la incorporación de cada palabra indígena al español rebasaría los límites de este capítulo. Muchos de ellos se acoplaron directamente al español debido al contacto de españoles con las distintas civilizaciones, o a través de otra lengua de navegantes y descubridores, el portugués. Parece lógico que las palabras se incorporaran a las lenguas del Viejo Mundo según sus conquistadores se extendían por los diferentes territorios. Cristóbal Colón llegó primero a zonas antillanas y caribeñas, tocando tierra continental en sus últimos viajes, de ahí que las primeras palabras oídas por los españoles fueran arahuacas del norte o taínas (hoy Jamaica, Puerto Rico, República Dominicana, Cuba, etc.). Con las progresivas incursiones hacia el sur, se ampliaron los contactos lingüísticos, por lo que se adaptaron voces náhuatl, mayas, aztecas (hoy México, Nicaragua, Guatemala, etc.), y sobre todo, debido al número de palabras aportadas, léxico quechua, aimara (zona andina y Bolivia) o tupí-guaraní (hoy Brasil, Bolivia, Paraguay y parte de Argentina). Por el contrario, otros americanismos pertenecientes a lenguas aborígenes del norte de América, donde la presencia española fue inapreciable, llegaron a nuestro idioma en calidad de préstamos a partir de otras lenguas europeas, como el inglés o el francés.

Los americanismos han servido para llenar, en cierta manera, vacíos léxicos de los idiomas de los conquistadores. La naturaleza de aquellos nuevos paisajes, con sus ubérrimas selvas, sus animales salvajes y sus exóticos y llamativos objetos causaron sorpresa en los ojos de estos primeros expedicionarios, quienes pasaron a nombrar a cada cosa, animal o planta con los términos originales, sin casi variación o con poca adaptación fonética. Por tanto, para que usted, querido lector, no se monte en su cabeza un buen QUILOMBO (lío o barullo, de origen africano, pero muy usado en Latinoamérica), vamos a pasar a continuación a explicar algunas curiosas etimologías por campos semánticos, pues así seguramente se dará cuenta de los ámbitos a los que hacen referencia los americanismos.

Imagínense estos primeros encuentros. Finales de octubre de 1492. Cristóbal Colón se debate entre la gloria por haber arribado con éxito y la decepción porque el lugar (Guanahaní, hoy algún lugar de las Bahamas) no es lo que esperaba exactamente después de tantos años de elucubraciones y esfuerzos. Pese a ello, nos deja en su *Diario* un relato que mezcla la sorpresa con el entorno y la exageración casi épica que nace de su cabeza. En ese instante, observa una nueva embarcación sin vela que le llama la atención, algo conocido en arahuaco o, concretamente en lengua taína, como CANOA, palabra que en origen era un canal de agua, y que tiene hoy el honor de ser considerada el primer americanismo de nuestra lengua, pues se puede datar el día 26 de octubre de 1492, según el cronista Bartolomé de las Casas. La medalla de plata en este pódium de primeros americanismos es igualmente taína, y hace referencia a una red alargada en la que se mecían y descansaban esos primitivos pobladores antillanos. Es la HAMACA, similar a la BUTACA, palabra esta que entró muy tarde en el español (1843), pero que se retrotrae a un dialecto caribeño (cumanagota) hablado en la parte oriental de la actual Venezuela, donde *putaka* era la palabra para asiento o silla.

Entre estas primeras palabras de origen indígena habría que contar, como no podría ser de otra forma, con CACIQUE, jefe o reyezuelo, voz taína documentada ya en el primer asentamiento español en tierras americanas: La Española, nombre dado a QUISQUEYA, hoy nombre literario y base del gentilicio QUISQUEYANO para los habitantes de la República Dominicana. En esa zona, las mujeres de los taínos vestían una falda estrecha de algodón que llegaba hasta las rodillas, y que era conocida como NAGUA, origen de nuestras posteriores ENAGUAS, resultado de la expresión «estar en naguas», vestir falda.

Semejante a las enaguas, pero dejando menos a la imaginación, con menos tela, es otra prenda que vestían los indígenas del actual Brasil: el TANGA. La palabra designaba en lengua tupí al tipo de taparrabos que dejaba la parte trasera al aire y se confeccionaba con hojas de palma o con unos moldes de arcilla o barro. Este uso no pasó inadvertido a los europeos, y menos a los cazadores de tendencias de moda, pues inspiró la creación de una prenda íntima muy en boga hoy. La conexión entre el mundo tupí y nuestra actualidad se la debemos al italiano Carlo Ficcardi, quien diseñó su forma actual en la década de los setenta del pasado siglo.

Si la CANOA llamó la atención de Colón, no lo hicieron menos otros objetos que observaron los conquistadores posteriores según iban descubriendo etnias. A lo largo del siglo XVI, además de la palabra también taína PIRAGUA, embarcación larga y estrecha, se incluyeron otras palabras que designaban adornos, ropajes y mobiliario que formaban parte del escenario natural de estos aborígenes. Tal es el caso de la TIZA, del náhuatl *tizatl*, enyesado blanco y de fácil borrado. Otro tanto ocurre con una especie de estera de palma usada para dormir, que en lengua azteca, o más concretamente náhuatl recibía el nombre de *petlatl*, y que se adaptó como PETATE. Esta palabra fue muy usada por los navegantes, pero con el significado de equipaje que se prepara rápido, de ahí la expresión LIAR EL PETATE. De la misma raíz náhuatl ya vista *petlatl*, estera, y de *cál-li*, casa, surgió *petlacálli*, algo así como caja de juncos, lo que los españoles adaptaron como PETACA, arca de madera o mimbres para guardar cosas (tabaco o alcohol, para ser más exactos, desde que la semántica cambió en el siglo XIX).

UNA EXCEPCIÓN

Y del TABACO nos vamos a ocupar a continuación, por ser una costumbre propia de muchas culturas americanas que causó sorpresa entre los europeos, pero cuyo nombre tiene un origen confuso y posiblemente no americano. En efecto, aunque Colón ya vio en Haití a pobladores que inhalaban ciertas hierbas secas, se puede constatar que la palabra TABACO se conocía y usaba mucho antes de 1492. El *ṭub[b]āq* o *ṭab[b]āq*, de origen árabe, se atestigua ya en el siglo IX para describir ciertas hierbas secas con atribuciones narcóticas, como la olivarda y el eupatorio. En España e Italia se emplearon formas como TABACCO y ATABACA ya en 1410, por lo que parece que ese nombre ya conocido en Europa se acopló perfectamente para describir la práctica de los aborígenes, haciendo pasar por indígena un término que no lo era.

A veces, los cronistas de Indias confundían adrede palabras y acrecentaban el exotismo de las nuevas tierras descubiertas. En la obra de Bartolomé de las Casas se insiste en el origen taíno de la palabra tabaco: «Estos mosquetes, o como los llamaremos, llaman ellos tabacos». Y esos *mosquetes* de los que habla el historiador sevillano no eran otra cosa que CIGARROS, palabra que, aunque discutida, la RAE da como de origen maya, a partir de la raíz *siyar*, rollo de hojas para chupar por un lado y encender por el otro, y que explicaría su aparición en numerosas lenguas del mundo (inglés *cigarette*, alemán *Zigarre*, por ejemplo). Con plantas y con tabaco seguimos al hablar de la PETUNIA, una solanácea cuyas flores son muy similares a las que produce la *Nicotiana tabacum*, planta del tabaco. Las expediciones francesas del XIX en el actual Brasil creyeron que era un único ejemplar, de ahí que la denominaran *petun*, derivación del nombre indígena tupí-guaraní para la planta del tabaco: *petỹ*. De *petun* y el sufijo latino *-ia* se creó PETUNIA para la *Petunia nyctaginiflora*, que en realidad no es la planta del tabaco, sino otra especie, aunque aún mantenga en su etimología cierta relación con el tan extendido vicio.

Esta universalidad ocurre con otra clase de americanismos que, teniendo al inglés y al francés como vehículos de expansión, se han introducido en muchos idiomas. De especial relevancia son algunos objetos con los que se toparon los exploradores europeos desde el siglo XVIII en territorio algonquino (este de Canadá y Estados Unidos de América). Al grupo de lenguas algonquinas (de las que forman parte tribus tan famosas como los cheyenes y los mohicanos) le debemos dos palabras: TÓTEM y TOBOGÁN. La primera llega por el inglés *totem*, y se atestigua también en francés como *aoutem*. En principio, hacía referencia a un emblema de familia o clan. De hecho, se construye sobre la raíz *doodem*, pariente o hermano en dialecto ojibwa, y más tarde *nin-totem*, protector familiar. La segunda palabra, TOBOGÁN, tiene un recorrido tan deslizante como su significado. Nos llega al español por el inglés *toboggan*. A este llega, a su vez, por el francés hablado en Canadá *tabagane*, y a este por el algonquino en su variante de *maleseet*, dialecto hablado al noreste de Maine, *thapaken*, trineo largo y plano en un primer momento, y rampa resbaladiza hoy en día.

Además de objetos y costumbres, también la flora de ese nuevo continente dejó estupefactos a los conquistadores. Las lenguas amerindias nos han legado no pocos términos botánicos que mantenemos exactamente hoy en día, si bien hemos derivado su uso hacia ciertos vicios malsanos. Es el caso de plantas como el MEZCAL, variedad de agave usado como bebida alcohólica, del náhuatl *mexcalli*, y relacionado con otra planta alucinógena conocida como flor del mezcal o PEYOTE, del náhuatl *peyotl*, capullo de gusano, por el parecido de su forma. Aquí no podía faltar la hoja de la COCA, del quechua y el aimara *kuka*, arbusto de donde se extrae la COCAÍNA, ese alcaloide euforizante tan consumido.

LA PATATA, ESTRELLA INDISCUTIBLE

De otros frutos y plantas americanas hemos sacado mayor provecho, sobre todo en lo gastronómico. ¿Qué habría sido de Europa sin la PATATA? El tubérculo es originario del Perú y se denomina en quechua *papa*, usado aún en zonas de España e Hispanoamérica, la PAPA. Por la semejanza con otro tubérculo de sabor dulce, la *papa* no solo sirvió para designar nuestra común PATATA (papa blanca o *Solanum tuberosum*), sino también la BATATA (*Ipomoea batatas*), cuyo origen etimológico se remonta probablemente al taíno *batata*, hoy también conocido como BONIATO, voz del caribe, o CAMOTE, del náhuatl *camotli*. De esa confusión en los productos y del cruce de los lexemas *papa y batata* surge PATATA, que desde el siglo XVIII pasó a designar al tubérculo actual en buena parte del centro y norte de España, y que es por donde llega a otras lenguas, como el inglés *potato*.

Muchos alimentos fueron tomados al inicio con recelo, usándose como plantas decorativas e incluso venenosas, como es el caso del TOMATE. Nos llega a partir del náhuatl *tomatl*, literalmente la fruta que se hincha, del verbo *tomaa*, hinchar. Se introdujo en Europa a mediados del siglo XVI y su consumo se dio primero en los países mediterráneos, pese a tener fama de cultivo ponzoñoso. Por esta razón, se usó para embellecer los jardines de Inglaterra (denominándose *love-apple*) y como decoración de avenidas en el recién creado Estados Unidos por iniciativa de Thomas Jefferson (1789), no considerándose alimento hasta 1830. Más o menos por esas fechas, en la Europa mediterránea, se extendió el uso de la FLOR/PLANTA de PASCUA O NOCHEBUENA, una planta que procede del sur de México, donde se la denominó *cuetlaxochitl* o flor de rojo fuego, muy usada como ornamento en el palacio de Moctezuma. Los españoles observaron su belleza colorida y la trajeron a Europa en el siglo XVII, pasando a decorar altares cristianos y como complemento de los pesebres que se instalaban en la época de Navidad. En 1826 el botánico y embajador estadounidense en México Joel Poinsett la estudia y da a conocer a la comunidad científica, que la bautiza como *Euphorbia pulcherrima*, si bien hoy se conoce como PONSETIA, en honor al diplomático citado.

OTRAS IMPORTACIONES SENSACIONALES

Un fruto que causó también sensación en Europa fue el CACAO, del náhuatl *cacáhua*, y relacionado con *cacahuatl*, semilla del árbol del cacao. Fue considerado por Linneo en 1753 como un alimento de los dioses, por lo que le dio como nombre científico *Theobroma cacao*, del griego θεός («theós»), dios, y βρῶμα («brõma»), comida. Con esas semillas divinas se producía una bebida exquisita y amarga consumida en JÍCARAS (del náhuatl *xicalli*, vaso hecho de la corteza del fruto de la güira), que desde los antiguos mayas era seña de distinción, lujo y poder, y que se tomaba para cerrar los exóticos banquetes de la clase dirigente: el CHOCOLATE. Su etimología se discute. Según la RAE proviene del náhuatl *xocoatl*, de *xoco*, amargo, y *atl*, agua, debido al sabor amargo del fruto y al agua fría que empleaban los aztecas en su elaboración. No obstante, los europeos empezaron a preparar el producto con líquidos calientes, algo que pudo influir en la configuración etimológica de la palabra, pues habría tomado la raíz maya *chocol*, caliente. Sea como fuere, gracias a que los españoles lo llevaron al Viejo Mundo en 1520, hoy tenemos no solo la palabra en un sinfín de idiomas, sino un producto que hace las delicias de buena parte del planeta.

Otros manjares vegetales americanos que estamos obligados a incluir son la QUINOA o QUINUA, del quechua *kinúwa* o *kínua*; la CAYENA, del tupí *quiynha*, picante; la CHIRIMOYA, de etimología dudosa, quizá del quechua *chiri*, fresco; la PAPAYA, del arahuaco *papaya*; la GUAYABA, del arahuaco *guayabo*; la TAPIOCA, del tupí *tïpïok*, residuo, grano; el CACAHUETE, del náhuatl *cacáhuatl*; el MARACUYÁ, del tupí *mboruku'ya*, que quiere decir que atrae a las moscas; la MANDIOCA, del guaraní *mandiog*; o el CHICLE, entre otros. Este último, del náhuatl *tzictli*, ya era usado como goma de mascar y como aglutinante o pegamento por mayas y aztecas, y se extraía de la savia del árbol del chicle o chicozapote (*Manilkara zapota*), parecido al níspero.

De fama mundial son dos productos muy consumidos en la actualidad: el AGUACATE y, a partir de este, el GUACAMOLE. El fruto del AGUACATE era denominado en náhuatl *ahuacatl*, vocablo usado en azteca también para los testículos, posiblemente por la semejanza de forma entre fruto y glándula seminal, tal y como ocurre en nuestra palabra orquídea que viene del griego ὄρχις («órchis»), testículo. Al aguacate también se le denomina en algunas zonas hispanohablantes AVOCADO, a partir de la voz caribe *aohuicate* o *avoka*, y del castellano pasó a numerosos idiomas en el siglo XVIII, como el italiano y el inglés (*avocado*), entre otros. De este oleoso fruto se saca la salsa GUACAMOLE, que igualmente proviene del náhuatl *ahuaca-mo(u)lli*, compuesta de *ahuacatl*, aguacate, y *mo(u)lli*, salsa, y que se popularizó como plato mexicano a partir de 1913.

Para acompañar esta salsa, qué mejor que unos TOTOPOS o unos TOTOPOSTES, del náhuatl *totopoch*, que se traduce como «bien tostado», en referencia a las tortillas de maíz que ya consumían los antepasados de los actuales mexicanos. Y muy mexicanos también, aunque ya extendidos por todo el mundo, son los NACHOS, que, aunque no es un americanismo con raigambre, sí que lo es por su curiosidad. Y es que el nombre de estos deliciosos *snacks* proviene de su creador, un afamado cocinero mexicano conocido como *Nacho* (Ignacio Anaya García), quien en 1943 inventó este plato en su restaurante de Piedras Negras. Pero, ¿cuál es el ingrediente fundamental para totopos, nachos o tortillas? El MAÍZ, la base de las culturas precolombinas, y que debe su nombre al taíno *mahís*, si bien es conocido de diferentes formas según la zona y su cocinado. Así, ELOTE, del náhuatl *élotl*, mazorca tierna; CHOCLO, mazorca, del quechua *chocllo*; CANCHA, habas tostadas de maíz, del quechua *kamcha*; o MOTE, maíz desgranado y cocido, del quechua *mut'i*.

Además de salsas y tortillas para *dipear*, otro recurso gastronómico traído de América, posiblemente de la zona haitiana, es la BARBACOA, aunque no siempre fue lo que pensamos. En origen, hacía referencia a algo con muchos usos: desde una pequeña casa, hasta un armazón de madera donde los taínos podían tanto dormir y descansar, como curar y asar al fuego carnes y pescados. Proviene del arahuaco *barbakoa*, y llegó al castellano en 1518, extendiéndose al inglés en 1690 como *barbecue*. De esta lengua tomamos nosotros la acepción de parrilla y comilona al aire libre, recogida por primera vez, según Corominas, en 1931.

Íntimamente relacionada con barbacoa está la palabra BUCANERO, que nos llega por el francés *boucanier*, literalmente el que se sirve de un *boucan*, del tupí *mokaém*, parrilla para ahumar carne. Parece ser que los expedicionarios franceses del XVII cazaban en las Indias y traían a Europa pieles y grandes piezas de carne que conservaban por la técnica del ahumado. Su injerencia y constante saqueo en las costas de titularidad española provocaron que la palabra tornase su significado desde comerciante de carne a pirata que saquea las posesiones de ultramar.

VOCABLOS DEL PAISAJE

A diferencia de piratas y bucaneros, los pobladores autóctonos de estas tierras se entendían perfectamente con la naturaleza, que era entendida, descrita y nombrada como un hogar propio, conservándose todavía hoy buen número de nombres originales americanos en ríos, accidentes geográficos, localidades e incluso países. Hagamos un breve viaje a lo largo de estas páginas por algunas zonas y etnias de resonancias aborígenes.

Empezaremos por el CARIBE, esa paradisíaca región que hoy engloba las Antillas, parte de América Central y norte de Sudamérica. El término CARIBE proviene del arahuaco *kalingo* o *karina*, que puede tener el significado de hombres valientes. Se usaba igualmente para señalar la región geográfica, y en castellano se atestigua tempranamente CARÍBAL, forma que inspira el adjetivo exónimo CANÍBAL para describir a los pueblos indígenas antillanos, quienes eran tenidos por salvajes y hostiles antropófagos. En estas latitudes caribeñas, que no caníbales, nos topamos con las BAHAMAS, cuya etimología podría retrotraerse al español «baja mar» o a la lengua taína *Guanaham*, derivación quizá del nombre original *Guanahaní*. A pocos kilómetros se sitúa HAITÍ, del arahuaco *haiti*, tierra de montañas, estado que hoy ocupa parte de la isla conocida otrora como La Española. Otro territorio insular es CUBA, llamada así por ser en lengua taína *Cubanacan*, nombre relacionado con la etnia que ocupaba la isla, en algún momento gobernada por un jefecillo local llamado *Habaguanex*, origen de LA HABANA, tal y como nos hace saber Diego Velázquez, no el pintor, sino el fundador de la ciudad, en 1514.

Seguimos avanzando en nuestro periplo pero ya en el continente. Más hacia el sureste, en territorio maya tenemos varios topónimos que perduran, como es el caso de YUCATÁN, de una etimología opaca pero que repite la anécdota de la falta de entendimiento entre los mayas y los nuevos pobladores a principios del siglo XVI.

La versión más verosímil nos cuenta que Bartolomé Colón se topó con unos comerciantes mayas que señalaron la costa de la actual Honduras y dijeron: *yukaltan mayab*, territorio de lengua maya, lo que el hermano de Colón entendió como designación del territorio, y de ahí YUCATÁN. Junto con esta península, los mayas ocuparon los actuales GUATEMALA, cuyo origen ya vimos en el capítulo 4 dedicado a la geografía, y BELICE, muy probablemente del maya *bel Itza*, camino a Itza.

Pasando por NICARAGUA (de *Nicarao*, nombre de un cacique local) y el serpenteante PANAMÁ (cuya etimología ya comentábamos en el capítulo 4), nos adentramos a tierras de selvas y grandes ríos. Hacia el este, se abren no solo el Amazonas, de raigambre clásica, sino el ORINOCO, de la lengua otomaca *Orinucu*. Más al sur se encuentran el PARAGUAY y el URUGUAY, que transcurren por territorio de lenguas tupí-guaraní. Estos dos ríos inspiraron los nombres de los países por donde pasan. PARAGUAY, en efecto, y pese a todas las teorías sobre el significado de su nombre, recibe el nombre por el río homónimo. Su etimología nos lleva hasta el guaraní, eso seguro, aunque se sigue discutiendo qué significa. Casi todos los estudiosos coinciden en el campo semántico del agua, pues en guaraní *gua-y* se podría traducir como río o corriente de agua. El primer elemento *para* es el que presenta más problemas, pudiendo interpretarse de varias maneras. A saber, *para*: veteado, es decir, río veteado; *para*: exónimo que se refiere a la etnia de los *payagua*, es decir, río de los payagua; o *para*: agua y *guay* como corriente, pudiendo ser Paraguay un tautopónimo o nombre de lugar que repite el significado que designa. El río Paraguay sería, sin más, el río. Esa misma palabra guaraní, *guay*, está presente en URUGUAY, nombre del río y después del país, como hemos dicho. El primer elemento *uru* es el que vuelve a dar problemas. Podría entenderse bien como pájaro, siendo el río de los pájaros, o bien diseccionar la palabra en lexemas diferentes: *urugua*, caracol, e *-y*, corriente fluvial, y traducirlo como el río de los caracoles. En esa zona, entre Brasil y Argentina, fluyen más ríos importantes, el PARANÁ y el IGUAZÚ, famoso por sus cataratas homónimas. El primero debe su nombre al guaraní *para*, mar o agua extensa (que por razones de lógica no puede aplicarse a la interpretación del nombre Paraguay que veíamos arriba), y *aná*, similar, por lo que lo traduciríamos como «semejante al mar», debido a su larguísima extensión, pues es el segundo más largo de Sudamérica. En este río termina desembocando el IGUAZÚ, compuesto de dos raíces de lengua guaraní: *-y*, agua, que ya conocemos, y *guasu*, grande.

Si vamos al oeste, nos encontramos la imponente cordillera de los ANDES, término derivado del quechua *anti*, que posee el significado de gran montaña de oriente, pues hace referencia a la cadena montañosa que queda al este de territorio incaico en países como Ecuador, Bolivia, Chile o Perú. Estos dos últimos aún retienen el nombre aborigen, si bien no quedan claros sus significados. Sobre CHILE hay varias opciones, bien entendido a partir del quechua *chire*, helado o frío, bien del aimara *chilli*, fin de la tierra. PERÚ igualmente presenta problemas, pues parece hacer referencia a un topónimo o hidrónimo quechua *viru/biru*, o a la raíz *pelu*, río.

Del quechua igualmente deriva la extensa región de la PAMPA, que no significa otra cosa que llano, llanura, palabra que en taíno se denominaba *sabana*, y de ahí nuestra SABANA, que no es africana, sino americana, como vemos. Y por entre ríos, montañas y llanuras nos adentramos en territorio de los patagones y en la Tierra del Fuego, donde el 31 de octubre de 1520 Fernando de Magallanes descubrió el estrecho que lleva su nombre, y donde se podría decir que termina la tierra.

NOMBRES PARA UNA FAUNA PRODIGIOSA

Si los agrestes y espectaculares paisajes llamaban la atención de los europeos, imagínense lo que causarían los nuevos animales, la fauna.

Esta era salvaje e inexplicable, hasta tal punto que el mundo clásico y la mitología grecolatina sirvieron muchas veces como referente cultural conocido para poder dar explicación a semejantes criaturas. Pese a ello, los nombres originales sobrevivieron, llegando hasta nuestros días. Así ocurre con los grandes cánidos y felinos de esas latitudes, tanto del norte como del sur, desde las áridas montañas hasta las tropicales selvas. Allí habitaban el COYOTE o COYOTA, del náhuatl *coyotl*; el JAGUAR, del tupí *yaguará*, quizá de una onomatopeya *guar* por su feroz rugido; el OCELOTE, del náhuatl *ocelotl*, tigre; o el PUMA, del quechua *puma*, entre otros fieros animales.

Igualmente, otros mamíferos más pacíficos o, al menos, no tan apabullantes como los del párrafo anterior, también tienen un origen etimológico indígena. El TAPIR centroamericano, un animal semejante a un jabalí con trompa y lejanamente emparentado con el rinoceronte, ocupa desde siempre zonas de Mesoamérica y parte de Brasil. Así lo indica su nombre, pues deriva del tupí *tapira*, aunque su inclusión en los léxicos castellanos nos llega a partir del portugués a finales del siglo XVIII. También tupí es la palabra *tití*, posiblemente de base onomatopéyica por imitación de sus alaridos, sobre la que se formó el nombre para varias especies de primates americanos, que nosotros conocemos como TITÍ. De parecida simpatía es la COBAYA, otro término tupí: *sabuia*, que los españoles desde el siglo XVII renombraron «conejillo de Indias» por su parecido con la especie europea. Y no conejillos, sino camélidos, son dos representantes señeros de la fauna andina: la VICUÑA, del quechua *vicunna*, y la ALPACA, del aimara *all-paka*, cuyo largo y lanoso pelaje sigue siendo muy importante para la industria textil de la zona.

De los cielos amerindios surgieron coloridos plumajes realmente fascinantes. Rojas eran las plumas de un tipo de papagayo que los caribes continentales llamaban *roro* y que era capaz de imitar las voces de las personas, quedándonos en español el LORO, ave y metáfora para designar a alguien muy locuaz. Íntimamente relacionados con los loros, pues pertenecen también a la misma familia de aves, son los

GUACAMAYOS, del taíno hablado en las Pequeñas Antillas *huacamayo*, ave de llamativos colores y pico blanco. Y por su pico precisamente se caracteriza nuestro siguiente ejemplar, el TUCÁN o TUCÁ. La grafía actual se adoptó a mediados del siglo XIX, quizá por influjo del francés *toucan*, si bien antes el vocablo en español era el de TUCÁ o TULCÁN, tomado directamente de la voz onomatopéyica e imitativa *tukã*, *tukana* en lengua tupí-guaraní. De esta misma lengua se tomó también el ÑANDÚ, gran ave parecida al avestruz que se caracteriza por su gran velocidad y por habitar en las llanuras.

Hablando de grandes aves americanas, no podemos olvidarnos del gran emblema de buena parte de Sudamérica, el CÓNDOR, rapaz de enormes alas y seña inconfundible de la imaginería andina. Su nombre deriva del quechua *cuntur*, y desde los incas se consideraba un animal sagrado que con orgullo volvía a los picos más altos de las montañas para morir, dejando de extender sus umbrosas alas para siempre. Como contrapunto de este gigantón alado, tenemos al pequeño, rápido y nervioso COLIBRÍ, ave de la familia de los troquílidos, capaz de mantenerse suspendida por el continuo aleteo para libar en las flores. Su nombre tiene un origen caribe, posiblemente de las Antillas Francesas, según Corominas. Tal es así que llega al español a través del francés *colibrí* en 1640, adaptándose como *colibre* o *calibre*, hasta el definitivo COLIBRÍ, ya atestiguado en 1843. Su batir constante e incansable se evidencia en su nombre, pues significa pájaro mosca, algo que se mantiene más o menos en la voz inglesa para esta ave: *hummer* o *hummigbird*, zumbador o pájaro zumbador.

Del líquido elemento, del agua de lagos, mares, cascadas y demás variedades hídricas de este continente de naturaleza *extra large* también hemos conservado algunos nombres de ejemplares famosos. Es el caso del TIBURÓN, palabra procedente del tupí *uperú* o *iperú* con el añadido de una *t-* que hace de artículo en esa lengua. Nos llega a través del portugués *tubarão*, atestiguándose en nuestra lengua ya en 1519. Por esos mismos años también el inglés registra la palabra *tiburon* por influjo del español o del portugués, si bien pronto lo cambió por *shark*, quizá del alemán Schorck, villano. Según otra teoría, de una raíz maya *xoc*, palabra que servía para designar a los escualos de la zona. En semejante línea, casi de película, habría que incluir a otro pez de aspecto aterrador y colmillos afilados que se caracteriza por su voracidad, la PIRAÑA. Como en el caso del tiburón, la palabra nos llega por el portugués *piranha*. Los marinos lusos en sus incursiones por el Amazonas atendieron las advertencias de los lugareños, quienes les alertaban de los peces de dientes o peces dentados, del tupí *pi'rãia*, a partir de las raíces *pi'ra*, pez, y *ãia*, dientes.

Dientes, colmillos y también venenos se veían en los muchos y variados reptiles americanos. Entre todas las serpientes, culebras y lagartos de la zona destacan dos animales que mantienen aún hoy la raíz original. Es el caso del CAIMÁN y de la IGUANA. El primero es natural de la zona y se asemeja a un cocodrilo, y debe su nombre probablemente al taíno *kaimán* o *acayouman*, gran lagarto. No obstante, los últimos estudios aseguran que su origen se remonta a una palabra de una lengua africana de la región congoleña que haría referencia a los reptiles en general. Los esclavos de esa zona llevados a América llamaron con tal nombre a ese tipo de cocodrilo de los ríos americanos, lo que los españoles y portugueses mantuvieron hasta hoy. Asimismo, la IGUANA también es un nombre genérico para designar a los lagartos en la lengua arahuaca hablada en las Antillas, *iwana*, aunque se refería a pequeños ejemplares de carne y huevos comestibles.

Y llegamos al final de nuestro exótico capítulo. Hemos realizado un largo viaje y nos hemos solazado con las curiosidades de esa tierra de ensueño que fascinó a tantos europeos por todo lo que ofrecía. Nosotros, descubridores de etimologías, nos hemos acercado al Nuevo Mundo a nuestra manera, desmontando sus misteriosas palabras que aún hoy mantenemos en nuestros diccionarios. Tras este placentero viaje por los americanismos, llega el momento de continuar nuestro periplo por temas más elevados (o no, según se considere): llegó la hora de hablar de POLÍTICA, cosa que haremos en el capítulo siguiente.

9

A DIESTRO Y SINIESTRO. LA POLÍTICA Y LOS MISTERIOS DE SUS POLITIZADAS ETIMOLOGÍAS

Ἐκ τούτων οὖν φανερὸν ὅτι τῶν φύσει ἡ πόλις ἐστί,
καὶ ὅτι ὁ ἄνθρωπος φύσει πολιτικὸν ζῷον
(De todo esto se demuestra que el Estado es un hecho natural,
y por tanto el ser humano es por naturaleza un animal político).

ARISTÓTELES, *Política* 1253 a9-10

Iniciamos este capítulo con un concepto que forma parte de nuestra idiosincrasia como seres humanos y que nos diferencia del resto de especies animales del planeta: la política. Nuestra necesidad de asociación y entendimiento en pos del desarrollo común se ha vuelto más compleja con el paso del tiempo. De la cooperación entre los miembros de los primeros clanes cazadores-recolectores para su supervivencia se pasó a la creación de las primeras organizaciones y sociedades estables en las que se fueron practicando iniciales formas de gobierno basadas en conceptos tan abstractos (y tan en boga hoy) como el poder, el liderazgo o la justicia. La complejidad de esos sistemas llegaría a su culmen con las *poleis* griegas de los siglos VII y VI a. C., verdadero origen de todo este meollo político que pretendemos desenmarañar en las siguientes páginas.

En efecto, como todos ustedes saben, a lo largo y ancho de la geografía de la Grecia arcaica se diseminaron numerosas ciudades-estado independientes entre sí y con sistemas de gobierno que se justificaban a partir de razones de toda índole. La πόλις («pólis») era el escenario físico (ciudad) y el marco cívico (Estado) en el que se desenvolvía el ciudadano, el πολίτης («polítēs»), que gozaba de la prerrogativa, frente a los extranjeros y esclavos, de participar de los asuntos concernientes a su POLIS, es decir que practicaba la πολιτική τέχνη («politikḗ téchnē»), el arte o el asunto cívico. De ahí viene POLÍTICO, en definitiva. De ahí que para Aristóteles, como se observa en el encabezado de este capítulo, el ser humano sea por una cuestión natural, en tanto que tiene capacidad de habla y pensamiento, un animal político, inserto en su Estado, con la capacidad de mejorar la convivencia de él y sus conciudadanos, pero también de crear todo un sistema de alianzas y juegos políticos en beneficio de unos intereses concretos.

El adjetivo político («politikós»), por tanto, hacía referencia a los derechos y deberes cívicos, y, en consecuencia, a quienes practicaban el ejercicio del gobierno y del poder. En este sentido pasó al latín *politicus*, y de ahí, a mediados del siglo XV, a nuestra lengua, que atestigua en 1597 el sustantivo POLÍTICA como la actividad ejercida por quienes rigen o pretenden regir los asuntos públicos. El uso de ese adjetivo es frecuente en circunstancias de tinte administrativo, legal o ideológico. De ahí que tengamos expresiones y términos como ASILO POLÍTICO, de ἄσυλον («ásylon»), inviolable, pues en la Grecia antigua los templos eran refugio para los prófugos; GEOPOLÍTICA, relacionado con la posición geográfica de un territorio en concreto (γῆ, «gê», tierra); o, tratándose de parentesco, FAMILIA POLÍTICA, que entra en español en 1807. Con ese mismo uso adjetival tenemos la acepción de una persona POLÍTICA, de buenas formas o maneras, que es lo que se presupone en un POLÍTICO, sustantivo que hoy en día designa a quien tiene como profesión retribuida la gestión de lo público, algo que llamaría la atención de los antiguos griegos.

Los sabios helenos teorizaron sobre el papel de los ciudadanos en sus polis y sobre la importancia de hallar un RÉGIMEN (del latín *regimen*, conjunto de normas) lo más justo posible, aunque siempre según los parámetros de la época. La polis era todo para ellos, hasta madre de lejanas tierras, y de ahí la METRÓPOLIS O METRÓPOLI, la ciudad madre, μητρόπολις («mētrópolis»), que era como se referían las colonias griegas a la ciudad de origen de sus fundadores. El adjetivo correspondiente es el METROPOLITANO, relativo a dicha ciudad, y más tarde el tren subterráneo que la recorre. El particular Diógenes «el cínico» parecía tener más amplias miras, por lo que propuso que su polis fuera todo el mundo, de ahí su COSMOPOLITISMO, al sentirse ciudadano del mundo, un COSMOPOLITA, vaya, a partir de κόσμος («kósmos»), universo, y la consabida polis.

EL ORIGEN DE LOS IDIOTAS

Con esto se relaciona muy estrechamente otro concepto griego de altos vuelos, la πολιτεία («politeía»), que se puede traducir de mil maneras, pero que glosaremos como constitución, forma de gobierno o administración del Estado. Y menos cívicos de lo que cabría esperar en esa Grecia fascinante serían los ἰδιώτης («idiṓtēs»), ciudadanos que, como IDIOTAS, no se preocupaban de lo público, sino de los asuntos propios, pues eso significa la palabra en griego: ἴδιον («ídion») era el adjetivo para lo propio, lo individual, así que el idiota era un ciudadano que se centraba solo en sus asuntos privados, ignorante de lo que ocurre en su polis, y por tanto alguien inexperto, vulgar o necio, algo que en la política actual tendría cabida en la palabra POLITICASTRO, político poco ducho e interesado.

Y es que la política no es un camino de rosas. El filósofo Epicuro subrayaba que la gestión de los asuntos de todos no era cosa baladí, pues eran muchos los sinsabores y numerosos los desvelos. De hecho, recomendaba vivir apartado o escondido de todo escenario público, λάθε βιώσας, («láthe biṓsas»), o «vive oculto», decía. Sin embargo, la nave del Estado debía ser pilotada por un fuerte timonel; tenía que ser gobernada para no ir a la deriva. GOBERNAR era eso precisamente, del latín *gubernare*, a su vez de κυβερνᾶν («kybernân»), llevar una nave a buen puerto. Claro está que para arribar a costas más seguras muchas fueron las formas de GOBIERNO ensayadas por los antiguos griegos, de quienes somos evidentes deudores. Los sabios de toga blanca de hace más de dos milenios probaron diferentes SISTEMAS, del griego σύστημα («sýstēma»), reglas o principios, para llegar a la concordia cívica.

El poder, en efecto, se legitimó a partir de variadas razones que fueron configurando poco a poco diferentes formas de gobierno que llegan hasta la actualidad. El término griego κράτος («krátos») denominaba la fuerza, el poder, el dominio, y más tarde la forma de gobierno ejercida. De este sustantivo deriva un importante sufijo -κρατία («-kratía»), que está presente en buen número de palabras que seguro conocen. El gobierno de los mejores, del griego ἄριστος («áristos»), era la ARISTOCRACIA, que para Platón era una forma perfecta de Estado; la PLUTOCRACIA, del griego πλοῦτος («ploûtos»), que significa rico, se refiere al sistema donde los ciudadanos más adinerados ostentan el poder; la TIMOCRACIA es el poder de los más honorables, y procede del griego τιμή («timḗ»), honra, y designa un sistema en que solo los que tienen cierto estatus social pueden participar en el gobierno; y la OCLOCRACIA, del griego ὄχλος («óchlos»), «populacho», donde el poder lo ostenta la muchedumbre o masa incontrolada; formas todas imperfectas y degeneradas para la visión platónica.

Esta valoración negativa de Platón se extendía también a la hoy ideológicamente hegemónica DEMOCRACIA, del griego δῆμος («dēmos»), pueblo o sociedad. En la Atenas de Pericles (s. V a. C.), el *dēmos* hacía referencia únicamente a ciudadanos varones atenienses de pura cepa, sin participación alguna de gente de fuera, mujeres y por supuesto esclavos, por lo que representaba un porcentaje muy bajo con respecto al total del pueblo. De hecho, la democracia ateniense fue más una pequeña victoria de los ciudadanos de clase media y artesanos contra el poder aristocrático que otra cosa. Este sistema, el menos malo, como se suele decir, fue incorporando elementos paritarios y democráticos con el devenir de los tiempos, alejándose del modelo ateniense inicial.

A otra raíz griega de muy rica semántica, ἀρχή («arché»), inicio, principio ordenador, y, por ende, poder o mando, debemos no pocas palabras en el ámbito que nos atañe. La OLIGARQUÍA, por ejemplo, del adjetivo griego ὀλίγος («olígos») y -αρχίᾱ («-archía»), es la forma de poder ejercida por unos pocos. La ANARQUÍA, del griego ἀναρχία, existe desde la propia Grecia con el sentido de desobediencia o falta de un jefe militar (ἄναρχος, «ánarchos»). Tanto en la Edad Media como en la Edad Moderna se entiende peyorativamente como desgobierno, desorden o caos. No será hasta 1793, con la obra de William Goodwin (*Investigación sobre la justicia política*), cuando se trate la anarquía como una doctrina filosófica y política que propugna la abolición de toda autoridad. En esta línea continuarían otros teóricos como Pierre Joseph Proudhon, quien en 1840 trata el ANARQUISMO como un movimiento de masas, punto de inicio para las teorías revolucionarias de los rusos Bakunin y Kropotkin en el siglo XX.

A la falta de gobierno se le opondría la MONARQUÍA, organización del Estado cuya jefatura es encarnada por un MONARCA, gobernante único, palabra que nos llega por el latín *monarcha*, pero que hunde sus huellas en el periodo bizantino griego, donde el término μονάρχης («monárchēs») hacía referencia de forma genérica al que detentaba el poder, del clásico μόναρχος («mónarchos»), jefe soberano o jefe militar. En nuestra lengua, esta palabra se alterna con REY, del latín *rex-regis*, que precisamente en Roma detentaba poderes militares y religiosos. Esa figura de gobierno único tenía en Grecia, a la que volvemos de nuevo, el nombre de TIRANÍA, pues TIRANO, τύραννος («týrannos») era el gobernante local, el reyezuelo soberano, como en la Tebas del *Edipo Rey* (cuyo original es Οἰδίπους τύραννος, «Oidípous týrannos»). Sin embargo, poco a poco se fue cargando de una fuerte semántica negativa por culpa de abusos y desmanes caciquiles, lo que terminó por condenar al vocablo en cuestión a la prisión de las palabras de significado negativo, como en TIRANIZAR o TIRÁNICO, gobernar sin escrúpulos, o el propio TIRANOSAURIO, lagarto despiadado, que además es *rex* para mayor retranca.

Esa actuación desmedida y abusiva llegaba a ser en ocasiones DESPÓTICA, palabra que llega al español a lo largo del siglo XVI a través del italiano para describir la desmesura de ciertos gobernantes. Su formación nos lleva al adjetivo griego δεσποτικός («despotikós»), a partir de δεσπότης («despótēs»), que tiene el significado primigenio de dueño o amo, y que los griegos usaban para describir a los exóticos reyes orientales, los SÁTRAPAS, gobernantes totalitarios de las provincias persas, que en su lengua original (el avéstico) eran *ẖšathrapāvan*, protectores o gobernantes, y de ahí pasó al griego σατράπης («satrápēs»). Ya en época bizantina, los propios griegos comenzaron a llamar a su emperador δεσπότης, «señor», y a su emperatriz δέσποινα («déspoina»), «señora», adoptando la costumbre persa. Estos y otros políticos de la Antigüedad detentaban el poder porque comandaban tropas, eran generales, que en griego antiguo se decía ἡγεμών («hēgemṓn»), del verbo ἡγέομαι («hēgéomai»), guiar o liderar, por lo que practicaban la HEGEMONÍA, supremacía o preeminencia sobre otros, palabra que se conectará con algunos movimientos del siglo XX, como después veremos.

UNA DE ROMANOS

Pero si hablamos de superioridad política no podemos olvidarnos de Roma, otrora pequeña aldea del Lacio que se convirtió en dueña y señora, batalla a batalla, de una ingente cantidad de territorios, desde las costas atlánticas portuguesas hasta la actual Armenia; desde Britania hasta las tierras del Nilo. Nuestros antepasados romanos fueron también unos animales políticos, y vaya que lo fueron. Roma era una maquinaria política compleja, y en muchos aspectos, como veremos, se parecía a nuestro mundo moderno. Tras la caída del último de los *reges* en el año 509 a. C., Roma ensayó una forma de gobierno que se consideraba mixta. Era la *res publica* o cosa pública, que fue derivando con los siglos en nuestras actuales REPÚBLICAS. No era una democracia al uso, sino una mezcla difusa de poderes basada en tres elementos que seguimos manejando hoy en día: los CÓNSULES, el SENADO y los COMICIOS.

Dos eran los CÓNSULES, del latín *consul-consulis*, cargos electos anualmente que ostentaban el máximo poder ejecutivo en la Roma republicana, llegando a ser jefes del ejército. Su origen, aunque oscuro, se vincula al verbo latino *consulo*, deliberar, consultar. A esta dignidad romana debemos palabras como CÓNSUL o CONSULESA, responsables en el extranjero de las personas de la nación de origen, administradores de un CONSULADO. Ser cónsul era la aspiración de todo político romano. Estos, en su mayoría aristócratas de buena familia, iniciaban una larga carrera o *cursus honorum* (carrera de cargos) por diferentes puestos y responsabilidades, convirtiéndose en MAGISTRADOS. Eran personas destacadas, y así lo recoge su etimología. Magistrado o MAGISTRATURA se construyen sobre el adverbio latino *magis*, más, pues eran funcionarios públicos de rango superior, eran «más».

El caso es que, sean considerados más o menos, lo que sí es seguro es que estos CARGOS, del latín *carricare*, de *carrus*, carro, pues arrastran y soportan la carga pública, eran muchos, dependiendo del ámbito de poder: urbano, local, provincial o de la propia Roma. El mundo judicial y político actual estará siempre en deuda con las magistraturas romanas, si bien han cambiado algo en sus funciones. De la organización de los ciudadanos romanos por TRIBUS, del latín *tribus*, y de sus magistrados, los tribunos de la plebe (*tribunus plebis*), tenemos TRIBUNAL, del adjetivo *tribunalis*, lugar dedicado en origen a los tribunos, y después a los jueces, pasando a ser donde se administra justicia. Conservamos este sentido en la palabra TRIBUNA, plataforma para la perorata política, donde se prometían antes y se prometen ahora cosas como bajar los impuestos o TRIBUTOS, palabra vinculada al verbo *tribuo*, DISTRIBUIR, ofrecer o repartir entre las tribus, es decir ocuparse del erario público, como la AGENCIA TRIBUTARIA. A esa magistratura romana tan importante, al tribuno de la PLEBE, de *plebs*, le debemos la defensa de las clases menos favorecidas a partir de dos herramientas fundamentales: el derecho de VETO, que es la primera persona del presente de indicativo del verbo prohibir, en latín *veto* (yo prohíbo) y la capacidad de proponer PLEBISCITOS para aprobar leyes al margen de los poderosos. Estos plebiscitos están muy de moda actualmente en todo el maremágnum político que nos zarandea. La *plebs*, la plebe, es convocada para aprobar o rechazar una propuesta concreta sobre una ley. De aquellas tierras, vendrían estos lodos. ¡Vaya con los tribunos!

De los empáticos tribunos pasamos a otros magistrados que no despertaban tanto entusiasmo en la plebe. El *aedilis* era el responsable del ornato y las obras públicas en la antigua Roma, cuidando de la pureza de sus templos y la salubridad de sus calles. De ese *aedilis* tenemos en nuestra lengua EDILICIO, propio de las obras públicas, y el EDIL, miembro de una corporación municipal, lo que hoy denominaríamos CONCEJAL, palabra que presenta además otro origen romano, pues es el miembro del *concilium*, reunión o asamblea (como en CONCEJO, ayuntamiento o casa consistorial de una ciudad), y entre cuyos cometidos se encuentra el CONCILIAR las opiniones opuestas. Menos conciliador, desde luego, era el CENSOR, del latín *censor*, que era en origen el encargado de realizar el *census*, el censo de la ciudad, pero también el que se ocupaba de velar por el mantenimiento de las costumbres y tradiciones. Esta devoción por vigilar a los que se salían de la horma ideológica derivó en la visión actual de la CENSURA, corregir o reprobar acciones e individuos.

Junto a los cónsules, el segundo eslabón de la política romana era el SENADO, verdadero conciliábulo donde se cocían los asuntos administrativos, religiosos, legislativos y militares de la romanidad entera. Se componía de varios cientos de magistrados que debían atesorar una probada carrera FORENSE, probada en el *forum*, la plaza pública, y de muy elevada edad, como nos dice su etimología. En efecto, los SE-

NADORES no eran sino los componentes de la asamblea de ancianos, en latín *senes*, equivalente a la γερουσία («gerousía») griega. Sus miembros eran conocidos como *optimates* (de *optimus*, el mejor) o como *patres conscripti*, de ahí la denominación de PATRICIOS, con la que se conocían los linajes nobles senatoriales, los verdaderos padres de la patria. En la otra cara de la moneda, como en el caso visto antes de los tribunos, estaban los PLEBEYOS, de la *plebs*, dicotomía esta que nos va a acompañar a lo largo de toda la historia: patricios vs. plebeyos.

Pese a ello, la República romana tenía un ESLOGAN, del gaélico *sloggorne*, grito de batalla, muy convincente que unía las dos partes que componían Roma: el Senado y el pueblo. De ahí el SPQR, *Senatus Populus Que Romanus*, el Senado y el Pueblo Romano, divisa un tanto falsaria, pues pocas veces se entendieron las dos partes citadas. Tanto es así que la tierra de Roma era regada a intervalos regulares con sangre de sus propios ciudadanos, es decir que tenían una especial tendencia hacia las guerras CIVILES, de *civiles*, entre los *cives*, los ciudadanos, infortunio que muchos países en tiempos recientes hemos sufrido.

El tercer pilar de esta civilización fueron los COMICIOS, del verbo latino *comitio*, ir juntos, y hacía referencia a las diferentes asambleas o lugares de reunión ciudadana para elegir a los magistrados y aprobar leyes. A día de hoy sigue teniendo el mismo sentido, es decir, que unos comicios son unas ELECCIONES, de *eligo* y *electio*, escoger, seleccionar, y de ahí también ELECTORAL. En Roma se elegía, como en el presente, al CANDIDATO, y ello se debía a que los que se presentaban vestían una toga de un brillante y distintivo color blanco (*candidus*), que en latín llevaba por nombre *toga candida*. El postulante se servía de una muy trabajada campaña electoral que llevaba por nombre técnico *ambitus*, término construido en origen sobre el verbo *eo*, ir, por lo que podría traducirse como rodeo o circuito para pedir votos. Poco a poco se fue cargando de una connotación negativa cercana al engaño para arrimar el ascua a su sardina y *ambitus* pasó a significar soborno, práctica muy extendida en Roma para comprar votos, y de ahí «corrupción». El político podía caer en la *ambitio*, ambición, es decir, ser un *ambitiosus*, un AMBICIOSO que quisiera intrigar para su propio interés. Quizá nos suene de algo todo esto.

La CAMPAÑA (electoral), del latín *campania*, a su vez de *campus*, campo, extensión, y más tarde periodo de tiempo, era y es un momento único en la vida política. En Roma el periodo electoral estaba cargado de actos simbólicos, reuniones, peticiones y propaganda, por supuesto. El candidato se rodeaba de un SÉQUITO, del latín *sequor*, seguir, que acompañaba al futuro magistrado. Lo apoyaba en sus *contiones* o reuniones, nuestros MÍTINES, vamos, un anglicismo a partir de *meet*, reunión donde se pronuncia un discurso. Además de esa fuerza retórica de la palabra, de la que los romanos fueron verdaderos maestros, se servían de la PROPAGANDA, que no es sino un participio de futuro pasivo del verbo *propago*, expandir, extender o difundir. Para ello, como en la actual y protocolaria pegada de CARTELES (del occitano *cartel*, lámina), se servían de los *programmata*, palabra de origen griego a partir de γράμμα («grámma»), letra, representación, pero con el significado de orden del día, anuncio, o nuestro PROGRAMA (electoral), ni más ni menos. Los *programmata* que se nos han conservado son verdaderas cápsulas del tiempo. En las paredes de Pompeya aún tenemos numerosos *tituli picti* o *graffiti* de temática electoral. Estas paredes oyen y hablan, pues nos dicen quién es el candidato, motivos para votar por él (por su moral e integridad) y una invitación al voto que rezaba casi siempre: *oro vos faciatis*, os pido el voto. Como vemos, nada nuevo bajo el sol. Somos los que fuimos un día en la antigua Roma, al menos políticamente.

Y lo somos evidentemente porque tenemos prácticamente los mismos medios y los mismos miedos (no, no es un trabalenguas). Si las paredes pompeyanas nos han dejado buena información de una campaña en vivo y en directo, los escritores de la baja República, siglo I a. C., nos han legado hasta un manual de estrategia del buen candidato que es de una vigencia asombrosa. En el *Commentariolum petitionis*, «manualillo del candidato», escrito a mediados del siglo I a. C. por el hermano de Marco Tulio Cicerón, a quien ya hemos mencionado, Quinto, se dan pautas para vivir en esa jungla de enredos e intrigas que no deja de ser la política. Sobre todo, se destina a lograr un triunfo aplastante en los SUFRAGIOS, del latín *suffragium*, voto, pero vinculado a *suffrago*, hueso de animal usado al inicio para realizar la votación. Las SUFRAGISTAS inglesas de principios de siglo XX reivindicaban el derecho a votar, y con razón, pues el *ius suffragii*, derecho al voto, era terreno vedado para las mujeres desde la misma época romana, en la que las féminas no podían votar. El VOTO, del latín *votum*, determinación o promesa, designaba también los juramentos o manifiestos que se hacían los enamorados en el matrimonio, de ahí que su plural, los VOTOS, *vota*, con cambio por *-b*, acabe dando la palabra española BODA.

De lo melifluo y amoroso pasamos de nuevo a la realidad más cruda de la vida pública. En la Roma del ocaso de la República existía, como hoy, la CORRUPCIÓN, de *corrumpere*, corromper, alterar la actitud normal. Campaban a sus anchas el engaño y el FRAUDE, de *fraus*, trampa, acción contraria a la verdad. Asimismo, la confianza se veía truncada por el cambio constante de pareceres y ALIANZAS, del latín *alligare*, conexiones, como en el verbo LIGAR, mezclar, juntarse, como los COLEGAS (de *collegare*), que se asociaban en los TRIUNVIRATOS, de *triumviratus*, magistratura compuesta por tres hombres (*viri*).

Y para junturas, los PARTIDOS POLÍTICOS, de *pars-partis*, parte, conjunto que sigue una FACCIÓN, del latín *factio*, que apoya un mismo conjunto de ideas. En Roma no podemos hablar de partidos políticos *sensu stricto*, pero sí de facciones o grupos políticos enfrentados. Por un lado, la NOBLEZA, del adjetivo *nobilis*, renombrado, célebre, que era conocida como los OPTIMATES. Por otro lado, la aristocracia de tinte más social o popular, los POPULARES, de *populus*, pueblo. Los constantes enfrentamientos entre las dos partes del Senado romano serán un continuo *leitmotiv* en la historia política del mundo, como veremos en las páginas siguientes.

Quizá el momento álgido entre las dos caras de Roma llegó con la muerte de César, del bando popular, a manos de una COALICIÓN (de *coalesco*, reunirse) de rancios optimates entre los que se encontraba el famoso Junio Bruto. La aciaga fecha es por todos recordada: el 15 de marzo, o a la romana, las *idus* de marzo del 44 a. C. IDUS es una palabra femenina y plural en latín, pero hoy ha trocado su género y puede verse más habitualmente en masculino, *los idus*. El objetivo de tan ignominioso crimen era, según los cesaricidas, hacer caer al dictador y no volver a la tiranía de la monarquía, de aterrador recuerdo para los romanos. Para Bruto, Casio y otros conjurados, César se había arrogado poderes excesivos al nombrarse DICTADOR perpetuo, del verbo latino *dicto*, prescribir, dictar. Las decenas de puñaladas que asestaron los conspiradores a César no sirvieron para salvar ni la República ni sus instituciones. Antes al contrario, se dio paso a una nueva guerra civil entre seguidores de César y la facción aristocrática. Para resumir este volátil periodo diremos que hubo un único vencedor en todo este vaivén de acontecimientos: un tal Octavio, que cambiaría la política para siempre en el año 27 a. C.

AUGUSTO LEGADO

Que hoy recordemos a este Octavio u Octaviano es clave para entender las páginas siguientes. A él se deben términos de especial trascendencia histórica y política. Por ejemplo, con él se acuña la palabra PRÍNCIPE o PRINCIPADO, de *princeps*, ligadura de la expresión *primus capiens*, el que toma el primero, el principal, la cabeza visible. En la historiografía romana el Principado es el periodo caracterizado por un único gobernante, extendiéndose hasta mediados del siglo III d. C. Hoy en día es el título o dignidad de un príncipe o de una PRINCESA, palabra tomada del francés *princesse*. A este periodo también lo conocemos con la grandilocuente palabra IMPERIO, con el sentido de organización política de un Estado regida por un EMPERADOR, un *imperator*.

La palabra *imperium* en latín designaba el mando, el poder militar, algo que se usaba desde la República, pero desde Octavio el emperador poseía un *imperium maius*, es decir un «poder mayor», que se usaba de forma vitalicia sobre el ejército, palabras mayores, claro está. El *princeps* de Roma cambió su nombre por algo más rimbombante y sacrosanto. Primero cambio su nombre a Gayo Julio César Octaviano, haciendo referencia a su tío abuelo y padre adoptivo, César. Luego fue designado AUGUSTO, *augustus*, venerable, que trae buen augurio, y de ahí la PAX AUGUSTEA, la paz traída por este primer emperador. Siguiendo la estela de su tío abuelo Julio, Augusto y desde él todos los gobernantes de Roma, salvo excepciones, se llamarían CÉSARES. Tanto es así que el título llegaría hasta nuestros días en los términos KÁISER (emperador en alemán), del gótico **kaisar*, y ZAR, del antiguo eslavo *c'esar'*, ambos adaptaciones del nombre César.

El título se heredaba entre los miembros de una misma DINASTÍA, del griego δυνάστης («dynástēs»), príncipe o señor. Unas duraban más que otras, dependiendo del grado de locura o buen gobierno de sus emperadores. En 450 años (del 27 a. C. al 476 d. C.) se cuentan más de noventa emperadores y siete dinastías sin contar los pretendientes y rebeldes de diverso pelaje. A la orden del día estaban los golpes de Estado, los usurpadores, las guerras civiles y las intrigas palaciegas. Hubo intentos de gobierno cooperativos, dada la gran vastedad de territorio que controlar. De ahí nacería la TETRARQUÍA (años 293-324) durante el reinado del emperador Diocleciano, que repartió el territorio en cuatro mandos o TETRARCAS: dos *augustos* y dos *césares*. Pero Roma se fue vistiendo de Medievo, alejada de los tiempos quizá dorados, quizás no, de los inicios. El Imperio romano de Occidente fue sucumbiendo en el siglo V ante la llegada de tribus germánicas, lo que se conoce como INVASIONES BÁRBARAS, del verbo *invado*, irrumpir por la fuerza.

Sin embargo, en Oriente aún se sentía el hálito de Roma. Era una Roma diferente, exótica y más griega. La capital era la antigua Bizancio, la ciudad que Constantino rebautizó como CONSTANTINOPLA. Llamado Imperio Bizantino por los romanos, los habitantes del Imperio Romano Oriental se consideraban romanos y como tal eran llamados. Hasta 1453 enumeramos ciento ocho emperadores repartidos en diez dinastías que duraron 1058 años más. Las costumbres, la administración y la lengua se helenizaron. El título que ostentaban sus gobernantes era el de βασιλεύς Ῥωμαίων («Basileús Rhōmaíōn»), el emperador de los romanos. De este término tenemos hoy en día algunas palabras en nuestra lengua, como el nombre propio BASILIO o la BASÍLICA, hoy iglesia de notable importancia. Se denomina así porque los primeros cristianos usaron los edificios públicos romanos para su culto, entre ellos la basílica que era en Roma una especie de lonja dedicada a varios usos, si bien se remontaba a la sala regia o real del mundo griego, βασιλική («basilikḗ»), propio de reyes.

SEÑORES Y VASALLOS

De esta áulica y florida CORTE, del latín *cohortem*, conjunto de soldados, volvemos de nuevo a Occidente. La Edad Media europea se caracterizó por ser un periodo, en comparación con su precedente clásico, lúgubre y oscuro, que tradicionalmente se ha retratado como cargado de ignorancia y superstición, aunque esa visión es hoy en día muy matizable. Los contemporáneos de esta Europa milenarista y teocrática vivían en un orden ESTAMENTAL, lo que significaba estar bajo un *stamentum*, estrato social cerrado. La organización se basaba en el *feudum*, un contrato por el que los señores concedían tierras o rentas en usufructo, a cambio de fidelidad y servicio militar. Este FEUDALISMO se basaba en la relación dispar, casi esclavista, entre SEÑOR, del comparativo latino *senior*, más viejo, y VASALLO, del galo *vassos*, sometido, estando ligados por el solemne juramento del HOMENAJE, que nos llega por el occitano *(h)omenatge*, a partir de *ome*, hombre, servidor.

La pirámide de poder durante este periodo continúa en cierta manera los modelos de los periodos históricos anteriores (poderosos vs. no poderosos), si bien con muchos escalones y matices de autoridad dependiendo del territorio y del tipo de entorno que se gobernaba. En la cúspide estaba el rey, sentado en su TRONO, del latín *thronus*, pero remontable al griego θρόνος («thrónos»), asiento, y más tarde dignidad. De él derivaban y emanaban una gran cantidad de títulos honoríficos y aristocráticos que le juraban lealtad.

Tras el rey, estaba el DUQUE, que nos llega en la Edad Media a partir del francés *duc,* del latín *dux-ducis*. Lo que fue en su origen un jefe militar pasó a ser un dignatario cívico y militar de las provincias durante el Bajo Imperio, quedándose en la Edad Media como el titular de un DUCADO. Íntimamente relacionado está el ARCHIDUQUE, que es el que destaca entre los duques, el que tiene preeminencia, ya que en griego ἄρχειν («árchein») es ser el primero. Tras estos se sitúa el MARQUÉS, que gobierna una marca, es decir, un territorio fronterizo. La marca era lo que se anotaba o lo que se señalaba con signos distintivos. La hipótesis más plausible es que nos llegue esta palabra por el italiano *marcare*, a partir del longobardo **markan*, apuntar, señalar. El que sigue a este es el CONDE, que, según la etimología, es un seguidor, es decir, un *comes-comitis*, miembro de un séquito que gobierna un CONDADO. E íntimamente relacionado estaría el VIZCONDE, que al inicio hacía referencia al hombre que ejercía de conde solo a veces, pues el prefijo *vice* es un ablativo de la palabra *vicis*, vez, ocasión, pero que hoy es un título nobiliario más. Por último, incluiríamos aquí al BARÓN, que desde la Edad Media evidencia la capacidad de ir a las campañas bélicas libremente como alguien destacado. El término **baro* en franco se usaba para el hombre libre y apto para la guerra, quedando más tarde como título nobiliario.

Tan solo la Iglesia no se sometía a los poderes terrenales. En cuanto a administración se refiere, era un centro de poder más, un Estado. De hecho, su influencia durante siglos ha sido inmensa no solo en cuanto a la fe, sino por su injerencia y participación en el tablero de juego de la Europa medieval y moderna. Tenía (y tiene) su propia JERARQUÍA, nunca mejor dicho, pues la palabra latina *hierarquia* se construye sobre el vocablo griego para sacerdote o el que cuida lo sagrado, el ἱερεύς («iereýs»). A la cabeza de la Iglesia tenemos al PAPA, del griego πάπας («pápas»), sacerdote, el SUMO PONTÍFICE, que es el obispo de

Roma. Desde la propia Antigüedad, el PONTÍFICE retiene un significado religioso. *Pontifex* era el término en latín para el magistrado encargado de la religión, y se construye sobre *pons-pontis* y el verbo *facere*, el constructor de puentes, pues tendía puentes entre el mundo terrenal y el divino. De hecho, el *pontifex maximus* era un título más de los emperadores, quienes estaban a cargo de la religión romana, tal y como el Papa gobernaba los ESTADOS PONTIFICIOS. Otros efectivos MITRADOS, que llevan la MITRA, tocado alto de origen persa μίτρα («mítra»), son los ARZOBISPOS y los OBISPOS, prelados superiores de una DIÓCESIS, distrito en griego bizantino, διοίκησις («dioíkēsis»). Los obispos son etimológicamente inspectores, pues se construyen sobre el griego ἐπίσκοπος («epískopos»), del verbo σκέπτομαι («sképtomai») ver, mirar o salvaguardar, en una palabra, supervisores.

Con el prefijo ya visto antes *archi-*, construimos ARZOBISPO, del latín *archiepiscŏpus*, que indica cierta superioridad, pues se ocupa de una diócesis más prestigiosa. El día a día de esa gestión, la prédica, la misa y la enseñanza de las Escrituras, recae sobre los PRESBÍTEROS, que tienen un origen que nos lleva hasta su avanzada edad, pues en griego πρεσβύτερος («presbýteros») significa literalmente «más anciano». Por último, en el grado inferior de esta jerarquía, tenemos al DIÁCONO, del latín *diaconus*, y este del griego διάκονος («diákonos»), servidor, pues ayuda y asiste a presbíteros y obispos.

VOCABLOS ABSOLUTOS Y VOCABLOS SIN CALZONES

Durante la Edad Moderna el ABSOLUTISMO, de *absolutus*, total o completamente, es la forma de gobierno más habitual. El rey o emperador retiene todos los poderes. Las grandes potencias europeas se van perfilando como NACIONES, concepto que evoca el lugar de un grupo o comunidad con una lengua y cultura común, dado que nacen, en latín *nascor-natus*, en un mismo territorio. De hecho, antes del surgimiento de los modernos estados-nación, la palabra «nación» significaba «lugar de nacimiento». Para el buen entendimiento de los diferentes ESTADOS, del latín *Status*, soberanía que se asienta en un territorio, se recurre a la DIPLOMACIA. Esta nos llega por el francés *diplomatie*, pero se remonta al latín *diplomatia* y al verbo griego διπλόω («diplóō»), doblar un documento, pues los documentos para enviar mensajes diplomáticos eran pliegos cosidos o duplicados. Pero no todo eran palabras. Las CORONAS, del latín *corona*, algo en forma de círculo, se servían de alianzas, de matrimonios entre diferentes dinastías y, por supuesto, de la guerra. Además, con el descubrimiento del Nuevo Mundo cambió el panorama. Con la entrada de los europeos en los nuevos territorios se suceden nuevas formas de sometimiento, poder y gobierno. Las metrópolis europeas organizaron las nuevas tierras descubiertas bajo formas diversas, como es el caso de los VIRREINATOS españoles en tierras americanas, gobernadas por un VIRREY, del elemento ya visto *vice-*, vez, y rey, pues gobernaba en territorios lejanos, pero en nombre del monarca.

El STATU QUO («en el estado en que» literalmente) del Antiguo Régimen se mantuvo hasta un acontecimiento que desencadenaría otro seísmo político e histórico, y que inaugura la Edad Contemporánea. Con la Revolución Francesa de 1789 se perfila la caída de las monarquías absolutas y el nacimiento de nuevos ideales. A los revolucionarios franceses, a esos que no llevaban el típico pantalón de las clases acomodadas, a los autodenominados *sans-culotte*, sin calzones, debemos hoy, según parece, la idea de las derechas y las izquierdas, a la hora de plasmar un distanciamiento físico entre pareceres. El TERCER ESTADO, campesinos, comerciantes y siervos, presentaba una ideología más EXALTADA, del latín *exaltare*, elevarse o apasionarse vivamente, y, por tanto, se sentaba a la IZQUIERDA del presidente de la ASAMBLEA, palabra que nos llega por el francés, *assemblée*, reunión, a partir de *ensemble*, junto, derivado del latín *insimul*, al mismo tiempo.

Sin embargo, el PRESIDENTE de esta, el *praesidens*, que se sienta en sitio destacado o tiene el primer puesto, acomodaba a su DERECHA a los partidarios de que la monarquía tuviera aún preeminencia sobre la asamblea. Como curiosidad al respecto, subrayaremos que en Italia izquierda se dice *sinistra*, del latín *sinister*, y de ahí tenemos en castellano SINIESTRO, por relación de la izquierda con lo funesto que nos viene de la época clásica. La derecha en cambio, es *destra*, del latín *dextra*, y en nuestra lengua se conserva en el adjetivo DIESTRO O DIESTRA, sagaz o hábil, por ser la «mano buena», con respeto de los ZURDOS, palabra de origen prerromano, por cierto. No sabemos si la derecha es siempre diestra o acertada en sus decisiones, ni queremos politizar este capítulo con una visión siniestra de la izquierda. Solo nos remitimos a la etimología y a sus vericuetos.

Pese a los GIRONDINOS, de tinte más moderado y cuyo origen se remonta a los diputados de la región de la Gironda, y pese a los JACOBINOS, asociación política que en origen se reunía en el Convento de los Jacobinos Dominicos, Francia se tornó un Imperio a cuya cabeza estaba Napoleón. Durante un década dominaría Europa con una orquestada política de enlaces, invasiones y guerras. Tal era su influencia en Europa que hasta nuestro Fernando VII «el Deseado», adorado y felón a partes iguales, se vio obligado a ABDICAR, de *abdico*, consagrar (el trono), en favor del líder francés el 5 de mayo de 1808. Por esa ABDICACIÓN llegó a España José Bonaparte, hermano de Napoleón. Unos años más tarde, el 19 de marzo de 1812, día de San José, vería la luz en España la primera CONSTITUCIÓN (del latín *constituo*, formar o componer), la familiarmente conocida por su onomástica, la PEPA, y del grito liberal salió nuestra expresión «¡Viva la Pepa!» para expresar alboroto descontrolado. Con la Pepa el soberano era la nación, no el rey, una novedad que no gustó a los fernandinos, claro está. De hecho, en mayo de 1814, tras la vuelta de Fernando VII, la Carta Magna, este gran documento escrito, fue DEROGADA, del latín *derogare*, abolir, acabándose, al menos de momento, la aventura liberal. El grito del pueblo que apoyaba a Fernando no era «¡Viva la Pepa!, sino «¡Vivan las *caenas*!», en clara alusión a la vuelta del absolutismo.

De los PROGRESISTAS, seguidores del avance social, del latín *progressus*, que camina adelante, y de los MODERADOS, los que actúan conforme al *modus*, la mesura y la moderación, no vamos a hablar mucho, pues se suceden a lo largo del siglo XIX español como se alternaban en Roma las luchas de populares y optimates. Del aire de libertad y de refresco surgen las primeras INDEPENDENCIAS de las colonias americanas. Estos territorios se vinculaban a España bajo un régimen jurídico especial, DEPENDÍAN, del latín *pendo*, colgar. En origen las COLONIAS eran los conjuntos de labradores que, procedentes de un sitio, se asentaban en otro, es decir, eran *coloni*, COLONOS, es decir, que COLONIZABAN. Si Estados Unidos había dado el pistoletazo de salida al desembarazarse de Reino Unido en 1776, poco tardarían los territorios americanos en despedir a su metrópoli, España. Las últimas provincias de ultramar que se independizaron, las que harían crear un torrente de depresión política en 1898, fueron Cuba y Filipinas, llegando el ocaso del otrora inabarcable Imperio español. Nada es para siempre.

NUEVAS IDEOLOGÍAS, PALABRAS NO TAN NUEVAS

Durante todo el siglo XIX se fueron gestando en Europa nuevas ideologías que parten de la Revolución Industrial y que observan la relación entre poseedores y desposeídos. El CAPITALISMO, sistema económico que propugna la propiedad privada de los medios de producción y la libertad de mercado, se abrió paso en Europa desde el siglo XIX, si bien la palabra llegará al español en 1900 a partir de CAPITAL, del latín *capitalis*, derivado de *caput-capitis*, cabeza, pero ya entendida como hacienda o patrimonio. El enfoque contrario aportado por Karl Marx propugna que el sistema capitalista está condenado a derrumbarse en pos de un cambio SOCIAL, del latín *socius-socii*, compañero, colega, por el que los medios de producción y la distribución de los bienes recaen en el Estado o en agrupaciones colectivas. En términos políticos este sistema de organización social se denomina SOCIALISMO, un vocablo que ya pulula por Francia y Gran Bretaña desde los años treinta del siglo XIX, pero que estalla como factor político en Europa en 1848 con la publicación de *El manifiesto comunista* de Marx. Esta teoría fue interpretada por Lenin, dando pie al marxismo-leninismo, que fue sinónimo de COMUNISMO, del francés *commune*, y del latín *communis*, común, misma raíz que en COMUNIDAD o en COMUNERO.

Los teóricos comunistas propondrían el interés común en vez del privado, colectivizando los medios de producción en manos de los individuos y dando pie a una gestión por parte del PROLETARIADO, que hunde sus raíces en el latín *proles*, familia, dado que en el sistema social de la Antigua Roma los proletarios eran aquellos que no tenían más propiedad que su prole. El control de la industria en manos de los trabajadores, así como la sustitución del Estado por FEDERACIONES, a partir de *foedus*, pacto, alianza, nos lleva hasta el SINDICALISMO. Este movimiento social se remonta hasta el concepto de justicia en griego: δίκη («díkē»). El σύνδικος («sýndikos») era en origen el abogado defensor, el que proporcionaba justicia a una ciudad. De hecho, en la Edad Media existe la Junta de Síndicos, del latín *syndicus*, para proteger a los ciudadanos menos favorecidos, y posteriormente a los trabajadores, naciendo así el concepto del SINDICATO moderno. En el siglo XIX y principios del XX su papel en la política fue notable, logrando conquistar beneficios sociales a partir de una herramienta de protesta bastante eficaz: la HUELGA. Esta tiene un origen curioso, pues se remonta al verbo del latín tardío *follicare*, soplar con el fuelle, que en castellano evoluciona como HOLGAR.

En los primeros días de noviembre de 1917, la facción seguidora de Lenin, los BOLCHEVIQUES, así llamados por la expresión rusa *bolshevik* (uno de la mayoría), tomaron el poder en San Petersburgo con la divisa de «paz, tierra, pan». La revolución triunfaría en otras ciudades dando el control de las fábricas a los obreros y confiscando las propiedades de la Iglesia y de los contrarrevolucionarios. En poco tiempo se constituyó la URSS, donde los SOVIETS, consejos y agrupaciones locales (en ruso *sovét*), serían el sistema elegido para su administración, intentando crear la participación de las masas en todo el engranaje político. En español denominamos MASA al conjunto de personas que puede, según la RAE, cambiar el curso de los acontecimientos. Sin embargo, su origen, previo paso por el latín *massa*, nos lleva hasta el griego μᾶζα («mâza»), masa de harina o pastel creado con una pasta amasada. La metáfora no deja de ser curiosa, pues la masa puede ser moldeada por el cocinero o el político de turno.

La evidencia del auge del socialismo y el comunismo en varios países de Europa, así como el desánimo por hallar una solución a los problemas de esa sociedad de principios del siglo XX, agotada por la Primera Guerra Mundial, produjo una reacción ideológica AUTORITARIA, del latín *auctoritas*, en la Italia de 1919. A partir de la iconografía imperial romana, cargada de símbolos militares, Benito Mussolini creó el FASCISMO, que toma su nombre de la juntura *fascio littorio*, por las fasces que portaban los lictores como insignias de los cónsules romanos. Las *fasces* consistían en un haz de 30 varas que rodeaban un hacha o segur, conocida técnicamente como *labrys*. De raigambre etrusca, era emblema de poder militar y autoridad, de ahí que no resulte extraño ver a día de hoy en muchos escudos y motivos heráldicos este símbolo, si bien sin connotación fascista alguna. Está presente en los escudos de la República Francesa y de Ecuador, y es parte del emblema de la Guardia Civil española, entre otros muchos ejemplos.

El credo político del fascismo se basaba en la preeminencia de una élite autoconstituída, un disciplinado partido único que sustituyera la democracia, y la exaltación de la patria y la guerra como manera de avance contra el peligro comunista. Mussolini era el *Duce*, el guía, el *dux*, el jefe de un Estado que controlaba la empresa privada, prohibía las huelgas y nacionalizaba ciertas parcelas económicas. Esta línea de actuación sirvió de modelo en esa década para España, Alemania y Japón. En nuestro país, en 1933, José Antonio Primo de Rivera fundó FALANGE ESPAÑOLA con la misma idea e imaginería militar. FALANGE debía su nombre a los cuerpos de infantería pesada de los ejércitos de la Grecia antigua, φάλαγξ («phálanx»). El nuevo movimiento reiteraba esta vinculación con un pasado imperial al elegir los símbolos del yugo y el haz de flechas, iconografía que parte de los Reyes Católicos y que evidenciaba la fuerza y la unidad de la patria.

A la Falange se le unieron las Juntas de Ofensiva Nacional Sindicalista, creando así la Falange Española de las JONS, quienes desempañarían un papel importante en la desestabilización del gobierno legítimo de la II República Española, que sufrió un duro revés, un bofetón, lo que en griego se denomina κόλαφος («kólaphos»), un *colupus* en latín, es decir, en español un GOLPE (DE ESTADO). Al no triunfar del todo este levantamiento organizado por los sectores conservadores del ejército y apoyado por la Iglesia y los sectores pudientes de la sociedad, se llegó a una nefasta solución: la GUERRA, palabra que nos llega por el antiguo germánico **werra*, pelea, trifulca, y que, como podrán imaginar, tiene relación con el inglés *war*. El general Francisco Franco venció tras tres años de duro enfrentamiento fratricida, una avería nacional que aún gotea en nuestra política. De hecho, todavía se retienen adjetivos peyorativos como FACHAS y ROJOS. El primero, que hace referencia a una ideología reaccionaria y tradicionalista, es un acortamiento del italiano *fascista*, que coloquialmente se tornó en *fascia*, y de ahí FACHA. Por el contrario, se denomina ROJOS a las personas de izquierdas y progresistas (también PROGRES), debido a la vinculación del color rojo con el movimiento comunista y otras tendencias izquierdistas.

Franco se convirtió en la cabeza visible, esto es, se convirtió en CAUDILLO (del latín *capitellum*, relativo a la cabeza), de un nuevo régimen nacional católico, pues para algo era caudillo por la Gracia de Dios. Y la gracia, no sabemos de quién, duró, como saben, más de treinta años, hasta 1975. Tras ello, España se abría, pese a otras intentonas golpistas, a los nuevos compases mundiales gracias al entendimiento mutuo de la TRANSICIÓN, término histórico y político que en España evidencia ese proceso de paso y cambio, del latín *transitio*, de *transire*, hacia la tan anhelada democracia.

En otros países, ese camino hacia la paz también tardó en llegar. En la Alemania de los años treinta, el Antiguo Partido Obrero Alemán cambió su nombre bajo el liderazgo de Adolf Hitler por el de Nationalsozialistische Deutsche ArbeiterPartei o NSDAP, cuya ideología, el NATIONALSOZIALISMUS, se acortó en NAZI. Hitler aprovechó el contexto de depresión social tras la derrota de la Primera Guerra Mundial, y el 30 de noviembre de 1933 se convirtió en CANCILLER y Führer de Alemania. El origen de CANCILLER se remonta a Roma y a los porteros de las casas, los *cancellarii*, aunque más tarde pasó a designar a los escribas y a los altos funcionarios que guardaban el sello real y copiaban documentos oficiales, de ahí su vinculación con la diplomacia y los asuntos exteriores. Un paso más en cuanto a autoridad se refiere dieron algunos países, entre los que se cuenta Alemania, donde el canciller es jefe de Gobierno.

Las bases ideológicas del nazismo se asentaban en el supremacismo de la raza aria, el antisemitismo y el sentimiento pangermanista. En sánscrito *árya* hace referencia a la nobleza y a la pureza cultural y religiosa frente a las influencias de fuera. A mediados del siglo XIX se empezó a usar ARIO como distinción racial, queriendo conectar con las antiguas estirpes de los indoeuropeos puros. La defensa de la superioridad racial se imponía a través del odio al pueblo judío, que desciende, según la Biblia, de Sem, hijo de Noé, y de ahí SEMÍTICO y ANTISEMITISMO. Junto a esto, Hitler supo sacar partido al sentimiento patriótico PANGERMANISTA, exigiendo un espacio vital o *Lebensraum* para sobrevivir, y por ende la necesidad de expandirse hacia otras tierras no arias, conociéndose esta idea como SUPREMACISMO, de *supremus*, superlativo del adjetivo latino *superus*, que está por encima.

Tras los seis años de horror que trajo la Segunda Guerra Mundial, en 1945 el partido nazi se desintegró y quedó declarado fuera de la ley. Con Alemania en ruinas tras el conflicto bélico, los ALIADOS se reparten el control del país. Por un lado, la RFA, la República Federal Alemana, dependiente del control británico, francés y estadounidense; por otro lado, la RDA, la República Democrática Alemana, bajo control soviético. Un nuevo orden mundial se impuso. Este orden mundial, que dividía el mundo entre un bloque capitalista liderado por los EEUU y un bloque comunista liderado por la URSS, duraría casi medio siglo. El 9 de noviembre de 1989, hacia el final de la Guerra Fría, cayó el Muro de Berlín. En octubre de 1990 se reunificó Alemania, y el 26 de diciembre de 1991 se disolvió la URSS, poniendo fin a esta etapa.

A día de hoy, la política mundial se ha convertido en un espectáculo de masas, un evento de *prime time* o *gran timo* en la televisión y en las redes sociales. Una lucha de cifras en las ENCUESTAS, del latín *inquaerere*, preguntar, indagar. La DEMOSCOPIA estudia y observa (*-scopia*, de σκοπεῖν «skopeîn»), los hábitos, voluntades y pareceres de los seres humanos, del *dēmos*, por medio de sondeos. Esto sirve a nuestros políticos para presentarnos lo que justamente queremos. La DEMAGOGIA, esa práctica que acompaña desde siempre a la política, consiste en el halago al votante con promesas que son incumplidas, y nos lleva justamente donde quiere el candidato en cuestión, de ahí el nombre de demagogia: δῆμος («dēmos»), pueblo, y ἄγω («ágō»), llevar.

Pese a ello, necesitamos movernos, como otrora, en la polis, ser políticos, hablar, discutir, delegar en representantes públicos que defiendan nuestros intereses en el PARLAMENTO, sitio donde se parlamenta, se parla, del latín *parabolare*. De ahí que todos nos posicionemos y hasta nos enfrentemos por nuestros pareceres, por eso seguimos siendo πολιτικά ζῷα («politiká zōa»), animales, pero políticos, ni más ni menos, como decía el filósofo Aristóteles. Pero animales hay muchos, y muy diversos, y sus nombres derivan de los orígenes más dispares. Algunos ya los hemos visto en capítulos dedicados a otros temas, como los americanismos, otros los veremos en el capítulo siguiente.

10

EN EL ARCA DE NOÉ. CABALLOS EN EL RÍO Y RATONES CIEGOS QUE VUELAN

De todo animal limpio tomarás siete parejas, macho y su hembra; mas de los animales que no son limpios, una pareja, el macho y su hembra. 3. También de las aves de los cielos, siete parejas, macho y hembra, para conservar viva la especie sobre la faz de la tierra.

Génesis 7: 2-3

El título de este capítulo puede parecer sorprendente. ¿De qué caballos en el río y de qué ratones ciegos que vuelan podemos estar hablando? En este capítulo trataremos principalmente la etimología de los nombres de algunos animales y desentrañaremos sus curiosos orígenes. Ya que hemos hablado del caballo en el río, vamos a explicar a qué nos referimos. Resulta que se trata del HIPOPÓTAMO, aquel gran mamífero cuyo nombre está formado por ἵππος («híppos», caballo) y ποταμός («potamós», río), y que etimológicamente significa caballo de río. La primera palabra griega, la referida al caballo, la podemos encontrar en otras palabras como HIPÓDROMO o el nombre de HIPÓCRATES, como lugar de carreras de caballos y como domador de caballos, respectivamente.

La segunda palabra griega, la referida al río, al agua y a la corriente, la hallamos en MESOPOTAMIA, región comprendida entre los ríos Tigris y Éufrates, es decir, región que se encuentra entre ríos (μέσον, «méson», medio, entre). En latín, caballo se decía *equus*, palabra que nos ha dado ECUESTRE, EQUITACIÓN y YEGUA (del femenino de *equus*, *equa*), por ejemplo. Incluso podría derivar de aquí la CEBRA, cuyo nombre viene del antiguo *ezebra*, onagro, y este quizá del latín *equiferus*, caballo salvaje.

En cuanto a nuestro CABALLO, su nombre también viene del latín *caballus,* caballo de carga. La diferencia entre un *caballus* y un *equus* es que el primero era el de carga y de tiro, mientras que el segundo era el caballo de guerra o de monta. Es por esta diferencia por lo que en castellano y en otros idiomas se ha generalizado la forma de *caballus*, pues este tipo de caballo era más usado entre el pueblo, y de ahí se puede explicar que la forma femenina se haya tomado de *equa*, porque las hembras solían ser usadas como animales de monta y no para tirar o cargar.

EL PARENTESCO DE PIRRO Y EL BURRO

Otro animal que es muy sufrido y se emplea como caballería y como bestia de carga y de tiro es el ASNO, del latín *asĭnus*, palabra que designaba a este animal. El otro nombre para este animal, BURRO, viene del latín *burricus*, burro pequeño o borrico, que a su vez proviene de *asinus burrus,* siendo *burrus* pardo, rojizo. Con el uso, el sustantivo *asinus*, que nos legó ASNO, dejó de emplearse y permaneció el adjetivo. Curiosamente, BURRO y el nombre griego PIRRO tienen el mismo origen. En efecto, PIRRO (en griego antiguo Πύρρος, «Pýrros») significa rojizo o pelirrojo, al igual que *burrus*. Ambos provienen del griego Πῦρ («pȳr»), fuego, pues el rojo es el color del fuego. El nombre de pila PIRRO se aplicaría a aquellos infantes que tenían el cabello pelirrojo. Ergo, el nombre del rey PIRRO de Épiro, que con sus ejércitos estuvo a punto de derrotar a la República romana, y el del BURRO comparten origen. Acuérdense de Pirro, ya que de él volveremos a hablar más adelante. Por ahora, regresemos a cuestiones caballunas.

También nos podemos referir con EQUINO al erizo de mar, aunque su etimología no es la misma y no proviene del *equus* latino. En efecto, EQUINO proviene del griego ἐχῖνος («echînos», erizo), cuya raíz encontramos también en EQUINODERMO (δέρμα, «dérma», piel), tipo de animales marinos con un exoesqueleto en forma de erizo, y EQUINOCOCO (κόκκος, «kókkos», semilla, grano, cochinilla), pequeña larva de una tenia que vive en el intestino del perro y de otros mamíferos carnívoros. La raíz indoeuropea a la que se remonta su origen es **angwhi-*, que significaba culebra o serpiente, y es la misma que ha dado en latín *anguis*, culebra, que ha derivado al castellano en ANGUILA y ANGULA, cría de la anguila. Esta raíz indoeuropea se ha deformado en griego, dando ὄφις («óphis», serpiente) que encontramos en OFIDIO, que en griego significaba «serpiente pequeña» y en castellano se puede utilizar como sinónimo culto para denominar a las serpiente, como la víbora.

En cuanto al otro animal sorprendente del que hablábamos al inicio, el ratón ciego y volador, se trata del MURCIÉLAGO, cuya forma original sería *murciégalo*, pues esta palabra está compuesta por el latín *mus-muris*, ratón, y *caecŭlus*, diminutivo de *caecus*, ciego. Sinónimo de ladrón es MURCIO, acortamiento de murciélago, por actuar de noche como estos animales. De *mus-muris* tenemos MÚSCULO, también diminutivo de *mus*, es decir, ratoncito, pues el abultamiento del bíceps les pareció a los romanos como tener un ratón en el brazo. Comparte origen con *mouse* en inglés. De ahí también deriva el nombre científico MUS MUSCULUS, ratón ratoncito. Viene de aquí también el nombre de la MUSARAÑA O MUSGAÑO, ratón araña, porque los antiguos suponían que era un animal venenoso como la araña. Otra curiosidad es la del ARMIÑO, un pequeño mamífero carnívoro, que encuentra el origen de su nombre en el latín *Armenius [mus]*, [ratón] de Armenia, por provenir de dicha región.

La acción de cortar con los dientes u otros órganos bucales análogos que llevan a cabo tales criaturas se dice ROER, del latín *rodere*, cuyo origen se remonta a la raíz indoeuropea **rēd-*, rascar, raspar, roer. Es la misma que da CORROER, desgastar; CORROSIVO; ROSTRO, pues es lo que sirve para roer; ARRASTRAR; e incluso RASTRO, que es un instrumento compuesto de un mango largo y delgado cruzado por un travesaño armado de púas a manera de dientes, y que sirve para recoger hierba y paja. El cambio semántico que experimentó la palabra se puede explicar con que pasó a significar la huella que deja el labrador con este instrumento y de ahí la huella o rastro en general.

ETIMOLOGÍA PERRUNA

Pasando a otros animales más cercanos, dicen que el mejor amigo del ser humano es el perro, mamífero doméstico de la familia de los cánidos que tiene olfato muy fino y es inteligente y muy leal a su dueño. El origen del vocablo PERRO es incierto y además no tiene parientes conocidos, dado que es una palabra que solo aparece en castellano y astur-leonés. La hipótesis más extendida lo relaciona con la voz onomatopéyica *brrr* o *prrr* con la que los pastores llamarían a los perros para que guiaran el ganado. Otras lenguas romances toman el nombre de este animal del latín *canis*, perro. Así, escucharemos *chien* en francés, *can* en gallego, *cane* en italiano, *cão* en portugués o *câine* en rumano. La raíz indoeuropea que designaba al perro era **kwon-*, que ha dado κύων («kýōn», perro) en griego y *canis* en latín. Del griego han derivado palabras como el adjetivo CÍNICO, que se refiere a alguien desvergonzado, impúdico, perruno; o CINEGÉTICA (formada con ἄγω, «ágō», conducir), el arte de la caza, literalmente, el de conducir perros para que cacen. En cuanto al vocablo latino, de él viene nuestro CANALLA que analizaremos en el capítulo dedicado a los insultos. La

CANÍCULA es también una palabra derivada de canis, y es que en astronomía designa el tiempo en el que Sirio, la estrella más brillante de la constelación del Can, aparece junto al sol en el firmamento. Antiguamente, este fenómeno coincidía con la época más calurosa del año en el hemisferio norte. Su nombre viene del diminutivo de *canis*, *canicŭla*, por el nombre de la constelación. Algunos llevan la etimología más allá, y afirman que se debe a que, en esta época del año, nos sofocamos con el calor como perros con la lengua fuera. Seguramente CANIJO, bajo o pequeño, también derive de *canis*, de su diminutivo *canicŭla*, perrita. Como vemos, un sentido peyorativo de la palabra ha existido desde la Antigüedad. Existe un tipo de perro muy común llamado GALGO, que viene del latín vulgar *Gallĭcus [canis]*, [perro] de la Galia, por considerarlo originario y abundante en esta zona.

La voz que emite con fuerza el perro, más o menos parecida a la onomatopeya *guau* se llama LADRIDO, del verbo ladrar. Su origen etimológico se encuentra en la raíz indoeuropea **lā-*, que era una voz onomatopéyica, como veremos en el último capítulo de este libro, dedicado a este tipo de voces. A partir de ella se formó el verbo latino *lātrāre*, el sustantivo *lāmentum*, expresión de dolor, e incluso el verbo griego λαλέω («laléō», hablar), que ha dado en castellano por ejemplo DISLALIA, trastorno del habla originado en el sistema nervioso.

Un mamífero semejante a un perro grande, salvaje, gregario y conocido por atacar al ganado es el LOBO, cuyo nombre viene del latín *lupus,* que encuentra su origen en el indoeuropeo **wlkwo-*, lobo. Aparte del *lupus* latino, esta raíz ha dado también el *wolf* inglés y el griego λύκος («lýkos»). La palabra *lupa* en latín significaba LOBA, pero estaba cargada de un segundo significado, el de prostituta, como ya hemos visto en el primer capítulo. El término griego es el étimo del LICEO, porque el λύκειον («lýkeion») era uno de los tres antiguos gimnasios de Atenas, donde enseñó Aristóteles la filosofía, situado cerca del templo de Apolo Liceo, es decir, Apolo vencedor de lobos. De esta escuela de filosofía que Aristóteles instaló cerca del templo de Apolo Liceo nos llega la acepción de LICEO como institución educativa.

Otro mamífero carnívoro, félido asiático, muy feroz y de gran tamaño es el TIGRE, cuyo nombre es una palabra de posible origen iranio, pues el griego τίγρις («tígris», que significa tanto tigre como el río homónimo) del que deriva el latín *tigris*, parece provenir o bien del persa *tigra*, afilado, letal, en alusión a su capacidad predadora; o bien del avéstico *tigrhi*, flecha, venablo, en referencia quizá a su gran velocidad. Desgraciadamente, los persas que le dieron nombre no pueden ver más de estos felinos por sus tierras, pues se han extinguido en Oriente Medio por la presión humana.

La cría del perro y de algunos mamíferos, como el león, el lobo, o el oso se llama CACHORRO, que comparte origen etimológico con CACHONDO. El adjetivo CACHONDO designaba, en un principio, a los perros en celo, y de ahí pasó a aplicarse a las personas dominadas por el apetito sexual. El origen de ambos vocablos está en el latín *catŭlus*, perrito, cachorro, por su significado primigenio antes mencionado. Y, aunque no es de origen onomatopéyico, no deja de ser interesante la palabra CAMELLO, que deriva del latín *camēllus*, una variante de *camēlus*, que, a su vez, viene del griego κάμηλος («kámēlos»), y este del arameo *gamlā*. En el lenguaje coloquial y desde el siglo pasado, a la persona que trafica con droga se le llama CAMELLO también. Este símil animal se debe a que, cuando eran sorprendidos por la policia en sus trapicheos, los vendedores trataban de ocultar su mercancía bajo sus ropas, a veces en su espalda, dando la impresión de tener una joroba. Así, se les empezó a llamar entre las gentes y los periódicos «camellos» por el bulto que acumulaban en sus espaldas.

Otro animal que tiene mucha chicha es el CIERVO, cuyo nombre es cognado de muchísimas palabras castellanas como CUERNO, CRÁNEO, CEREBRO, CAPRICORNIO O RINOCERONTE. En efecto, todos estos vocablos derivan de una raíz indoeuropea que designaba al cuerno y a la cabeza, **ker*. Así, el cuerno, el cráneo y el cerebro toman su nombre de la acepción de cabeza de la raíz indoeuropea, mientras que capricornio y rinoceronte, de la acepción de cuerno. La etimología de capricornio la veremos más adelante, y el nombre de RINOCERONTE está compuesto por ῥίς-ῥινός («rís, rinós», nariz) y κέρας («kéras», cuerno), pues tiene uno o dos cuernos curvados en la zona de la nariz.

CUESTIONES DE CUERNOS

Los BÓVIDOS son los mamíferos rumiantes que se caracterizan por la presencia de cuernos óseos permanentes cubiertos por un estuche córneo. Su denominación deriva del latín *bos-bovis*, buey, cuya raíz hallamos también en BUCÓLICO, de βουκόλος («boukólos», boyero) y del latín *bucolĭca-ōrum*, poemas pastoriles, bucólicas. Este género poético, muy trabajado en la Antigüedad, consistía en poemas en los que se narraban intercambios entre idealizados pastores mientras cuidaban al ganado, de ahí su nombre BUCÓLICO, dado que boyeros u otros pastores eran los protagonistas de estos poemas. Aprovechamos aquí para recomendar a nuestros lectores la lectura de las *Bucólicas* de Virgilio, el ejemplo más destacado de este tipo de poesía, que citábamos en el comienzo del capítulo referido a los alimentos.

De la misma raíz que BUCÓLICO deriva HECATOMBE, que está formada por ἑκατόν («hekatón», cien) y βοῦς («boũs», buey) y es el sacrificio de cien reses vacunas u otras víctimas que hacían los antiguos a sus dioses. También deriva de esa misma raíz la BULIMIA, la gana insaciable de comer, cuyo nombre deriva de βούλιμος («boúlimos», muy hambriento), literalmente, con hambre de buey, formada por βοῦς («boũs», buey) y λιμός («limós», hambre). El nombre hace referencia a que la persona que está "boúlimos" tenía tanta hambre que se tragaría a un buey. La bulimia nerviosa es el síndrome de deseo compulsivo de comer, con provocación de vómitos y consecuencias patológicas.

Muchos de los animales aquí mencionados son domésticos y nos podemos referir a ellos como REBAÑO, cuyo origen es incierto. Rebaño se decía en latín *grex-gregis*. Cuando una res se sumaba al rebaño, se usaba el verbo *aggregāre*. Cuando alguna se separaba, se decía que estaba SEGREGADA. De aquí tenemos el infausto término SEGREGACIÓN, «separación del rebaño», que a lo largo de la historia humana se ha empleado para denominar prácticas de discriminación y apartamiento de grupos humanos de la sociedad, en la mayoría de los casos, en base a su perfil racial. Volviendo a la grex, cuando el rebaño se dividía, el grupo era DISGREGADO. Y cuando ocurría lo contrario, era CONGREGADO. Y, para terminar, el animal que se mueve en rebaños es un animal GREGARIO, es decir, que anda en le grex. También podemos aplicar este adjetivo a las personas, para referirnos a que alguien es una persona a la que gusta andar en grupo.

Dejando de lado los rebaños, las referencias etimológicas a los animales pueden dar en castellano cognados sorprendentes, que un desconocedor de la etimología nunca relacionaría. Es el caso de la ALOPECIA y de la ZORRA. Efectivamente, la raíz indoeuropea que designaba al zorra era **wlp-ē-*, que ha derivado en ἀλώπηξ-εκος («alṓpēx-ekos», zorra), de la que viene nuestra ALOPECIA, caída o pérdida del pelo en personas, cuyo nombre se debe a que este animal pierde el pelo todo los años para sustituirlo por uno adecuado a la estación de invierno, quedándose así brevemente CALVO. En latín se formó a partir de la misma raíz el sustantivo *vulpēs*, que significa zorra, y que nos ha dado VULPINO en castellano, lo relativo a la zorra. En cuanto a nuestro ZORRO, el vocablo proviene del portugués *zorro*, holgazán, derivado del verbo *zorrar*, arrastrar.

Otro animal que tiene cognados inesperados, y en este caso en gran número, es la OSTRA, molusco lamelibranquio marino, desde el latín *ostrea*, que a su vez viene del griego ὀστρεόν («ostreón»). Parece ser que el término castellano original era el de *ostia*, pero se produjo un cambio semántico debido al parecido con la hostia que se consagra en misa. La raíz indoeuropea a la que se remonta el origen de esta palabra es la de **osth-*, hueso. Es la misma que encontramos en ὀστέον («osteon», hueso), cuyos derivados podremos analizar en el capítulo sobre la medicina. Curiosamente, ὄστρακον («óstrakon») en griego antiguo era la concha, y de ahí viene el nombre del OSTRACISMO, que era, entre los antiguos atenienses, destierro político, pues se escribía en una concha o en un trozo de cerámica el nombre del político al que se quería desterrar.

EL SINGULAR CASO DE LA MARIPOSA

La MARIPOSA es un insecto de lo más curioso, también en cuanto a su nombre se refiere: en efecto, resulta muy raro que los nombres para este insecto sean cognados en distintos idiomas, como si cada uno hubiera deseado dar un nombre único a este curioso insecto. Veamos cuáles son. El castellano MARIPOSA es exclusivo del área lingüística peninsular. Se documenta desde el siglo XV, y parece derivar de la frase «María, pósate», muy probablemente un verso de alguna canción popular infantil dirigida a tal insecto. En francés, sin embargo, se les suele llamar *papillon*, derivado del latín *papilio*, que se aplicaba a las mariposas y las polillas, así como a los espíritus de los muertos, que se creían encarnados en ellas. El alemán dialectal *Falter* comparte este origen latino. En alemán estándar, sin embargo, se les conoce como *Schmetterling*, insecto de la nata, derivado de *Schmetten*, nata. Este nombre se debe a la antigua creencia de que las brujas tomaban forma de mariposa para alimentarse de los productos lácteos, y que, por tanto, las mariposas y polillas comían la nata de la leche o la mantequilla.

Esta misma leyenda reside en el origen de la denominación inglesa estándar, *butterfly*, que se traduce por «insectos de la mantequilla». En portugués, el nombre tradicional para el insecto es *borboleta*, derivado de *berbeleta*, de origen desconocido. Algunas teorías apuntan a que podría ser derivado del latín vulgar **belbellita*, derivado del latín *bellus*, con lo que se traduciría por «Bellabellita». En catalán, junto al cognado de la palabra francesa, *papallona* o *papalló*, tenemos también la forma *voliana* o *voliaina*, derivada de un posible **volago*, criatura voladora, a su vez derivado del verbo latino *volare*, volar. En griego antiguo se conocía a las mariposas como ψυχή («psykhé», alma), denominación que se conserva hoy en día, pronunciado *psikhí*. Esto se debe a que los griegos, al igual que los romanos, creían que las mariposas eran encarnaciones de los espíritus de los difuntos. También se las conoce como πεταλούδα («petalúda», de origen desconocido). En Sardo, lengua propia de Cerdeña, se les conoce como *ruga*, derivado del latín *eruca*, oruga (que comparte raíz con ERIZO, ERIZAR y HORRORIZARSE), o *mariavolavola*, es decir, «María, vuela, vuela», de origen parecido a nuestra mariposa.

En danés también tiene este insecto un nombre original: *sommerfugl*, literalmente, pájaro de verano, probablemente porque algunas especies de mariposas suelen tener su eclosión hacia esa época del año. Puede que el origen del nombre radique en el alemán. En neerlandés, por su parte, se le conoce como *vlinder*, del mismo origen que el feroés *firvaldur*, derivados de un protogermánico **fi-faldrôn*, que vendría a ser insecto volador. Curiosamente, no se halla ninguna especie de mariposa en las Islas Feroe, donde sí hay polillas. El euskera es una de las lenguas que mayor riqueza alberga para designar a este insecto. Junto a la denominación estándar *tximeleta*, metátesis de *mitxeleta*, margarita, hay más de 218 denominaciones: *mitxoleta*, *pinpilinpauxa*, *pinpirin*, *inguma*, *kalaputxia*, *txiribiri*, *jainkoilo*, *sorgin-oilo*, *mitxirrika*, etc.

Estas mariposas de las que hablamos son INSECTOS, lo que nos da pie a hablar de esta familia tan extensa de animales. La denominación INSECTO proviene del latín *insectum*, formado por la preposición *in*, en y el verbo *secare*, cortar, y este es un calco del griego ἔντομον («éntomon», de ἐντομή, «entomḗ», incisión, sección), por las marcas en forma de incisión que presenta el cuerpo de estos animales. La ABEJA es otro insecto muy conocido por producir cera y miel. Su nombre viene de *apicula*, abejita, diminutivo de *apis*, abeja. De aquí viene también APICULTURA. El ZÁNGANO es el macho de la abeja reina, y su nombre deriva de la onomatopeya *zangl*, por el sonido o zumbido que produce. Por su parte, la AVISPA, insecto parecido a la abeja, toma su nombre del latín *vespa*, avispa, con la «a-» inicial análoga de la influencia de abeja. El verbo AVISPAR significa avivar o picar con látigo u otro instrumento a los caballos y coloquialmente tiene el significado de hacer despierto y vivaz a alguien. Por esto su participio AVISPADO hace referencia a alguien vivo, listo o sagaz. Una multitud de abejas con su maestra, que juntas salen de una colmena para formar otra colonia es un ENJAMBRE, que comparte origen etimológico con EXAMEN. *Exāmen-ĭnis* significaba en latín enjambre, muchedumbre, pero también hacía referencia a la aguja de la balanza que permitía ver pequeñas diferencias entre ambos lados del aparato. Este vocablo está formado por la preposición *ex* y el sustantivo *agmen*, conjunto. A partir de su segunda acepción esta palabra fue cobrando el sentido de pesaje, juzgamiento, investigación, indagación y estudio, y más tarde el de prueba que se hace de la idoneidad de una persona para el ejercicio y profesión de una facultad, oficio o ministerio, o para comprobar o demostrar el aprovechamiento en los estudios.

El sonido que emiten estos insectos y las moscas, por ejemplo, es el ZUMBIDO, del verbo zumbar, que es claramente una voz onomatopéyica en relación con el sonido *bzzz* de estos animales. En cuanto a la MOSCA, su etimología se remonta a la raíz indoeuropea **mu*, que se refería a la mosca o al mosquito y que ha dado μυῖα («myîa») en griego y *musca* en latín. De estos términos grecolatinos nos han llegado palabras como MIASIS, enfermedad parasitaria ocasionada por larvas de mosca que afecta los tejidos y órganos de los vertebrados. La frase TENER LA MOSCA DETRÁS DE LA OREJA (estar alerta, atento a lo que se avecina) es un dicho de los siglos XVI y XVII. Nada tiene que ver, como ya hemos visto, con un insecto: se refiere a la MOSCA mecha del arcabuz. Como curiosidad, en 1745 Manuel de Larramendi incluía en su *Diccionario Trilingüe* (euskera, castellano, latín) la palabra *mux* o *mus* para describir un juego de naipes de procedencia francesa. La palabra *mus* es adaptación del francés *mouche*, mosca, juego de naipes que inspira el mus.

Para terminar con los insectos, el nombre del fabuloso insecto que es la LIBÉLULA proviene del latín científico *libellula*. Es un diminutivo de *libella*, en latín balanza, debido al equilibrado vuelo que realiza, manteniéndose en el aire. Destacan las alas de la especie *Anax imperator*, que llegan a alcanzar 110 mm, es decir, 11 centímetros de envergadura, impresionante para un insecto. Podemos referirnos coloquialmente a estos pequeños insectos y a los animales pequeños en general como BICHOS, palabra que viene del latín vulgar *bestius*, animal y del latín clásico *bestia*, que significaba bestia o fiera. En cuanto a FIERA, esta palabra deriva también del latín *ferus*, fiero, salvaje, y comparte raíz con FEROZ, que se dice de un animal fiero o agresivo.

VOCABLOS ALADOS

Dejando atrás los insectos, pasemos a otro grupo animal que también vuela por los aires, el de los PÁJAROS, que también surcan los cielo. Bueno, o no. En el caso de la AVESTRUZ, esta ha perdido la capacidad de volar, y solo puede desplazarse caminando algo torpemente por tierra. AVESTRUZ se compone de ave, del latín *avis*, y *estruz*, una palabra que llega por el occitano, pero que tiene su origen último en el griego στρουθιοκάμηλος («strouthokamēlos»), compuesto de στρουθός («strouthós»), gorrión, y καμήλος («kamēlos»), camello. Sería el ave gorrión-camello, dado que los antiguos griegos veían cierto parecido en la torpe forma de moverse de la AVESTRUZ y la del CAMELLO, cuyo nombre ya hemos analizado antes. La raíz indoeuropea para ave ya la hemos visto en el capítulo dedicado a las etimologías de alimentos. No obstante, hay muchísimas aves cuyos nombres son cuanto menos curiosos, y a continuación veremos algunos de ellos.

Empezamos volviendo al nombre de PÁJARO, ave generalmente pequeña, que viene del latín *passer-passeris*, gorrión, pardillo, que ha generalizado su significado a todo tipo de ave de pequeño tamaño. Existe en castellano otro vocablo, PASERIFORME, adjetivo referido a cualquier cosa que tiene aspecto de pájaro. Es muy famoso el poema de Catulo en el que se lamenta por la muerte del pajarito de su amada Lesbia:

Passer mortuus est meae puellae,
Passer, deliciae meae puellae,
Quem plus illa oculis suis amabat:
(Ha muerto el gorrión de mi amada,
el gorrión, deleite de mi amada
al que amaba más que a sus propios ojos).

En cuanto a la palabra GORRIÓN, que ha sustituido al «passer» latino que ha adquirido un significado más general, su origen es desconocido. No lo es el de RUISEÑOR, que nada tiene que ver con un señor, sino que deriva del latín *lusciniŏla* y de esta palabra también viene otra castellana: REJIÑOL, un pequeño instrumento o juguete, pito de barro en forma de pájaro que contiene agua y por cuyo pico se sopla, imitando el gorjeo de los pájaros.

El ÁGUILA (en latín *aquila)* es un ave rapaz diurna de vista muy perspicaz, fuerte musculatura y vuelo rapidísimo, cuyo nombre parece derivar del adjetivo latino *aquilus*, que designaba a algo que era de color pardo oscuro o rojizo. Otra ave rapaz, el BÚHO, halla el origen de su nombre también en el latín *bubo-ōnis*, una voz onomatopéyica por el ululato que produce este animal. Otro pajarito, en concreto un papagayo pequeño, es la COTORRA, que coloquialmente significa también persona habladora. La palabra es un derivado regresivo de *cotorrera*, una modificación de «cotarrera», que designaba a una mujer solterona y habladora que pasaba mucho tiempo fuera de casa. Por referencia a la característica de «habladora», este adjetivo pasó a denominar a las cotorras, aves dicharacheras por excelencia que nunca se callan.

MÁS PALABRAS EMPARENTADAS

Antes vimos la ABEJA, que derivaba de un diminutivo latino, y lo mismo ocurre con OVEJA, que viene del sustantivo latino *ovicŭla*, diminutivo de *ovis*, oveja. Cuando un general romano alcanzaba una victoria menor, volvía a Roma a pie y se sacrificaba una oveja a los dioses. Esta ceremonia se llamaba *ovatio*, de ovis, oveja. De aquí, en español OVACIÓN, aplauso ruidoso que se tributa a alguien.

Y si queremos ver más ejemplos de palabras emparentadas, VIDA y ZOOLÓGICO son dos de ellas. Y es que la raíz indoeuropea de la que emanan ambos vocablos (y muchos más que veremos a continuación) es la de **gwei-*, vida. Tenemos en primer lugar el verbo latino *vīvō*, vivir, y el sustantivo *vīta*, vida, que nos han dado en castellano VIANDA, sustento y comida; VIVIENDA, de *vivendus*, que ha de vivirse, participio futuro pasivo de *vīvō*, lugar construido para ser habitado por personas; VITAL; VITAMINA, formada por *vīta*, vida y el inglés *amine*, amina, término acuñado en 1912 por el bioquímico polaco C. Funk; y VIABLE (del francés *viable*, derivado de *vie*, vida), algo que tiene probabilidades de poderse llevar a cabo. Vida se decía en griego βίος («bíos»), término presente en numerosos vocablos en castellano como BIOGRAFÍA (formado con γραφια, «graphia», escritura), MICROBIO (μικρός, «mikrós», pequeño), organismo unicelular solo visible al microscopio, muy pequeño, o ANFIBIO, animal que puede vivir tanto en el agua como en la tierra o en el aire. Otro sustantivo griego que se formó a partir de la mencionada raíz indoeuropea es ζῷον («zôon», animal, ser vivo), que nos ha dado conocidos términos como [parque] ZOOLÓGICO, PALEOZOICO (παλαιο-, «palaio-», antiguo), MESOZOICO (μεσο-, «meso-», medio) y CENOZOICO (καινός, «kainós», nuevo), eras geológicas. Incluso la palabra HIGIENE deriva de esta raíz, concretamente de ὑγιεινός («hygieinós», sano, saludable), derivado a su vez de ὑγίεια («hygíeia», salud, vida), que traza sus origenes a la misma raíz indoeuropea que VIDA, ZOOLÓGICO o BIOGRAFÍA.

Pero no acaba aquí esta familia léxica, pues también tenemos la palabra ZODIACO, que es la zona celeste por cuyo centro pasa la línea eclíptica y que comprende las doce constelaciones que recorre el Sol en su curso anual: Aries, Tauro, Géminis, Cáncer, Leo, Virgo, Libra, Escorpión, Sagitario, Capricornio, Acuario y Piscis. La idea del Zodiaco se halla en las antiguas civilizaciones mesopotámicas, pero fueron los griegos los que lo confeccionaron tal y como lo conocemos hoy, mezclando su propia mitología con la herencia de los astrólogos babilonios y egipcios. Algunas de estas constelaciones sugirieron a los antiguos formas de animales, como ocurre con Piscis, Aries, Capricornio, Tauro, Escorpio, Cáncer y Leo. Por ello, los griegos llamaron a este hecho ζωδιακός κύκλος («zodiakós kýklos»), que significa círculo de animales. Este nombre, a su vez, proviene de τά ζῴδια («ta zōdia»), que significa los pequeños animales.

ETIMOLOGÍA ZODIACAL

A continuación haremos un breve repaso por los signos del zodiaco y su etimología. Para disfrute del lector, glosaremos también los mitos griegos que los astrónomos helenos empleaban para justificar el origen de los nombres zodiacales, aunque ha de tenerse en cuenta que, en muchos casos, las formas y sus nombres ya habían sido propuestos por los astrónomos mesopotámicos, verdaderos pioneros de la ciencia del estudio del cielo, como se puede apreciar varias veces a lo largo de este libro.

ARIES (♈) en latín significa carnero, que está relacionado con el mito de Atamante, que por razones que no vienen al cuento iba a sacrificar a sus dos hijos. Zeus, sin embargo, mandó a las criaturas un carnero alado de oro que los salvó. Luego, uno de ellos sacrificó al vellocino y ofreció su piel al rey Eetes, que más tarde será el objetivo de los Argonautas. El rey se lo consagró al dios Ares, y Zeus, en agradecimiento y conmemoración de esto, puso en el cielo la constelación de ARIES.

TAURO (♉) viene del latín *taurus*. Esta forma ya fue detectada por los mesopotámicos, que la bautizaron como «el gran toro en el cielo». Posteriormente, los griegos justificarían este nombre haciendo alusión a diversos toros de su mitología, que de una forma u otra habrían acabado en el cielo.

GÉMINIS (♊) deriva del sustantivo plural *gemĭni*, que significaba hermanos gemelos, refiriéndose a los hijos de Leda, que se apareó con un Zeus convertido en cisne (algo bastante truculento, pero nada inusitado para el rey de los dioses, que acostumbraba a adoptar diversas formas animales para ganarse a sus parejas) y puso dos huevos. De ahí nacieron Cástor y Clitemnestra, en un huevo, y Pólux y Helena, en otro. Cástor y Pólux eran los gemelos de la Antigüedad por antonomasia, e iban juntos a todas partes. Cuando Cástor murió, Pólux le pidió a Zeus que le devolviera la vida. Finalmente, Zeus, conmovido por el amor mutuo que se profesaban, los colocó entre los astros.

CÁNCER (♋) viene del latín *cancer-cri*, que significaba y nos ha dado la palabra CANGREJO. Heracles, en uno de sus doce trabajos, luchó contra la Hidra de Lerna. En ayuda de esta acudió un cangrejo, al que Heracles aplastó. Hera, la reina de los dioses, detestaba a Heracles, ya que era uno de los numerosos hijos ilegítimos de su infiel esposo, Zeus, a los que odiaba con fervor. En recompensa por los servicios del cangrejo, puso su imagen entre los doce signos del Zodiaco.

Leo (♌) deriva de *leo-ōnis*, león en latín. Había en Nemea un león que aterrorizaba a sus habitantes y de nuevo Heracles tuvo que matarlo. Lo intentó con flechazos, pero los proyectiles rebotaban en la dura piel del león. Por fin, consiguió estrangularlo y le arrancó la piel, que a partir de entonces llevaría sobre los hombros como una especie de armadura. Zeus, para que se recordara la hazaña, convirtió al león en constelación.

Virgo (♍) en latín significa virgen. Algunos la llaman Dike, hija de Zeus y Temis, que vivía con los hombres en la tierra, pero al volverse estos tan injustos, los abandonó para siempre, ascendiendo al cielo. Otros la consideran Deméter, diosa de la agricultura.

Escorpio (♏) en latín significaba escorpión. Orión era un hijo de Poseidón que intentó violar a la diosa Artemisa. Pero ella le envió un escorpión que le picó en el talón, provocándole la muerte. En pago a este servicio, el animal se convirtió en constelación.

El nombre de Libra (♎) surge de las pinzas del gigante Escorpión que mató a Orión. La constelación Escorpión ocupa el espacio de dos signos del Zodiaco: el cuerpo y el aguijón ocupan el signo de Escorpión y las pinzas ocupan el signo llamado libra (la balanza) por su forma que se parece a este aparato.

Sagitario (♐) es el arquero, de *sagitta*, flecha. Los griegos lo identificaban con Croto, hijo de Pan, el dios de los pastores, y de Eufeme, la nodriza de las musas. Las musas le enseñaron la táctica de lanzar flechas, gracias a lo cual conseguía su sustento. En cierta ocasión, mientras las oía, se le ocurrió aplaudir, siendo el primero de los griegos en realizar este gesto, que el resto imitó con entusiasmo. Es por esto, decían los griegos, que sus castañuelas se llamaban κρόταλον ("krótalon") o crótalos, dado que estaban inspirados por el gesto que había inventado CROTO. Las musas obtuvieron de Zeus que fuese transformado en constelación.

CAPRICORNIO (♑) significa «el que tiene cuernos como una cabra», palabra formada por *caper*, cabra y *cornu*, cuerno. Era un ser monstruoso, con la parte inferior de pez y con cuernos en la cabeza. En la lucha por el poder entre Zeus y los Titanes ayudó al primero, y fue quien encontró la concha de caracol de la que se sirvió el rey de los Dioses para vencer a los conjurados con su sonido, haciéndoles huir. Una vez que Zeus se hizo con el poder, lo colocó en las constelaciones.

El nombre de ACUARIO (♒) tiene que ver con Ganímedes, que era célebre por su belleza. Cuidaba su rebaño cuando Zeus lo vio y se enamoró de él. Se transformó en águila, lo raptó y lo llevó al Olimpo. Allí se convirtió en el copero de los dioses y luego fue puesto con las estrellas como acuario, portador del agua.

Por último, sobre PISCIS (♓), que en realidad debería llamarse *pisces* (plural) y no *piscis* (singular), hay dos teorías para explicar su origen. Para unos se trata de Venus y Cupido, que, huyendo de Tifoeo, se precipitan en el Éufrates y toman la figura de peces. Tifoeo era mayor que los montes y llegaba a tocar los astros; tenía alas, de las manos le salían cien cabezas de serpientes y sus piernas estaban formadas por anillos de víboras. Finalmente lo venció Zeus echándole encima el volcán Etna. Para otros, Dérceto, la diosa Siria, cayó en una laguna junto al Éufrates, donde fue salvada por un pez. Tanto él como sus descendientes fueron colocados entre las constelaciones por ser Dérceto la hija de Afrodita.

DE DÓNDE VIENE ANIMAL

Tal vez lo suyo habría sido empezar el capítulo con la etimología de ANIMAL, ya que en él tratamos principalmente el origen de los nombres de algunas criaturas pertenecientes al reino animal. Pero nunca es tarde. Esta palabra viene del latín *animus*, que significaba aliento, alma, espíritu, vida. De aquí nos llegan ALMA, ÁNIMO y también MAGNÁNIMO. Si buscamos su origen remoto, nos encontramos con la raíz indoeuropea **an(ə)*, que designaba a la acción de respirar. Se ha formado a partir de esta raíz ἄνεμος («ánemos») en griego, que era el viento. Hallamos esta raíz en palabras castellanas como ANEMÓMETRO, un instrumento que mide la velocidad o la fuerza del viento. Podríamos decir entonces que animal y anemómetro son términos cognados.

Por otra parte, en el capítulo de los americanismos hemos mencionado a los caimanes, pero no hemos dicho nada de los ALIGÁTORES. ALIGÁTOR es el nombre con el que se conoce a los caimanes, reptiles parecidos a los cocodrilos, en Florida. Viene del inglés *alligator*, deformación del castellano «el lagarto», ya que los primeros colonos españoles, al ver a las enormes criaturas nunca vistas, exclamaban, aterrados: «¡El lagarto, el lagarto!». También es terrible para la imaginación el DRAGÓN: que es una palabra que viene del latín *draco*, del griego δράκων («drákōn»), en referencia a una serpiente de gran tamaño. La palabra griega proviene del verbo δέρκομαι («dérkomai», ver), en referencia a la penetrante mirada de estos reptiles. Otro reptil muy llamativo es el CAMALEÓN, cuyo nombre viene del griego χαμαιλέων («chamailéōn»), propiamente león de tierra, león enano, palabra compuesta por χαμαί («chamaí», en el suelo) y λέων («léōn», león). Algunos autores sostienen que su nombre es irónico, porque no es audaz como un león, sino que más bien parece un animal tímido. El último reptil marino del que veremos su etimología es la TORTUGA, que viene del latín tardío *tartarichus*, demonio, y este del griego ταρταροῦχος («tartaroûchos», habitante del Tártaro o infierno), porque los orientales y los antiguos cristianos creían que este animal, que habita en el cieno, personificaba el mal.

Es igualmente curioso el origen etimológico de la TARÁNTULA, que proviene del italiano *tarantola*, de *Taranto*, Tarento, ciudad de Italia en cuyos alrededores abundaba esta araña. Otra etimología que deriva de un nombre propio es la de GORILA, que viene del francés *gorille* o del inglés *gorilla*, estos a su vez del latín científico *Gorilla*, y este del griego Γορίλλαι («Gorillai», gorilas), tribu salvaje africana de mujeres peludas, que el explorador cartaginés Hannón, en un viaje que realizó al golfo de Guinea, afirmaba haberse encontrado allí.

LÉXICO SUBMARINO

Para ir finalizando el capítulo, nos vamos al agua y a ver la etimología de los nombres de algunos animales que viven bajo su superficie. Hemos mencionado en el capítulo de la comida los nombres de la HIDRA, una culebra acuática venenosa, y de la NUTRIA, mamífero carnívoro de cuerpo alargado que vive a orillas de los ríos y arroyos, y dijimos que tienen relación con la raíz indoeuropea que designaba al agua. No tiene relación nominal con el agua, pero vive debajo de ella el CALAMAR, este vocablo viene del italiano *calamaro*, tintero y calamar, derivado del italiano antiguo *calamo*, pluma de escribir, y este del latín *calămus*. Otro animal que echa tinta, pero que no debe su nombre a ella, es el PULPO. Viene del latín *polipus*, que procede del griego, formado por *polis*, mucho, y *pous*, pie, es decir, que tiene muchos pies.

Terminamos el presente capítulo con la etimología de PIOJO, que guarda relación con la de PULPO, pues viene del latín *peducŭlus*. El nombre científico del piojo es *pediculus humanus capitis*, es decir, algo como «bicho de pies pequeños (*pes-pedis* y diminutivo *-culus*) que ataca la cabeza del ser humano». Y también tiene pies el PERCEBE, un tipo de crustáceo cirrópodo, que deriva del gallego *percebe*, y este del bajo latín *pollicipes-edis*, derivado a su vez del latín *pollex-ĭcis*, pulgar y *pes-pedis*, pie. En el ámbito coloquial, podemos referirnos con percebe a una persona torpe o ignorante, pero no se preocupen, que en el siguiente capítulo trataremos a fondo los insultos más comunes en la lengua castellana.

11

TOMEN PALABROTAS: *BON BARON, QUE MAL LI SE FAGA EN EL COILLON*

Bien ayssa en casa de Peyre de Tors del bon baron
que mal li se faga en el coillon et escusatme del
combit que non puedo ser que huespedes tiengo.
(Bien haya en casa de Peyre de Tors, buen varón,
que así se le pudra un cojón, y excusadme del convite.
No podré asistir, pues tengo huéspedes).

Carta de MATXIN DE ZALBA, 1416

Se dice a menudo que el castellano es de las lenguas más prolíficas a la hora de inventar y proferir insultos y palabras malsonantes de la más diversa índole. Y aunque pueda tratarse de una fama bien merecida y no se carece de inventiva en este apartado a la hora de fabricar los más disparatados improperios, lo cierto es que otras lenguas también son propensas al insulto y a la maldición, como podemos apreciar en el texto que encabeza estas líneas y da título a este capítulo, escrito en el siglo XV en el romance navarro-aragonés. A este pequeño ejemplo medieval de mala baba, sin embargo, volveremos más adelante, al final del capítulo, pues ahora toca hablar de los INSULTOS. Es esta una palabra en sí misma muy expresiva, pues proviene del participio latino *insultus*, del verbo *insilio*, saltar sobre, asaltar, compuesto del verbo *salio*, saltar. Un insulto es una palabra de tal contundencia que toma desprevenido al interlocutor y nos permite «saltar sobre él» de manera retórica y agresiva, una metáfora muy propia del propósito de las palabrotas que aquí nos ocupan.

EL INSULTO UNIVERSAL

El origen de estas palabras suele ser de los más variopinto y, a veces, enrevesado y difícil de establecer. Muchas tienen un probable origen onomatopéyico o expresivo, como es el caso del universal TONTO, que se emplea a todas las escalas para cuestionar la inteligencia o el buen sentido de una persona. Este es probablemente el procedimiento más habitual para insultar a una persona, meterse con su capacidad intelectual o, para más exactitud, resaltar la poca que tiene, con lo que TONTO cuenta con sinónimos de distinto pelaje y condición a lo largo de la esfera hispanohablante. Es el caso del sonoro BERZOTAS, antaño BERZAS, que designa a la persona necia o ignorante. En un primer vistazo, puede esta etimología parecer muy simple, puesto que se remite a la berza, que designa a una col, pero también otras plantas de diversa índole, normalmente caracterizadas por su carácter de planta básica o difícilmente comestible. En efecto, el mismo nombre de berza es genérico, pues proviene del latín *viridia*, verdura, de *viridis*, verde. La berza es, por tanto, el vegetal más sencillo que uno puede encontrar, con lo que un berzotas es una persona simplona y poco perspicaz. Aunque hay quien propone otros orígenes más retóricos y elaborados, este parece ser el más plausible.

NECIO, insulto muy contundente, deriva de tratar de denigrar la perspicacia y los conocimientos de alguien, pues proviene del latín *nescius*, antónimo negativo de *scius*, sapiente, persona que sabe o conoce algo. Necio no es otra cosa que IGNORANTE, este último derivado del verbo *ignoro*, no saber algo. Del mismo verbo tenemos también el adjetivo *ignarus*, que en castellano da IGNARO, un derivado culto que no tiene las connotaciones negativas de IGNORANTE. De la misma raíz nos ha llegado el cognado AÑORANZA, aunque sobre esta palabra, si nuestros amables lectores tienen paciencia, hablaremos en el capítulo siguiente. Ahora, volvamos a las tan empleadas palabrotas.

CRETINO es otra palabra que se emplea para insultar con contundencia al adversario, y su origen es también de lo más curioso. Deriva del francés *crétin*, forma dialectal del francés suizo para *chrétien*, que no es otra cosa que «cristiano». Este insulto, que parece datarse a finales del siglo XIX, se aplicaba en principio, de manera más o menos afectiva o despectiva, a las personas que padecían la enfermedad que, por esta misma denominación, hoy en castellano se llama CRETINISMO. Es esta una enfermedad caracterizada por la ausencia o escasez congénita de hormonas producidas por la glándula tiroidea, lo que da como resultado deficiencias severas en el desarrollo físico y mental de las personas que la padecen. Los habitantes de algunos valles alpinos francófonos, donde por factores ambientales esta enfermedad era común, se referían a las personas afectadas, con cierta conmiseración, como cristianos. De ahí pasó a nuestro CRETINO.

Otra palabra muy habitual en estos contextos es ESTÚPIDO, del latín *stupidus*. Es este un derivado del verbo *stupeo*, que significa quedarse pasmado o con la boca abierta, con lo que estúpido es el sinónimo etimológico de PASMAROTE, derivado de pasmo, a su vez del latín *spasmus*, enfriamiento pasajero que deja a uno paralizado, cognado de ESPASMO.

INSULTOS FINOS

Si queremos parecer más finos, tenemos otros insultos más refinados que tienen también un origen latino y un parecido fonético. ESTULTO es un derivado del latín *stultus*, de la raíz indoeuropea **stel*, estar rígido o tieso, en referencia probablemente a la inteligencia o mente de la persona, que no tiende a ser muy viva en estos casos. Si quieren insultar a alguien impunemente, pueden comentar la gran

ESTULTICIA de su interlocutor. Para cuando este llegue a casa y abra el diccionario para dilucidar su significado, el insultante ya estará a salvo de represalias. Del mismo origen y, por tanto, cognado de estulto es ESTÓLIDO, proveniente del latín *stolidus*, que expresa el mismo significado mediante la misma y contundente sonoridad.

Sin embargo, de las que más sonora resultan en este apartado es una expresión, ALMA DE CÁNTARO. Esta antiquísima palabrota se encuentra ya en el *Quijote*, donde en el capítulo 31, por ejemplo, un religioso escandalizado por los relatos fantasiosos del hidalgo le interpela diciéndole: «Y a vos, alma de cántaro, ¿quién os ha encajado en el celebro que sois caballero andante y que vencéis gigantes y prendéis malandrines?». Esta curiosa expresión es también engañosa, pues todo indica que el ALMA en esta locución no hace referencia al espíritu, sino a la acepción que la RAE recoge en la entrada número 11 para esta palabra, parte hueca de algunas cosas. Parece ser que se hace referencia aquí a la parte hueca o concavidad de un CÁNTARO, un recipiente de boca y pies estrechos y barriga ancha con la oquedad en su centro. A un alma de cántaro le estamos diciendo, pues, que su inteligencia es la misma que la sustancia de la parte hueca de un cántaro, es decir, ninguna.

MALANDRÍN es otra palabra insultante que utiliza el cura arriba mencionado, en este caso aludiendo a los salteadores de caminos o bandoleros. Es este un derivado del italiano *malandrino*, que se empleaba para referirse a los delincuentes o bandidos, y pasó al castellano para aplicarse a las personas malvadas o perversas. Puede ser que originalmente significara vagabundo o pordiosero, en relación con la *malandria*, palabra latina para referirse a una de las variantes de la lepra, enfermedad que condenaba a quienes la padecían a la mendicidad. Aunque MALANDRÍN es una palabra que ha quedado anticuada, y a los oídos de algunos hablantes puede sonar hasta cómica, persiste su variante MALANDRO, que en algunas zonas de América Latina se usa para referirse a matones o delincuentes. De sabor castizo es también BELLACO, referido a alguien malvado, pícaro o ruin, cuya etimología es desconocida, pero cuya sonoridad contundente lo hace digno de recuperación en la actualidad.

Un bellaco era una persona astuta y taimada. TAIMADO es otro apelativo despectivo de resonancias literarias que podemos emplear para denigrar a nuestro interlocutor. Designa a una persona muy astuta y empecinada, dispuesta a emplear cualquier debilidad que detecte en nuestra contra. Su origen se encuentra en el portugués *teimado*, una derivación del portugués *teima*, cognado de nuestro tema, aquí en su acepción de idea con la que uno se obsesiona empecinadamente, por lo tanto, obstinación, pues las personas TAIMADAS no cejan en su propósito a la hora de obrar en perjuicio de otras.

Un insulto cercano al anterior, pero incluso más contundente es BRIBÓN, una persona canallesca y tunante que vive del cuento. Su origen es de nuevo de lo más curioso, pues viene de bribia o briba, el arte o modo de engañar con buenas palabras. Y es que antiguamente se conocía como BRIBONAS sobre todo a las personas que se creía que se dedicaban a pedir limosna sin necesitarlo, haciendo ostentosa demostración de su pobreza para convencer a los transeúntes de que les concedieran la limosna. Esta BRIBIA es una metátesis de BIBLIA, pues correspondía esta labia a las personas que se dedicaban a pedir con gran soltura retórica, hablando como si de un libro se tratasen, y el libro por excelencia durante muchos siglos ha sido la Biblia cristiana.

Hemos mencionado justamente TUNANTE como sinónimo de bribón. Es este un derivado del verbo tunar, hacer la vida pícara y vagabunda, a su vez derivado de tuno. A los lectores familiarizados con ciertos ambientes universitarios les resultará familiar esta palabra para referirse a un miembro de una TUNA, un grupo musical formado por estudiantes universitarios vestidos a la antigua. En sus orígenes, sin embargo, estos TUNOS eran estudiantes pobres que se dedicaban a recorrer las calles y posadas pidiendo limosna para costearse sus estudios, con lo que no ha de sorprendernos que TUNO sea en realidad un adjetivo que signifique pícaro o tunante. Hay varias teorías sobre el origen de este apelativo, pero la más extendida reza que proviene del francés *thune* o *tune*. Los diccionarios franceses dan la acepción de limosna para *thune*, y remontan su etimología a la apelación *[Roi de] Thunes* o Rey de Túnez, que habrían empleado jocosamente los vagabundos para referirse a su líder o al miembro más destacado del grupo social. Esta titulatura paródica haría referencia a los títulos que se arrogaban los dirigentes de los grupos gitanos que, como narrábamos en el capítulo correspondiente, entraron en Europa Occidental durante los siglos XV y XVI. Para los vagabundos, resultaba jocoso que aquellas gentes nómadas que vivían una vida no muy distinta a la suya en términos de movilidad empleasen títulos nobiliarios como conde de Egipto, por lo que adoptaron uno parecido de forma satírica.

MAL DE LA CABEZA

Otro método para descalificar a quien nos cae mal es cuestionar no ya su inteligencia, sino su cordura o falta de sentido común, es decir, tacharlos de LOCOS, una palabra que tiene mucho que ver con la necedad y la estupidez, pues el término que le dio origen en árabe andalusí es *laqwa*, enfermedad que se caracteriza por la desviación de la boca hacia un lado, incapacidad para cerrar los ojos y falta de expresión en la mitad de la cara, y se puede traducir como tonto o estúpido.

Aparte del prosaico loco, existe también su sinónimo MENTECATO, de gran contundencia, proveniente de la expresión latina *mente captus*, del ablativo de *mens*, *mente*, sentido, y el participio del verbo *capio*, atrapar, coger. El *mente captus* es alguien tocado o cogido de la cabeza, que no está en posesión de sus plenas facultades. Con un sentido despectivo todavía más fuerte tenemos el vocablo ENERGÚMENO, que literalmente significa «poseso o poseído por un espíritu maligno». Se trata de un préstamo, a través del latín, como suele ser habitual, del griego ἐνεργούμενος («energoúmenos»), del verbo ἐνεργέω, estar en movimiento o poner en movimiento, de donde viene también la palabra ENERGÍA. Un *energúmeno* es alguien puesto en acción por una fuerza ajena y que actúa como influido por una influencia externa o por un espíritu maligno. Como desgraciadamente ha sido habitual a lo largo de la historia, este insulto se utilizó durante mucho tiempo para referirse a las personas con enfermedades mentales, como epilépticos o esquizofrénicos, a los que se tenía por posesos.

Acusar a otra persona de poco refinamiento y bastedad de modales, en unas palabras, de CAZURRA, es otra forma de descalificarla. CAZURRO es una palabra de provecta antigüedad en castellano, y, aunque se han propuesto varias hipótesis respecto a su etimología, esta permanece sin esclarecer. Sí que conocemos el origen de varios de sus equivalentes. GAÑÁN, por ejemplo, que designa a la persona que es fuerte y ruda, significaba originariamente mozo de labranza, que a su vez deriva del árabe *ğannám*. De similar sonoridad resulta PATÁN, que, al igual que gañán, en un principio hacía referencia a las personas campesinas o que habitaban en la aldea, para luego pasar a designar a la persona bruta o zafia, por asociarse estas características de manera peyorativa con los habitantes del campo. Es este un derivado de pata, partiendo del tópico de que las personas del campo que llevaban rústicos y grandes zapatos parecían tener pies de un tamaño considerable. ZAFIO es otro adjetivo de estas características que hemos mencionado en la definición anterior, y también parece venir del árabe, en este caso de *sifah*, estúpido.

Otros improperios del mismo campo pero con una etimología más pintoresca son TOSCO y GÁRRULO. Respecto a TOSCO, que se aplica a personas poco educadas o refinadas, su etimología nos remonta a la época romana, cuando Roma tenía un barrio (a los barrios de la antigua Roma se les conocía por el término latino *vicus*) conocido como el barrio etrusco, el *vicus Tuscus*. *Tuscus* significa etrusco, aunque para la época republicana la zona no estaba ya habitada por los inmigrantes etruscos que habrían vivido allí en tiempos pretéritos, sino que era una barriada de gran vitalidad comercial, con un gran número de tiendas y un número proporcional de vendedores pillos y pícaros asociados. La gente de este barrio tenía fama de habladora y poco refinada en sus modales, debido a lo que el adjetivo tosco adquirió su significado actual.

GÁRRULO, por su parte, es un término que vemos aplicado a menudo a los pájaros que cantan sin cesar, y es que es un derivado de *garrulus*, del verbo latino *garrio*, hablar, charlar, y significa eso mismo, charlatán, aplicado a las personas habladoras. La forma llana de la palabra, GARRULO, es el muy sonoro insulto que tiene mayores connotaciones despectivas que su homólogo esdrújulo, y seguramente derive del primero, al asociarse la charlatanería sin sustancia con las personas zafias y de poca educación. Para redondear con las personas brutas y bestias, tenemos el sonoro adjetivo CAFRE, un derivado del portugués *cáfere*. Su origen es muy interesante, pues proviene del árabe *kāfir*, un adjetivo todavía en uso que significa hereje, que aquí se resignifica como bruto o poco civilizado por la asunción de que las personas que no comparten la fe propia son necesariamente brutas o poco civilizadas.

LA VAGANCIA ES UNA MINA

Acusar a alguien de vagancia o pereza también es un frecuente recurso en el improperio, y suele darse a menudo de la mano de progenitores que echan la bronca a sus hijos por holgazanear. VAGO es precisamente un derivado del latín *vacuus*. *Vacuus* significa vacío, y ambas palabras son cognadas, pero aquí tiene un sentido de desocupado, libre de trabajo, con mucho tiempo vacío por llenar. Existen palabras más insultantes y sonoras si queremos ser más faltosos todavía. GANDUL, por ejemplo, es un buen sustituto. Proviene del árabe hispano *gandúr*, truhan o bellaco, una persona que se gana la vida sin trabajar. Otra palabra que tiene el mismo tono peyorativo es HOLGAZÁN. Aunque hay quien propone una posible procedencia árabe del término, en este caso parece más sencillo suponer que se trata de un derivado del verbo holgar, que significa tener una vida ociosa o poco activa, del latín *follicare*, soplar o resoplar, y de ahí pararse para tomar aliento, descansar. Algo que ya sabrán los lectores por referencias anteriores a este étimo en otras partes del libro.

De similar sonoridad pero diferente origen es HARAGÁN, al que la RAE adjudica un pintoresco origen etimológico al proponer, sin mucha seguridad, que provenga de la expresión árabe *ẖará kán*, excremento, aunque la lógica nos lleva a inclinarnos por un derivado del mucho más prosaico *faraga*, vacío, pereza u ociosidad. De mayor contundencia, aunque su fuerza insultante resulta inversamente proporcional a la complejidad etimológica, está la palabra HUEVÓN, que en algunas zonas se ha convertido, a fuerza de usarla, en un apelativo coloquial genérico.

Dejando de lado a los vagos y holgazanes, hablábamos más arriba de PASMO y PASMAROTE. En efecto, tachar a una persona de crédula o ignorante, que no reacciona ante las cosas o se cree disparatadas teorías sin juzgarlas críticamente, es una noción sobre la que se construyen varios insultos. Uno muy sonoro es PAPANATAS, una persona cándida y muy fácil de engañar, y es que es una persona que papa nata. Papar es aquí un verbo que se refiere a tragar alimentos blandos sin masticar, y es que como un PAPANATAS se traga cualquier opinión o cuestión que escucha sin siquiera masticar o reflexionar sobre ella, con la misma facilidad uno ingiere o papa la nata. Del mismo verbo tenemos también PAPAMOSCAS, cuyo origen resulta bastante más meridiano, al referirse a un individuo estúpido que no se digna ni a cerrar la boca para que en ella no entren moscas. En relación con la comida está también EMPANADO, derivado de la noción de que uno tiene una EMPANADA MENTAL, es decir, una confusión de ideas como la que hay de ingredientes en el seno de una empanada, lo que le lleva a esa persona a un estado de confusión e incapacidad de reacción. Más sonora incluso que papanatas es la palabra GAZNÁPIRO, cuya etimología nos resulta ignota, aunque su aparición, como muchas palabras soeces, es tardía, pues solo se documenta a partir del siglo XIX. Daremos conclusión a esta temática con PAZGUATO, una palabra que deriva de apazguado, del verbo apaciguar, del latín *pacare*, de idéntico significado. Un PAZGUATO es alguien que se queda embelesado ante cualquier cosa y es amansado muy fácilmente. Este PAZGUATO es, por tanto, un cognado de los cultos PACIFICADO y PACATO.

NO ME GUSTA TU PINTA

Meterse con el aspecto físico de las personas es, desgraciadamente, un recurso habitual a la hora de insultarlas. No es raro tratar a quien no nos gusta de FANTOCHE, grotesco y desdeñable, una palabra de origen muy curioso, pues llega a través del francés *fantoche*, del italiano *fantoccio*, marioneta, arlequín. Este *fantoccio* deriva de *fante*, del latín *infans*, niño, cognado de nuestro INFANTE o INFANTIL. Y es que un *fantoccio* es una pequeña marioneta del tamaño de un niño hecha para el entretenimiento de los infantes, con lo que no es de extrañar que se trate de un derivado de *fante*.

Quien dice fantoche dice PETIMETRE, otra palabra de origen francés, derivado de *petit maître*, un equivalente del «señorito» que se oía en muchos regímenes caciquistas. Un PETIMETRE es alguien hortera que se viste de manera muy afectada y exagerada, al igual que lo hacían los señoritos hijos de papá de clase alta que cuidaban, a ojos de personas ajenas a su grupo social, en exceso su apariencia. ALFEÑIQUE se emplea, en su caso, para referirse a las personas excesivamente escuálidas y delgadas. Viene del árabe andalusí *fa[y]níd*, que designaba a una especie de pasta formada a partir del azúcar derretido. Esta pasta se distribuía en forma de barras muy delgadas y retorcidas, con lo que el símil con una persona muy delgada y de largas extremidades resulta fácil de realizar.

MASTUERZO es otra palabra que, aunque en propiedad no se refiere al aspecto de una persona, sino a su cualidad de necia o zafia, parece tener un origen físico, y es que derivaría de NASTUERZO, una planta que, por su sabor, haría torcer la nariz (de ahí lo de nastuerzo) o aflorar una expresión de asco a la cara de quien lo probara, dándole un aspecto horrendo y zafio a quien lo ingiriera. El NASTUERZO como tal es una planta que deriva su nombre del latín *nasturtium*, aunque no está claro si estas dos acepciones se hallan relacionadas.

Pero si queremos resaltar la fealdad de una persona utilizamos a veces la expresión popular MÁS FEO QUE PICIO. ¿Quién es el tal Picio que originó tal fama por su proverbial fealdad? Una historia del posible origen la hallamos en el *Gran Diccionario de Refranes* de José María Sbarbi, de la segunda mitad del siglo XIX, quien retrotrae el refrán a la primera mitad de ese siglo. A su decir, el tal Picio era un zapatero de la localidad de Alhendín, en la provincia andaluza de Granada, en cuya capital homónima residía. El desgraciado zapatero habría sido condenado a la pena capital, que se le habría indultado posteriormente. Sin embargo, como era habitual en la época, el indulto no le fue comunicado hasta que se hallaba ya rezando en la capilla justo antes de la supuesta ejecución, lo que habría causado tal impresión al pobre zapatero que este, aparte de perder todo el pelo de la cabeza, pestañas y cejas incluidas, desarrolló una serie de tumores o protuberancias que le dieron un aspecto realmente grotesco. Afirmaba Sbarbi en su obra que él había conocido a gente que, a su vez, habría conocido al zapatero, dando una aparente veracidad a tan fantasiosa historia.

UN ZERO A LA IZQUIERDA

Más allá del aspecto físico de uno, hacer referencia a su insignificancia también es una manera de zaherir a una persona, y, a este respecto, el castellano atesora la más variada serie de adjetivos despectivos. Ahí mismo tenemos el apelativo CHIQUILICUATRE, que a los lectores amantes de Eurovisión les sonará por el nombre de un pintoresco cantante que participó con dicho nombre artístico en la edición de 2008. El insulto, sin embargo, se refiere a una persona joven y arrogante, pero de nula significación social y a quien nadie tiene en cuenta, una persona de tres al cuatro, tal y como sugiere la misma palabra. Del mismo pelo es el insulto MEQUETREFE, un derivado del árabe hispano *muḫaṭríf*, que en este caso designa también a una persona arrogante cuyo orgullo contrasta con su nula importancia, aunque se suma la variable de entrometida y bulliciosa al apelativo.

Pero el insulto más habitual en esta línea despectiva es, seguramente, PRINGADO, que en su variante más coloquial pringao se escucha a menudo en bocas de las gentes. Es un derivado del verbo pringarse, con el significado pasivo de ser pringado, es decir, verse envuelto en un asunto contra la voluntad de uno sin que se pueda hacer nada al respecto, como un auténtico PRINGADO.

No se acaban aquí los insultos que apelan a la insignificancia social y vital de las personas. Otro insulto en esta línea es ZASCANDIL, que designa a una persona de poca formalidad y mal temperamento. Esta palabra es un compuesto de *zas*, onomatopeya que designa la acción de golpear algo o arrojarlo contra el suelo, y «candil», y evoca la acción de arrojar violentamente el candil que se sostiene contra el suelo, algo que era habitual en las riñas domésticas y de taberna de antaño. Un ZASCANDIL es, pues, una persona que desahoga su frustración e impotencia de una manera poco urbanizada y provechosa. También se puede llamar a este tipo de personas MINDUNDI, uno sonoro adjetivo que asimismo invoca la insignificancia de quien lo padece. Su origen no está muy claro. Se ha pensado en su origen a partir del latín *minutus*, un adjetivo que significa pequeño, aquí con la idea de insignificante. Esto es poco probable, puesto que, como muchos insultos, es de aparición reciente en el siglo XX o poco antes, y en el lenguaje escrito apenas se registra hasta finales de dicho siglo, con lo que su origen exacto resulta un tanto misterioso.

Como ya hemos adelantado unas líneas más arriba, otra de las maneras para referirse a la insignificancia de alguien es recalcar sus escasas posibilidades económicas, es decir, calificarla de pobretón muerto de hambre. En esta vertiente tampoco faltan insultos contundentes. Véase, por ejemplo, ZARRAPASTROSO, sonoro improperio que parece hundir sus raíces en el euskera, como muchas otras palabras que examinaremos en el capítulo siguiente. ZARRAPASTROSO hace referencia a una persona despreciable y andrajosa, alguien que queda claro que es pobre por ir vestido de zarrios, es decir, harapos o andrajos. Este zarrio parece provenir del euskera *txar*, malo, aunque tampoco es descartable un origen en la forma *zahar*, que significa viejo y es muy cercano al campo semántico de ropa vieja o andrajo.

Otra forma de menospreciar la pobreza de un sujeto es el insulto PELAGATOS. La etimología popular achaca esta expresión a que las personas más pobres se veían obligadas, en instantes de extrema necesidad, a pelar y comerse a los gatos que encontraban por la calle en falta de un alimento mejor. Sin embargo, en este caso parece que el gato presente en esta palabra no es el animal, sino la bolsa en la que se guarda el dinero, séptima acepción que el diccionario de la RAE da a la palabra. El PELAGATOS sería el que no tiene un céntimo y que pela o desgasta su bolsa o cartera a fuerza de rascar en el fondo de la misma para buscar la calderilla perdida en sus profundidades.

PELAFUSTÁN es un apelativo que se mueve en la misma línea, aunque la acción que denota resulte un tanto distinta. El fustán al que hace referencia la palabra es una tela gruesa de algodón, con pelo en una de sus caras, que se solía utilizar como manto o manta por la gente de pocos recursos. El PELAFUSTÁN sería un pobretón que tiene el fustán o manto raído de tanto utilizarlo, sin poder permitirse uno nuevo por falta de recursos. Y terminaremos esta seccioncilla haciendo referencia a otro insulto semánticamente muy cercano al pringado que mencionábamos antes: se trata de PARDI-

LLO, una persona que es poco cauta, insignificante y muy fácil de engañar. Parece que se trata de una referencia al pájaro del mismo nombre, de dócil naturaleza, que se dejaría domesticar con facilidad, con lo que un PARDILLO es alguien de poco criterio propio que se deja manipular por los demás.

EL ZOO DE LOS INSULTOS

Este no es el único insulto derivado de los animales, como veremos a continuación con diversos ejemplos. Muy cercano al PARDILLO es el insulto CERNÍCALO, que también hace referencia a una especie de pájaro, en este caso depredador, que deriva su nombre del latín *cerniculum*, criba, dado que el ave, cuando acecha sobre sus presas, suele quedarse estática en el aire, realizando un movimiento muy similar a un cedazo o una criba. El tono insultante, sin embargo, no viene de ahí, sino del carácter manso que, como los PARDILLOS, parecían mostrar los cernícalos. Y es que son diversos los testimonios que nos indican que los niños tenían la costumbre de domesticar a estos animalillos dándoles de comer para jugar con ellos. CERRIL es otro adjetivo que tiene un referente animal. En un principio, hacía referencia a los animales no domados o silvestres, que habitaban los escarpados cerros, de ahí lo de cerril. Por analogía con las bestias no domadas, que suelen tener un carácter obstinado, CERRIL se emplea para aplicarlo a personas que se obcecan en su parecer y no atienden a razones.

Otro insulto de raigambre animal y muy extendido, con el significado de mala persona que fastidia o juega malas pasadas a los demás, es el de CABRÓN, derivado del macho cabrío. En su origen, sin embargo, esta palabra tenía otro significado, pues designaba al marido que es engañado por su esposa, que era víctima de infidelidad. Esto se debe a que las cabras tenían la fama de dejarse montar por cualquier macho cabrío que se les acercarse, haciendo del CABRÓN un CORNUDO, insulto que también tiene un origen parecido, aunque según la fuente consultada su origen se refiera a los machos cabríos o a los toros.

Otro animal que ha merecido un injusto desprecio por su supuesta falta de higiene es el CERDO, que debe su nombre a las cerdas o pelos ásperos y duros que presenta. El mismo nombre de este animal, junto con sus equivalentes como PUERCO, en este caso derivado del latín *porcus*, o MARRANO, del árabe *muḥarrám*, prohibido o declarado anatema, haciendo referencia a que, en la religión musulmana, la ingesta de la carne de cerdo estaba prohibida, se emplean para referirse a una persona poco aseada o de mala higiene. Lo que coloquialmente se conoce como GUARRO, otro derivado del cerdo, de la onomatopeya del gruñido del cerdo. CANALLA, gente baja, ruin, es otra palabra de origen animal, aunque a primera vista no sea evidente, pues proviene del italiano *canaglia*, un derivado de *cane*, con lo que el equivalente más cercano en castellano sería perro sarnoso. Esto explicaría también una de las acepciones de la palabra PERRA, empleada para referirse a las prostitutas o a las mujeres cuya vida se perciba como impúdica, sea este último extremo cierto o no.

LA VETA DE LA PROSTITUCIÓN

El oficio de prostituta o mujer pública ha sido uno de los insultos más empleados para con las mujeres a lo largo de la historia, lo que ha dado como resultado una amplio abanico de este tipo de improperios, desde los de origen animal, como la PERRA que hemos visto, o la de ZORRA (palabras que denotan un sesgo evidente, al ser su connotación masculina positiva en la forma de persona muy astuta o taimada). En la antigua Roma, a las prostitutas se las conocía como *lupae*, lobas, y de ahí viene una palabra actual para referirse a un prostíbulo, LUPANAR. Formas más cultas son PROSTITUTA (del verbo latino *prostituo*, colocar en público, cosa que hacían las prostitutas para ofrecer sus servicios) o MERETRIZ (de *meretrix*, del verbo *mereo*, merecer o ganar, siendo la meretriz la que se gana la vida), pero la forma más común en castellano, y una de las palabras malsonantes más empleadas tanto con valor despectivo como de cariño es PUTA (en sus diversas formas sustantivas y adjetivales), otro derivado del latín *puttus* y *putta*, muchachito o muchachita, eufemismo para referirse a las personas que ejercen la prostitución.

En el caso de los hombres, muchos insultos provienen de un oficio relacionado con la prostitución, en este caso, el de intermediario o traficante de prostitutas, el PROXENETA (del griego προξενητής, «proxenetés», el intermediario). Este es el origen de palabras como CHULO, derivado del italiano *fanciullo*, muchachito, y que hacía referencia a las personas dedicadas al proxenetismo, para después asociarse a las actitudes chulescas y arrogantes que desplegaron estas personas. Irónicamente, el adjetivo chulo aplicado a objetos o situaciones, y no a personas, tiene hasta connotaciones positivas, uno de los sorprendentes giros de la lengua. RUFIÁN es otro adjetivo aplicado primero a las gentes de mala vida y a los proxenetas en particular, y se cree que proviene del adjetivo *rufus*, que significa pelirrojo o rubio, y haría referencia a la costumbre que tenían las meretrices romanas de cubrirse con pelucas de color rojizo o rubio para adornarse. También es del mismo campo semántico el adjetivo MACARRA, pero este lo reservamos para el capítulo que viene, que ya se avecina.

SOBRE EL COJÓN PODRIDO

Y es que con este recorrido por los bajos fondos llegamos al final del capítulo, no sin antes volver sobre la cita de la carta que encabeza este capítulo, sobre la que prometíamos una pequeña explicación al principio del mismo. Se trata de una carta escrita por Matxin de Zalba (o Machin de Çalva, tal y como firmaba el propio sujeto en su carta), notario del rey de Navarra, al secretario real Martín de San Martín, allá por el año 1416, en respuesta a otra carta en la que se le requería cierta información sobre una exención fiscal y, de paso, se le invitaba a un banquete en casa del tal Peyre de Tors, a quien Matxin desea con mucha mala baba que se le pudra un cojón, una de las maldiciones más contundentes que se pueden leer por ahí. Este intercambio epistolar, sin embargo, resulta altamente novedoso por otra cuestión: se trata de un par de cartas escritas en dos lenguas. En efecto, los personajes emplean tanto el romance navarro-aragonés que era predominante en la corte, como el euskera, que, se ha de suponer del contenido de la carta, usaban cotidianamente en sus conversaciones y hablaban con naturalidad, lo que nos refleja la situación de pluralismo lingüístico que se ha vivido en la mayor parte de la Península Ibérica durante extensos períodos de su historia. Y a la influencia de estas lenguas peninsulares que durante siglos han convivido con el castellano y al legado que han dejado en esta lengua dedicaremos el siguiente capítulo, del que invitamos a los lectores a disfrutar tal y como, presumiblemente, han disfrutado de los anteriores.

12

DE ETIMOLOGÍAS PENINSULARES

> Cierra los ojos muy suave,
> Meabe,
> pestaña contra pestaña.
> Solo es español quien sabe,
> Meabe,
> las cuatro lenguas de España.
>
> Gabriel Aresti, versos dedicados a Tomás Meabe

A mediados del siglo pasado, el poeta vasco Gabriel Aresti plasmaba en estos versos su reivindicación de una España que incluyese en su imaginario político y nacionalista a las lenguas minoritarias de la misma, haciendo referencia a las tres que tradicionalmente se han reconocido, el euskera, el gallego y el catalán, que él englobaba junto al castellano bajo la denominación «las cuatro lenguas de España». Más allá de la idea de españolidad o del nacionalismo de Aresti, lo cierto es que, si algo ha caracterizado a la Península Ibérica, el ambiente geográfico donde el castellano surgió y se desarrolló durante sus primeros siglos de existencia, fue la enorme variedad lingüística y cultural que presentaba, y que aún a día de hoy sigue preservando. Desde las lenguas prerrománicas (extintas todas ellas, salvo el euskera, que ha llegado a nuestros días) pasando por las lenguas romances hermanas del castellano (el gallego, el portugués, el catalán, el astur-leonés, el aragonés, el occitano) al árabe que trajeron consigo los andalusíes en el siglo VIII, el castellano ha convivido a través de los siglos con muchas otras lenguas en su espacio de origen, y con todas ellas ha habido, en mayor o menor medida, interrelación mutua, con lo que el rastro de todas estas lenguas ha quedado en el castellano actual. En el presente capítulo hablaremos sobre las palabras castellanas que trazan su origen a otras lenguas peninsulares, un legado abundante, como veremos a continuación.

Desgraciadamente, en el caso de algunas de estas lenguas es muy complicado documentar su impacto en el castellano y las palabras que quizás trazan sus raíces a esta lengua. Esto se debe a procesos históricos de asimilación lingüística y diglosia frente al castellano, que han provocado una marginación histórica de estas lenguas que las ha dejado en un situación muy minoritaria en el siglo XXI. Es el caso del romance aragonés (históricamente llamado romance navarro-aragonés, pues se hablaba también en la región de Navarra, hoy confinado a la franja norte de Aragón tras siglos de retroceso en favor del castellano) o el idioma astur-leonés (hablado en la mayor parte de Asturias y en zonas de León y de Extremadura), que, además de un retroceso importante en el número de hablantes y territorio, han sufrido y siguen padeciendo en los últimos siglos un proceso de desprestigio social e intelectual. Y es que, aunque se trata de lenguas romances de pleno derecho, se les ha achacado la (en este caso despectiva) etiqueta de «dialecto» del castellano. En este punto, lingüística, política y nacionalismo se entrecruzan para crear cócteles sociopolíticos de difícil solución.

Volviendo al tema de la etimología que principalmente nos interesa en este libro, el poco prestigio del que históricamente han gozado estas lenguas romances (proceso que también hemos observado en países europeos vecinos como Francia o Italia, donde las lenguas regionales han sufrido el menosprecio de ser denominados *patois* o dialectos) supone que las investigaciones académicas que las analizan como lenguas separadas en el campo de la etimología es limitado, y solo ha comenzado a despuntar en los últimos tiempos. Debido a esto, y a que, a menudo, pese a que una palabra tenga origen astur-leonés o aragonés, esta se desconoce o no se halla consignada en las fuentes, serán pocas las palabras que podremos traer a los lectores que provengan de estas lenguas.

Sin embargo, uno puede hallar etimologías de lo más curiosas en los lugares más insospechados. Y es que hay quien propone que el adjetivo CHIDO, muy empleado en México para decir que algo es bonito o bueno, proviene del asturiano *xidu*, un adjetivo que significa exactamente eso y que habría llegado a tierras mexicanas de la mano de inmigrantes asturianos en el siglo XIX. Es esta una hipótesis que no es segura, pero no deja de ser demostrativa de los largos viajes que las palabras pueden realizar de lengua a lengua. Otro tanto ocurre con el aragonés, donde las etimologías documentadas que encontramos son escasas. Hay dos casos curiosos que aquí consignaremos: por una parte, tenemos la palabra CHEPA, término coloquial para referirse a la joroba, y que la mayoría de las fuentes recogen como originaria del aragonés *chepa*, jorobado. Por otra parte, tenemos la palabra FAJA, del aragonés *faja* o *faxa*, a su vez un descendiente del latín *fascia*, venda o tela que se ataba en torno a la cintura.

En el caso de otras lenguas, su reconocimiento histórico como tales no se ha solido poner en duda o han tenido una fuerte implantación local o académica como tales, con lo que es más fácil identificar los vocablos que provienen de ellas. Ocurre con el idioma occitano, una lengua emparentada con el catalán, cuya variante aranesa, que muchos desconocen, se habla en una pequeña zona al norte de Cataluña y se ha escuchado históricamente en diversos enclaves en la falda sur de los Pirineos. En la Edad Media, el occitano fue una lengua literaria y cultural de prestigio, y, a través de los TROVADORES, que cantaban poesías amorosas, se difundió por las cortes europeas. TROVADOR, precisamente, es una palabra de origen occitano, derivada del verbo trovar, cognado del francés *trouver*, y que significa encontrar. Su significado aquí resulta altamente poético: trovar es encontrar las palabras adecuadas para componer un verso, es decir, hallar la inspiración para componer un buen verso. Los trovadores, que a menudo improvisaban, eran los «encontradores» de versos.

EL ESPAÑOL ES OCCITANO

Pero no es esta la única palabra occitana que ha pasado al castellano. ESPAÑOL, mismamente, es una palabra sorprendentemente occitana, al igual que el gentilicio FRANCÉS. En el caso del primero, viene de la forma occitana *espaignol*, un derivado del latín tardío *Hispaniolus*, de Hispania, nombre que en latín recibía toda la Península Ibérica y que ha evolucionado hasta dar el de la actual España. Respecto al FRANCÉS, es un derivado del occitano *fransés*, gentilicio que se aplicaba a los naturales del reino de FRANCIA. Y no solo Francés: la expresión despectiva GABACHO, que en España suele utilizarse para referirse a los franceses, y en zonas de América Latina se emplea para referirse a los habitantes de los Estados Unidos de América, deriva del occitano *gavach*, cuya derivación lingüística resulta enormemente interesante. Parece ser que su significado original era bocioso, una enfermedad que consiste en la inflamación de la glándula tiroidea, causando inflamaciones en torno al cuello y dificultando el habla. De ahí el adjetivo pasa a significar alguien que habla mal, pero también campesino montaraz, debido a la prevalencia de esta afección en las regiones de montaña. Debido a ello, pasa a significar campesino basto, cretino, y, como forma despectiva, francés. Al emigrar a América, el vocablo se aplicará a los nuevos vecinos del norte, los estadounidenses.

Otras etimologías son más oscuras. Es el caso de la palabra CADALSO, que designa al entramado de manera que se construía para ejecutar a los reos condenados a muerte. La forma original de la palabra es CADAHALSO, un derivado del occitano *cadafalcs*, también presente en catalán en la forma *cadafal*. El antecedente de esta palabra en latín no es muy claro, pero se ha propuesto que fuera *catafalcum* o *catafalicum*, un derivado de *catasta*, el tablado de madera al que se solía subir a los esclavos para exponerlos.

ANTORCHA es otra palabra de derivación poco clara, pero que parece remontar sus raíces a la palabra occitana *entorcha*, a su vez una variante de *entorta* influida por el francés *torche*. Este *entorta* deriva del latín *intorta*, participio del verbo latino *intorqueo*, que significa torcido o vuelto de través, en referencia a que, antiguamente, las ANTORCHAS se componían de haces de paja retorcida.

En el terreno diplomático también hallamos trazas de occitano. EMBAJADA, por ejemplo, proviene de *ambaissada*, derivada en última instancia del galo *ambaxtos*, servidor, vasallo, que pasa al latín para formar la palabra *ambactia*, sirviente que lleva un mensaje, embajada. Es habitual que los embajadores transmitan MENSAJES, otra palabra de origen occitano, derivado de *messatge*, del latín *missaticum*. Este *missaticum* viene de *missum*, participio del verbo *mitto*, enviar. Un *missaticum* o *messatge* es, por tanto, algo que se envía a alguien. Y el contenido de un mensaje bien puede DELEITAR a quien lo recibe, un verbo que significa complacer y que deriva, a través del occitano *deleitar*, del latín *delectare*, de idéntico significado. También nos deleita una LISONJA, que no es otra cosa que un halago, que deriva del occitano *lauzenja*, del latín *laus*, loa o alabanza.

Como podrán ver nuestros amables lectores, el número de palabras provenientes del occitano es nutrido. Para acabar con este somero recuento y pasar a otros idiomas, cabe mencionar que CAPARAZÓN es un derivado del occitano *capairon*, un aumentativo formado a partir del latín *cappa*, del que desciende también nuestra CAPA. Ambas, CAPA y CAPARAZÓN, sirven para cubrir algo, de ahí sus significados. También es de derivación occitana la palabra PELOTA, que en occitano se formó de igual manera a través del latín *pila*, pelota de juego, origen todavía más claro en el catalán *pilota*. Este es una parte del legado que el occitano, hablado al sur de los Pirineos en su variante aranesa, en el valle de Arán, ha dejado en el castellano.

ARÁN NO ES OCCITANO

Y, hablando del Valle de Arán, pocos sospecharían sin previo conocimiento del tema que este topónimo, ARÁN, no viene del occitano hablado en el lugar, ni del castellano o el catalán hablado por sus vecinos. Se trata de un topónimo que viene del euskera, pues *arana* significa valle en esta lengua. Todo esto nos indica que, en tiempos remotos, se hablaba el euskera o una lengua emparentada muy al este de lo que se habla hoy en día, lo que explicaría este tautopónimo, un nombre redundante, pues significa etimológicamente «valle del valle». Hoy en día, el euskera se habla mucho más al oeste, en las provincias de Álava, Vizcaya, Guipúzcoa y la Alta Navarra en España, y en Baja Navarra, Lapurdi y Zuberoa en Francia. Se trata de la única lengua prerrománica que, con los grandes cambios que provoca el tiempo en las lenguas y una influencia ingente del latín y los romances vecinos, como el castellano, ha sobrevivido hasta nuestros días, y ha tenido un impacto notorio en el mismo castellano, que se formó en una zona colindante con lo que entonces eran los territorios vascoparlantes. Hay quien afirma incluso que las características cinco vocales del castellano, rasgo que lo distingue de otras lenguas romances de Europa que han desarrollado un rango vocálico mucho más amplio, serían una influencia del euskera, que cuenta con esas mismas cinco vocales en la mayoría de sus dialectos.

TÉRMINOS VASCOS

En el terreno del léxico, en el castellano podemos encontrar también numerosas palabras de origen vasco. Es el caso de la palabra IZQUIERDA, que proviene del euskera *ezkerra*, y sustituye las raíces latinas en el castellano. También es de origen vasco la palabra GUIRI, que en algunas zonas se emplea para referirse a los turistas extranjeros, particularmente del norte de Europa. Para encontrar el origen de esta palabra, tenemos que remontarnos a la Primera Guerra Carlista, una guerra dinástica que entre 1833 y 1840 enfrentó a las fuerzas isabelinas, partidarias de la reina Isabel II, todavía una niña, y su madre María Cristina, que actuaba de regente, contra el tío de Isabel, Carlos María Isidro. Los partidarios de Carlos María, llamados CARLISTAS, consiguieron un apoyo significativo en el País Vasco y otras zonas, y se enfrentaron a los CRISTINOS (llamados así por la regente María Cristina), en euskera, *giristinos* (léase *guiristinos*). En las zonas carlistas, muchos veían a los *guiristinos* liberales como una fuerza ajena al lugar que venía a atropellar las leyes y costumbres locales, con lo que el término GUIRI, apócope de *guiristino*, pasó a designar a los forasteros. De ahí su significado actual.

También encontramos influencias del euskera en el terreno culinario. Así, el BACALAO debe su nombre al euskera *bakailao*, una palabra que puede estar emparentada con el neerlandés *bakeljauw*, y haría referencia a la forma del pescado. Un plato de pescado de nombre de origen vasco es la COCOCHA, la carne baja de la cabeza del bacalao (también de la merluza, a veces) con la que se cocinan exquisitos manjares, y que proviene del euskera *kokotxa*, variante de *okotza*, que no significa otra cosa que mentón, pues las COCOCHAS son mentones de pescado. De procedencia vasca es también la codiciada ANGULA, la cría de la anguila, y que remonta, como muchas otras palabras en el euskera actual, sus orígenes al latín *anguilla*, del que deriva también anguila. ANGULA y ANGUILA son cognados que han recorrido caminos distintos para llegar al castellano.

Otra palabra que ha realizado el mismo camino, originándose en el latín para pasar al euskera y de ahí al castellano, es AGUR, que se suele emplear como saludo, siendo más habitual en las zonas vascoparlantes y aledañas. Se trata de un derivado del latín *augurium*, augurio, con lo que AGUR es un deseo de buen futuro a la persona de la que uno se despide. CHAPARRO, que se suele utilizar para denominar, de manera medio jocosa, medio despectiva, a la gente de pequeño tamaño, también remonta sus raíces al euskera. Y nunca mejor dicho lo de las raíces, pues la palabra en euskera *txaparro* es una variante de zapar, en referencia a una mata pequeña de encina o roble, que, por símil con su pequeño tamaño, se aplica también a las personas. Pero, sin duda, la palabra despectiva más contundente, y un insulto muy sonoro, que ha pasado del euskera al castellano es SINSORGO, un derivado de *zenzurge*, compuesto de *zentzu*, sentido, y el sufijo privativo *-ge*, sin, con lo que un SINSORGO sería alguien sin sentido común, un estúpido.

En el ámbito escolar también encontramos diversos derivados del euskera. Es el caso de la PIZARRA, una palabra de origen discutido, pero en la que la mayoría de los filólogos ven un compuesto de *harri*, piedra. Según Joan Corominas, autor del insigne diccionario etimológico, PIZARRA podría derivarse de la forma *laptiz-harri*, siendo este *laptiz* una evolución de la forma *lapideus*, pétreo, en latín. Es decir, sería también una formación redundante que significa «piedra-piedra». También es de origen vasco la MOCHILA, de una evolución semántica interesante, pues proviene de MOCHIL, en euskera *motxil*, una forma cariñosa de *motil* o *mutil*, muchacho. El *motxil* era el joven muchacho o criado que se encargaba de llevar y traer cosas en diversas circunstancias. De ahí nuestra MOCHILA que, al fin y al cabo, es un recipiente para llevar y traer cosas, tal y como hacía el *motxil* en su día.

Otras palabras cotidianas que provienen del euskera son CHATARRA, derivado de *txatarra*, de *zatar*, trapo viejo y de allí cosa fea o sobrante; GANZÚA, llave falsa que se emplea para forzar puertas y que proviene del euskera *gantzua*; o CHAMARRA, derivado de *zamarra*, que significa abrigo. Cómo vamos a olvidar aquí, además, la palabra AQUELARRE, que ha pasado al castellano como reunión de brujas. Es esta una palabra interesante y que merece mayor comentario, con lo que la reservamos para el capítulo referido a la magia, donde el lector podrá saber sobre esta y muchas otras etimologías referidas a la magia, las brujas y los encantamientos.

TÉRMINOS CATALANES

Tras este repaso por las palabras de origen eusquérico, toca viajar de nuevo hacia el este, a tierras vecinas del occitano, donde se habla el catalán, lengua romance que, incluyendo sus variantes valenciana y balear, abarca gran parte del levante peninsular y es hablada por cerca de 10 millones de hablantes a lo largo del mundo. Aquí volvemos a encontrarnos con una de esas intersecciones entre lengua, sociedad y política de la que hablábamos al inicio del capítulo. Y es que, en las regiones de Valencia y las Islas Baleares (con mayor prevalencia en la primera que la segunda) algunos sectores de opinión defienden que el valenciano y el balear, variantes de una misma lengua que se habla también en Cataluña, Andorra, la franja de Aragón y la ciudad sarda de Alguer, y que convencionalmente se denomina catalán, constituyen lenguas separadas. Más allá de esta discusión de tintes políticos, los académicos reconocen ampliamente que todas estas variantes forman parte de una sola lengua romance (incluso la Academia Valenciana de la Lengua, institución reguladora oficial de la variante valenciana, reconoce que todas estas variantes, valenciano inclusive, pertenecen a una misma lengua). En este libro, tanto para facilitar las cosas al lector como por falta de espacio, emplearemos el nombre de catalán para referirnos indistintamente a todas la variantes de la lengua.

Y es que son muy numerosas las palabras que han llegado al castellano de una u otra variante del catalán, y profundizar en disquisiciones como las arriba mencionadas no compete a un libro de nuestras características. Hay palabras que son ya una clásico de la divulgación etimológica y todo quisqui conoce, como CAPICÚA, palabra referida a los números que se leen igual tanto de izquierda a derecha como de derecha a izquierda, y que proviene de la expresión catalana *cap i cua*, cabeza y cola, en referencia a que el número es igual tanto si se comienza de la cabeza como de la cola. El origen catalán de otras palabras es más desconocido, como es el caso de ES-

QUIROL, denominación despectiva o insultante, originalmente aplicada a los trabajadores que sustituían a otros que hacían huelga, y que luego se generalizó para designar a los que siguen acudiendo a trabajar mientras sus compañeros hacen huelga. El origen de esta palabra, que en catalán significa ardilla, está en el pueblo barcelonés de L'Esquirol. Al parecer, los patronos decidieron traer a unos obreros de dicha localidad para sustituir a los trabajadores que hacían huelga en una fábrica de Manlleu, en la misma provincia, y en ese episodio del siglo XIX radicaría el origen de la palabra ESQUIROL.

A los trabajadores del Manlleu no les gustó que unos forasteros vinieran a reemplazarlos. Y FORASTERO es, precisamente, otra palabra de origen catalán, de *foraster*, palabra medieval derivada del latín *fora*, fuera, y que designaba a una población o bosque que se hallaba fuera de las lindes de un asentamiento o territorio principal. De la segunda acepción han surgido las palabras *fôret* en francés y *forest* en inglés, en referencia al bosque. En el bosque es probable que nos encontremos TRÉBOLES, palabra que viene del catalán *trébol* (en ortografía normativa actual, *trèvol*), un derivado del griego τρίφυλλον («trífyllon») que significa «de tres hojas», en referencia al número de hojas que tienen la mayoría de tréboles.

Si nos desplazamos al terreno culinario, también encontramos numerosas palabras de origen catalán. Es el caso de la salsa ALIOLI, hecha con ajos machacados y aceite, y cuyo nombre en catalán no deja duda alguna respecto a su composición, pues allioli es un compuesto de *all*, ajo, cuyo origen es el latín *alium*, al igual que la contraparte castellana, y *oli*, aceite. *All i oli* significa, pues, ajo y aceite. Otra palabra de origen catalán que incluye el componente *oli* es PANOLI, alguien simple y fácil de engañar. Panoli es una contracción de *pa en oli* o *pa amb oli*, pan con aceite, el alimento más sencillo que uno puede elaborar (de ahí su derivación de cosa simple a persona simple de pocas luces).

También proviene del mismo idioma la palabra CHULETA, cuyo significado la etimología también deja meridianamente claro, pues *xulleta* es un diminutivo de *xulla*, que en catalán significa costilla, especialmente las de cerdo u oveja. Aquí encontramos cognados interesantes, pues *xulla* parece derivar del latín *axungia*, grasa con la que se barnizaba el eje de una rueda, pues es un compuesto de *axis*, rueda, y *ungo*, untar o lubricar. De ahí *axungia* pasa a denominar la parte más grasienta de un animal (en el caso del cerdo, se entiende que es la costilla, de ahí *xulla* y chuleta), y, por lo tanto, la parte más importante, la que tiene más ENJUNDIA, palabra que comparte un lejano origen con CHULETA.

Otro alimento cárnico que deriva su nombre del catalán es la BUTIFARRA, derivado de *botifarra*, un embutido típico de regiones como Cataluña y Valencia, elaborado a partir de carne de cerdo y especias. El origen de la palabra no está claro, aunque algunos lo relacionan con el verbo botir, embutir. También proviene del catalán el DÁTIL, un fruto exótico que, por su forma, recuerda a veces a un dedo humano. Por ello, no es de extrañar que el origen último del catalán *dàtil* sea el griego δάκτυλος («dáktylos»), que significa dedo, en alusión a su forma. Otros dos platos típicos de la zona de Valencia que han pasado al castellano son la FIDEUÁ y la PAELLA. En el primer caso, el nombre deriva de *fideuà*, variante apocada de *fideuada*, que podríamos traducir literalmente por fideada, pues designa a un plato con gran cantidad de fideos o pasta, descripción que se acuerda bien a la FIDEUÁ. PAELLA, por su parte, originalmente designaba al recipiente donde se cocinaba el famoso plato, y viene del latín *patella*, plato o sartén. Por asociación, el nombre del recipiente pasó al de la comida fabricada.

No solo en el campo de la comida encontramos palabras de origen catalán. En el campo de la bebida, tenemos el potente brebaje que es la ABSENTA, de un contenido muy elevado en alcohol y elaborada a partir del AJENJO. El catalán *absenta* parece remontarse, a través del francés *absinthe*, al griego ἀψίνθιον («apsínthion»), la planta del AJENJO a partir del que se elabora la bebida y que, a través del latín *absinthium*, también remonta su nombre a la misma palabra griega. AJENJO y ABSENTA son cognados, de los que uno ha llegado al castellano directamente del latín y otro a través del catalán. Y, aunque resulte poco vistoso y sofisticado, bien podemos beber la absenta o cualquier otra bebida de una CANTIMPLORA, otra palabra de origen catalán, cuyo significado primitivo sí que resulta vistoso y poético. Y es que se trata de un compuesto de *canta i plora*, canta y llora, en referencia al sonido característico que provoca el líquido dentro del metálico recipiente.

Solemos llevar una cantimplora cuando vamos de viaje, sobre todo cuando vamos a practicar senderismo o a la montaña. Y en el VIAJE nos encontraremos con esta palabra, cuyo origen no es otro que el catalán *viatge*, que viene del latín *viaticum*, aquello que sirve para la vía o camino, es decir, las provisiones necesarias para un viaje. Este *viatge*, y, por lo tanto, VIAJE en castellano, es un cognado del francés *voyage*, que también procede de *viaticum*. Cuando vamos de viaje y nos encontramos lejos del hogar, más de una vez sentiremos AÑORANZA, del catalán *enyorança*, otra palabra muy poética en su origen, ya que resulta ser cognado de IGNORAR. En efecto, ambas vienen del latín *ignorare*, dado que, cuando desconocemos el paradero, estado o situación de alguien, comenzamos a sentir AÑORANZA o la falta de ella. Cuando sentimos añoranza, se nos ensombrece el SEMBLANTE, vocablo que se remonta al catalán *semblant*, cuyo origen podemos trazar hasta el participio latino *similans-similantis*, que se asemeja o que se parece. Un *semblant* es algo que es, en principio, semejante a otra cosa, y adquiere el sentido expresión o rostro porque nuestra expresión parece revelar nuestro estado de ánimo.

Si este hipotético (y, porque no, etimológico) viaje que estamos realizando se hace en barco, habrá que tener cuidado de que no zozobre, es decir, que no sea volcado por la fuerza del mar o de los vientos. ZOZOBRAR, tan eufónico verbo, se remonta al catalán *sotsobrar*, un compuesto de *sots*, debajo, y *sobre*, encima. ZOZOBRAR significa etimológicamente hacer que la parte de abajo termine arriba y viceversa, es decir, volcar o dar la vuelta a una embarcación de modo que la parte de arriba queda debajo. Y es que, aunque el barco no vuelque, si la mar está agitada y nos entran ganas de devolver tendremos que ir al retrete para poder vomitar. El RETRETE es un invento de nombre catalán, pues viene de *retret* (algunas teorías apuntan que el origen podría estar en su equivalente occitana *retret*. Ambas etimologías son posibles), que en última instancia viene del verbo latino *retrahere*, retirarse, apartarse. Un *retret* o RETRETE era, originalmente, el lugar o aposento apartado de la casa donde uno se retiraba a hacer sus necesidades. Por asociación, pasó a denominar a lo que se encontraba en ese aposento, es decir, el inodoro.

No es el RETRETE el único artefacto con reminiscencias catalanas en el nombre, ya que lo mismo podemos decir del COHETE, de *coet*, que está relacionado con *cua* o cola. Probablemente se trata de un derivado del adjetivo latino *caudatus*, provisto de cola o encolado, en referencia a la mecha con la que se encienden los cohetes y que les da el aspecto de criatura con cola. El RELOJ es otro invento de nombre catalán, al devenir de *rellotge*, del latín *horologium* (de una forma con artículo **l'orolotge*, los hablantes habrían inferido la forma *lo rolotge* al identificar el *lo* con el artículo). Ese *horologium* se remonta hasta el griego ὡρολόγιον («horológion»), el que dice la hora. La GRAPA también es un artefacto muy útil que remonta su nombre al catalán *grapa*, del franco o gótico **krappa*, gancho, ya que la GRAPA sirve para enganchar algo o juntarlo con otra cosa, como si de un gancho se tratara. Para terminar esta pequeña sección, de origen catalán es también el NAIPE, cada una de las cartas de una baraja, de *naip*. El origen de *naip* no está claro, aunque algunos apuntan a que podría ser una deformación del francés antiguo *naïf*, ingenuo, que hacía referencia a uno de los triunfos o carta con valor de la baraja.

Algunas palabras tienen una etimología un tanto desagradable, como es el caso de MACARRA, un derivado del catalán *macarrò*, que poco tiene que ver con la pasta italiana. Viene del francés *maquereau*, proveniente del neerlandés *makelaer*, traficante o intermediario. Un MACARRA o *macarrò* no es otro que un individuo dedicado al tráfico de prostitutas, es decir, un chulo o proxeneta. Del talante agresivo y abusón de estos individuos tenemos la acepción actual de MACARRA como persona agresiva o de mal carácter. Tanto a proxenetas como meretrices nos encontraríamos en un BURDEL, que deriva del catalán *bordell*, otra palabra de etimología incierta, pero que algunos conectan con *bord*, bastardo, al ser los burdeles lugares donde se engendraba gran cantidad de retoños ilegítimos.

La cuestión de la bastardía era motivo de humillación y estigma social en otros tiempos, debido a que un bastardo no conocía la mitad de su linaje y había sido engendrado fuera de matrimonio. El LINAJE, ese concepto tan importante en otras épocas, debe su nombre al catalán *llinyatge*, en catalán actual *llinatge*, un derivado de *llinya*, línea, pues el LINAJE era la línea familiar de descendencia. Quien era bastardo y carecía del conocimiento sobre su linaje poco ORGULLO podía tener antaño, un sentimiento que deriva su apelativo del catalán *orgull*, otra palabra de origen franco o germánico, pues deriva de **ŭrgōlī*, excelencia. De la consciencia de ser uno excelente y el sentimiento de ufanía que viene de ello deriva su nombre el ORGULLO.

Dejando atrás estas cuestiones más escabrosas que nos traíamos entre manos en los dos últimos párrafos, nos gustaría consignar aquí la etimología de un par de palabras que apenas se emplean hoy en día fuera del registro culto y pedantesco, pero cuya sonoridad y enjundia las hace merecedoras de empleo. La primera de estas palabras es ORATE, que se emplea para designar a una persona loca o que ha perdido el juicio. Deriva del catalán *orat*, que vendría del latín **auratus*, con el sentido de alguien a quien ha golpeado un aire malévolo. En la Antigüedad, se creía que un mal aire podía trastocarle a uno la cabeza, con lo que uno se quedaba ORATE, o privado de sentido. La segunda palabra es LAGOTERO, del catalán *llagoter*. LAGOTERO significa pelota o adulador, y viene de *llagot*, que significa halago o zalamería. No se conoce el origen de este vocablo en catalán, pero nos ha dejado el bello LAGOTERO en castellano.

Y aunque sea una faena, pues las etimologías son tan bellas como el nácar, hemos de ir terminando con las palabras de origen catalán para pasar a otra lengua. Y acabaremos con estas dos palabras, FAENA y NÁCAR, ambas de origen catalán. FAENA viene del catalán *faena*, una forma anticuada que hoy en día ha sido sustituida por *feina* en catalán, y que se corresponde al latín *facienda*, cosas que se han de hacer. Una FAENA es una tarea o trabajo que se ha de llevar a cabo y, por tanto, resulta a veces fastidioso, de donde le viene el matiz negativo. El NÁCAR, por su parte, la parte pulida y blanca del interior de algunos moluscos, procede del catalán *nacra*, y seguramente proviene del árabe *naqra*, tamboril, debido a que la textura de este NÁCAR se parece a la tersa piel de un tambor.

TÉRMINOS GALAICO-PORTUGUESES

El último apartado de este capítulo, al que llegamos tras despedirnos de las etimologías catalanas, estará dedicado a los lusismos y galleguismos, es decir, a las palabras provenientes del portugués, hablado en la península en Portugal, y el gallego hablado en Galicia. Al ser estas dos lenguas muy cercanas histórica y genéticamente (durante gran parte de la Edad Media formaron el grupo galaico-portugués, y algunos todavía defienden que se trata de una misma lengua, aunque esta opinión no sea la mayoritaria), es difícil a veces distinguir si una palabra ha llegado al castellano a través del portugués o del gallego, con lo que en lo que queda de capítulo trataremos indistintamente de los lusismos y los galleguismos.

Durante la Edad Moderna, los portugueses fueron grandes marinos y navegantes, y se dedicaron a conquistar gran cantidad de territorios y comerciar con otros tantos a lo largo y ancho de los océanos. Por ello, muchas palabras que provienen de lenguas orientales o africanas han pasado primero por el portugués o el gallego antes de llegar al castellano. Es el caso de términos como PAGODA, que se emplea para referirse a los templos de diversas religiones orientales, y que los portugueses adoptaron, en la forma *pagode*, en sus correrías por la India y Sri Lanka, pues proviene, a través del tamil, del sánscrito *Bhagavatī*, el nombre de una divinidad a la que se dedicaban esta clase de templos. En sus correrías por Asia, los portugueses también se encontraron con el BAMBÚ, una planta hasta entonces desconocida para los europeos y cuyo nombre adoptaron del malayo. Otra palabra, en este caso de origen africano, que nos llega a través del portugués es CACHIMBA, un instrumento para fumar que los portugueses nombraron a partir del quimbundu *kišima*, pozo u hoyo. El quimbundu se habla en la región de la actual Angola, zona de África donde los portugueses recalaron primero para conseguir mercancías en su tráfico de esclavos y donde establecieron luego una colonia.

Para realizar tales viajes, hace falta un conocimiento ingente de los mares y de la meteorología, con lo que no es de extrañar que nos vengan del gallego o del portugués una serie de términos relacionados con estas dos áreas. En lo que respecta al tiempo atmosférico, el MONZÓN, o el viento estacional que sopla en algunos mares en ciertas épocas deriva su nombre del portugués *monçao*, del árabe *mawsan*, pues son estos vientos estacionales. Igualmente, CHUBASCO, un chaparrón con grandes ventoleras, deriva su nombre del portugués *chuva*, lluvia.

Es también grande el número de términos marítimos que nos vienen de esta familia lingüística. Tenemos, por ejemplo, el caso de la palabra CARABELA, una antigua embarcación ligera muy habitual en la Era Moderna, que deriva su nombre de *caravela*, a su vez del griego medieval κάραβος («kárabos»), que originalmente quiere decir «escarabajo» pero también se usaba para designar embarcaciones ligeras. También desciende del portugués el VIGÍA, de *vigia*, que hunde sus raíces en el latín *vigilare*, pues un VIGÍA se encarga, al fin y al cabo, de VIGILAR lo que acontece en el mar a su alrededor.

Una serie de animales marinos o términos relacionados con ellos también procede de la misma fuente. Es el caso del CACHALOTE, que deriva de *cachola*, cabeza grande, al tener este animal una testa enorme. Un CARDUMEN de peces, por otra parte, debe su nombre a *cardume*, multitud de personas, que, curiosamente, remonta su origen a la carda o cepillo que se empleaba para cardar la lana. Este cepillo tenía una serie de púas muy numerosas, y por ello cardumen adquirió el significado de muchedumbre, y, después, banco de peces.

Otra criatura que debe su nombre al portugués es la ALMEJA, que parece provenir del portugués *amêijoa*, una palabra de ignoto origen, que podría tener su origen en el árabe. Un caso curioso es el de BUZO, que viene del portugués *búzio*, caracola de mar. Este *búzio* proviene del latín *bucina*, trompeta de los boyeros, pues estas caracolas solían utilizarse para hacer señales acústicas por parte de los marinos. Por analogía a los *búzios*, que vivían debajo del agua, BUZO pasó a designar a la persona que trabajaba debajo del agua, típicamente recogiendo perlas.

El gallego y el portugués pueden ser idiomas muy dulces, como demuestran algunos préstamos. Y es que tenemos de estas lenguas la palabra CARAMELO. Estas golosinas deben su nombre a *caramelo, carámbano*, pues la forma de los primeros caramelos y la forma de comérselos dando lametazos (como hacen los niños con los carámbanos de hielo) recordaba a estas formaciones invernales. El mismo origen, como ya vimos, tiene la palabra MERMELADA, de *marmelada*, derivado de *marmelo*, cognado de nuestro MEMBRILLO. Además de dulce, la lengua puede ser poética, pues también nos ha dejado MORRIÑA o *morrinha*, que designa la nostalgia de la tierra natal.

Y cerraremos este apartado con dos curiosas etimologías. Por un parte, del portugués nos llega SARAO, una fiesta nocturna que debe su nombre, a través de *sarão*, al latín *seranum*, tardío, al ser una fiesta que se celebraba al atardecer. Y, por otra parte, tenemos el término EMBARAZAR, del portugués *embaraçar*. La evolución de este término es curiosa, pues en un principio significaba impedir, estorbar o avergonzar. Estos sentidos se mantienen todavía en otras lenguas en los cognados de esta palabra, como es el caso del inglés *embarras*, que significa avergonzar, o el euskera *enbarazu egin*, que significa estorbar. En castellano, sin embargo, el término adquirió el peculiar significado de dejar encinta a alguien, debido a que se concibe el embarazo como una molestia o impedimento. Curiosa derivación semántica.

Y con este recorrido somero por las palabras de origen galaico-portugués terminaremos el capítulo. Los lectores perspicaces habrán notado dos ausencias en esta lista de lenguas peninsulares. Y es que no hemos mencionado al mozárabe, lengua romance hablada en la mayor parte de la península entre los siglos VIII y X. Desgraciadamente, esta lengua se halla poco documentada, y muchas veces no nos es posible establecer etimologías fiables, aunque es probable que muchas palabras que llegaron del árabe al castellano pasaran primero por el mozárabe. Y es el árabe, precisamente, la otra gran ausencia de este capítulo. Esta lengua se habló en la Península Ibérica durante casi ocho siglos, y su impacto fue tan grande que hemos decidido dedicarle un capítulo entero, que será el siguiente. Disfruten de los arabismos que les vamos a ofrecer.

13

EL MAMARRACHO DEL BARRIO: UNA DE ARABISMOS

«Ojalá» es la palabra más moral del diccionario.
El ojo de Alá se proyecta en ella sobre el deseado porvenir.

Ramón Gómez de la Serna, *Greguerías*

Divertidas son las *Greguerías* de Ramón Gómez de la Serna y es igualmente curiosa la palabra que encabeza este capítulo. La palabra OJALÁ viene de la construcción en árabe لو شاء الله («law sha'a Allah»), que significa «si Allah (Dios) quisiera». Aunque su significado es parecido, hoy en día es más común escuchar *in sha'a Allah*, que viene a significar «si Allah (Dios) quiere». La diferencia entre ambas frases radica en las partículas *in* y *law*, porque, mientras que la primera se emplea para expresar una condición real, la segunda se emplea para una condición irreal, tanto si es posible como si no lo es. Por eso, *law sha'a Allah*, el origen de nuestro ojalá, expresa un deseo de algo que por ahora no es real pero que podría serlo. El uso tan frecuente de estas fórmulas en el árabe andalusí hizo que se expandiera rápidamente y que se generalizara el uso de esta expresión para pronunciar el deseo o la esperanza de que algo ocurriera.

El árabe es una lengua semítica originaria de la Península Arábiga y es también la lengua litúrgica del Islam, y los primeros registros de su forma escrita aparecen en el Corán, el libro sagrado de los musulmanes. La dispersión y expansión del idioma árabe fue consecuencia del estilo de vida nómada de los árabes, que se desplazaron fuera y más allá de la Península Arábiga. Las uniones entre árabes y otros pueblos ayudaron al crecimiento y la expansión del idioma, y fue el origen del nacimiento de los diferentes dialectos y variantes que existen hoy en día. El momento culmen de expansión del idioma árabe llegó con las conquistas de los siglos VII y VIII, con las que el árabe consiguió llegar al norte de África, la Península Ibérica y al este de la China actual.

Aunque los árabes no impusieron su lengua *de iure*, esta estuvo en una posición de superestrato, es decir, se convirtió en la lengua social y culturalmente dominante en las zonas bajo dominio musulmán, con lo que afectó grandemente a las hablas romances de los territorios donde se hablaba y de los reinos vecinos. Y es que los préstamos que ha dejado el árabe en nuestra lengua son numerosísimos, y son un pilar fundamental en el léxico del idioma castellano. La presencia de los árabes en la Península Ibérica por unos ocho siglos ha dejado una huella más que notable tanto en nuestra cultura como en nuestro idioma. Así, los préstamos árabes en castellano se hallan en muchas esferas, como en la religión, la gastronomía, la ciencia, el arte, la agricultura, etc. En este capítulo nos ocuparemos de muchos arabismos que están presentes en nuestro día a día.

Cuando alguien comete una acción o hecho, y especialmente hecho ilustre, señalado y heroico, se dice que ha cometido UNA HAZAÑA, del árabe حسنة («ḥasanah», buena acción), en contraposición a سيئة («sayi'a», mala acción), términos que están estrechamente relacionados con la religión. El ISLAM (الإسلام, «al-islam», sumisión) es una de las tres grandes religiones monoteístas, y sus practicantes son los MUSULMANES (مُسلم, «muslim», sometido). Ambas palabras se refieren a la sumisión a Allah y su voluntad por parte de los creyentes. Su libro sagrado es el CORÁN, de القرآن («al- Qur'an», la lectura), a su vez de قراءة («qirā'a», recitación, lectura), y a su vez del verbo قرأ

(«qará'a», recitar, leer). Los musulmanes practican la oración (صلاة, «salat», súplica) en la MEZQUITA, de مسجد («masğid», lugar de prosternación), pues forma parte de las oraciones de los musulmanes el arrodillarse e inclinarse. Cuando un musulmán fallece, se reza por él y se le traslada a un cementerio islámico en un ATAÚD, palabra que deriva del árabe التبوت («at-tābūt»), cajón, arca, cofre, baúl y de ahí, caja para enterrar un muerto.

EL ARTÍCULO OMNIPRESENTE

Recordemos que una gran parte de las palabras que derivan del árabe nos han llegado con el artículo *al-*, de ahí que muchos vocablos empiecen así: almirante, algarabía, alcantarilla, alcalde, etc. Ya que hemos mencionado al almirante, veamos su origen. El ALMIRANTE es el oficial general de la Armada y encuentra su origen, en última instancia, en el árabe أمير («amīr»), que significa príncipe, jefe, y es la misma palabra que nos ha dado EMIR como príncipe o caudillo árabe y EMIRATO como el cargo del emir o el territorio gobernado por este. Otro término militar es ARSENAL, establecimiento militar en que se construyen, reparan y conservan las embarcaciones y armas, que deriva de دار الصناعة («dār aṣṣinā'ah», casa de la construcción), sencillamente lugar donde se fabricaban y reparaban naves. Comparte el mismo origen la DÁRSENA, parte de un puerto resguardada artificialmente y adecuada para el fondeo y la carga y descarga de embarcaciones.

Por otra parte, una ATALAYA es una torre hecha comúnmente en lugar alto, para registrar desde ella el campo o el mar y dar aviso de lo que se descubre y su etimología nos lleva a طَلَائِع («ṭalā'i'»), plural de طليعَة («ṭalī'a», vanguardia, avanzadilla), término que se refería a los soldados que se adentraban en territorio enemigo para observar sus movimientos. La raíz de esta palabra la encontramos también en el verbo que significa subir, de ahí que probablemente se haya acuñado la acepción de construcción en un sitio elevado. También suele hallarse en un sitio elevado el ALCÁZAR, que es un recinto fortificado, como un castillo o una ciudadela, cuyo nombre viene del árabe قصر («qaṣr»), y este está influenciado por el latín *castra,* campamento.

También viene del árabe la ALGARA, que es es la tropa de a caballo que salía a correr y saquear la tierra del enemigo y también hace referencia, en consecuencia, al tumulto causado por algún tropel de gente (ALGARADA). Su origen está en *gārah,* incursión, ataque o correría, que contiene la misma raíz que el verbo correr en árabe. Esta palabra se parece a ALGARABÍA, gritería confusa de varias personas que hablan a un tiempo, pero no tienen el mismo origen. Su nombre deriva de العربية («'arabiyyah»), término que designa a la lengua árabe. Este concepto tiene su origen en la Edad Media con la formación de las lenguas romances y los reinos cristianos, cuando existía una tensa oposición y enfrentamientos con el poder político, económico, militar y cultural de los árabes. En este contexto, se caracteriza el uso de la lengua árabe como un griterío incomprensible, de manera análoga a otros exónimos despectivos como BÁRBARO O BEREBER.

TOPONIMIA ARÁBIGA

Ya tenemos un capítulo dedicado a los topónimos, pero merece la pena mencionar aquí unos cuantos de origen árabe. ALCALÁ proviene de القلعة, («al-qal'a»), castillo, y esta misma raiz la encontramos también en CALATAYUD, siendo en origen *Qal'at Ayyub. Qal'a* significa ciudad fortificada o ciudadela, y *Ayyub* es un nombre propio árabe, que equivale al bíblico de Job. Por otro lado, ALCANTARILLA es el diminutivo de ALCÁNTARA, del árabe القنطرة («al-qantara», puente), haciendo referencia al pequeño acueducto que pasaba por debajo del puente. Curiosamente, esto también guarda relación con los topónimos, dado que en España, en Toledo y en Cáceres, hay dos puentes llamados «Puente de ALCÁNTARA», lo que viene a significar «puente de puente». El topónimo de Algeciras, puerto español situado en Andalucía, deriva de الجزيرة الخضراء («al-ğazīra al-ḫaḍrā»), isla verde, y Gibraltar, territorio británico de ultramar situado en una pequeña península del extremo sur de la Península Ibérica, deriva del árabe جبل طارق («ŷabal Tāriq», monte de Tariq), antropónimo del general que dirigió el desembarco en este lugar de las fuerzas omeyas de Walid I en el año 711. La ciudad de Albacete también encuentra el origen de su nombre en el árabe, en البسيط («Al-Basit»), que se traduce como «el llano» y que se refiere a la llanura en la que se encuentra la ciudad.

Andalucía es la castellanización de الأندلسية («al-Andalusiya»), gentilicio árabe que se refiere a Al-Ándalus. En Andalucía se encuentra la asombrosa Alhambra, cuyo nombre original era *al-Qal'a al-hamra*, que significa «castillo rojo» (الْحَمْرَاء «al-ḥamrā'» significa la roja) en referencia al color del material con el que estaba construida. Guadalajara y Guadalquivir comparten la raíz que designa al río, وادي («wādī»). La primera viene de وادي الحجارة («wādī al-hijārah», literalmente, río o cañón de piedras), y el segundo proviene de الوادي الكبير («al-wādī al-kabir», el gran río). La capital de España, Madrid, le debe su nombre a las fuentes y aguas subterráneas que la recorren, pues el término árabe مجريط («mağrīt») significa arroyo matriz. El nombre premusulmán de la ciudad era *Matrice* (del latín *matrix*), que significa madre de aguas, y cuando los ejércitos árabes llegaron al centro de la península, en el siglo IX, Madrid fue elegido como asentamiento gracias a su abundancia de agua. Los árabes eran grandes maestros de la canalización del agua, y la existencia de la fuente matriz les inspiró a construir importantes redes de distribución del agua.

VOCABLOS AGRÍCOLAS

El agua es el elemento más preciado de nuestra vida y también lo es en el ámbito de la agricultura. Son muchos los vocablos de origen árabe, pues los dirigentes de Al-Ándalus centraron su política en impulsar todo lo relacionado con el desarrollo agrícola. Este impulso a la agricultura permitió mejorar la dieta facilitando el consumo de productos desconocidos hasta entonces, de ahí que muchos términos de la horticultura sean arabismos. Ejemplos de ellos son los nombres de legumbres y frutas como la ALCACHOFA (de الخرشوف «alẖaršúf[a]», la alcachofa propiamente dicha) y la ALUBIA (de اللوبيا, «al-lubia»), la BELLOTA (de بلّوطة «balloṭa»), la ZANAHORIA (de اسفنارية, «isfannāríjja») o el ARROZ (de أرز, «ar-ruzz»), y algunos cuya etimología ya hemos visto, como la SANDIA, la ACELGA o el ALBARICOQUE.

Y hablando de hierba y plantas, son varios los nombres de plantas que provienen del árabe, como la ALBAHACA, del árabe الحبق («alḥabáqa»), nombre que le daban los árabes a las plantas aromáticas usadas en cocina y medicina, y AZAHAR, una preciosa flor blanca. El JAZMÍN viene de ياسمين («yāsamīn»), y este del pelvi *yāsaman*. También la AMAPOLA/ABABOL viene del árabe, de حببورة («ḥappapáwr[a]»), y este del latín *papāver*, con influencia del árabe حب («ḥabb»), semillas. AZUCENA, por su parte, comparte origen con SUSANA, pues viene del árabe *asussána*, y este del pelvi *sōsan*, que significaba lirio. Y la última planta que mencionaremos aquí es la ADELFA, que nos llega a través del árabe *addífla*, del griego δάφνη («dáphnē»), laurel.

Los árabes introdujeron productos de Oriente como el AZAFRÁN, de زعفران («za'farān»), planta que probablemente tenga su origen en la India y que, a través de los persas, llegó a los árabes. El ALGODÓN se introdujo en Europa durante las conquistas musulmanas de la Península ibérica y Sicilia, lo que se refleja en su etimología en la mayoría de lenguas europeas: del árabe القطن («alquṭún») provienen tanto el hispano algodón como las variantes *cotton* en inglés, *coton* en francés y *cotone* en italiano. Algo parecido ocurrió con el AZÚCAR, sustancia de larga vida y uso. Su nombre deriva del árabe السكر («assúkkar»), y este del persa شکر («šakar»), cognado del sánscrito शर्करा («śárkarā», arenilla), es decir, que en origen el azúcar tendría el nombre de la «arenilla», algo lógico si tenemos en cuenta la similar consistencia de ambos materiales. Otro arabismo muy frecuente es el ACEITE, sobre todo el de oliva, y eso mismo indica su etimología, pues viene del árabe الزيت («azzayt») y este de la lengua aramea *zaytā*, término que se refiere al jugo de la ACEITUNA (de الزيتونة, «azzaytúna», diminutivo de «azzayt»). También viene del árabe, para rizar el rizo, el molino de aceite, el lugar donde se exprime el aceite, que se llama ALMAZARA y también deriva del árabe, de المعصرة («alma'ṣára»), exprimidor, prensa.

Estos frutos son cultivados y regados por sistemas de regadío que funcionan, por ejemplo, con NORIAS, de ناعورة («nā'ūrah»), cuya etimología está relacionada con el verbo crujir por el sonido que produce su funcionamiento. Estas son máquinas compuestas de dos grandes ruedas engranadas que, mediante cangilones, suben el agua de los pozos y acequias. Las ACEQUIAS son zanjas o canales por donde se conducen las aguas para regar y para otros fines, y su nombre proviene de سَاقِيَة («sāqiyah»), irrigadora, del verbo سقى («saqā»), irrigar, regar. Para la conducción de estas aguas era indispensable el ARCADUZ, variante de ALCADUZ, de qādūs, y este del griego κάδος («kádos»), tonel, cántaro.

PALABRAS PARA CONSTRUIR CASAS

No solo a la agricultura se limitaron los árabes, y en campos como el urbanismo y la arquitectura también encontramos numerosos arabismos. Por ejemplo, muy usado en la construcción, el ADOBE es una masa de barro mezclado a veces con paja y moldeada en forma de ladrillo y secada al aire, cuyo nombre viene del árabe طوب («ṭūb»), ladrillo. El adobe se emplea en la construcción de paredes o muros de nuestras casas tanto en los BARRIOS como en los ARRABALES. Ambos vocablos proceden del árabe. BARRIO viene de بَرِّيّ («barrī»), exterior, salvaje. El término original se refería al campo en contraposición a la ciudad y su sentido se parece al del ARRABAL, de الرَبَض («arrabáḍ»), afueras (que es cognado del catalán *raval*). Al final, en castellano barrio acabó teniendo un sentido más general, pues hace referencia a una parte en que se dividen los pueblos y ciudades o sus distritos, mientras que el arrabal es un barrio que se encuentra fuera del recinto de la población a la que pertenece y conserva, por tanto, su significado original.

En cuanto a lugares públicos, el ZOCO, el mercado, es uno de los más importantes. ZOCO proviene del árabe clásico سوق («sūq»), este del arameo *sūqā*, y este del acadio *sūqu[m]*, calle. Su etimología es la misma que la de AZOGUE, plaza de algún pueblo donde se tiene el trato y comercio público. La ADUANA es una oficina pública donde se controla el movimiento de mercancías y se cobran sus derechos. Este vocablo es otro arabismo: procede de ديوان («dīwān»), a través del persa *dēwān*, archivo. En su origen, era una sala donde se impartía justicia. En las aduanas podríamos tener que pagar un ARANCEL, tarifa oficial determinante de los derechos que se han de pagar en varios servicios, como el de costas judiciales, aduanas, etc., o establecida para remunerar a ciertos profesionales, cuyo nombre deriva de al-]inzāl انزال, alojamiento. Y TARIFA viene de تَعْرِيفَة ta'rífa, de *ta'rīf*, definición, declaración, y en el comercio marítimo mediterráneo acabó por significar lista de precios.

Se puede vivir en la ciudad, MEDINA en árabe, o en una ALDEA, pueblo de escaso vecindario y, por lo común, sin jurisdicción propia. El nombre de la ALDEA viene de الضيعة («aḍḍáy'a»), granja, finca agrícola, campo. En cualquier casa hay TABIQUES, paredes delgadas que separan las piezas de la casa, del árabe تشبيك («tašbīk»), acción de enlazar o enredar; y también hay AZOTEAS, cubiertas más o menos llanas de un edificio, de *assuṭáyḥa*, diminutivo de سطح («sáṭḥ»), terraza. Estos tabiques suelen separar las habitaciones o las ALCOBAS, cuyo origen está en القُبَّة («alqúbba»), que significa cúpula, porque los musulmanes solían tener una estancia del edificio espaciosa y cupulada destinada a los objetos sagrados y preciosos. Tanto las casas como las alcobas se pueden ALQUILAR, término de origen árabe también, de الكِراء («alkirá»), arrendar, alquilar.

Los encargados de diseñar y construir las casas son los ALARIFES y los ALBAÑILES, de los que hablamos en el capítulo de los oficios. Pero si seguimos nuestro recorrido por algunas partes de la casa cuyo nombre deriva del árabe, nos encontraremos, por ejemplo, con el ALFÉIZAR, situado en las puertas o en las ventanas, que proviene de *ḥā'izah*, mientras que en el suelo podemos encontrar AZULEJOS, ladrillos vidriados, de varios colores, usados para revestir paredes y suelos, etc., que viene de الزليج («azzuláyǧ[a]»), barro vidriado. En la sala de estar, la mayoría tenemos SOFÁS, asientos cómodos que tienen respaldo y brazos, y su nombre viene del árabe clásico طفّة («ṣuffah»), que significa cojín de lana. En ellos colocamos ALMOHADAS, fundas rellenas de un material blando que sirve para reclinar la cabeza, y que hallan el origen de su nombre en el árabe *miẖaddah*, que es, a su vez, un derivado de الخد («ẖadd»), que significa mejilla, porque es donde se pone la mejilla. En el suelo podemos colocar una variopinta ALFOMBRA, que deriva de *alḥánbal*, especie de poyal o tapiz para estrados, aún muy usado en Marruecos, y este del árabe clásico حنبل («ḥanbal»), pelliza usada. Originariamente el *ḥanbal* era una cubierta a partir de varios pedazos de pieles o de madera.

Entrando en la cocina usamos un MANDIL, sinónimo de delantal, que viene del árabe منديل («mandīl»), y este del latín *mantīle* o *mantēle*, toalla, paño de manos. En esa misma estancia encontraremos tres tipos de vasijas: las GARRAFAS, las JARRAS y las TAZAS, todas de origen árabe. La GARRAFA nos llega desde un dialecto del árabe hablado en la zona del actual Marruecos, en concreto de la *ǧerraf*, y tiene que ver con una antigua raíz que designaba la acción de sacar agua y servir (el verbo غرف, «ġarafa», significa servir). JARRA, por su parte, viene de جرة («ǧarrah»), frasco, y TAZA, de طَسَّة («ṭassah», y este del persa *tašt*, cuenco). También encontraremos en la cocina, aunque esto sorprenda a los lectores, una AZAFATA, palabra que tenía el significado de «criada» en otros tiempos. Efectivamente, proviene del árabe clásico سفط («sáfaṭ», cesta). En un principio, hacía referencia a una canasta de mimbre o caja. Durante el gobierno de los monarcas de la dinastía de los Austria en España, la AZAFATA era la que ayudaba en la cámara o la criada. Esta llevaba en un azafate, baúl de mimbre, los ropajes de la señora, motivo por el que recibía ese nombre. En esa época, era también habitual que el criado encargado de dichas tareas fuera un AZAFATO, un ayuda de cámara masculino. Con el tiempo, la palabra se readaptó para designar únicamente a las azafatas de vuelo, que cumplen funciones vagamente similares a las antiguas azafatas.

En algunas casas musulmanas, el HAREM o HARÉN era la zona en que vivían las mujeres. Este vocablo viene de حريم («ḥarīm», mujeres, y, literalmente, lo vedado). El término se refería en general a las esposas u otras mujeres relacionadas en antiguas familias aristocráticas, así como al área aislada y apartada de una casa reservada para ellas. Era un lugar inviolable y prohibido a cualquier hombre que no sea un miembro de la familia inmediata. El sinónimo de harén es SERRALLO, que deriva del persa *sarāy*, palacio, morada suntuosa. El HARÉN, sin embargo, no impedía los amoríos secretos o ilícitos de las mujeres con otros hombres que no fueran sus maridos. Para ello, se servían de intermediarios. Esa persona que concierta, encubre o facilita una relación amorosa, generalmente ilícita, es la ALCAHUETA, palabra que nos llega de القواد («al-qawwád»), y este del árabe clásico *qawwād*, mensajero, rufián. Cuando un señor quería conquistar a una mujer casada, le regalaba al marido mediante el *qawwad* de turno un caballo para ganar su simpatía y aproximarse a la esposa.

Dejando atrás el terreno del hogar o la casa al que nos referíamos, varios colores también tienen un origen árabe. El AZUL, por ejemplo, es una alteración del árabe لازورد («lazawárd»), y este del persa *lažvard*, que se piensa que era un pueblo en el norte del actual Afganistán. Qué tiene que ver un pueblo afgano con el color AZUL (o AZUR, en castellano más antiguo), se preguntarán nuestros lectores. Pues la relación se debe a que allí se producía en abundancia el LAPISLÁZULI, una piedra de ese mismo color cuyo nombre en castellano se obtiene combinando la palabra latina *lapis*, piedra, y la raíz persa que mencionábamos. El CARMESÍ es un color rojo grana, y viene de قرمزي («qarmazí», del color del quermes), a su vez de قِرْمِز («qirmiziyy»), quermes, que, para los que no lo sepan, es el nombre del insecto del que se extrae el tinte de ese mismo color. También el ÁMBAR es un arabismo, de عنبر («'anbar»), término árabe que se refería a los intestinos de los cachalotes. No se asuste el lector de la aparente incoherencia, pues todo tiene una explicación. El nombre se refería en principio al ÁMBAR GRIS, una sustancia mucosa que se extraía de las tripas de CACHALOTE y que servía como aceite para las lámparas y cera para las velas. Con el tiempo, el ÁMBAR vegetal que nosotros conocemos, ese ÁMBAR en el que los mosquitos quedan atrapados y subsecuentemente fosilizados, recibió también el mismo, y por metonimía pasó al color de esta misma substancia, de color amarillento.

ARABISMOS FALTONES

Por otra parte, son numerosos los adjetivos e insultos castellanos que provienen del árabe. Algunos ya los vimos en el capítulo dedicado a los insultos. Ya hemos visto el caso de CAFRE o GAÑÁN, pero también pueden mencionarse otros insultos como MAMARRACHO, que usamos para designar a una persona estrafalaria o ridícula. Y su nombre deriva del árabe clásico مهرج («muharriğ»), bufón. Otro coloquialismo bastante curioso es FARRUCO, que viene del árabe فروج («farrūğ»), pollo, gallo joven. Cuando alguien SE PONE FARRUCO, estamos hablando de que actúa de manera chulesca y petulante, como lo hace el gallo joven que trata de impresionar al resto del corral. También es de origen árabe el insulto MEZQUINO, alguien tacaño y falto de generosidad y nobleza de espíritu, y viene de مسكين («miskīn»), que en última instancia deriva del acadio *muškēnu[m]*, súbdito de palacio. Un sinónimo de mezquino es CICATERO, ruin, miserable, que escatima lo que debe dar. Y proviene de siqāṭ («سقاط»), acción de remolonear un caballo, haciendo referencia a la idea de que, al igual que un caballo remolón, el CICATERO remolonea a la hora de dar algo que es de su propiedad. Por su parte, también podemos decir de alguien especialmente descarado que es un JETA. La JETA es la boca saliente por su configuración o por tener los labios muy abultados. Su etimología se remonta al árabe *jaṭm*, hocico, pico, nariz.

Seguimos con más coloquialismos como ZAMACUCO, persona tonta, torpe y abrutada, y JAMACUCO, indisposición pasajera, ambos procedentes de *ṣamakūk*, necio, malicioso. La segunda palabra proviene de la primera, dado que un JAMACUCO tiene como efecto dejarnos como un ZAMACUCO, en el sentido en que nos deja atontados y torpes, dos de las acepciones de zamacuco. Por otra parte, ANDORRA es un adjetivo que se puede usar solo refiriéndose a las mujeres que todo lo andan, amigas de callejear. Este vocablo nos llega de *huḏurrah*, charlatana.

Y algo BALADÍ tiene poca importancia, y deriva de بلدي («baladī»), del país. En cuanto al ZAGAL, este es un pastor joven o una persona que ha llegado a la adolescencia o a la juventud, y su nombre proviene del árabe andalusí *zaḡál*, joven, valiente o del árabe clásico زغلول («zuḡlūl»), muchacho o mozo que ayudaba al mayoral en los carruajes de caballerías.

Por último, un ASESINO es etimológicamente un adicto al hachís, al cáñamo indio. En efecto, asesino deriva de حشاشين («ḥaššāšīn»), adictos al cáñamo indio o HACHÍS, que viene del árabe حشيش («ḥašīš»), que significa «hierba». En este caso, no se refiere a una hierba cualquiera, sino a la poderosa droga del mismo nombre. Los *ḥaššāšīn* o nazaríes eran una secta de la corriente chiita del Islam, que practicaba asesinatos políticos suicidas, según se dice, bajo la influencia de dicha sustancia.

ARABISMOS ANIMALES

Menudos animales, estos asesinos. Y, hablando de animales, del árabe vienen los nombres de varias de estas criaturas como la GACELA, de غزال («ġazāl»). El nombre del MONO seguramente sea un acortamiento de maimona, femenino de maimón, mico, y MAIMÓN viene del árabe clásico ميمون («maymūn»), fausto, de buen augurio, afortunado. Parece que este nombre tiene una función apotropaica, es decir, de protección o conjuración del mal, dado que los monos tenían de fama ser animales de mal augurio. Alternativamente, podemos pensar que los MICOS parecían a los humanos que los veían una especie de personitas que tenían una vida muy afortunada, dado que no tenían que hacer nada más que satisfacer sus necesidades básicas, sin ninguna preocupación propia del hombre civilizado. El ALACRÁN es el escorpión, y deriva su nombre de العقرب («al'aqráb»), escorpión. JABALÍ viene del árabe خِنْزِير جَبَلِيّ («ẖinzîr djabalī»), cerdo montés, derivado de جَبَل («djábal»), monte.

Tampoco falta la presencia árabe en el terreno de las bebidas. Con el calor del verano, recurrimos a helados y a zumos fríos para refrescarnos. Uno de ellos es el SORBETE, refresco de zumo de frutas con azúcar al que se da cierto grado de congelación pastosa. Su nombre nos llega del italiano *sorbetto*, este del turco *şerbet*, y este del árabe clásico شربة («šarbah»), trago. Esta misma raíz la encontramos en JARABE, bebida que se hace cociendo azúcar en agua hasta que se espesa, añadiéndole zumos refrescantes o sustancias medicinales, que viene de شراب («šarāb»), bebida. Un componente habitual de las bebidas es el ALCOHOL, cuyo nombre viene de كحول («kuḥúl»), que era un antimonio o galena empleado por las mujeres orientales para ennegrecerse los ojos. El significado del término se generalizó hasta llegar a designar cualquier esencia obtenida por trituración o destilación y, por analogía, designó el fluido obtenido de la destilación del vino. Y tanto en la cosmética como en la medicina, es habitual el uso de un MEJUNJE, un cosmético o medicamento formado por la mezcla de varios ingredientes. Lo indica su propia etimología, pues viene del árabe clásico ممزوج («mamzūğ», mezclado), que a su vez es un participio del verbo مزج («mazağa»: mezclar, amalgamar).

LA LENGUA DEL AJEDREZ

La ingesta del alcohol probablemente venga acompañada más tarde de una resaca y a veces, una JAQUECA O MIGRAÑA. JAQUECA viene de شقيقة («šaqīqah»), cuyo significado es lado, mitad, y hace referencia al dolor que se localiza en un lado del encéfalo. Aunque comience igual, nada tiene que ver con la expresión JAQUE (MATE) del ajedrez. Jaque es un movimiento del ajedrez en que un jugador, mediante el desplazamiento de una pieza, amenaza directamente al rey del otro, y la amenaza se convierte en un jaque mate cuando el rey del oponente ya no tiene más opciones de movimientos, y por ende, pone término al juego de ajedrez. JAQUE proviene de شاه («šāh»), y este del pelvi *šāh*, rey, y MATE viene de مات («māt»), que significa «que ha muerto». Así, literalmente JAQUE MATE significa «el rey ha muerto».

El propio nombre del juego nos ha llegado a través del árabe. En efecto, AJEDREZ deriva de شطرنج («šiṭranǧ»), este del pelvi *čatrang*, y este del sánscrito *chaturaṅga* «de cuatro miembros», por alusión a las cuatro armas del ejército índico (infantería, caballería, elefantes y carros de combate), representadas respectivamente por los peones, caballos, alfiles y torres. Y ya que lo mencionamos, el ALFIL deriva su nombre del árabe الفيل («alfil»), elefante, pues representaba las tropas montadas en elefantes, una de las cuatro armas del ejército índico. Con el tiempo, su forma fue estilizándose y cambiando hasta llegar al ALFIL actual que no tiene nada que ver con un elefante, y más se parece a un OBISPO con su característico gorro, de donde viene su nombre inglés BISHOP. ALFIL comparte origen etimológico con MARFIL. Esta palabra deriva de dos vocablos árabes: *'aẓm alfīl,* de عظم, hueso y الفيل, elefante. Es un material blanco y duro que forma los colmillos de animales como los elefantes, morsas e hipopótamos.

En el juego del AJEDREZ que comentamos no cabe el AZAR, dado que todo depende de la habilidad intelectual de los jugadores. El mismo AZAR, sin embargo, tiene raíces árabes, y es que AZAR viene del árabe andalusí الزهر («azzahr»), y este *zahr*, dado, pero también flores. Significaba primero flor, y luego se empleó para la marca que daba la suerte en la taba, que era el hueso astrágalo de un mamífero, como una oveja o una cabra. Si salía el lado donde aparecía dibujada la flor se ganaba o perdía. Seguramente DADO también provenga del árabe clásico أعداد («a'dād»), números. Y si la suerte nos acompaña tanto para ganar varias ocasiones seguidas como para perder varias veces seguidas, decimos que tenemos buena o mala RACHA, palabra que viene del árabe رجة («rāğğa»), sacudida, agitación, tormenta, de ahí su otra acepción de ráfaga de aire.

Acabamos de mencionar la TABA, que es lo mismo que el astrágalo, hueso del tarso, y también es el juego en que se tira al aire una taba de carnero u otro objeto similar, y se gana o se pierde según la posición en que caiga aquella. Su etimología nos lleva al árabe كعبة («ka'bah»), que significa cubo o dado. Curiosamente, en La Meca, lugar de peregrinación de los musulmanes, concretamente en la mezquita Masyid al-Haram, se encuentra la Ka'bah, construcción en forma de prisma que recibe su nombre de su forma cuadrangular, como la misma TABA. Para los musulmanes la Ka'abah es بيت الله («Bayt Allāh», la casa de Allah), y es la قِبْلَة («quibla», dirección de la oración) hacia donde orientan su rezo los musulmanes de todo el mundo.

CARGOS Y DIGNIDADES

Al principio del capítulo hablamos del EMIR, pero había otros cargos importantes en la sociedad musulmana, cargos que han legado su nombre en el castellano. Uno de ellos es el del CALIFA, título de los príncipes árabes que, como sucesores del profeta Muhammad (comúnmente llamado Mahoma), ejercieron la suprema potestad religiosa y civil en algunos territorios musulmanes. CALIFA viene de خليفة («ẖalīfah»), que significa vicario, jefe supremo. El emir tenía sobre todo poder político, mientras que el poder del califa abarcaba tanto el político como el religioso. Otro cargo es el de SULTÁN, emperador de los turcos y gobernador musulmán, cuya etimología viene del árabe سلطان («sulṭān»), y esta de سلطة («sulṭa»), poder, pues es el que ejerce el poder. Más familiar nos es el ALCALDE, el presidente del ayuntamiento. Esta palabra viene del árabe القاضي («al-qāḍī»), que significa juez. Con el tiempo pasó de tener un significado de juez a uno más cercano a munícipe, es decir, el jefe de un municipio.

Por su parte, el ALCAIDE es la persona que tiene a su cargo el gobierno de una cárcel. Su nombre viene del árabe قائد («qā'id»), el comandante, el conductor [de tropas]. El ALCAIDE era el encargado de gobernar las guarniciones de las plazas fortificadas, incluyendo las cárceles, a las que se ha acotado el sentido del término en nuestra lengua. Entre los musulmanes, el jefe religioso o político es el JEQUE, del árabe شيخ («šáyẖ»), anciano que manda. El ministro de un soberano musulmán es el VISIR, de وزير («wazīr»), ministro. Como vemos, no son pocos los nombres de puestos político-militares que derivan del árabe. Otro ejemplo es el de ALGUACIL, que comparte etimología con el visir, pues también viene de *wazīr* con el artículo *al-*. El cognado se explica porque, mientras un VISIR es el ministro o delegado que recibe la autoridad del soberano, el ALGUACIL es el ministro o delegado de la autoridad judicial que tiene por deber aprehender a los criminales. JINETE es otro arabismo, proveniente de زناتي («zanáti»), gentilicio de *Zanāta*, zeneta, confederación de tribus bereberes conocida por la cría de caballos y el dominio de la equitación, y así pasó a designar a la persona diestra en la equitación.

Hemos dicho antes que el culmen de expansión del idioma árabe llegó con las conquistas de los siglos VII y VIII. Un sinónimo de culmen es CÉNIT, como punto culminante o momento de apogeo de alguien o algo, y que fue un error de lectura por *zemt*, transcripción esta del árabe *samt [arra's]*, propiamente dirección [de la cabeza]. Con el mismo significado de periodo o momento de mayor elevación o intensidad de un proceso o estado de cosas tenemos el arabismo AUGE, del *awǧ*, apogeo, y este del persa *owg*. No obstante, en la península, el culmen no duró para siempre, y a partir del año 1009 el Califato de Córdoba y el poder árabe en la Península Ibérica se dividieron en los llamados REINOS DE TAIFAS, de طائفة («ṭā'ifa»), que significa bando, facción, división.

LÉXICO ARÁBIGO DE LA CIENCIA Y LA CULTURA

Igualmente, la aportación de la lengua árabe en el ámbito de la ciencia y la cultura no es insignificante. En las matemáticas, el nombre del ÁLGEBRA tiene su origen en la obra de Al-Khwarismi *Hisab al-gabr w'al-muqabala* (calcular por restauración y reducción). *Al-gab*, étimo de álgebra, designaba la reducción o simplificación de los cálculos con cifras. Del nombre de este famoso matemático y filósofo, الخوارزمي («Al-Khwarismi») nos llega al castellano la palabra ALGORITMO. Su nombre es Muḥammad ibn Mūsā, y es llamado Al-Khwarismi por ser nativo de Corasmia. Es la misma etimología que la de GUARISMO, cada uno de los signos o cifras arábigas que expresan una cantidad.

Por otro lado, el árabe tenía la palabra صفر («sifr»), que significaba al principio vacío, merced a un calco del sánscrito *sunyá*, vacío también, pero que los matemáticos indios emplearon para cero. Entonces el árabe *sifr* adquirió, entre los matemáticos, el mismo sentido de CERO. En el año 1202 se latinizó el término en *zephirum*, que luego evolucionó en *zéfiro*, *zefro* y al fin, *zero* (se puede apreciar su evolución en sus cognados, como el castellano CIFRA, en francés *chiffre* o en alemán *Ziffer* con el valor de signo numérico).

Tanto ALQUIMIA, conjunto de especulaciones y experiencias, generalmente de carácter esotérico, relativas a las transmutaciones de la materia, como QUÍMICA, ciencia que estudia la estructura, propiedades y transformaciones de los cuerpos a partir de su composición, tienen el mismo origen etimológico, pues ambos conceptos nos llegan a través del árabe الخيمياء («kīmiyā[']»), y este del griego χυμεία («chymeía»), mezcla de líquidos. Para quien resulte de interés, hablaremos de la QUÍMICA en el capítulo dedicado a la MAGIA. Volviendo al árabe, viene de esta lengua también el ALQUITRÁN, líquido viscoso, de color muy oscuro y fuerte olor, que se obtiene de la destilación de maderas resinosas, carbones, petróleo, pizarras y otros materiales, proviene del árabe قطران («alqiṭrán» o «alqaṭrán»), cuya raíz {*qṭr*} posee un sentido de gota o goteo.

De la misma manera tenemos términos de medida y peso, como la ARROBA, una medida de peso que equivale a 11,5 kg. Este vocablo viene del árabe الربع («ar-rubʿ»), que significa «la cuarta parte», refiriéndose a la cuarta parte del quintal. ARROBA pasa de su acepción originaria de medida de peso a designar el símbolo @, empleado hoy en informática, desde que fue adoptado en los años setenta. Al estar incorporado en las antiguas máquinas de escribir, los primeros teclados informáticos también incluían la ARROBA, que se había empleado en transacciones mercantiles en el mundo anglosajón, pero estaba obsoleta. Como no coincidiría con ningún nombre real, se decidió emplearla en las direcciones de correo. Al carecer el inglés de un nombre para el símbolo, se adoptó ARROBA en castellano. Y la TARA es el peso del continente de una mercancía o género, vehículo, caja o vasija, que se rebaja en la pesada total con el contenido. Su nombre deriva de طرحة («ṭár[a]ḥ»), y este del árabe clásico طرح («ṭarḥ»), acción de quitar, restar o apartar.

Nos acercamos ya al final de este capítulo y vamos a hacerlo con ALBOROZO, del árabe hispánico *alburúz*, y este del árabe clásico *burūz*, parada militar previa a una expedición, que probablemente sea el mismo origen de ALBOROTO. Y nos despedimos ya con una ZALAMA, expresión afectada de cariño, que viene del saludo árabe andalusí السلام عليك («assalám 'alík»), la paz sea contigo, que se percibía como cortesía excesiva por parte de los locales, con lo que pasó a significar adulación. Empleamos aún sus derivados ZALAMERÍA y ZALAMERO. Así pues, esperamos que nuestros lectores hayan disfrutado de este capítulo sobre arabismos. Que la paz sea con ustedes.

14

PARA MÁS ETIMOLOGÍAS CONSULTE CON SU MÉDICO. AQUÍ NO DISPENSAMOS PANACEA

Las personas nacidas cuando Marte y Saturno se encuentran en oposición tienen tendencia a vomitar sangre. En cuanto a los nacidos cuando Marte está en oposición a la Luna y se encuentra en Escorpión, Capricornio, Piscis o Cáncer, se verán afectados por impétigo, ictericia y lepra. Si Saturno está en oposición a la Luna cuando esta no está en su propia casa ni en la de Saturno, los nacidos bajo estas circunstancias tendrán hemorroides o serán propensos a forúnculos (...).

FÍRMICO MATERNO, *Astrología* 7.20.11 (s. IV d. C.).
A partir de J. C. McKeown, *Gabinete de curiosidades médicas de la Antigüedad*

A propósito del texto citado, parece mentira que la salud y la medicina occidentales en su sentido más global y primigenio provengan de los reverenciados autores antiguos. Quien se acerque a la historia de la medicina, cosa que no es cometido de este capítulo, podrá evidenciar que muchos palos de ciego se dieron antes de llegar a los tratamientos exitosos; muchos los intentos y prácticas invasivas antes de las limpias operaciones con láser; muchas las equivocaciones y los errores; y muchos los cadáveres apilados antes de surgir los servicios de salud y los hospitales. Chamanes, pitonisas, astrólogos, mediquillos, doctorcillos, medicastros, hierbas, farmacopeas, conjuros, recetas, deseos, advocaciones a los dioses, remedios caseros y naturales, exvotos, regalos, engaños de timadores faranduleros, y una larga retahíla de recursos y personajes eran lo habitual y, tristemente, lo común, en cuanto a la salud de los seres humanos se refiere, casi hasta el siglo XX. Ha sido, puede decirse, como en otros tantos aspectos de la vida y de la evolución humana, un camino que se ha ido haciendo al andar, paso a paso, peldaño a peldaño, subiendo dos escalones de conocimiento, y en ciertas épocas oscuras, retrocediendo hasta tres, pero, por lo general, un camino de evolución, mejora y modernización.

En este capítulo, empero, nos interesa la etimología, el origen de las palabras que tienen que ver con la MEDICINA. Este término está ya presente en el castellano medieval como *melezina*, sinónimo de alivio, remedio o gabinete de consulta médica, y se inspira en la expresión latina *ars medicina* (femenino de *medicinus*), ciencia o arte médica, a su vez del verbo latino *medeor, mederi*, poner remedio o cuidar.

La raíz de todo este meollo se remonta en última instancia hasta el protoindoeuropeo **med-*, tomar medidas apropiadas, y abre un campo semántico curioso y muy acorde con nuestro tema. Esa raíz está presente en MEDITAR (del verbo latino *meditor*), MESURAR, y por supuesto, a partir del latín, se deja entrever en las palabras REMEDIO o IRREMEDIABLE (de su antecedente latino *remediabilis* e *irremediabilis*), tan frecuentes en ambientes científicos y cotidianos.

Precisamente, por ser cuestión del día a día todos, en menor o mayor grado, usamos estos rebuscados y divinos «palabros» sin saber muy bien a veces lo que estamos diciendo exactamente. Todos sabemos que tenemos un catarro, una gripe, una gastroenteritis, una lumbalgia o vamos al otorrinolaringólogo, pero pocos saben la rebuscada y original aventura etimológica que se esconde tras estos y otros muchos términos médicos. Para eso estamos aquí nosotros, que de aspirantes a etimologistas nos convertiremos, en este capítulo, en MÉDICOS, pero de las palabras y acepciones, listos para dar remedio y curación de espíritu a nuestros pacientes lectores.

DEL GALENO AL DOCTOR

MÉDICO es palabra habitual en los días que corren, ya sea como sustantivo para designar el laudable oficio, ya sea como adjetivo, y se debe al verbo latino visto arriba (*medeor*, cuidar), convertido en adjetivo *medicus*, que incluso es base para un nuevo verbo: *medico*, que nos da MEDICAR, administrar MEDICINAS. Sin embargo, no deja de ser una palabra con un camino de llegada a nuestra lengua un tanto extraño y tortuoso. Aunque presente en latín arcaico (*medela*) es cierto que los romanos gustaron de otros giros para referirse a tan insigne oficio (prefirieron, al menos en época clásica, el verbo *curo* y el sustantivo *remedium*), dejando para ciertas frases hechas el adjetivo *medicus*. Aquí merece la pena destacar la expresión latina que nos transmite Isidoro de Sevilla (XI 1.70-71) *medicus digitus* o *medicinalis digitus*, DEDO MÉDICO, influida por el griego ἰατρίκος δάκτυλος («iatríkos dáktylos»), de igual significado, para designar al dedo índice, pues en este aplicaban sus ungüentos milagrosos los GALENOS. Y es que GALENOS o FÍSICOS fueron durante muchos siglos, sobre todo en nuestra lengua, los vocablos para designar a los médicos. Hasta el siglo XV no se extendió y normalizó el uso del MÉDICO como oficio. Eran GALENOS por el afamado médico grecorromano del siglo II Galeno; y FÍSICOS, pues tenían en la naturaleza, del griego φύσις («phýsis»), su campo de actuación más inmediato.

A pesar de todo, el latín *medicus* se quedó en muchas lenguas, de muy diferente filiación lingüística: célticas, como el galés *meddyg*; no indoeuropeas, como el euskera *medikua*; y por supuesto, en prácticamente todas las lenguas romances, aunque a veces más escondido por la evolución natural de cada lengua, como el catalán *metge* o el francés *médecin*, base, por cierto, para el inglés *medicine* (sobre el latín *medicina*). Pero es el castellano el que nos interesa más en concreto, y las formas de designar al médico no siempre fueron esta misma palabra. Ya hemos hablado de su lenta y tardía incorporación al idioma, por lo que convivió con otros términos que aún continúan hoy en día, con más o menos fortuna, y con más o menos exactitud. El Siglo de Oro ya evidencia una normalización de la palabra médico como el responsable de la salud de las personas, y no siempre, porque en esta época, por culpa de los Quevedo y Lope, los médicos fueron objeto de inquinas y groserías por su avaricia y su falta de «ciencia».

Así, se convirtieron en las dianas de los envenenados dardos literarios debido a sus sangrías inútiles y a sus bálsamos de hierbas, multiplicándose los nombres que se les aplicaban, y convirtiéndose en una preciosa pléyade de acepciones con retranca y sorna por sus acciones aún experimentales.

Tenemos por tanto palabras afines que se acercan muy de pasada a nuestra idea del médico, pero, como ya decimos, no siempre la visión de estos profesionales fue la misma y de tanta consideración. La mala fama y los remedios pseudocientíficos propiciaron ciertas asimilaciones con otras dignas ocupaciones. Así, nuestros médicos de hoy fueron otrora BARBEROS, es decir MÉDICOS-BARBEROS, especialistas en todo y en nada, duchos en mil y un remedios, desde sacar muelas a pequeñas intervenciones, suturas o cortes, de ahí BARBERO, del latín *barba*. Fueron también CIRUJANOS, o incluso BARBEROS-CIRUJANOS, que como su propio nombre indica, se servían de su CIRUGÍA, de χειρουργία («cheirourgía»), es decir, de su maniobrabilidad, de χεῖρ-ρός («cheîr-ós»), mano, para intervenir en operaciones.

Además, debido a la posibilidad y facultad de dispensar y recetar productos químicos o naturales, fueron designados BOTICARIOS, pues regían un gabinete o tienda médica de remedios denominada BOTICA (y de ahí BOTIQUÍN, y, gracias al latín, es BODEGA en castellano y *boutique* en francés). Esta pequeña tienda partía originariamente del griego bizantino ἀποθήκη («apothḗkē»), depósito, literalmente. Palabra curiosa por ser, justo hoy en día, la voz en algunas lenguas que conservan la raíz griega para nombrar a la FARMACIA, como en el alemán *Apotheke*.

Pero, pese a las invectivas lanzadas contra ellos, los médicos supieron ganarse un puesto en el podio de la empatía y la ayuda al prójimo, convirtiéndose en *personae doctae*, es decir, en DOCTORES, que convive con médico en muchas lenguas, y que no solo es el más alto grado académico, sino la forma de llamar a los FACULTATIVOS, los responsables de nuestra salud, los que tienen *facultatem*, los que hacen, del latín *facere*.

Y es que, como no podía ser menos, y dado el tiempo que están preparándose entre exámenes, prácticas y residencias, los médicos son DOCTORES (compárese el inglés *doctor*), gente muy lista y preparada, casi tanto que podrían enseñar, tal y como hacen sus colegas los DOCENTES. Y eso lo dice tal cual la palabra, pues ambas, DOCTOR y DOCENTE, provienen del verbo latino *doceo, doctum*, enseñar, verbo para designar al que realiza magisterio en algo. No es casualidad que en la universidad española haya que haber alcanzado el título de DOCTOR para poder enseñar.

GUIRIGAY TIPOLÓGICO

Y médicos, ya sí, los de hoy, son muchos, tantos como órganos, partes y sistemas tiene el cuerpo de los seres humanos, y tan numerosos como enfermedades o dolencias se padezcan. Numerosas son las especialidades. Como dato oficial cabe destacar aquí que en España son 44 las especialidades médicas reconocidas y también presentes en buena parte de la Unión Europea. No queremos aburrir más a los lectores, por lo que vamos a intentar aclarar este guirigay tipológico.

En primer lugar, hay médicos especializados en los PACIENTES. Sí, parece lógico, pero en pacientes según su edad, sexo o estado. Estos padecen y sufren, y esperan en el ambulatorio pacientemente, soportando todo sin alterarse. El vocablo proviene del latín *patiens*, del verbo *patior*, sufrir, padecer, familiar del griego πάσχω («páschō»), y su sustantivo πάθος («páthos»), sufrimiento y enfermedad, presente igualmente en APATÍA, sin vigor, y en el latín *passio*, perturbación o desenfreno de ánimo, tal y como consta en el pasaje bíblico de la pasión de Cristo, pues hace referencia a su sufrimiento, no a su desenfreno. Los pacientes de estos médicos suelen ser: o bien los que se adentran en esto del misterio de la vida, los niños, de ahí la PEDIATRÍA, del griego παῖς-παιδός («país-paidós»), niño, muchacho, y ἰατρεία («iatreía»), curación; o bien los que ya peinan canas por su vejez y experiencia, de ahí la GERIATRÍA, de γῆρας («gêras»), vejez.

En este primer cajón podríamos incluir también a los que se ocupan de un grupo de personas por su sexo, de ahí los GINECÓLOGOS, de γυνή-γυναικός («gynḗ-gynaikós»), mujer; o por su estado, en el caso de encontrarse la mujer embarazada, que toca a los OBSTETRAS, ocupados en la gestación, el parto y la primera parte de la vida de un infante, labores propias desde la Antigüedad de la comadrona o matrona, en latín *obstetricem*, derivado del verbo *obstare*, estar delante, esperar. Esa divina «espera» tiene su punto álgido en el parto, terreno de los TOCÓLOGOS. El parto en griego era el resultado final del proceso de gestación y venida al mundo, y se decía τόκος («tókos»), del verbo τίκτω («tíktō»), dar a luz. De ahí esta especialidad que puede llevar, si uno no sabe algo de griego, a equívocos un tanto embarazosos.

Respecto al embarazo, las gestantes son las personas que llevan carga, pues en latín el verbo *gestare*, frecuentativo de *gero*, significa cargar, llevar cargando y sustentar, por supuesto, durante el periodo de GESTACIÓN. Muy similar al fónico ENCINTA, de muy poética sonoridad, pero de significado muy descriptivo. Según unos, creado a partir del habla popular de los romanos **incenta*, de *in* y el verbo *cingere*, ceñir, por tanto «no ceñida», debido a los ropajes de la mujer GRÁVIDA, pesada, del latín *gravis*; o según otros, depende por dónde se corte la palabra, del verbo *incingere*, ceñir, por las supuestas cintas y fajas que se adaptaban al cuerpo las futuras mamás.

ESPECIALISTAS PARA DAR Y TOMAR

Pero, exabruptos embarazosos aparte, continuaremos con la división anunciada y seguiremos con la nómina de los médicos que se ocupan de aparatos, sistemas u órganos del cuerpo, por lo que viene muy bien recordar algunas partes del cuerpo en griego antiguo. Asusta dicho así, pero no se alarmen ni sientan sudores fríos. No tengan ANGUSTIA, del latín *angustum*, estrecho. Aunque no hayan bebido de las lagunas del conocimiento del griego clásico, los neologismos médicos creados en los últimos siglos nos suenan a todos por su habitual uso en nuestros días. Esa es la maravilla del griego, que, aunque socialmente se le considere un exótico atributo de algún que otro pedante, sin embargo, se esconde paciente entre nuestras palabras diarias que tienen que ver con las ciencias de la salud. Vamos, que todos ustedes saben la digna lengua de Platón, ¡maravilloso! Incluso, les vamos a decir más, no solo se manejan en griego clásico nivel A2, sino que saben hasta latín. Vean, vean. Se lo demostraremos. Repasemos con una clase práctica de lengua y ANATOMÍA, es decir, un vistazo de arriba abajo, por cortes, pues eso es lo que significa la palabra en sí, gracias al latín, pero originariamente del griego: ἀνατομία («anatomía»), cortar de arriba abajo.

El griego, como saben, es la lengua base de la medicina gracias a las obras de Hipócrates, Teofrasto, Nicandro, Herófilo, Dioscórides y Galeno, entre otros, llegando a aportar casi un 60 por ciento del vocabulario médico y biológico del castellano, ya sean neologismos o palabras griegas antiguas. El latín, la otra lengua de la medicina, pues regala el 25 por ciento de palabras médicas en nuestra lengua, asumió esta base griega, bien traduciendo (caso del médico Celso, s. I d. C.) o adaptando el griego a lo largo varias épocas (Antigüedad, Medievo y Renacimiento); bien a partir de traducciones árabes de obras griegas, vertidas al latín primero, y más tarde a nuestra lengua. En otras ocasiones, el árabe, la otra gran lengua de la medicina en las primeras etapas, sirvió de base directamente para el castellano, teniendo muchas veces, eso sí, al griego como base.

Así que empecemos por la cara. Del griego ὀφθαλμός («ophthalmós»), ojo, tenemos OFTALMÓLOGO, el especialista en las enfermedades del mismo, si bien alterna, con algún que otro matiz técnico, con OCULISTA, de la raíz latina *oculus*, ojo, pero diferentes ambos del OPTOMETRISTA y del ÓPTICO, por supuesto, pues estos profesionales miden la capacidad de visión, del griego ὀπτός («optós»), vista, y -μετρία («metría»), medición. De los oídos se ocupa un médico que bate récords por las letras que tiene, el OTORRINOLARINGÓLOGO. Si diseccionamos la palabra, vemos que hay tres órganos. En primer lugar, lo dicho, los oídos, que en griego es οὖς-ὠτός («oûs-ōtós»), centro de actuación del OTÓLOGO, subespecialidad de la palabra kilométrica antes escrita. En segundo lugar, la nariz, en griego ῥίς-ῥινός («rís-rinós»), que inspira la profesión centrada, entre otras cosas, en las fosas nasales, el RINÓLOGO. Y en tercer lugar, la laringe, en griego λάρυγξ-υγγος, («lárynx-yngos»).

Sigamos. La boca en griego recibe una palabra que nos suena, στόμα-ατος («stóma-atos»), y que se confunde con otra, στόμαχος («stómachos»), aparato digestivo, del que más tarde diremos algo. De la boca, en un sentido amplio, se ocupa el ESTOMATÓLOGO, incluso de la lengua, si bien la GLOTOLOGÍA nos atañe más a los filólogos, pues es la parte de la lingüística que estudia la lengua en el sentido idiomático, γλῶττα («glôtta»). Volviendo a los médicos, de los dientes, ὀδούς-ὀδόντος («odoús-odóntos»), se ocupa el ODONTÓLOGO, con su calco latino correspondiente, DENTISTA, de *dens-dentis*, pero con menos caché, ¡dónde va a parar! Hay odontólogos, el culmen de lo que toda madre desearía, que son especialistas en la QUIJADA, que, dicho así, suena casi cervantino, pero que no es más que la MANDÍBULA, de la misma palabra latina. La quijada era para los antiguos médicos un armazón, un **capseum*, algo semejante a una caja, del latín *capsus*. Pero claro, ser *QUIJADÓLOGO queda poco altisonante y menos refulgente; da mucho más empaque ser CIRUJANO

MAXILOFACIAL, es decir, el que se ocupa de los huesos de la cara, en latín *maxilla*, mandíbula, y *facies*, cara.

Por esos mismos lares tenemos la cabeza. De esta (del latín *capitia*, a su vez del nominativo *caput*), del cerebro, del sistema nervioso y de sus muy intrincados misterios, se ocupan los NEURÓLOGOS, los especialistas en el νεῦρον («neûron»), cuerda que se tensa, una preciosa descripción de las ramificaciones «nerviosas» del sistema citado. De la misma raíz tenemos, ya lo habrán pensado, pues como lectores que son, poseen muchas de ellas, las NEURONAS, células nerviosas filiformes que conectan, transmiten y producen, a modo de cuerda, las sensaciones nerviosas. Pero no se pongan NEURÓTICOS, por cierto, de la misma palabra griega, pues la cosa continúa. De hecho, los neurólogos, y demás especialidades relacionadas se ocupan también del ENCÉFALO, el que controla casi todas las acciones vitales, una parte del sistema nervioso metida en el cráneo o cabeza, literalmente, del griego ἐγκέφαλος («enképhalos»), compuesto de la preposición ἐν («en»), dentro, y κεφαλή («kephalḗ»), cabeza. Y como no queremos causarles CEFALEAS, de κεφαλαία («kephalaía»); sino que sigan con nosotros vivos y etimologizando, continuaremos nuestra exploración.

Del andamiaje corporal, es decir, de los huesos, músculos, articulaciones, ligamentos y vasos sanguíneos, se ocupan varios profesionales. Para los huesos, palabra proveniente del latín *ossum*, se acude al OSTEÓLOGO, es decir, al especialista en huesos, del griego, ὀστέον («ostéon»), hueso. Aunque si se tiene OSTEOPOROSIS, porosidad o descalcificación de los huesos, se acude al REUMATÓLOGO, que se ocupa de esto y de muchas más enfermedades del aparato locomotor llamadas REUMÁTICAS. El hecho de que trate tantas afecciones proviene de la propia etimología, pues ῥεῦμα-ατος («reûma-atos»), significa corriente, flujo.

REUMA como raíz no hace referencia a una dolencia o enfermedad en sí, sino que se ha elegido esta palabra para describir todas las dolencias del aparato locomotor por ser indefinibles o desconocer su naturaleza. Es, como dice la RAE, un flujo, pero podría entenderse como una oleada de dolor de origen ignoto, y que se centra en huesos y articulaciones, principalmente. En esta rama médica tenemos, por supuesto el reuma; la ARTRITIS, dolencia de las articulaciones, del griego ἄρθρον («árthron»), presente también en la gramática, ARTÍCULO, por ejemplo; o la LUMBALGIA, muy descriptiva, pues hace referencia al LOMO, en latín *lumbus*, parte baja de la espalda, entre otras dolencias. Si muchas de estas partes del sistema locomotor han sufrido rotura o lesiones por golpes, habremos de ir al TRAUMATÓLOGO, el que se especializa en los TRAUMAS, del griego, τραῦμα («traûma»), golpe o lesión. Pero no se traumaticen, pues pronto, con rectitud y una buena ORTOPEDIA, del griego ὀρθός («orthós»), correcto, y παιδεία («paideía»), educación, podremos seguir caminando por este intenso capítulo.

De las arterias, la sangre y los vasos sanguíneos, raíces todas latinas muy transparentes (*arteria* y *sanguis* respectivamente), se ocupan los ANGIÓLOGOS, del griego ἀγγεῖον («angeîon»), vaso; y los HEMATÓLOGOS, los médicos de la sangre, en griego αἷμα («haîma»), que inspira palabras de roja apariencia, como HEMOGLOBINA O HEMATÍE, el pigmento y los glóbulos respectivamente que tiñen la sangre. Pero no se nos mareen, que cubrimos todo esto con la piel, el órgano más grande del cuerpo humano, objeto de análisis de los DERMATÓLOGOS, de δέρμα-ατος («dérma-atos»), piel. Justo lo que nos estamos dejando para que ustedes vean cómo el griego está más presente en nuestros días de lo que se imaginaban en un principio.

De respirar se ocupan los pulmones, de la raíz latina *pulmo*, como en PULMONÍA, calco del griego NEUMONÍA, de πνεύμων («pneúmōn»), pulmón, pero también soplido, viento o incluso aliento vital. El NEUMÓLOGO por tanto no es el que sopla o el que hincha, sino el que se ocupa de estos órganos responsables del aire, como en la palabra NEUMÁTICO, rueda hinchada o que contiene aire. Y es que el aire nos es tan necesario como el comer, y de eso se ocupa el aparato DIGESTIVO, del latín *digerere*, repartir por el cuerpo, del verbo *gero*, llevar hacia un sitio el alimento, hacer la DIGESTIÓN, que no el DIGESTO, que, aunque viene del mismo verbo latino, hace referencia a una recopilación de leyes.

Normas o INDIGESTIONES aparte, el médico de tan importante aparato es el GASTROENTERÓLOGO, responsable de dos órganos, a saber, el γαστήρ-γαστρός («gastḗr-gastrós»), el estómago, y el ἔντερον («énteron»), intestino o tracto digestivo, para entendernos. Y es que por ser GLOTONES, por DEGLUTIR demasiado, de la raíz *glutto, gluttire*, tragar, a menudo tenemos que visitar a este especialista.

Íntimamente relacionado con él está el ENDOCRINO, preocupado por el metabolismo, la nutrición y las glándulas endocrinas, pues son las que se encargan de separar, liberar y regular la cantidad de hormonas de secreción interna, pues el griego lo dice todo, de ἐνδο- («endo-»), dentro, y κρίνειν («krínein»), separar, escoger. En esta ingente labor de separar o producir HORMONAS, del griego ὁρμῶν («hormôn»), lo que excita o mueve, muy gráfico para su función, destacará el PANCREAS, πάγκρεας («pánkreas»), sobre πᾶν («pân»), todo, y κρέας («kréas»), carne, así que literalmente significa hecho enteramente de carne, debido a su semejanza con un rojizo filete. Él es el causante en su parte endocrina de producir la INSULINA, del latín *insula*, isla, que por eso también recibe el nombre de ISLETINA, y llamada así porque varios médicos observaron, desde finales del siglo XIX, que el pancreas presentaba ciertos «islotes» dispersos de células capaces de crear una sustancia para regular los azúcares. Esta insulina es clave en una enfermedad con nombre y origen curioso, la DIABETES, διαβήτης («diabḗtēs»), palabra en griego para el artilugio del compás, evolución a partir de διαβαίνειν, («diabaínein»), atravesar, pasar de un lado a otro. La idea del compás inspiró al médico griego Areteo de Capadocia, siglo I, para evidenciar el constante paso o tránsito del flujo o líquido, desde la ingesta hasta la micción, pues observó que estos enfermos bebían y orinaban abundantemente.

Aunque ya nos gustaría a nosotros dedicarle más tiempo al cuerpo, etimológicamente hablando, claro, hemos de continuar y seleccionar otros órganos y aparatos importantes para no hacer esto más extenso. El URÓLOGO se ocupa del aparato urinario, así como del aparato genital masculino. Su raíz no deja duda al respecto, pues llega a partir de οὖρον («oûron»), orina, aunque no es, como hemos dicho, su único cometido. Son zonas de estudio para el URÓLOGO los TESTÍCULOS, el conducto SEMINAL y la PRÓSTATA, entre otras, si bien, por curiosas a nivel de origen de las palabras, merecen un pequeño comentario. La primera, TESTÍCULOS, proviene del latín, y es un diminutivo (la palabra, entiéndase) de *testis*, testigo, algo así como «testiguillo de la virilidad». El conducto SEMINAL es el receptáculo de la SEMILLA o la SIMIENTE, del latín *semen-seminis*, semilla, misma raíz que para el SEMINARIO, el SEMILLERO intelectual. En relación con los testículos tenemos que *tocar* de pasada la curiosa etimología de ORQUÍDEA, pues procede de la raíz griega para testículos, ὀρχίδιον («orchídion»), diminutivo de ὄρχις («órchis»), por la semejanza entre los testículos y los dos tubérculos de la planta.

La PRÓSTATA, por último, tiene una historia curiosa. El nombre es el resultante de un error de lectura de alguien que estaría suspenso en lenguas clásicas, una mala interpretación en un manuscrito que traducía una obra de Galeno al latín, siendo posible fechar el primer uso de PRÓSTATA en una obra del humanista francés Loys Vasse en 1549. Nos llega a partir del latín científico, pero tiene su origen en el griego προστάτης («prostátēs»), con el significado de «aquel que está delante», el que manda, el jefe. Pero ello, como decíamos, es un error al confundir la preposición en griego, pues no es delante, *-pro*, sino al lado παρά («pará»), ya que el original es παραστάτης («parastátēs»), con el significado literal de estar al lado, que asiste. Parece ser que el primero en acuñar este término fue un médico de la Escuela de Alejandría conocido como Herófilo, del siglo III a. C., quien denominó a esta parte que tratamos, ἀδενοειδεῖς παρασταταί («adenoideîs parastataí»), anexos glandulares. Así que es más ayudante que jefe, aunque pasó como PRÓSTATA a las lenguas modernas por culpa del francés. Pese a todo, los griegos tenían razón, pues tiene más sentido que sea παραστάτης («parastátēs»), la que ayuda, favorece o defiende, pues el cometido de la PARA(*pro*)STATA es generar el fluido en el que permanecen los ESPERMATOZOIDES, especie de animalillos que actúan como SIMIENTE, de ahí su nombre, basado en tres raíces griegas: σπέρμα («spérma»), semilla; ζῷον («zôon»), animal, y -ειδής, («-eïdḗs»), con aspecto de.

En la misma línea de lo anteriormente dicho, tenemos varios especialistas más: el PROCTÓLOGO, del griego πρωκτός («prōktós»), ano, médico de las enfermedades y dolencias del recto; el NEFRÓLOGO, del riñón, en griego νεφρός («nephrós»); o el HEPATÓLOGO, que se ocupa del HÍGADO, una palabra que conocemos mucho más que su culto y médico doblete ἧπαρ-ἥπατος («hêpar-hḗpatos»), hígado. Y si tenemos HEPATITIS, inflamación del hígado, ¿por qué no tenemos HIGADITIS?, o ¿por qué no comemos **hépato* encebollado? La distinción viene dada por una curiosa historia.

Los griegos helenísticos y luego los romanos, sobre todo el gastrónomo Apicio, del siglo I, supieron sacar provecho a su gastronomía, de ahí que engordaran y sobrealimentaran a sus aves, especialmente a los gansos y las ocas, con HIGOS desecados para que el HÍGADO les creciera y fuera más suculento. En latín HÍGADO se dice *iecur*, pero si está engordado con higos se denomina *iecur ficatum* (del latín *ficus*, higo), y de ahí nuestro HÍGADO, literalmente «relacionado con el HIGO». Así, en francés tenemos el producto *gourmet* por excelencia, el *foie-gras*, hígado graso.

DIAGNÓSTICO ETIMOLÓGICO

Dejando ya a los médicos encargados de sistemas, órganos y aparatos, es hora de abrir un tercer cajón de especialistas. Se trata de aquellos que realizan técnicas DIAGNÓSTICAS, es decir, las que ayudan a configurar un DIAGNÓSTICO, observar la naturaleza de una enfermedad por los SÍNTOMAS de la misma. Ha de conocerse una enfermedad por cómo se manifiesta, de ahí la DIAGNOSIS, διάγνωσις («diágnōsis»), juicio, capacidad de discernir por algún que otro elemento sobrevenido. Las evidencias necesarias para un correcto diagnóstico son llamadas SÍNTOMAS, σύμπτωμα («sýmptōma»), es decir, fenómeno que acontece, sobre la base de πτῶσις («ptōsis»), caída, pero ya acuñado desde Galeno y los círculos médicos como manifestación. Estas pruebas para conocer la enfermedad o su estado de evolución son parte del trabajo de RADIÓLOGOS, MICROBIÓLOGOS, PARASITÓLOGOS y ECÓGRAFOS, entre otros.

El especialista en RADIOLOGÍA se ocupa, como Zeus, de los rayos, pero como aplicación en el tratamiento y observación de las enfermedades. Es un neologismo híbrido, de latín *radius*, rayo, y la consabida raíz *logos*, que ya trataremos. Desde 1906 se utiliza este compuesto fulmíneo en palabras médicas como RADIOTERAPIA O RADIACIÓN, si bien está presente en otras de diario uso como RADIO, acortamiento de RADIODIFUSIÓN, de *radiare* en latín, resplandecer o radiar ondas.

De algo menos grandilocuente, más pequeño, μικρός («mikrós»), pero no por ello menos importante, se ocupan los MICROBIÓLOGOS, encargados de estudiar los pequeños organismos y la enfermedad, aplicando sus investigaciones a múltiples aspectos como los ANTIBIÓTICOS, con la misma raíz βίος («bíos»), vida, ser vivo, y otros menesteres farmacológicos o industriales. Es cometido de estos profesionales ANALIZAR muestras para resolver y ayudar a resolver múltiples problemas médicos. En definitiva, descomponen y dividen todo para observar con exactitud, y así poder dar un diagnóstico fiable. Proviene del griego ἀνάλυσις («análysis»), compuesto de ἀνά («aná»), del todo, y λύσις («lýsis»), descomposición, sustantivo resultante de un verbo que todos los estudiantes de griego hemos oído hasta la saciedad, λύω («lýō»), disolver o separar.

Este mismo *modus operandi* tienen los PARASITÓLOGOS, que estudian los PARÁSITOS y su relación con sus hospedadores (del latín *hospes*, como en HOSPITAL). Aunque hoy nos imaginemos algo pequeño y simple, los PARÁSITOS fueron en su origen etimológico hombres de carne y hueso. Así se llamó en griego al que pretendía servirse de otro, al gorrón, entiéndase, un παράσιτος («parásītos»), compuesto de παρά («pará»), al lado de, y σῖτος («sītos»), trigo, y más *in extenso*, comida o alimento. El parásito era el que pretendía comer siempre en casa de otro, acepción que tiene en griego la preposición pará, como *chez* en francés.

Fuera del análisis y la observación MICROSCÓPICA, la medicina moderna se sirve de TÉCNICAS robóticas y futuristas que tienen que ver con las nuevas TECNOLOGÍAS, palabra que viene de τέχνη («téchnē»), arte o destreza. Pese a la modernidad, el griego sigue apareciendo en estos neologismos, y se muestra en compuestos muy *gráficos* y evidentes a partir de varios verbos. Estos son γράφειν («gráphein») y σκοπεῖν («skopeîn»), representar/describir y ver/observar, respectivamente. Así, tenemos pruebas diagnósticas como la RADIOGRAFÍA, representación (γραφία, «graphía) del interior mediante rayos X; la MAMOGRAFÍA, representación del interior de la *mamma*, mama o pecho de la mujer; o, entre otros ejemplos, la ECOGRAFÍA, representación del interior por medio de ondas electromagnéticas o acústicas, del griego ἠχώ («ēchṓ»), ruido, eco.

A su vez, del verbo para la observación tenemos compuestos como ENDOSCOPIA (visión del interior, ἐνδο- «endo»); y otros más concretos como por ejemplo la COLONOSCOPIA, examen visual de una parte del intestino grueso, el colon, del latín *colon*, pero en origen del griego κόλον («kólon»); la GASTROSCOPIA, del estómago: γαστήρ-γαστρός («gastḗr-gastrós»); la COLPOSCOPIA, exploración de la vagina, κόλπος («kólpos»); o valga también, la TORACOSCOPIA, del tórax, del latín *thorax*, y este del griego θώραξ («thṓrax»), en su origen, coraza o protección. A la vista queda un vocablo médico para el examen de una muestra de tejido del interior del cuerpo, la BIOPSIA, compuesta por la palabra vida en griego, βίος («bíos»), y vista, de ὤψ («ṓps»), ojo, y presente también en la palabra ÓPTICA, ὀπτικά («optiká»), lo relativo a la vista.

VOCABLOS DE TRATAMIENTOS

Además de estas técnicas diagnósticas, la propia evolución de la ciencia nos ha regalado la posibilidad de atemperar los dolores con tratamientos diversos, y volver a las andadas estando recuperados. De ello se ocupan los especialistas dedicados a la TERAPIA y a la REHABILITACIÓN. La TERAPIA no es más ni menos que la θεραπεία («therapeía»), es decir, el tratamiento para tratar cualquier disfunción. Cuando es física acudimos al FISIOTERAPEUTA, el que se ocupa de nuestra *natural* constitución, de φύσις («phýsis»), naturaleza; y θεραπεύω («therapeúō»), que cuida con dedicación. Este puede tratar la parte afectada por medio de un QUIROMASAJE, es decir, usar la técnica *manual* (del griego mano: χεῖρ-ός, «cheîr-os»), del MASAJE, voz debida al francés, pero de origen árabe, *mass'h*, palpar y MASAJEAR.

Además, hoy en día están muy de moda todo tipo de terapias o tratamientos alternativos, con más o menos éxito. De ahí la extensa nómina de ayudas psicológicas que intentan, no curarnos, pero sí ser partícipes de una mejor disposición hacia la cura de ciertas enfermedades. Así, podemos citar la RISOTERAPIA, por medio de la risa, del latín *ridere*; la MUSICOTERAPIA, a través de la música, oficio de las Musas, del griego μοῦσα («moûsa»); la ZOOTERAPIA, con los animales, del griego ζῷον («zōon»); la HIDROTERAPIA, por el agua, del griego ὑδρο- («hydro-»); la TALASOTERAPIA, uso del medio marino, del griego θάλασσα («thálassa»); y hasta la ENOTERAPIA, con vino, del griego οἶνος («oînos»); todos ejemplos creativos, más o menos científicos, que colaboran en nuestro bienestar y relajación, aunque sean PLACEBO, preciosa palabra, por cierto. Se trata, maravillas de nuestra lengua, de un verbo conjugado en primera persona del singular del futuro, pero en latín. Es como una palabra fósil, cristalizada. Es el futuro del verbo *placeo*, gustar, agradar, por lo que puede ser traducido como «agradaré», ilustrativa metáfora para convencernos de su capacidad, aun sin ser real, para sanarnos.

PASO POR EL QUIRÓFANO

La REHABILITACIÓN, por su parte, pretende volver a hacernos hábiles, nos permite volver a manejarnos con independencia, estando aptos y bien dispuestos. Ello proviene del verbo latino *habeo*, tener, poseer la habilidad de algo o volver a disfrutarla. En este apartado, y sabemos que quizá no estemos haciendo una *sección* muy científica, nos vamos a ocupar de la CIRUGÍA, que, como ya hemos visto, es la especialidad que usa las manos, («cheîr-os»), para rehabilitarnos mediante la OPERACIÓN, del latín *opus-operis*, obra, trabajo. Aunque hay un CIRUJANO para cada especialidad, generalmente este médico cura, separa, extirpa, corta, entresaca y hasta reconstruye.

Veamos esta multifunción del cirujano. Hemos dicho que corta, pues para sanar, hace falta, en ocasiones, arrancar el mal de raíz o, al menos, EXTIRPARLO, del latín *extirpare*, quitar. A veces, la herida ha de ser CAUTERIZADA, es decir, καυτηριάζειν («kautēriázein»), marcada con fuego, abrasada para que no siga extendiéndose la enfermedad. También corta y SECCIONA, del verbo latino *seco-secui-sectum*, dividir, cortar o separar. Ello nos lleva a otra acción: DISECAR, cortar en partes. El mismo hecho de apartarse o separarse de su conjunto natural y primigenio se observa también en palabras que se alejan de la medicina como SECTA, doctrina que se aparta o se desvía de la ortodoxia. Ese mismo corte puede darse en otras intervenciones, como por ejemplo la VASECTOMÍA, la CEFALOTOMÍA, o la TRAQUEOTOMÍA, entre otras muchas que contienen la palabra griega corte, ἐκτομή («ektomḗ»), presente igualmente en los TOMOS de la biblioteca, partes de libro; o en los ÁTOMOS, sin corte, indivisible (como el INDIVIDUO).

En la primera palabra, VASECTOMÍA, el corte se practica sobre el vaso deferente del aparato genital masculino; en la segunda, en la cabeza, κεφαλή («kephalḗ»); y en la última se realiza sobre la tráquea, τραχεῖα («tracheîa»). Estas escisiones pueden ser llamadas también ABLACIONES, del latín *ablatio*, de *aufero*, separar, y son de muy actual y triste recuerdo, si pensamos en la ABLACIÓN del CLÍTORIS, palabra esta última que procede del griego κλειτορίς («kleitorís»), literalmente «que asemeja una llave». En relación a otras intervenciones parecidas, tenemos la AMPUTACIÓN, cortar enteramente, del latín *amputo*, sobre la base del verbo *puto*, podar. Pero no se nos mareen al ver sangre y MUÑONES (de origen prerromano, posiblemente emparentado con MUÑECA). Aguanten un poco y sigan con nosotros, que pronto cosemos y a LOS BOXES de recuperación (del inglés *box*, caja, compartimento).

Sin embargo, antes toca hacer referencia a una de las prácticas más antiguas de la cirugía: la TREPANACIÓN, es decir, la operación consistente en hacer agujeros u orificios en el cráneo. Del griego τρύπανον («trýpanon»), taladro. Esta intervención, con fines médicos o diagnósticos, se viene realizando desde el Neolítico. Y, para más sorpresa, con espectaculares porcentajes de supervivencia. En casi todas las civilizaciones los cirujanos/sanadores empezaron horadando la testa para curar o aliviar los malos espíritus que atesoraban, así lo creían, los pobres enfermos de dolencias hoy muy identificadas, pero entonces relacionadas con la divinidad.

Pero volvemos a advertirles: el cajón de sastre (o desastre, como quieran) que es este capítulo, está ordenado con un criterio generalista, y nos disculpamos aquí si algún lector cirujano se ofende por hacer de su oficio y vocación una muestra de una práctica basta y sanguinolenta, como si fuera una navaja suiza. Nada más lejos de nuestra intención, al contrario. Los cirujanos nos parecen nuevos Prometeos (que no Doctores Frankenstein), cuando reconstruyen, perfeccionan y detallan los cuerpos de los humanos cual escultores de la más clásica escuela. Nos referimos a la pericia de la CIRUGÍA PLÁSTICA, sí, ese milagro que hace recauchutar pieles, minimizar narices, aumentar pechos, embellecer adefesios y reconstruir zonas afectadas por malformaciones o accidentes. ¡Olé por los cirujanos!

Esta rama, la PLÁSTICA, tiene que ver con otro verbo griego, πλάσσω («plásso»), moldear, esculpir. Una raíz que está presente en las intervenciones como RINOPLASTIA (de nariz); o la MAMOPLASTIA: de mamas, del latín *mamma*; entre otras muchas *modelaciones* y LIFTINGS, operación que estira la piel, del inglés *lifting*, levantamiento. Y es que ahora entenderán que las modelos se modelen en el QUIRÓFANO, compuesto de la ya vista raíz griega para mano y el verbo griego φαίνειν («phaínein»), mostrar, pues era el sitio o la sala específica donde se mostraba antiguamente cómo iba la intervención. Y como vamos terminando, habrá que cerrar y coser lo que hemos ido abriendo a lo largo de esta *operación*, es decir vamos a SUTURAR, del latín *sutura*, costura, calco del griego ῥαφή («rafé»), que pervive en algunos ejemplos médicos como BLEFARRAFIA, sutura de los párpados (βλέφαρον, «blépharon»); la TARSORRAFIA, sutura de los bordes de los párpados, en griego ταρσός («tarsós»); o la FLEBORRAFIA, sutura de una vena (φλέψ, «fléps»).

ALERGÓLOGOS, EPIDEMIÓLOGOS, INFECTÓLOGOS...

Las especialidades médicas muchas veces suenan a un precioso trabalenguas de base griega, a un arcano y secreto conjuro mágico indescifrable. Pero para eso estamos, para darles ciertas nociones que permitan acercarse con más familiaridad a los palabros menos conocidos. Así que seguiremos con una de las últimas partes del elenco de especialidades médicas. Vamos a ocuparnos de los médicos de enfermedades concretas. Sí, es paradójico, pues todos en uno u otro aspecto tienen su foco de acción en algo concreto; pero en este apartado incluiremos especialidades que abarcan la totalidad de una enfermedad. De esta forma, citaremos aquí, para no hacernos más tediosos, algunos ejemplos destacados: los ALERGÓLOGOS, EPIDEMIÓLOGOS, INFECTÓLOGOS Y PSIQUIATRAS.

Los primeros, los ALERGÓLOGOS, se centran en las ALERGIAS, una palabra que nos llega por el alemán *Allergie*, pero construida con un neologismo de base griega de intricada etimología. Procede de la juntura ἄλλος («állos»), otro, diferente; y -εργία («-ergīā»), actuación, acción. La palabra, acuñada por el pediatra vienés Von Piquet en 1906, se explica como una reacción alterada, traducción fiel al griego que evidencia la hipersensibilidad de los ALÉRGICOS ante la acción de *otras* sustancias. Los tan de moda EPIDEMIÓLOGOS son los especialistas en EPIDEMIAS y PANDEMIAS. Ambas comparten una raíz griega que está presente en una palabra muy ateniense: la DEMOCRACIA (como han visto en el capítulo de la política). De ahí, la EPIDEMIA, del griego ἐπιδημία («epidēmía»), literalmente estancia en una población (en este caso la que se queda es una enfermedad); y la PANDEMIA, en origen reunión de todo el pueblo, del griego πανδημία («pandēmía»), pero hoy ya especializada, en medicina, como la enfermedad que afecta a todos o a casi todos los pueblos.

Muy en boga también, a raíz de la pandemia de la Covid-19, son los términos derivados, como ANTICUERPOS o INMUNIDAD. Del primero diremos que llega por el alemán *Antikörper*, de base grecolatina: griego ἀντί («antí»), frente a, y latín *corpus*, cuerpo, pues la sustancia que permite neutralizar virus y bacterias es corpórea. De la segunda, la INMUNIDAD, hay más que decir. Proviene del latín *immunitas*, del adjetivo *immunis*, inmune. Pero tiene más calado. Su construcción nos lleva hasta la formación *in*, negación, y *munus*, obligación o impuesto, es decir, sin obligación. Aunque poco a poco, ya en latín clásico, fue trocando su significado hacia la idea de resistencia, que está libre de algo, ya sea un tributo o una peste. Y es que el significado médico de INMUNIDAD fue poco a poco extendiéndose a lo largo de la historia, gracias en cierta manera a las VACUNAS. Se denominan así por la viruela de VACA, técnicamente *variolae vaccinae*, a partir de la cual se desarrollaron los primeros remedios profilácticos, gracias al padre de la INMUNOLOGÍA, el inglés Edward Jenner, s. XVIII, de quien se ha dicho que ha salvado más vidas que ningún otro hombre.

La práctica de administrarse pus de vaca o «variolizarse» para inocularse el virus de la viruela vacuna, mucho más débil para los humanos, ya se había dado en países de Oriente desde el siglo X, si bien Jenner estudió y encontró el remedio médico (la VACUNA) en 1796. Con esas vacunas se creaban anticuerpos útiles para la VIRUELA (del latín *variola*, pústula), por lo que se abrió una puerta tremendamente importante para hacerse inmunes, ya no solo frente a la viruela, sino frente a otras enfermedades. La práctica de aplicarse vacunas, pese al inicial recelo, ha permitido luchar igualmente contra INFECCIONES, campo de acción del INFECTÓLOGO, del latino *infectio*, en origen acción de introducir, mezclar y hasta teñir, y más tarde ponzoña, y de ahí *infectare*, corromper(se), que se mezcla dentro de nuestro organismo. Y hablamos ya no de organismo, sino de alma, al tratar, por último, del PSIQUIATRA, el médico del soplo o ánimo vital y espiritual, de la ψυχή («psychḗ»), que hoy extendemos a las enfermedades mentales.

MÉDICOS DEL ALMA

Al alma griega, la ψυχή, le corresponde también la idea de estado *anímico,* del latín *anima*, alma, y de ahí el PSICÓLOGO, ese otro profesional de la PSICOLOGÍA, no de la medicina. Alguien, si es que no se ha perdido en este maremágnum helenizante, se habrá dado cuenta de que hay algo común en las especialidades, y que no hemos explicado aún. En muchas de ellas tenemos la archiconocida e intraducible palabra LOGOS, del griego λόγος («lógos»), comodín *lógico* de la lengua griega para términos que abarcan campos diversos, desde la filosofía hasta la medicina, como veremos. Para no hacernos más pesados, tan solo diremos que el *logos* es en sí la razón, el discurso, la palabra, el estudio, la especialidad.

Pero como la vida es paradoja, y no habría *yin* sin *yang*, bien sin mal e infierno sin paraíso; tampoco existirían los médicos sin la ENFERMEDAD. Son necesarios, al fin y al cabo, el uno para el otro. Y las enfermedades nos acompañan desde la más temprana de las edades. Es verdad que hemos evolucionado, pero ni de lejos erradicado la enfermedad, pues es parte de la vida de los seres vivos. Procede del latín *infirmitatem*, alteración de la salud y pasión dañosa o alteración en lo moral o espiritual, según la RAE, hermosa glosa para tan incómoda situación. Proviene, ya sea del alma o del cuerpo, del adjetivo *infirmus,* construido mediante la preposición *in*, negación, y *firmus*, firme, de pie, fuerte, vigoroso. Es decir, que el ENFERMO es aquella persona que no está firme, que vacila, que se deja abatir por PATOLOGÍAS, del griego πάθος («páthos»), padecimiento.

Organizaremos muy brevemente la tipología del DOLOR, del latín *dolor*; es decir, dónde se localiza, y cómo o de qué grado es. Para ello, la disciplina que estudia las causas de una enfermedad, la ETIOPATOGENIA, un tres en uno griego: αἰτία («aitía»), causa; πάθος («pathos»), padecimiento; y γένεια («géneia»), origen, formación, ha alcanzado un acuerdo para denominar las enfermedades siguiendo una nomenclatura que viene del griego, ¡cómo no! Así, no es lo mismo un estado irregular, un proceso patológico, mediante el sufijo *-sis*, como en PSORIASIS, del griego ψώρα («psōra»), sarna, comezón, que un proceso inflamatorio, con el sufijo adjetival *-itis*.

Ejemplos muy conocidos son los siguientes: ARTRITIS, HEPATITIS, OTITIS explicadas más arriba; o CONJUNTIVITIS, inflamación de la conjuntiva de los párpados, del latín, *coniungo*, unir; BRONQUITIS, de los bronquios, βρόγχιον («brónchion»); COLITIS, del colon, κόλον («kólon»); AMIGDALITIS, de las amígdalas, en griego ἀμυγδάλη («amygdálē»), almendra, por sus semejanza con el fruto; y otras no tan famosas como TIROIDITIS (de la glándula tiroides, θυρεοειδής («thyreoeidḗs»), que Galeno y otros médicos griegos vieron que por su forma asemejaba un enorme escudo, de ahí su nombre: θυρεός («thyreós»), escudo o batientes de puerta).

Y, por último, no es lo mismo un proceso degenerativo, un indeseable tumor, con el sufijo -ωμα, («-ōma»), que un malestar sin localización concreta, a partir de ἄλγος («álgos»), dolor. Del primer sufijo tenemos ejemplos muy conocidos: CARCINOMA, lesión cancerosa, es uno de ellos. Procede del griego καρκίνος («karkínos»), palabra para designar al cangrejo y una úlcera maligna, según Hipócrates. El latín calcó la palabra griega y aportó CÁNCER, cangrejo, pero también úlcera maligna. La relación entre el termino médico y el cangrejo parece deberse a varias razones según los médicos de la Antigüedad: por la dureza de la enfermedad y el caparazón del cangrejo; por la tenacidad del animal al agarrar con sus pinzas, metáfora de la METÁSTASIS y la extensión del cáncer (del griego μεθίστημι, «methístēmi»), cambiar de lugar; o, incluso por la lesión del cáncer de mama, que adopta formas similares a un cangrejo. Otros «ilustres» ejemplos tumorales, del latín *tumorem*, hinchazón, son: SARCOMA (del griego: σάρξ-κός («sárx-sarkós»), carne, tumor carnoso); o PAPILOMA, un tumor benigno que aumenta de volumen, y toma su nombre del latín *papilla*, protuberancia, pero en origen pezón.

Del segundo elemento, basado en la palabra griega ἄλγος («álgos»), dolor en su sentido más amplio, tenemos voces como ANALGÉSICO, FIBROMIALGIA o el interesante neologismo NOSTALGIA. La FIBROMIALGIA es el dolor que afecta a las fibras musculares, del compuesto latino *fibram*, fibra, y los términos griegos μῦς-μυός («mýs-myós»), ratón, y -αλγία («-algíā»), dolor. Les sorprenderá ver aquí la palabra ratón, pero no es una errata, ya verán. Los romanos entendían que el MÚSCULO era como un pequeño ratoncillo (*mus*, en latín), de una raíz indoeuropea que habla de esconderse y ocultarse **mu(s)-* que correteaba por entre los brazos y piernas, y que aparecía cuando uno sacaba molla. De ahí que la FIBROMIALGIA afecte a los MÚSCULOS. La NOSTALGIA, en cambio, es un dolor psicológico, pues nos habla de la sensación dolorosa por añorar nuestro hogar y nuestras cosas, por volver a nuestra casa. Procede de las raíces griegas νόστος («nóstos»), regreso, y ἄλγος («álgos»), dolor. Este vocablo fue acuñado por un médico alemán del siglo XVII que veía a los soldados suizos enfermando de pena, de lo que hoy los gallegos dicen *morriña*, los franceses *mal du pays*, o los ingleses *homesick*. A veces, tanto para dolor corpóreo como del alma necesitamos un ANALGÉSICO, un medicamento que suprime el dolor, ἀ-/ἀν- («an»), sin, y ἄλγος («álgos»), dolor.

Asimismo, las enfermedades se pueden clasificar según su extensión, de ahí la pandemia o la epidemia, ya vistas. O según su duración, AGUDAS O CRÓNICAS, como la CELIAQUÍA, del latín *coeliaca passio*, enfermedad celíaca (inflamación crónica del vientre), del griego κοιλιακὴ διάθεσις («koiliakē diáthesis»), a partir de κοιλία («koiliā»), vientre. Igualmente, no es lo mismo una enfermedad atribuida al propio huésped, ENDÓGENA, del griego *endo*, dentro, y -γενής («genḗs»), originado; que otra causada por la acción del agente sobre el huésped, EXÓGENA, del griego ἐξω- («exō»), fuera. Dentro de las endógenas estarían con las que nacemos, de ahí CONGÉNITAS o GENÉTICAS, de las raíces grecolatinas: *genesis*, génesis, y γεννητικός («gennētikós»), que produce o genera; y otras como las NUTRICIONALES (del latín *nutrire*, alimentar); o las INFLAMATORIAS, literalmente que se encienden como llamas, del latín *in-flammare*. Entre las EXÓGENAS estarían las ALÉRGICAS, ya vistas, o, también, las TÓXICAS, que proceden del veneno. Un veneno que se ponía en las flechas, y de ahí el nombre. En griego τοξόν («toxón») se traduce como arco y flechas, pero también, por metonimia, pues las flechas contenían ponzoña, como veneno, y de ahí TÓXICO y TÓXICIDAD.

ACHAQUES AMBIENTALES, POSTURALES Y OTRAS RAREZAS

En un último cajón podríamos meter enfermedades ambientales, y otras atribuibles a muchos factores, de desarrollo, POSTURALES (del verbo latino *pono*, poner), IDIOPÁTICAS, de irrupción espontánea u oscura (del griego ἴδιος («ídios»), propio, y πάθος («pathos»), dolencia); o PSICOSOMÁTICAS, en las que se interrelacionan el cuerpo, σῶμα-ματος («sōma-matos»), y la mente, el alma: ψυχή («psychḗ»), entre otras. ¿Las vamos a tratar todas? No podríamos. Nos ocuparemos de algunas, las más famosas y habituales, pero no por ello menos llamativas a nivel etimológico.

Cuando estamos malos o enfermos empezamos a tener síntomas. Nos duele todo, hasta el alma. Tenemos FIEBRE (del latín *febrem*); TOS (en latín *tussim*, y de ahí la TOSFERINA); MOCOS (del latín *muccum*). Y pensamos, ¿será GRIPE?, esa palabra que te agarra y no te suelta, del francés *gripper*, tomar, agarrar. Nos duele la cabeza, mal asunto, es JA-

QUECA, del árabe *šaqīqah*, forma de decir MIGRAÑAS, tomado del latín *hēmicrāniam* y a su vez del griego: ἡμικρανία («hēmikrāníā»), literalmente en mitad de la cabeza. Pero la cosa se queda ahí. No va a más. Días de cama, y a sudar la fiebre; era un CONSTIPADO, del latín *constīpātiōnem* literalmente estar tomado o apretado, como un CATARRO, resfriado con el que literalmente sale todo para abajo, del griego κατά («katá»), hacia abajo, y ῥέω («réō»), fluir, como en MENORREA (menstruación) o DIARREA, expulsión de flujo.

Pero hay enfermedades, dolencias, molestias que nos acompañan desde siempre. Y aunque algunas ya han sido erradicadas gracias al estudio y al avance de la química, de la biología y de la medicina (caso de la PENICILINA, extraída del hongo *penicillum*, que tiene forma de pincel o colita, literalmente), muchas siguen existiendo y conviviendo con nosotros. Así, valgan estos ejemplos de enfermedades con un nombre curioso.

La EPILEPSIA era considerada desde Hipócrates, s. V a. C., como una enfermedad divina, debido a los espasmos, pues recordaba una acción de los dioses, de ahí su descripción: ἱερά νόσος («hierá nósos»), enfermedad sagrada, que trocó su nombre por una poética palabra ἐπιληψία/ἐπίληψις («epilepsía»), derivada del verbo griego ἐπιλαμβάνω («epilambánō»), traducible como «ataque sobrecogedor».

Otras muchas dolencias se describieron también por sus apariencias y colores. Así, del griego rojo, ἐρυθρός («erythrós»), tenemos la ERITROSIS, traducida popularmente como RUBOR, de la misma raíz para rojo pero en latín: *ruber*. Y de ahí RUBEOLA, pequeños puntos rojos, y BILIRRUBINA, bilis anaranjada. En esta misma gama cromática tenemos el color ESCARLATA, del árabe *iškarláṭ[a]*, pero procedente del griego σιγιλλᾶτος («sigillâtos»), y a su vez del latín *sigillatum*. Denominó en origen una prenda o paño teñidos con dibujos impresos o sellados. De ahí procedería el doble camino: SIGILO o SELLO; y prenda de valor teñida, normalmente, de color bermellón, y por tanto con el actual significado de ESCARLATA, lo que se observa en la enfermedad eruptiva de la ESCARLATINA.

Del blanco, en griego λευκός («leukós»), misma raíz que para el latín *lucere* (lucir), proceden palabras como LEUCOCITO, y de ahí LEUCEMIA, exceso de glóbulos blancos en la sangre. Del latín *candidus*, blanco, tenemos igualmente CÁNDIDAS y CANDIDIASIS, infección cutánea producida por un hongo. Si el blanco se oscurece, se forma el gris, en griego πολιός («poliós»), de ahí POLIOMIELITIS, compuesto del color gris y la raíz griega μυελός («myelós»), médula, por ser una lesión de la *médula gris*.

Del amarillo, en griego κιρρός («kirrós»), procede CIRROSIS, por el color que toma el tejido hepático dañado. Ese mismo color, más claro, eso sí, en griego se denomina ἴκτερος («íkteros»), y consecuentemente es base para la ICTERICIA, acumulación de bilis en sangre, por lo que se pigmenta la piel de un tono amarillento. Este color, al teñirse verdoso, o al revés, se convierte en griego en χλωρός («chlōrós») y de ahí CLOROFORMO, fuerte anestésico para tratar operaciones.

MEDICINA CON MUCHO HUMOR

La tonalidad verdosa se puede oscurecer con un tono más azul, por lo que ya pasa a ser en griego γλαυκός («glaukós»), presente en el GLAUCOMA, por ejemplo, enfermedad del ojo que destaca por el tono azulado que toma la pupila. Por cierto, un tono, el azul, que en griego se denomina κυανός («kyanós»), aportando palabras como CIANURO, de color azul oscuro, o CIANOSIS, la coloración azulada presente en la PESTE pulmonar, del latín *pestis*, ruina. La relación de los colores con las enfermedades nos lleva obligatoriamente a tratar, aunque sea de forma muy breve, la conocida teoría de los CUATRO HUMORES: SANGRE, BILIS NEGRA, BILIS AMARILLA Y FLEMA.

A cada uno le correspondía una estación, un elemento, un órgano, unas cualidades y unas características, interrelacionándose entre sí. Un HUMOR es un líquido orgánico, del latín *umor*, y traduce el griego χῡμός («chymós»), flujo o líquido corporal. Hipócrates pensaba que eran cuatro los líquidos abundantes en nuestro organismo, los HUMORES, que se correspondían con el aire, la tierra, el fuego y el agua. El equilibrio entre ellos era el que propiciaba no solo el origen de unas u otras enfermedades, sino de los comportamientos.

Así, cuando la FLEMA O PITUITA predomina, se es φλεγματικός («phlegmatikós»), que más tarde dio la cualidad de PERSONA FLEMÁTICA. Curiosa es su deriva etimológica, pues *phlégma* («φλέγμα») hacía referencia, en un principio, a la inflamación por calor, si bien desde el siglo V a. C. pasó a designar una inflamación por líquido acuoso, y por tanto terminó adoptando la cualidad de frialdad y calma. Cuando hay exceso de BILIS AMARILLA, del griego χολή («cholḗ»), bilis, se está χολερικός («cholerikós»), que en griego aún designaba el exceso de diarrea. En castellano tendría tres acepciones, la primera sería la enfermedad del CÓLERA, masculino. La segunda y la tercera son femeninas, y aunque vengan de la misma raíz, ya han derivado. La CÓLERA, ya en latín desde el s. I a. C., puede ser BILIS O IRA. Su relación estaría en el sabor amargo de la bilis, de ahí que la persona iracunda sería COLÉRICA, de cuya misma raíz tendríamos el famosísimo COLESTEROL, acuñado en 1894, y compuesto de χολή («cholḗ»), bilis, y στερεός («stereós»), sustancia de cálculo biliar.

En tercer lugar, si hay abundancia de BILIS NEGRA, μελαγχολικός («melanchholikós»), la persona sería MELANCÓLICA O ATRABÍLICA, calco latino sobre el color negro, en latín *ater-atra-atrum*, que comparte raíz con ATROZ, algo desagradable, pésimo. Por último, si predomina la sangre, se tendrá un comportamiento sanguíneo, αἱματικός («haimatikós»).

La medicina siguió bajo estos parámetros hasta hace apenas dos siglos. Y esto queda claro en nuestra lengua, pues nos ha dejado palabras que perduran en la actualidad, empezando por el HUMOR, de buen o mal humor, base de nuestra personalidad. Igualmente, el concepto de proporción adecuada o mezcla entre los humores para llegar a estar sano, en griego κρᾶσις («krāsis»), fue traducido al latín como *temperatio* y *temperamentum* (del verbo *temperare*: mezclar), de ahí nuestro TEMPERAMENTO, comportamiento, carácter; y también nuestra TEMPERATURA, que desde el siglo XVI tiene el significado actual, pero que en origen era la proporción de temperamento.

PEQUEÑOS QUE DAN GUERRA

Pero sean los colores o los temperamentos que sean, el descolorido trabajo de arruinar, abatir y dominar a nuestro cuerpo muchas veces es llevado a cabo por virus, bacterias, protozoos, hongos, gérmenes y demás perversa caterva. Los virus, con un significado primigenio en latín, *virum*, de veneno, crean enfermedades VÍRICAS, muy VIRULENTAS, ponzoñosas. De ahí los VIRUS de la COVID-19, acrónimo grecolatino-inglés: COrona+VIrus+Disease o enfermedad del CORONAVIRUS, del -griego κορώνη («korónē»), guirnalda, corona-; del ÉBOLA, que hace referencia a un río de Zaire, de lengua bantú, el Ébola; de la VARICELA, del latín *varicela*, *varu(m)* y *cella*, pequeña pústula; de la VIRUELA, *variola(m)*, semejante significado que la varicela; del SARAMPIÓN, del latín *sirimpio*, posiblemente a partir del latín *sinapis*, mostaza, por el enrojecimiento cutáneo; o, entre otros, del HERPES, del griego ἕρπης («hérpēs»), que se arrastra, que serpentea.

Igualmente, otros malhadados seres son las BACTERIAS, término curioso acuñado por el médico alemán Christian Ehrenberg en 1828, al observar con microscopio que esos minúsculos seres tenían forma alargada y rígida, como un bastón, por lo que se sirvió del griego para denominarlos: βακτήριον («baktḗrion»), pequeño báculo, bastoncillo. Aunque no todas tienen esta forma, es habitual usar esta generalización. Este club lo componen mayoritariamente BACILOS, de forma de bastón; COCOS, de forma redondeada, del griego κόκκος («kókkos»), grano; y ESPIRILOS, en forma de espiral σπεῖρα («speira»), ondulado. Esta pandilla de delincuentes multiformes es causante, entre otras muchas enfermedades, de la LEPRA, del griego λεπρός, («leprós»), rugoso; la TUBERCULOSIS, del latín *tuberculum*, pequeña protuberancia; y la SÍFILIS, nombre derivado de Syphilus, protagonista del poema *Syphilis sive morbus gallicus*, publicado en 1530 por Girolamo Fracastoro, y que habría dado el nombre a la enfermedad tras contraerla, conocida también como *morbus gallicus*, enfermedad gala o francesa.

NUESTRA RECETA DE ETIMÓLOGOS

Esperamos que a lo largo del capítulo les hayamos proporcionado una básica RECETA para su salud mental e intelectual. La RECETA es una palabra que proviene del latín *recepta*, del verbo *recipere*, lo que se recibe, lo que se prescribe. En la Antigüedad las recetas se encabezaban con el imperativo, *recipe*, recibe. Y ahí va la nuestra. Tómense de *conocimientina* y *lecturina* tres PÍLDORAS (literalmente pelotilla, del latín *pilulam*); y aplíquense de *etimologeína* dos INYECCIONES (del latín *iniectio*, verbo *iacio*, arrojar, inyectar) de 600 gramos. Es muy recomendable seguir nuestros consejos, aunque no es ninguna EMERGENCIA, que surge o sobreviene inesperadamente, del latín *emergens*, del verbo *emergo*. Y no nos sean HIPOCONDRÍACOS, ὑποχονδριακός («hypochondriakós»), que padece dolor en los hipocondrios, los cartílagos, zona en la que se originaba, según falsa creencia, una preocupación excesiva por la salud.

Como esto no es la PANACEA, del griego πανάκεια («panákeia»), que cura todo, literalmente, sino que son unas cuantas de la muchísimas etimologías médicas, si siguen encontrándose mal, les invitamos a acudir a un hospital, a un ambulatorio o a cualquier otro gabinete donde el médico y otro personal sanitario les atenderá pacientemente en su CONSULTA o CONSULTORIO (del latín *consulo*, pedir ayuda, tener cuidado de, dar consejo).

En espera de que sigan gozando de buena salud, y ya que hemos visto mucho griego, nos despedimos en esta hermosa lengua que nos ha servido para entender este capítulo. Así que, adiós o, en griego moderno: Γεια σας!, *Geia sas*!, del sustantivo para SALUD, ὑγίεια («hygíeia»), raíz presente en la HIGIENE, ὑγιεινός («hygieinós»), lo sano y lo saludable. SALUDOS, o más acorde con el capítulo, les SALUDAMOS con un: ¡SALUD!

15

ALL WORK AND NO PLAY MAKES JACK A DULL BOY

Labor omnia vincit improbus
(El duro trabajo prevalece sobre todo).

VIRGILIO, *Geórgicas*, I, 145-46

Ya lo decía el insigne poeta mantuano que nos presta su imagen para nuestra representación en redes: el trabajo «puñetero», si es que así podemos parafrasear a Virgilio, todo lo conquista y a todos nos conquista. Todos hemos de procurarnos un TRABAJO, que lleva connotaciones negativas en su misma etimología. Y es que todo indica que viene del latín *tripalium*, que significa «de tres palos». ¿Y a qué viene eso de los tres palos? Se refiere, sorprendentemente, a un antiguo instrumento de tortura, un procedimiento similar a la crucifixión. El *tripalium* era un artefacto formado por la intersección de tres palos, uno en vertical y otros dos entrecruzados en forma de X. Al artilugio resultante se ataba al pobre reo, y se le torturaba mediante diversos procedimientos. La transición del *tripalium* latino al francés *travail*, la primera variante que atestigua el significado actual, es poco clara, pero resulta poético que la etimología sugiera ya lo que muchos piensan: que el trabajo es poco más que una tortura. El significado primigenio parece quedar reflejado en el italiano *travaglio*, que quiere decir dolor o pena.

Por muy poco que nos guste, sin embargo, hemos de procurarnos un oficio o una profesión para vivir. OFICIO viene del latín *officium*, que podía significar tanto un cargo u oficio como los deberes y obligaciones que este llevaba asociados, con lo que podía significar tanto cargo o modo de vida como deber (es el caso del tratado de Cicerón *Sobre los deberes*, cuyo título original es *De officiis*). *Officium* es una contracción de *opificium*, derivado de *ops-opis*, recursos, poder. El OFICIO es, pues, el acto de ganarse la vida o los recursos necesarios para ella.

PROFESIÓN, por su parte, viene del latín *professio*, que originalmente significaba declaración pública, pues viene del verbo *profiteor*, jurar, declarar públicamente. El salto semántico deriva de que el profesional se compromete y da a conocer públicamente su actividad como propia, con lo que PROFESIÓN tiene un aire más vocacional con respecto a su compadre OFICIO. Pero etimologías y términos aparte, la elección de una profesión sigue siendo determinante en nuestras vidas. A los nombres de estos oficios, presentes y pasados, dedicaremos el capítulo que sigue.

CURRANTES PÚBLICOS

Y empezaremos, a raíz de la etimología anterior, por la figura del PROFESOR, un oficio que se deriva de la misma raíz que PROFESIÓN, pues una PROFESORA es una persona que declara o afirma saber cosas, la mayoría de las veces, se espera, con conocimiento de causa. El profesorado ejerce o imparte una ciencia, y en ocasiones pueden ser un DOCTOR o experto en su tema. Como ya glosábamos en el capítulo referente a la medicina, aunque en nuestro idioma se entiende que un DOCTOR es una persona que ejerce de profesional de la medicina o ha alcanzado la más alta titulatura universitaria, originalmente doctor no deja de ser un sinónimo de profesor, pues el latín *doctor*, significa «el que enseña», del verbo latino *doceo*, enseñar, del que tenemos también el cultismo DOCENTE. La enseñanza de la materia en la que se es experto resulta etimológicamente connatural a su conocimiento. Un último término más coloquial para referirse a los docentes es el de MAESTRO, que viene del latín *magister*, de *magis*, más, con lo que el MAESTRO es el que es superior, el que está por encima. El término refleja el escalafón de superioridad que, tanto en términos de autoridad como de conocimientos, se le achacaba al maestro por encima del alumno. Su antónimo es MINISTRO, del latín *minister*, de *minus*, menos. Así, el MINISTRO es el que es inferior, el sirviente.

La mayoría de los ministros son POLÍTICOS de profesión, oficio que hunde sus raíces en la Grecia clásica. Los POLÍTICOS (del griego πολιτικός, «politikós», relativo a la polis) eran individuos que se dedicaban a la administración de la πόλις («pólis») o ciudad-estado en la que vivían, como ya explicábamos en mayor detalle en otro capítulo de este libro. En los regímenes políticos democráticos de la Grecia antigua, se creía que, por definición, los ciudadanos eran políticos y debían participar en la vida pública, aunque no hemos de olvidar que su número era muy reducido y excluía a amplios sectores de la población (mujeres, esclavos, extranjeros o metecos, etc.). De la misma raíz que POLÍTICO viene POLICÍA, cuyos derivados se encuentran en un gran número de lenguas a lo largo del mundo. POLICÍA es un derivado de πολιτεία («politeía»), transcrito al latín como *politia*. En un principio, πολιτεια venía a significar el régimen político que tenía cada ciudad griega particular. La obra de Aristóteles *La constitución de los atenienses*, que recoge el régimen político y el funcionamiento institucional de la ciudad de Atenas, recibía en griego el nombre de Ἀθηναίων πολιτεία («Athenaíon politeía»). El término, sin embargo, también se aplicaba a las fuerzas del orden público que velaban por el cumplimiento de la ley, con lo que viajó a través de los siglos hasta ser asociados con las modernas fuerzas policiales, que surgirían en Francia a lo largo de los siglos XVII y XVIII, para extenderse luego al resto del mundo.

La policía suele trabajar en estrecha asociación con el sistema judicial de sus respectivos países, siendo el miembro más representativo de estos sistemas el JUEZ o la JUEZA. JUEZ es también un derivado del *iudex* latino, formado por las raíces *ius*, derecho o ley, y el verbo *dicere*, decir o indicar. El JUEZ es, etimológicamente, el que se encarga de indicar qué es lo que dice o prescribe la ley cuando la situación o la indicación legal es poco clara. En las disputas legales en las que actúa de mediador están también presentes el ABOGADO, que defiende al acusado, y el FISCAL, que recopila pruebas y lleva el peso principal de la causa para la acusación. El ABOGADO deriva su nombre del latín *advocatus*, del prefijo *ad*, cerca de, y *vocatus*, llamado, derivado del verbo *voco*. El *advocatus* era la persona amiga o asociada del defensor que era llamada a declarar a su favor o a prestar asistencia judicial en una causa, equivalente al griego παράκλητος, («parákletos»), del prefijo παρα, cerca de, junto a, y el sustantivo κλητός, llamado. La figura del abogado como profesional experto en leyes no existía en el mundo grecorromano, y cualquier conocido con habilidades retóricas podía interceder a favor del acusado. El ABOGADO como jurisconsulto avezado surgió posteriormente.

El FISCAL, por su parte, debe su nombre al adjetivo latino *fiscalis*, relativo al *fiscus*, es decir el erario público o la hacienda pública. *Fiscus* significaba, en principio, cesta donde se deposita el dinero, pero luego pasó a denominar al tesoro público donde se guardaban los dineros del Estado, es decir, el FISCO, derivado directo del *fiscus* latino. Los FISCALES o *advocatus fisci* eran, en la antigua Roma, funcionarios que se encargaban de interceder a favor del Estado y el erario público en las causas relativas a impuestos e ingresos públicos, con el fin de aumentar la recaudación. A lo largo de la Edad Media, la figura del fiscal fue cogiendo peso y su alcance dejó de limitarse al campo de lo meramente tributario para pasar a representar el Estado en todas la causas en la que este tomase parte en virtud de acusador. Aparte de las tres figuras principales aquí mencionadas, existe una amplia gama de oficios que llevan a cabo su cometido en los tribunales, como el UJIER, la figura que lleva a cabo ciertos trámites en los juicios y mantiene el orden la sala. Etimológicamente hablando, un UJIER es un portero, pues su nombre viene del francés *huissier*, derivado del latín *ostiarius*, portero, de *ostia*, puerta. Esta misma *ostia* da nombre a OSTIA, el antiguo puerto de Roma, que era la puerta que daba a la ciudad acceso al mar.

EL TAJO LITERARIO

El campo de la literatura también da cabida a una importante serie de oficios. La más central e importante es quizás la figura del escritor o autor. ESCRITOR es una palabra sin mucho misterio respecto a su origen, pero no ocurre lo mismo con AUTOR, que puede también achacarse a diversos creadores en el mundo de las artes y las humanidades. El latín *auctor* se deriva del sufijo agente *-tor*, que indica a la figura que realiza una acción, y el verbo *augeo*, que significa aumentar o crear. El AUTOR es, pues, quien crea o realiza algo, en este caso, una obra literaria. Pero en el proceso de realización de una obra no basta con el autor, pues hay que contar con una serie de personas a lo largo del mismo, entre ellas al EDITOR.

El latín *editor* deriva del verbo *edo*, compuesto por el sufijo *ex*, que indica movimiento hacia fuera, y el verbo *do*, dar. El EDITOR es el que da a luz un texto, el que lo saca al mundo. En el proceso de edición hemos de dar cuenta también del CORRECTOR, que se ocupa de enmendar las erratas presentes en los manuscritos originales. Deriva del verbo latino *corrigo*, enderezar, que comparte raíz con el verbo latino *rego*, que en origen también significaba, antes que reinar o dominar, enderazar o poner recto. El corrector se relaciona así con el REY o *rex* latino, pues mientras uno rige, el otro corrige.

Hemos de dar cuenta, finalmente, de la figura del TRADUCTOR, sin el que la mayoría de la obra literaria que se produce en el mundo sería inaccesible para gran parte de sus habitantes. El TRADUCTOR es el que lleva a cabo la acción de TRADUCIR, del verbo *traducere*, una acción muy poética, pues resulta de una composición del prefijo *trans*, a través de, y *duceo*, llevar o conducir. El TRADUCTOR es, pues, el guía o encargado de llevar las palabras de una lengua a otra en un fascinante proceso de traslación cultural y lingüística que se resiste a la automatización, pues las máquinas no son todavía capaces de reflejar la cantidad de matices estéticos y socioculturales que se han de comprender para entender un texto y adaptarlo a una audiencia distinta, aunque se haya progresado mucho en ese campo.

DE SOL A SOL

Los traductores actúan como guías de las palabras, pero guiar a las personas por lugares turísticos o pintorescos es también una actividad profesional llevada a cabo por los guías. GUÍA y el verbo GUIAR parecen derivar de una raíz germánica, aunque su origen concreto no está muy claro. Es curiosa la derivación de la palabra GUION a partir del substantivo GUÍA. En un principio, el GUION era la bandera o estandarte que conducía a las tropas a la batalla y actuaba de guía y punto de encuentro en caso de maniobras o de retirada ante el enemigo. Posteriormente, se conoció como GUION un signo musical que indicaba que la partitura no podía completarse en el renglón presente y continuaba en el siguiente, guiando a los que leían la partitura hasta la continuación en la otra línea. Lo mismo ocurre con el GUION ortográfico, que empezó a utilizarse para dividir palabras que no cabían en el renglón, advirtiendo a los lectores que dicha palabra continuaba en el siguiente. Con la llegada del cine, el GUION pasó a ser el texto que guiaba a los actores e intérpretes a la hora de pronunciar sus líneas. Pero no nos desviemos demasiado del oficio de guía que ha dado pie a esta digresión.

A los guías se les puede llamar también CICERONES, un término derivado del italiano *cicerone*, referencia al famoso orador Marco Tulio Cicerón, que con su cuidada retórica llegó a la cumbre literaria y política de la tardía República romana en el siglo I a. C. La facundia oratoria y la verborrea interminable de Cicerón eran muy conocidas entre sus contemporáneos y su fama viajó a través de los siglos. Los guías turísticos adquirieron también esta fama de habladores que no se callaban, y por ello se les denominó irónicamente CICERONE, haciendo una alusión sarcástica a que hablan más que Cicerón. Cosa que no es de extrañar, puesto que CICERÓN es también un calificativo que se puede emplear en castellano para designar a una persona muy elocuente.

EMPLEOS ESPIRITUALES

En el terreno espiritual, el ser humano también ha contado históricamente con guías en el mundo terrenal, con personas encargadas de cumplir los ritos de una religión y guiar a las almas de sus creyentes a través de la vida y del terreno de lo sagrado. En el mundo católico, el encargado de dicha tarea es el CURA (del latín *cura*, preocupación, al ser el cura el que, precisamente, se preocupa del cuidado de las almas de sus feligreses), pero SACERDOTES existen en una gran cantidad de religiones a lo largo de todo el mundo. SACERDOTE es un derivado del latín *sacerdos*, derivado del adjetivo *sacer*, sagrado, santo. El SACERDOTE vendría a ser algo así como el que lleva a cabo lo sagrado, es decir, el que se ocupa de los ritos y sacrificios que el común de los mortales no podía hacer. Hay otros religiosos que no se ocupan del cuidado de las almas o de la celebración de ritos públicos, sino que se encargan de orar y cultivar sus almas para la salvación de sus congéneres o a la contemplación solitaria para acercarse a su dios. Estos son los MONJES, que derivan su nombre de la palabra griega μοναχός («monachós»), solitario, al consagrarse los monjes a una vida solitaria y por lo general contemplativa, aunque algunos vivan en comunidad (como los monjes cristianos o algunos morabitos en la religión musulmana). Algunos monjes pueden también ser ANACORETAS, ἀναχωρητής, del verbo ἀναχωρέω («anachōréō»), retirarse, por llevar una vida retirada en un lugar solitario, como el desierto.

EN EL CAMPO

Hablando de curas, estos han sido a menudo referidos como pastores de almas. El de PASTOR es otro ancestral oficio cuyo nombre deriva del latín, del verbo *pasco,* en concreto. El verbo *pasco* es también padre del castellano PACER, que significa apacentar o alimentar el ganado. El PASTOR es, con su correspondiente sufijo agente que ya veíamos en el caso de AUTOR, por ejemplo, el que se encarga de pacer el rebaño y alimentarlo. Se trata de un oficio ligado inextricablemente al campo, al igual que el de AGRICULTOR.

El del AGRICULTOR es un título etimológicamente meridiano en su significado, pues proviene del latín *agri cultor. Cultor* es un derivado del verbo *colo*, que significa cultivar, y por ende quiere decir cultivador, mientras que *agri* es el genitivo singular de *ager*, el campo de cultivo, la tierra, con lo que *agri cultor* significa el que cultiva la tierra. En latín es también habitual encontrarse con el apelativo *agricola*, del campo, para referirse a los campesinos, apelativo que pasó también a ser un cognomen, el tercero de los nombres con el que contaban los romanos en su sistema de nomenclatura. Es el caso del general que conquistó Britania, Gneo Julio Agrícola, suegro del escritor Tácito que retrató sus hazañas en la obra *Vida y costumbres de Julio Agrícola*. Es de suponer que los antepasados de Gneo Julio formaron una familia campesina, y de ahí el sobrenombre, aun cuando sus descendientes abandonaron la vida campestre. En castellano, por su parte, también podemos referirnos a un AGRICULTOR como LABRADOR, procedente del latín *laborator*, derivado del *labor* que veíamos en la cita del principio de este capítulo. El LABRADOR es el que trabaja la tierra, el trabajador primigenio en su sentido etimológico.

OFICIOS DE AYER

El de los oficios es un campo móvil y fluido: a medida que pasa el tiempo algunos trabajos desaparecen, mientras que surgen otros nuevos hasta el momento desconocidos. Es el caso de varios oficios que el tiempo se ha llevado por delante al avanzar la tecnología y cambiar las necesidades de la sociedad. A ellos y a su etimología echaremos un vistazo en las siguientes líneas.

Un caso que muchos lectores de cierta edad conocerán es el de los SERENOS. Los SERENOS formaban un cuerpo de vigilancia nocturna que tenía entre sus funciones patrullar las calles para evitar delitos, ayudar a los vecinos que precisaban asistencia, guardar las llaves de los portales (en épocas antiguas las llaves de los portales eran muy grandes y era poco práctico que los vecinos los llevasen de un lado a otro) para abrir la puerta a los que de noche volvían a sus casas, y cuidar del alumbrado público, que en época antigua era de gas y necesitaba vigilancia. Los serenos solían ir armados con chuzo (especie de lanza corta) o garrote y uniformados con gabán y gorra. En numerosas zonas, el sereno tenía la costumbre de anunciar la hora y la situación meteorológica mediante gritos periódicos, como el famoso «Las doce en punto y SERENO», haciendo referencia a que el tiempo y la calle se encontraban serenas y en calma. De ese famoso grito derivó el nombre del cuerpo de SERENOS. Con la electrificación del alumbrado público, la ampliación de las capacidades de las fuerzas policiales y la popularización de llaves más pequeñas e interfonos, las funciones del SERENO quedaron obsoletas, y el oficio fue desapareciendo durante la segunda mitad del siglo XX. En España, el cuerpo de SERENOS desapareció en las postrimerías de la dictadura franquista, en 1977. Desde entonces, aunque algunas ciudades hayan lanzado iniciativas puntuales para recuperar figuras de orden público similares a los antiguos serenos, esta es una figura que ha pasado mayormente a la historia.

Otro oficio de antaño es el de ARRIERO, gente que se encargaba del transporte de mercancías y bienes a lomos de mulas o en carromatos. Su nombre proviene del grito con el que animaban a las bestias, el famoso *arre*. Este oficio fue predominante en el sector de los transportes en las zonas peor comunicadas, como la España peninsular, cuya orografía complicada y malas infraestructuras hicieron que el fuera imprescindible hasta la irrupción del ferrocarril y otros medios de transporte más modernos en el siglo XIX. En la península, fueron particularmente conocidos los ARRIEROS MARAGATOS, provenientes de la comarca leonesa de la MARAGATERÍA, un curioso nombre cuyo significado se nos escapa. Los arrieros, gentes rudas y poco avenidas a las convenciones, tenían fama de ser gente especialmente bruta y malhablada entre sus contemporáneos. Era habitual que se enzarzaran con algún comerciante que pretendía timarlos, al que proferían amenazas del tipo ARRIEROS SOMOS Y EN EL CAMINO NOS ENCONTRAREMOS, un dicho que ha quedado en el acervo popular como refrán para amenazar a aquel con el que es inevitable cruzarse en un futuro. Fuera o no cierta la fama de groseros que tenían los arrieros, su oficio se vio abocado a la práctica extinción con la irrupción de las modernas infraestructuras del transporte que facilitaron el intercambio de bienes.

El oficio del ENSAYADOR también ha desaparecido. El ENSAYADOR era el encargado de pesar las monedas y comprobar su autenticidad, certificando que estuviesen realizadas en el metal precioso en el que correspondía y que el peso y cantidad de metal (oro, plata, etc.) era el requerido por el valor de la moneda. La acción de probar la autenticidad de un metal recibe el nombre de ensayar, de donde deriva el nombre de los ENSAYADORES, que firmaban las monedas mediante sus iniciales. En una época en la que la falsificación de la moneda era mucho más habitual que ahora, el oficio de los ensayadores era fundamental. Su responsabilidad era grande y corrían un gran riesgo, pues tenían que responder con sus bienes y propiedades ante el Estado si se detectaba algún fraude en algún lote bajo su responsabilidad. Este puesto clave en el sistema financiero desapareció con la llegada del DINERO FIDUCIARIO.

FIDUCIARIO quiere decir que el valor de dicha moneda se basa en la *fiducia*, en latín confianza, de los usuarios, y no en el valor intrínseco de la moneda. Con la introducción de este sistema, el Estado comenzó a fijar y a asegurar el valor de las monedas, y no se hizo necesario ya que estas tuviesen un valor de por sí como antes, con lo que los metales preciosos fueron sustituidos por cobre o níquel. Con esto desapareció el oficio de ensayador.

El del BANQUERO es un oficio que ha sobrevivido hasta la época actual, pero no en la forma que su nombre etimológicamente refleja. Y es que los banqueros de finales de la Edad Media y comienzos de la Edad Moderna, que actuaban como prestamistas y cambistas, solían operar a una escala mucho más pequeña que los banqueros actuales, despachando desde una pequeña tienda o mostrador donde cambiaban divisas y otorgaban letras de cambio. Este mostrador se conocía en italiano como *banco*, cognado de nuestros bancos del parque, y de allí derivaron su oficio los BANQUEROS. Parece que el término BANCARROTA, en italiano *bancarotta*, también proviene de esta época, cuando era costumbre que el mostrador y las instalaciones del banquero insolvente fueran destrozados para señalar que había quebrado, es decir, que había quedado en BANCARROTA.

Aparte de los ya mencionados, otros muchos oficios han desaparecido con el correr de los años. Es el caso de los AGUADORES o AZACANES. El primer nombre deja bien claro su función: transportaban agua desde las fuentes a las casas de los vecinos en la época en la que no había agua corriente. El término AZACÁN es un equivalente de origen árabe que proviene de *assaqá* en árabe andalusí, que idénticamente significa aguador. Los aguadores solían ser gente muy pobre, pues su oficio era muy duro y daba magros beneficios, como demuestra el Lazarillo de Tormes, que hacia el final de la obra que narra su vida se hace aguador para ganarse el pan. No es de extrañar que los AZACANES tuvieran fama de pobres desarrapados y muertos de hambre, con lo que se creó la expresión ESTAR HECHO UN AZA-

CÁN, es decir, estar hecho un desastre. La introducción del agua corriente hizo desaparecer el oficio de los aguadores.

También ha desaparecido el oficio del PREGONERO, que se encargaba de leer los bandos y anuncios oficiales en las plazas de los pueblos. Cuando los medios de comunicación actuales como la prensa, la televisión o Internet no existían, este oficio era fundamental para que los ciudadanos se enteraran de las nuevas importantes y los anuncios oficiales. Testigo de la antigüedad de tal oficio es que el origen del PREGÓN o proclama que hace el pregonero se retrotrae a época romana, pues viene del latín *praeconium*, acción que lleva a cabo un *praeco* o heraldo. El HERALDO era también un cargo de época medieval, un mensajero que se encargaba de llevar comunicados, particularmente en el contexto militar. Se trata de un préstamo del francés *héraut*, del franco **heriwald*, compuesto de **heri*, ejército, y **wald*, el que reina o conduce, equivalente al latín *dux*.

TRABAJOS CON MUCHA HISTORIA

Pero dejemos el pasado atrás y volvamos a los oficios del presente, cuya etimología vuelve a dar testimonio de su antiguo origen y de su supervivencia a través de los siglos. Es el caso de los ARQUITECTOS, que se encargan de proyectar y diseñar edificios. Deriva el término del griego ἀρχιτέκτων («architéctōn»), un compuesto de ἀρχι («archi»), que significa líder, el más importante, jefe, como en el caso del compuesto ARCHIENEMIGO, que hace referencia al principal de los enemigos; y τέκτων («téktōn»), que significa constructor. Curiosamente, la raíz indoeuropea de la que proviene *tékton* significaba producir o generar, con lo que es un cognado del griego τέκνον («téknon»), hijo, criatura. Es decir, que mientras que el *tékton* o constructor (también puede tener el significado de artesano) es el que engendra o produce algo, el *téknon* o vástago es el que es engendrado, en el sentido pasivo de la raíz. Otro término que podemos usar para referirnos a los arquitectos es el de ALARIFE, otra palabra de ascendencia árabe de las muchas que hay en castellano. ALARIFE, que se puede usar para referirse tanto a los maestros de obra o arquitectos como a los albañiles, deriva de *al'arif*, el experto, refiriéndose a que los alarifes son los más expertos en su campo.

El de ALBAÑIL también es un cargo notorio en el campo de la construcción. Los ALBAÑILES se encargan de construir edificios en piedra o ladrillo, cuidando de la disposición o colocación de sus elementos y materiales. El nombre proviene del árabe andalusí *albanní*, de idéntico significado. Pero no es este el único término que originalmente tenía ese mismo significado en nuestra lengua, pues también proviene de ahí MASÓN, del francés *maçon*, de latín *macio*, albañil o carpintero. Los FRANCMASONES fueron una orden fraternal secreta de las muchas que surgieron a lo largo de los siglos XVII y XVIII con el objetivo de llegar a descubrir la verdad y la virtud mediante la práctica de ritos simbólicos y esotéricos. Adoptaron su nombre de los MASSONES o albañiles del siglo XIV, debido a que inspiraron gran parte de sus ritos y simbología en los gremios de albañiles y maestros canteros que se organizaron a finales de la Edad Media para defender los conocimientos y derechos de los maestros canteros que trabajaban en la construcción de catedrales por aquella época. Es habitual encontrar entre los símbolos masónicos la escuadra y el compás, elementos que empleaban los albañiles y con los que a veces firmaban sus piedras.

Con otro tipo de piedras, con piedras preciosas, específicamente, trabajan los ORFEBRES, los artesanos que laboraban en el fundido del oro y la elaboración de joyas con este material. Es el término un derivado del francés *orfèvre*, cuyos componentes son *or*, oro en el idioma galo, y *fèvre*, que viene del latín *faber*, fabricante, raíz presente también en nuestra FÁBRICA, que viene a ser el lugar donde se produce algo. El término ORFEBRE sustituyó al latín *aurifex*, el que hace oro, que ha pasado a otras lenguas romances, como el gallego *ourive*, y se conservaba en el castellano antiguo como OREBCE u ORIBE.

Hoy en día, nos queda el cultismo ORÍFICE como testigo del latino *aurifex*.

Hablábamos de JOYAS al principio de este párrafo. El encargado de elaborarlas es el JOYERO, que fabrica unos objetos de una etimología muy curiosa. Y es que JOYA deriva del francés *joie*, que, aunque homófona, no debe confundirse con *joie*, alegría, del latín *gaudium*, puesto que se trata de una variante de *jouel*, objeto precioso. De este *joie* y su variante *jouel* descienden también el inglés *jewel* y el italiano *gioiello*, cognados de nuestra JOYA. Algo todavía más interesante, *joie* deriva del latín *iocus*, juego o chiste, de donde habría resultado un adjetivo en el latín tardío *iocale*, objeto gracioso o divertido, que habría evolucionado a objeto precioso hasta pasar al sentido actual. JOYA y JUEGO son también cognados, al descender ambos del latín *iocus*.

No podemos dejar de mencionar en este capítulo a los bomberos, que en el desempeño de su oficio salvan innumerables vidas y luchan contra las llamas. BOMBERO viene de la palabra bomba, que en este caso no se refiere a los aparatos explosivos, sino a las bombas hidráulicas o bombas de aguas con las que antiguamente los bomberos extraían el agua para combatir contra los incendios de pozos, ríos o lagos. Los primeros cuerpos de bomberos se registran ya en época romana, aunque algunos eran corporaciones privadas que no siempre actuaban de buena fe. Se cuenta que Marco Licinio Craso, el senador y triunviro junto a Pompeyo y César, además de el hombre más rico de Roma en su tiempo, labró su fortuna en parte combinando la piromanía y la especulación inmobiliaria. Craso creó un cuerpo de bomberos que acudía al lugar de los incendios, a veces provocados por ellos mismos a instancias de su patrón. Una vez allí, procedían a no hacer nada mientras el inmueble ardía ante la mirada del desdichado propietario. Craso aprovechaba la coyuntura para comprarle al pobre desgraciado su propiedad a un precio irrisorio, muy inferior al que correspondía (ante la coyuntura de perderlo todo en el incendio o llevarse una magra cantidad de dinero, la mayoría optaba por vender su casa al rico plutócrata) para luego apagar el incendio, reformar la propiedad recién adquirida y venderla por una suma muy superior al precio de compra, o alquilarlo a precios exorbitados.

Tampoco podemos dejar de mencionar el oficio de PILOTO. Aunque hoy en día escuchemos este término asociado sobre todo al mundo de la aviación, pues a los que dirigen los aviones se les denomina PILOTOS, lo cierto es que PILOTO y su variante más antigua PILOTA vienen del ámbito de la navegación. En concreto, su origen se encuentra en el griego medieval πηδώτης («pedótes»), derivado de πηδόν («pedón»), timón. El PILOTO de una nave, pues, no ha de confundirse con el CAPITÁN, que es el que ostenta el mando supremo sobre una nave y su tripulación. Viene del latín *capitanus* o *capitaneus*, el que va en cabeza, derivado del latín *caput*, cabeza, al asociarse la cabeza con la parte fundamental del cuerpo que está al mando. El mismo razonamiento que siguen el término CAPITAL, por ejemplo, que se refiere a lo más importante de su conjunto (la ciudad capital es la principal de un país o región, mientras que la pena capital es la pena más grave que se puede aplicar, la pena de muerte, hoy abolida en muchas jurisdicciones), o el término italiano CAPO, que hacer referencia a la cabeza o capitán de un clan mafioso.

Del mismo origen tenemos otro oficio, el de jefe de cocina, el CHEF. En efecto, el jefe de cocina recibe su nombre del francés *chef*, del latín vulgar *capus* (donde apreciamos las resonancias del capo italiano), en última instancia, del latín *caput*, reiterando la idea de la cabeza como líder. Sorprenderá más quizás a los lectores saber que el castellano JEFE tiene exactamente el mismo origen, y se trata de un doblete del francés antiguo *chief*, junto con CHEF. Deberíamos hablar más bien de un triplete, pues la palabra CABO, referida tanto al final de una cosa, a la cuerda utilizada en náutica, aplicado a la geografía para designar una lengua de tierra que se adentra en el mar, como a los cargos oficiales en el seno de fuerzas armadas, proviene también del latín *caput*. CHEF, CABO Y JEFE constituyen así una curiosa camada de trillizos etimológicos que nos recuerda que los caminos del idioma son sorprendentes y pueden llevar a los términos más dispares. Y a esta tríada hay que añadirle un cuarto miembro, pues el mismo término CABEZA proviene de *capitia*, el neutro plural de *caput*. CHEF, CABO, JEFE y CABEZA, he ahí un curioso cuarteto de palabras hermanadas por su etimología.

No hemos mencionado aquí a los MERCADERES O COMERCIANTES, que se encargan de la venta de bienes y actúan de intermediarios entre los productores y los clientes. Ambas denominaciones provienen en última instancia del latín *merces*, mercancía. Sí que consignaremos una etimología curiosa que proviene del oficio de comerciante. Se trata de la palabra CHÁNDAL, que designa a un tipo de ropa holgada y cómoda, que en apariencia tiene poco que ver con los vendedores o mercaderes. Sin embargo, la expresión viene del francés *chandail*, que parece ser una contracción de la expresión *marchand d'ail*, vendedor de ajo, una expresión que, al anunciarse los mismos vendedores a gritos, se acortaba en *'chand d'ail*. Esta denominación se extendió a la vestimenta de todos los vendedores y verduleros en Les Hailles, el mercado parisino de verduras desde donde llegaban estos productos frescos a la capital. CHÁNDAL sería así un caso parecido al VAQUERO, que también deriva su nombre del oficio de los apacentadores de ganado vacuno que solían portar estos pantalones de tela basta pero resistente, muy adecuados para su duro trabajo de llevar las reses de un lado para otro. Los vendedores de ajo preferían una vestimenta cómoda y holgada que ha llegado hasta nuestros días en forma de los modernos chándales.

Mucho hemos departido aquí sobre oficios y profesiones. No hemos pretendido incluir aquí todos, ni una gran cantidad, pues el lector ya habrá encontrado y encontrará información relativa a muchos otros menesteres a lo largo de las páginas de este libro. Pero no toda la vida es trabajar, como sucedía antaño, y una vez terminada la ardua vida laboral llega la hora de la JUBILACIÓN. La acción de jubilarse deriva su nombre del latín *iubilare*, dar gritos de alegría. Después de arduos años de servicio, es el momento de dejar el trabajo y alegrarse con la JUBILACIÓN. Frente a la desgracia etimológica que supone el trabajo, que ya mencionábamos al principio del capítulo, abandonar el mundo laboral para pasarse al ocio nos transmite alegría. Para este capítulo también, ha llegado la hora de jubilarse. Les dejamos con el siguiente, que esperamos que también disfruten.

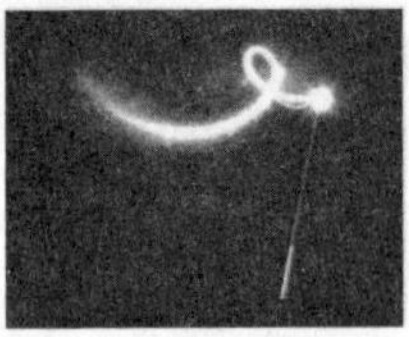

16
LA MAGIA DE LAS PALABRAS

> He querido dejar todos los vicios de la hechicería,
> en que estaba engolfada muchos años había,
> y solo me he quedado con la curiosidad de ser bruja,
> que es un vicio dificultosísimo de dejar.
>
> Cervantes, *El coloquio de los perros*

Muy dificultoso de abandonar es, tal y como afirmaba uno de los personajes del insigne Miguel de Cervantes, el vicio de la hechicería, o de la magia. Y de ello vamos hablar en este capítulo: de lo mágico, fantasioso e incluso paranormal. Veremos las etimologías de cosas de brujería, encantamiento y fantasía. Si gustan de tales cuestiones, les invitamos a que nos acompañen a este viaje de MAGIA. Y por MAGIA, vocablo derivado de MAGO, daremos comienzo a este decimosexto capítulo. MAGO es un vocablo que nos llega a través del latín *magus*, que la toma del griego μάγος, y este, en última instancia, del persa *magi*. El devenir histórico del concepto es interesante, así que echémosle un vistazo. Los *magi* eran, originalmente, una tribu del norte de Media, en el actual Irán, que tenían un potente papel histórico como los guardianes de los ritos y saberes religiosos de los antiguos persas. Heródoto es de los primeros en mencionar a los μάγοι, tanto en su acepción de tribu como de casta sacerdotal. No está clara la relación entre la tribu y los sacerdotes, aunque algunos historiadores argumentan que sería esta tribu la encargada de velar por los ritos sagrados de la religión persa.

CUANDO MAGO QUERÍA DECIR SABIO

El panorama religioso de la antigua Persia cambió radicalmente con la llegada de Zaratustra o Zoroastro. Este profeta convirtió a medos y persas al zoroastrismo, religión dualista y monoteísta, también conocida como mazdeísmo, pues adoraba principalmente a Ahura Mazda. Este culto se convirtió en religión oficial del Imperio aqueménida. El de *magi* se convirtió en el término empleado para referirse a los sacerdotes de este culto zoroastriano, tal y como se documenta desde la inscripción de Behistún de Darío I en adelante. Los sacerdotes se vestían de blanco, con una tiara en la cabeza, y llevaban en la mano un haz de ramas de tamarisco. El ritual que llevaban a cabo consistía en realizar libaciones de leche, miel y aceite al aire libre sobre un altar de fuego, símbolo de Ahura Mazda. Para cumplir su deber con propiedad, los *magi* debían estar versados en demonología, angelología, astrología y diversas disciplinas que constituían parte integral del saber de la época, lo que pronto les granjeó reputación de hombres sabios capaces de obrar maravillas. Su reputación era universal, y se extendía más allá del Imperio persa, a regiones adyacentes como Grecia.

Como se ve, los magos de la Antigüedad no eran meros hechiceros, pues se trataba de figuras sacerdotales con vinculación a lo sagrado. El término mago, debido a la fama de sabios que adquirieron estos individuos, pasó al griego con el significado de sabio. Así pues, los *magi* o Reyes Magos que se mencionan en la Biblia (Mateo 2: 1-12) no son magos en el sentido actual de la palabra, sino sabios sacerdotes persas que venían de Oriente, y que, gracias a sus conocimientos astrológicos y místicos, habían sabido identificar el nacimiento de Jesús mediante la aparición de una estrella en el cielo, que ellos solían escrutar con frecuencia debido a sus estudios astronómicos. Sin embargo, aparte de dicha mención a unos magos, en la Biblia no se especifica ni su número, ni su rango (no se afirma que sean reyes) ni su procedencia exacta. La tradición de representar a los Reyes Magos como tres viene probablemente del hecho de que entreguen a Jesús tres regalos: oro, incienso y mirra, con lo que los cristianos adujeron que se trataba de un regalo por persona y había, por tanto, tres magos. El mito de los Reyes Magos se fue construyendo desde este punto de partida mediante diversas tradiciones, que convergen en la versión de los acontecimientos que conocemos actualmente.

Como anécdota histórica, a los Reyes Magos bíblicos no se les representó siempre de la misma manera. En su primera representación, un mosaico de San Apolinar Nuevo, en la Rávena del siglo VI, vemos tres varones blancos. Representan las tres edades del hombre. Baltasar es el hombre adulto, Melchor el joven y Gaspar el anciano. Las representaciones de los tres individuos variaron durante los siglos, aunque hasta el Renacimiento predominó la simbología de las tres edades del hombre que ya se ve en los mosaicos de Rávena. En la Baja Edad Media, cuando comienzan las conquistas portuguesas de África, Baltasar, en maniobra propagandística, pasa a ser negro, y Gaspar a representar Asia, con la idea de que simbolizaran los tres continentes o partes del mundo que entonces se conocían (América, descubierta para los europeos en 1492, llegaría tarde a la ecuación). Sin embargo, hecho este inciso sobre los Reyes Magos, que ni eran reyes, ni tres, ni, *stricto sensu,* magos, volvamos con nuestros hechiceros, de los que hablábamos.

Ya hemos contado cómo estos sabios se dedicaban a observar los astros y a hablar sobre su influencia en la tierra. Y es que los antiguos, y esto es una creencia transversal que se presenta en diversas culturas, pensaban que los objetos del cielo tenían influencia en la tierra y en sus habitantes, con lo que era importante conocer su posición y movimientos. Es lo que conocemos como ASTROLOGÍA, que viene del griego ἀστρολογία, compuesto de ἄστήρ («astér», «astro») y

-λογία, que ya ha aparecido a menudo en este libro. La astrología era, pues, el estudio de los astros, pero con el objetivo de predecir los acontecimientos terrenales mediante los celestes. Para realizar dichas predicciones, la astrología occidental (ha habido distintas tradiciones astrológicas a lo largo y ancho del mundo y de los siglos) suele recurrir a los HORÓSCOPOS. Esta palabra, como vimos en el capítulo dedicado a los dioses, viene del griego ὡροσκόπος («hōroskópos»), compuesto de ὥρα («hōra», momento, periodo de tiempo, de donde proviene nuestra HORA) y σκοπός («skopós»), con lo que significa «el que observa la hora o el instante», en referencia a la hora del nacimiento de una persona. En efecto, los antiguos HORÓSCOPOS eran predicciones astrológicas de la vida de una persona basándose en la posición de los astros en el momento en el que esta había nacido. Hoy en día, tiene un significado más general, y se refiere a cualquier predicción astrológica.

A estas y muchas otras actividades, algunas de las que hoy consideraríamos ciencia, otras pura SUPERSTICIÓN (del latín *superstitio*, compuesto del prefijo *super* y el verbo *sto*, literalmente, estar de pie sobre, pero que los latinos empleaban en el sentido figurativo de sobrevivir) que ha resistido al paso de los tiempos, se dedicaban los practicantes de las artes mágicas. Con la llegada del cristianismo, las prácticas paganas de todo tipo se asocian con la brujería. Ahí es cuando los magos adquieren la vinculación con lo paranormal que tienen hoy en la cultura occidental, y pasan a ser vulgares hechiceros paganos. Disipados muchos tintes religiosos ya en nuestra época, los magos no pasan hoy de ser entretenidos prestidigitadores o simpáticas figuras de ficción.

PARÉNTESIS BRUJO

Antes de que prosigamos con nuestro arcano recorrido por los recovecos ocultos de la magia, mención aparte merece el vocablo

BRUJA, que, aunque también puede emplearse para referirse a gentes del género masculino, históricamente se ha asociado, con connotaciones peyorativas, a miembros del género femenino, a la inversa de lo que ocurre con MAGO, que tratábamos al principio. Es esta una palabra de origen oscuro, que se documenta por primera vez en el siglo XIII. Aunque algunas hipótesis le atribuyen un origen celta o íbero prerromano, se documenta sobre esa época en el ámbito peninsular, en un principio con *x* palatal: *bruxa* en gallego-portugés, *bruixa* en catalán. Hay hipótesis que otorgan un origen latino a la palabra. Así, algunos lo hacen derivar del latín **volucula*, bicha que vuela, o volucra, voladora, aunque la evolución fonética resulte un tanto forzada y, por tanto, tal derivación sea poco probable. Otros la relacionan con el catalán *bruc*, el brezo, por ser esta una planta a la que se atribuían poderes brujeriles.

En castellano hay otros términos para referirse a las mujeres con poderes mágicos: tenemos HECHICERA, derivado del latín **factitiaria*, que lanza HECHIZOS, del latín *facticius*, cosa fingida, artificiosa, es decir, sortilegio. Hechizo, por su parte, da en euskera INTXIXU, que puede significar tanto encantamiento como brujo. SORTILEGIO es también una palabra derivada del latín, en este caso, del vocablo *sortilegus*, adivino, derivado de *sors*, suerte, y el sufijo *-legus*, que indica agrupamiento o recolección en latín. Un SORTILEGIO es en principio una profecía o adivinación, aunque luego deriva al campo semántico de los hechizos y encantamientos. La adivinación y la profecía también son temas que trataremos en este capítulo, pero los dejaremos para un poco más adelante. ENCANTAMIENTO y el verbo ENCANTAR derivan, por su parte, del verbo latino *incanto*, decir cantando para sí, es decir, recitar palabras mágicas. Los encantamientos han acompañado al ser humano por largo tiempo.

JORGUÍN es otro término que se emplea para denominar a las brujas, que proviene del euskera *sorgin* (pronúnciese *sorguin*), hechicera. *Sorgin* proviene a su vez, según la etimología más extendida, de la raíz *sor*, crear, y *gin*, sufijo agente, es decir, creadora, y se cree que en un principio se aplicaba a las matronas que ayudaban a parir. Como estas solían además ser curanderas y manejaban las hierbas y brebajes, se las asoció con la brujería. La palabra se documenta por primera vez en forma de topónimo en 1258, en un documento en el que el rey Teobaldo II de Navarra toma bajo su protección los bienes y personas del hospital de Roncesvalles, en el Pirineo. Bajo tal protección se encontraron las tierras desde la cima del puerto *ad locum qui vocatur Sorguinariçaga*, es decir, al lugar al que llaman Sorguinarisaga. Sorginaritzaga, en ortografía estándar actual, podría reinterpretarse, a su vez, como robledal de las brujas, aunque tampoco esté claro si ese es el significado que tiene la palabra en tal contexto.

En castellano, a una reunión de brujas se le suele conocer como AQUELARRE o SABBAT. El origen del segundo término es bastante transparente, y nos retrotrae al SABBAT judeocristiano. El Sabbat es el último día de la semana, jornada santa y de descanso, que se correspondería con nuestro SÁBADO, proveniente a su vez del latín *sabbatum*, derivado del nombre de dicha festividad. En el ámbito judeocristiano, en el que se asimilaba a las brujas con la adoración al demonio, se suponía que las hechiceras se reunían para celebrar la misa negra en una especie de *sabbat* o festividad brujeril equivalente y opuesto al cristiano, con lo que las reuniones que mantenían fueron también llamadas «sabbat de las brujas» (en inglés *black sabbath*, nombre de una famosa banda de rock británica).

AQUELARRE, por su parte, parece derivado del euskera *akelarre*. Habitualmente, se relaciona esta palabra con una composición de *aker* y *larre*, macho cabrío y prado, respectivamente, con lo que la palabra designaría al prado del macho cabrío en el que las brujas se reunían para adorar a dicho animal, símbolo del diablo. Sin embargo, dado que los aquelarres o celebraciones con los que se encontraron los inquisidores eran probablemente restos de antiguas celebraciones populares o paganas, es poco probable que su nombre proviniera de la adoración del diablo o de Lucifer, algo que no deja de ser una construcción de los propios perseguidores de esta clase de actos. Se ha defendido una serie de etimologías alternativas para esta palabra, desde que se trata de una acuñación *ad hoc* de los Inquisidores en los grandes procesos de brujas acontecidos en el País Vasco allá por el siglo XVII para dar más fundamento a sus teorías de adoración del demonio, a que se trata en realidad de un derivado de *okelaerre* (de *okela*, carne, y *erre*, quemar, asar, es decir, carne asada), una festividad local en la que se comería carne asada y que en algunos lugares sobrevivió con cierto vigor hasta el siglo XX, cuyo nombre se habría interpretado de tal forma que se ajustara a las tesis judeocristianas sobre la brujería.

Términos equivalentes al de BRUJA en otras lenguas, con un matiz u otro, son *witch* en inglés (del inglés antiguo *wicca*, de raíz germánica) y *hag*, al igual que el alemán *Hexe*, del protogermánico **hagatusjǭ*, y este de **tusjǭ*, bruja, del indoeuropeo **dʰewes*, desaparecer. *Wicca*, la forma en inglés antiguo, fue resucitada en el siglo XX por escritores pertenecientes a escuelas de pensamiento neopaganas, y da hoy en día nombre a la religión homónima, que rinde culto a diversas divinidades de raíz neopagana y asocia su legado con los hechiceros de la Antigüedad. En italiano se las llama STREGA, del latín *striga*, espíritu maligno, bruja, a su vez de *strix*, búho, del griego στρίγξ («strinx»). En francés, por su parte, se les llama SORCIÈRE, del latín *sortirarius*, echadora de suertes, adivina. Y, hablando de nuevo de adivinaciones, pasemos a hablar por un momento de eso mismo, de la práctica adivinatoria.

DIVINOS ADIVINOS

ADIVINACIÓN es una palabra que nos viene del latín *divinatio*, relacionado con el adjetivo *divinus*, divino, relativo a los dioses. Significa, en un principio, profetizar el futuro mediante la inspiración divina. En castellano, la PROFECÍA, derivado del verbo griego προφημί («profēmí»), que literalmente significa predecir, se suele emplear para contextos más religiosos y elevados, mientras que la ADIVINACIÓN suele ser vista como una superstición o con connotaciones negativas. En la Antigüedad, la adivinación solía darse por parte de los ORÁCULOS (del latín *oraculum*, del verbo *oro*, orar, decir, se refería al sacerdote o sacerdotisa que anunciaba la profecía), que daban a conocer el futuro inspirados por la divinidad. Famosos fueron en la Antigüedad el Oráculo de Delfos, en Grecia, consagrado al dios Apolo, o el de Dodona, consagrado a Zeus y Dione. Las mujeres dotadas de signo profético eran las SIBILAS, nombre que viene del griego Σίβυλλα, que el filólogo latino Varrón hacía derivar del griego Θεοβούλη («Theobule»), deseo de los dioses, pues daban a conocer a los mortales los designios de los númenes. En Italia era muy famosa la Sibila de Cumas.

Los vaticinios de los oráculos solían ser manifiestamente ambiguos, de modo que acababan siendo ciertos fuera cual fuese el devenir de los acontecimientos. Famosa es la respuesta que dio el Oráculo de Delfos al rey Creso de Lidia sobre su guerra contra los persas, pero aquí traeremos otra historia parecida, aunque menos conocida, para ejemplificar esto. El poeta latino Ennio contaba en sus *Annales,* crónica de la historia de Roma, que cuando el rey Pirro de Épiro preguntó al mismo oráculo si resultaría vencedor en la guerra contra los romanos, el oráculo respondió *Aio te, Aeacide, Romanos vincere posse*, una frase de ambigüedad manifiesta pero irreproducible en castellano, en la que se puede interpretar que tanto Pirro (*te*) como los romanos (*Romanos*) son el sujeto de la oración, con lo que se podría interpretar tanto como «Afirmo, Eácida, que tú puedes vencer a los romanos», como que los romanos pueden vencerte. Pirro, claro está, interpretó que el oráculo hablaba a su favor, pero la historia se encargó de demostrar que eran los romanos los favorecidos por el destino.

Hay diversas formas de adivinación del futuro, un componente esencial de la práctica mágica, como vimos a principios de este capítulo con el horóscopo. Una de las formas más antiguas de adivinación es la ORNITOMANCIA (del griego ὄρνις, «órnis», pájaro, y μαντεία, «manteía», adivinación), o la adivinación del futuro mediante la observación de los pájaros, su vuelo y sus cantos. Esta forma de adivinación aparece ya mencionada en los *Trabajos y días* de Hesíodo, uno de los textos literarios más antiguos que conservamos en Occidente. En Roma, los sacerdotes llamados *augures* se dedicaban a este tipo de adivinación. El vocablo castellano AUGURIO, con el significado de predicción, procede precisamente de *augur*, que quizá proceda del latín *avis*, pájaro, y *garrio*, charlar, pues, de cierta forma, estas personas se dedicaban a hablar con las aves al observar su vuelo y su canto.

Volviendo de esta pequeña digresión al tema de la adivinación, las más diversas formas de adivinación se han empleado a lo largo de la historia. Existe, por ejemplo, la NIGROMANCIA, que proviene del griego νεκρός («nekrós», cadáver) y μαντεία, compuesto que ya conocemos, y designa a la adivinación mediante la invocación de los muertos, una especie de sortilegio que siempre se ha visto de manera negativa como algo horripilante y oscuro, por lo que los vocablos NIGROMANCIA O NIGROMANTE, que en su forma latina recibieron la influencia del vocablo *niger*, negro, designan también popularmente a los que practican la magia negra más dañina. Otra forma de adivinación es la CARTOMANCIA, o la adivinación mediante naipes. La forma más conocida se lleva a cabo mediante las barajas del TAROT. El TAROT, derivado del italiano *tarocco*, es una baraja de naipes de origen italiano, que a lo largo del siglo XVIII se empezó a usar con profusión para la adivinación del futuro, para lo que todavía hoy se emplea.

Otro caso de un nombre mágico que podemos asociar a la adivinación es el de los DRUIDAS, sacerdotes y hechiceros de las religiones célticas. La mayoría de los lectores conocerá la figura del druida Panoramix, que aparece en las aventuras del héroe de cómic Astérix, el galo (el nombre de Panoramix es, por cierto, un juego de palabras con el francés *Panoramique*, panorámico), y se dedica a recoger el muérdago de los robles y a realizar la poción mágica. Sin embargo, aunque los DRUIDAS tenían capacidad adivinatoria, su nombre parece derivarse de su conocimiento de los árboles y de la naturaleza, y es que deriva en última instancia del protocelta **druwits*, un compuesto de la raíz *daru*, roble, que aquí significa, de forma más general, árbol, y **wid*, una raíz del que se derivan verbos como *video* en latín y ver en castellano, pero que en numerosas ocasiones adquiere el significado de saber, pues ver algo significa conocerlo y, por tanto, saber de lo que se trata. Un DRUIDA, en consecuencia, es el conocedor de los árboles, el que detenta el saber sobre la naturaleza, sus númenes y sus fenómenos.

Otra figura relacionada con la magia y la religión es la figura del CHAMÁN o curandero. Los chamanes suelen ser unas figuras con capacidades espirituales y curativas, a los que se atribuye un carácter mágico, que a través de su conocimiento de la naturaleza y del contacto con los espíritus pueden curar diversas dolencias o enfermedades. Esta figura aparece en diversas formas y variantes en numerosas culturas del mundo, y normalmente se asocia con culturas tribales africanas o asiáticas. La palabra, en efecto, tiene su origen en el evenki o tungus, una lengua hablada por el pueblo del mismo nombre en Siberia, en la que se emplea la palabra шамāн (versión cirílica de *šamān*). Algunas hipótesis indican que se trata de un derivado del sánscrito, pero otras proponen que se trata de una derivación propia de la raíz **sha-*, que tendría el significado de saber, con lo que se evidencia de nuevo la relación entre la magia y el saber esotérico que también veíamos en el nombre de los druidas.

PALABRAS MÁGICAS

Al igual que la adivinación, a lo largo de la historia ha habido numerosos movimientos religiosos, esotéricos y filosóficos que se han asociado con la magia o las prácticas mágicas. Es el caso, por ejemplo, del HERMETISMO, una práctica protocientífica, religiosa y filosófica que hunde sus raíces en la época helenística y que los lectores atentos recordarán del primer capítulo de este libro. El HERMETISMO deriva su nombre de Hermes Trimegisto (en griego Ἑρμῆς ὁ Τρισμέγιστος, «Hermês ho Trimégistos» o Hermes, el tres veces más grande), un sabio semilegendario cuya figura se asoció desde antaño con el dios griego Hermes y el egipcio Toth, dos divinidades de la esfera del conocimiento. Las enseñanzas del hermetismo se basan en una serie de textos, las *Hermetica,* atribuidos a esta especie de pseudoprofeta, y que recogen una serie de conocimientos de carácter altamente simbólico y esotérico, transmitidos por la divinidad primitiva a los antiguos profetas, que se basaban en el entendimiento del cosmos como una entidad simbólica de la que el hombre era un paralelo en miniatura. Para acercarse al cosmos y entender sus saberes, los herméticos tenían primero que purificarse mediante la meditación y la práctica ascética.

Derivado de la palabra hermetismo tenemos en castellano el adjetivo HERMÉTICO, que viene a denotar algo cerrado, ya sea un recipiente físico, un grupo social o una práctica filosófica o religiosa. Esta connotación se debe a que, al ser la ciencia hermética de alto contenido simbólico, a menudo se expresaba en un lenguaje no apto para los no iniciados, con lo que resultaba incomprensible y muy cerrada para los que no estaban familiarizados con sus entresijos. Debido, precisamente, a este carácter cerrado, a menudo se asoció a los herméticos con las prácticas mágicas, aunque importantes figuras teológicas en el seno de la Iglesia, como Santo Tomás de Aquino, recibieron la influencia de los textos herméticos, cuyo corpus se fue ampliando a lo largo de la Edad Media, al menos hasta el siglo XIII.

Otra disciplina relacionada estrechamente con el hermetismo filosófico es la ALQUIMIA, práctica que hunde sus raíces en costumbres antiquísimas que, en este caso, se remontan a la antigua Babilonia. Los textos alquímicos y los saberes de esta disciplina se entrecruzan a lo largo de la historia con el saber hermético, aunque siempre tuvieron un toque más protocientífico y técnico, y ocuparon parte importante de los saberes científicos durante la Edad Media, aunque a menudo fueran condenadas como magia o brujería.

Durante la Edad Media, la mayoría de conocimientos alquímicos entraron en Europa, al igual que gran número de textos del acervo europeo, a través de la traducción de textos del árabe, ya fueran originales o a su vez traducciones de anteriores textos griegos o latinos. La palabra ALQUIMIA, por tanto, viene del árabe *al-kimiya* (كيمياء , sin artículo), a su vez un derivado del griego χυμεία («Khymeia»), mezcla de líquidos, pues los alquimistas eran dados a las mezclas y las composiciones diversas. Debido a su afán por encontrar una panacea o piedra filosofal que les ayudase a convertir cualquier material en oro (este es el aspecto de la alquimia que ha trascendido al imaginario popular, aunque es solo una rama del saber alquímico, que abarca un campo mucho mayor), los alquimistas experimentaban a menudo con los elementos y su composición, con lo que la misma raíz árabe ha dado también la palabra QUÍMICA, que, en este caso, se refiere a la ciencia que estudia la composición de los elementos.

Otra fuente importante del pensamiento esotérico y mágico occidental que tuvo amplio desarrollo durante la Edad Media fue la CÁBALA judía (del hebreo קַבָּלָה, «Qabbaláh», tradición), una tradición del saber esotérico desarrollada en el seno de la religión hebrea que trataba de dar una explicación, mediante la interpretación simbólica de la Torá y otros textos, a los misterios recónditos de dicha fe. De la Cábala provienen varios términos mágicos que han pasado al acervo cultural occidental, como veremos más adelante, y constituye una importante inspiración para diversas creencias ocultistas que se han desarrollado a lo largo de los siglos. Son todos estos saberes ARCANOS, del latín *arcanus*, escondido, de la misma raíz que *arca*, que da el castellano ARCA, que no es otra cosa que el recipiente que esconde algo. Al ser prácticas de carácter esotérico (del griego ἐσωτερικός, «esoterikós», de más adentro), es decir, saberes que se transmitían de manera cerrada y de puertas para adentro, exclusivamente para iniciados, se ha tendido a reunir a estas prácticas bajo la denominación de OCULTISMO (oculto viene del latín *occultus*, que significa cubierto o escondido), que hoy en día designa a una serie de prácticas heterogéneas, desde el espiritismo a la adivinación.

Como ya habrán podido los lectores intuir, en la Baja Edad Media y la Edad Moderna la creencia en las artes mágicas estuvo bastante extendida y permeó en gran medida en el mundo de la literatura y de la religión. Por toda Europa circularon GRIMORIOS, nombre con el que se conoce a los libros de hechizos, conjuros y sortilegios que a menudo traducían o interpretaban a su manera fórmulas mágicas provenientes del acervo popular o de traducciones de textos esotéricos árabes u orientales. La etimología de GRIMORIO es de lo más curiosa, pues la hipótesis más aceptada reza que viene del francés *grimoire*, una corrupción del francés *grammaire*, que significa gramática, pero que designaba también a diversos textos escolares o escolásticos de varias disciplinas. La mayoría de textos cultos de la Edad Media, al igual que los libros de hechizos, se encontraba escrita en latín, y resultaba igual de incomprensible para el pueblo llano que los libros ocultistas de conjuros, con lo que mucha gente se mostraba recelosa de cualquier texto que no fuese de carácter eclesiástico, pues bien podrían hallarse ante escritos de índole mágica. De ahí que el nombre pasará a los libros de hechizos. Una hipótesis alternativa sitúa el origen de la palabra en el italiano *rimario*, debido a que muchos libros de este tipo estaban escritos en verso, lo que, según se creía, potenciaba sus capacidades mágicas.

La popularización de historias, libros y creencias en torno a la brujería y la magia llevó a que, desde el siglo XV al XVII, en Europa y sus colonias ultramarinas se llevase a cabo una auténtica CAZA DE BRUJAS, en la que las autoridades eclesiásticas, convencidas de que se hallaban ante una verdadera epidemia de prácticas maléficas, actuaban con dureza ante cualquier acusación de brujería, llegando a menudo a la quema y a la ejecución. Un ejemplo señero de esta obsesión por la caza de brujas y hechiceros lo encontramos en el libro *Malleus Maleficarum*, que en latín significa «el martillo de las brujas». Este libro fue publicado a finales del siglo XV por el inquisidor católico alemán Heinrich Kramer, y afirmaba que la brujería era un acto de herejía que habría de castigarse con la hoguera.

El libro tuvo un importante impacto en la cultura de la época y en cómo las autoridades eclesiásticas, civiles e inquisitoriales que llevaban a cabo esta clase de procesos se imaginaban los delitos que estaban juzgando. A menudo, la imagen de los clérigos poco tenía que ver con la realidad, y es muy poco probable que en los juicios por brujería los acusados estuvieran involucrados en algún tipo de culto mágico al demonio. La mayoría de las veces, las delaciones eran fruto de prácticas medicinales populares, festividades tradicionales mal vistas por la Iglesia o la animadversión de algún vecino o enemigo que denunciaba a aquellos que le caían mal por venganza o por odio. Al contrario de lo que se suele pensar, esta clase de juicios y persecuciones sucedió en mayor escala en el norte de Europa y en países protestantes, aunque también se dieron episodios significativos en los países católicos del sur, como el famoso proceso de Logroño de 1610, en el que seis personas fueron quemadas por sus supuestas prácticas maléficas en el pueblo navarro de Zugarramurdi, cerca del Pirineo. En relación a la poca veracidad de lo brujeril en estos acontecimientos, el propio inquisidor Alonso de Salazar y Frías relataba en un informe posterior que testigos y tribunal «nombraron indebidamente a muchos que con certidumbre sabían que no eran culpados» a causa de lo antes mencionado.

ETIMOLOGÍA DE LOS CONJUROS

Hemos podido ver cómo el pensamiento mágico occidental bebe de una diversidad de fuentes, y el origen de un término, un hechizo o un conjuro bien puede encontrarse en una expresión latina, griega, árabe o hebrea remota que se esconde en la noche de los tiempos. Es el caso de la palabra mágica por excelencia, que en castellano y en muchas otras lenguas es ABRACADABRA, una palabra que se documenta en diversas tradiciones esotéricas desde el siglo II. Su origen es un misterio que no se ha conseguido dilucidar satisfactoriamente: hay quien sugiere una relación con la divinidad gnóstica Abraxas, mientras que otros apuntan a su origen en supuestas fórmulas mágicas hebreas o arameas, como la fórmula en hebreo עברא כדברא («Avra kedavra», que significaría «lo que se dijo ocurrirá»). Estas no dejan de ser especulaciones que no se han podido confirmar.

Sin embargo, a veces hasta una elucubración o hipótesis puede tener un impacto cultural. A los fans de la saga de libros de Harry Potter les sonará la frase *Avra kedavra*, pues resulta muy similar a la maldición asesina AVADA KEDAVRA que, en dicha saga de fantasía, que trata, precisamente, de magos, brujos y hechizos, tenía capacidad para matar a personas. La propia autora de los libros, J. K. Rowling, llegó a afirmar en una entrevista que el hechizo provenía de una frase aramea que significaba «sea tal cosa destruida», aunque esto también parece una mera elucubración. Esta no es la única etimología proveniente de una lengua clásica que hallamos en los libros de Harry Potter: la mayoría de hechizos, criaturas y conceptos que encontramos en los libros tienen un origen latino o griego. Es el caso, por ejemplo, del hechizo *Exspecto Patronum*, que en un correcto latín significa «espero al protector», un nombre más que apropiado, pues el hechizo invoca una presencia espiritual que actúa de guardián del mago o hechicero en cuestión.

Tal y como ha quedado patente, el pensamiento mágico está y ha estado siempre presente en nuestras vidas, desde lo más remoto de la Antigüedad hasta hoy en día, cuando videntes y hechiceros de diverso cuño, además de magos con carácter más lúdico, invaden los horarios de baja audiencia en televisión y los escenarios de los teatros. A estos últimos magos que suelen realizar trucos con afán lúdico se les suele denominar PRESTIDIGITADORES, un neologismo acuñado por el mago e ilusionista francés Jules de Rovère en el siglo XIX. Monsieur de la Rovère inventó el término para sustituir a otras nomenclaturas que gente de su profesión recibía y que solían ser de carácter negativo, como escamoteador o estafador. Para ello, creó la palabra *prestidigitateur* en francés, formada por el adjetivo *preste*, rápido, ágil, y la palabra latina *digitus*, dedo, con lo que un PRESTIDIGITADOR es una persona que, con la gran agilidad de sus dedos, se dedica a realizar trucos de magia para el asombro de sus espectadores.

Ese asombro y fascinación que nos causan las cuestiones mágicas y arcanas es lo que, probablemente, nos atrae desde niños a conceptos como la magia, el ilusionismo o la adivinación del futuro. Tanto niños como adultos se asombran de igual manera ante las increíbles peripecias del mago. No es de extrañar, pues, que los magos también reciban el sonoro nombre de TAUMATURGOS. Es este un cultismo derivado de la lengua griega, cuyo origen resulta muy apropiado, pues deriva de θαυματουργός («thaumatourgós»), que a su vez deriva de θαῦμα («thaûma»), maravilla, prodigio. Y es que un mago es, precisamente, alguien que realiza maravillas, un hacedor de prodigios, tal y como nos indica el nombre griego. Sería interesante filosofar al respecto de las causas psicológicas que llevan a las personas a creer en la magia y a entregar su alma al diablo para poder practicarla, como ya hiciera el famoso Fausto de Goethe en su conocida obra. Esto queda muy lejos de nuestro campo de conocimiento, pero sí que podemos hablarles, sin embargo, de psicología y de almas, pero en términos etimológicos. A esos temas dedicaremos el capítulo que comenzará a continuación.

17

MENS SANA IN CORPORE SERRANO

Orandum est ut sit mens sana in corpore sano
(Se debe orar por tener una mente sana en un cuerpo sano).

JUVENAL, *Sátiras*, 356

Seguramente esta cita de Juvenal sea una de las frases latinas más usadas en la actualidad y más repetidas durante los siglos. Y lo que promueve es algo fundamental para el bienestar de nuestro cuerpo y mente, es algo que los médicos de hoy en día recomiendan. Así, en este capítulo nos centraremos en las partes del cuerpo y también en el alma, el espíritu y los sentimientos humanos.

La palabra que encabeza este capítulo es *mens*, palabra latina que designa la mente, el alma y el espíritu. La raíz indoeuropea de la que procede es simplemente **men-*, que hacía referencia a la acción de pensar, de la que nos ha llegado una cantidad copiosa de palabras derivadas. A continuación veremos unas cuantas de ellas que tienen que ver con la temática de este capítulo. Por ejemplo, el sufijo griego -ματος, que viene de la raíz de la que estamos hablando, denomina la disposición de una cosa o persona, como un AUTÓMATA, algo espontáneo, que obra por sí mismo o un AUTOMÁTICO, del mismo significado. Del mismo origen llegan los adverbios formados a partir de adjetivos que acaban en -mente y que indican modo, pues vienen del latín *mente*, ablativo de *mens-mentis*, inteligencia, propósito (como

FÁCILMENTE O ÚLTIMAMENTE). Esta palabra indicaba primero en latín «con el estado de ánimo», es decir, mostraba el talante con el que el autor realizaba la acción. Más adelante, se gramaticalizó y se convirtió en una manera de indicar el modo de manera general.

Ya hemos visto la etimología de MÉNADE en el capítulo primero, pero cabe decir aquí que su origen etimológico se encuentra en esta raíz, pues proviene del verbo griego μαίνομαι («maínomai», estar furioso, delirar, estar fuera de sí) que tiene el significado exacto de «estar fuera de la mente», ergo, «estar loco» o «endemoniado». Es parecida su etimología a la de DEMENTE, loco, falto de juicio, palabra que está formada por la preposición de- y *mens-mentis*, mente. De parecido significado etimológico es el adjetivo VEHEMENTE, formado por un antiguo prefijo *ve-*, que indicaba lejanía (lejos de, fuera de…) y *mens*, por lo que vendría a designar a alguien fuera de su mente y acabó tomando el significado de alguien de mente violenta, ardiente y lleno de pasión.

MENTIR TIENE QUE VER CON MENTE

MENTIR proviene del verbo latino *mentior*, que comparte raíz con *mens-mentis*, es decir, con el pensamiento y la mente. El significado que tratamos proviene del siguiente cambio semántico: pensar > ser imaginativo > inventar cosas > inventar falsedades > mentir. Es el mismo origen que el de MENCIONAR, del latín *mentio-ōnis*, mención, recordatorio, y que el de COMENTAR y REMINISCENCIA, que proceden de los verbos *comminisicor* (participio *commentus sum*, idear, planear) y *reminiscor* (recordar), respectivamente. Este último nos recuerda, valga la redundancia, al verbo griego μιμνήσκω. («mimnēskō», recordar), que nos ha dado palabras como AMNISTÍA, literalmente «olvido», entendida hoy en día como perdón de cierto tipo de delitos, que extingue la responsabilidad de sus autores; y AMNESIA, pérdida o debilidad notable de la memoria (μνήμη, «mnēmē»), de mismo significado etimológico.

El término MENTOR (Μέντωρ: «Mḗntōr»), en el que entraremos en mayor detalle en el capítulo que viene, y el de PROMETEO (Προμηθεύς: «Promētheús», literalmente, el precavido, el que piensa con antelación) también derivan de la raíz indoeuropea para la mente e inteligencia. Y antes mencionamos a las MUSAS, hijas de la memoria y protectoras de las artes, a las que debemos MUSEO y MÚSICA, palabras todas provenientes de esta misma raíz. Incluso la palabra MONEDA también halla su origen aquí. La historia se remonta al siglo IV a. C. Los galos senones, comandados por el caudillo Breno, derrotaron a los romanos y se hicieron con el control de la ciudad, excepto con la colina del capitolio, donde los romanos se refugiaron. Los galos intentaron tomar la colina al abrigo de la noche, pero los romanos fueron advertidos de la incursión por los gansos consagrados a la diosa Juno, que tenía un templo en la colina. Debido a dicho evento, a la advocación de Juno de dicho templo empezó a llamársele JUNO MONETA, la «Juno que avisa», del verbo latino moneo, *aconsejar* o *avisar,* de la misma raíz que *mens, mentis.* Después se hizo una ceca junto al templo de la *Moneta*, *Ad Monetae*, y de ahí a nuestra MONEDA.

MANÍAS, FILIAS Y FOBIAS

Lo último que veremos referente a esta raíz indoeuropea para la mente son las MANÍAS, preocupaciones caprichosas y a veces extravagantes por un tema o cosa determinados, del griego μανία («manía», locura) relacionado con el verbo μαίνομαι que veíamos anteriormente. Y es que la mayoría de seres humanos tenemos alguna manía, ya sea en mayor o menor medida, por lo que vendríamos a ser MANIÁTICOS. Algunas manías comunes y conocidas son, por ejemplo, la CLEPTOMANÍA, propensión morbosa al hurto, palabra formada por κλεπτο- («klepto-»), de la raíz de κλέπτειν («kléptein»), robar; la MELOMANÍA, afición apasionada por la música, del griego μέλος («mélos»), canto con acompañamiento de música; la PIROMA-

NÍA, tendencia patológica a la provocación de incendios, de πῦρ-πυρός («pŷr-pyrós»), fuego; la TOXICOMANÍA, hábito patológico de intoxicarse con sustancias que procuran sensaciones agradables o que suprimen el dolor, del latín *toxicum*, veneno, y este del griego τοξικόν («toxikón»), veneno para emponzoñar las flechas, derivado de τόξον («tóxon»), arco; o incluso la GRAFOMANÍA, manía irresistible de escribir, del griego γράφειν («gráphein»), escribir. Y donde se cuida y se trata a estos «maniáticos» es el MANICOMIO, vocablo formado por manía y el verbo κομεῖν («komeîn»), cuidar.

Aparte de las manías, uno puede tener FOBIAS O FILIAS, del griego φοβία («phobía»), temor (además, *Fobos*, en griego antiguo φόβος, pánico, era el hijo de Ares y Afrodita y la personificación del miedo en la mitología griega) y de φιλία («philía») amor, respectivamente. Hay cientos de filias y hay cientos de fobias, pero mencionaremos algunas interesantes y las más comunes. Una filia puede ser una afición, una simpatía o una tendencia, como la BIBLIOFILIA, del griego βιβλίον («biblíon» libro), afición a coleccionar libros, y especialmente los raros y curiosos; la ANGLOFILIA, simpatía o admiración por lo inglés; o la HEMOFILIA, del griego αἷμα («haîma» sangre), enfermedad hereditaria, caracterizada por la deficiencia en los mecanismos de coagulación de la sangre, lo que motiva que las hemorragias sean copiosas y difíciles de detener. Por otro lado, una fobia es aversión o rechazo, como puede serlo la XENOFOBIA, del griego ξένος («xénos»), de fuera o forastero, fobia a los extranjeros; la HIDROFOBIA, fobia al agua; o la AGORAFOBIA (compuesta por el griego ἀγορά, «agorá», plaza pública), fobia a los espacios abiertos, como plazas, avenidas, campo, etc.

LOS SIGNIFICADOS DEL ALMA

Veamos ahora la etimología de ALMA, palabra que tiene más de quince acepciones en el Diccionario de la Real Academia Española, y que entendemos en general como sustancia espiritual e inmortal de los seres humanos. La palabra alma nos ha llegado desde el latín *anima*, que designaba el aire, el aliento, el soplo y el principio vital, y que no es el equivalente a *animus*, término que se refiere al alma, al espíritu y a la mente. Ambos términos tienen el mismo origen que el griego ἄνεμος («ánemos», viento, palabra que encontramos en derivados como anemómetro o anemófilo). Así, tanto el griego como el latín proceden de la raíz indoeuropea que abarcaba la acción de respirar **anə-*.

De *anima* y de *animus* nos han llegado más palabras como PUSILÁNIME, persona falta de ánimo y valor para tomar decisiones o afrontar situaciones comprometidas, formada por *pusillus*, pequeño, débil; y MAGNÁNIMO, alguien benevolente, clemente, formada por el adjetivo latino *magnus*, grande. Otra raíz indoeuropea para la respiración es la de **pneu-*, que ha dado dos vocablos griegos, el verbo πνέω («pnéō»), soplar, resoplar o respirar, y la palabra πνεῦμα («pneûma»), aliento, viento. Esta misma raíz es la que encontramos en otras palabras relacionadas con el aparato respiratorio como la APNEA, falta o suspensión de la respiración, indicada por la alfa privativa; la DISNEA, dificultad de respirar; o la NEUMATOSIS INTESTINAL, que se caracteriza por la presencia de gas entre las capas de la pared intestinal. De aquí también vienen los NEUMÁTICOS, que funcionan con aire u otro gas.

Nuestros órganos de respiración son los PULMONES, cuyo origen nos llega desde el griego πλεύμων («pleúmōn»), que es una variante de πνεύμων («pneúmōn») por influjo del verbo que acabamos de ver, πνέω («pnéo»), respirar. El origen etimológico de los pulmones es el mismo que el de LLOVER o el de FLOTAR. En efecto, la raíz a la que se remontan estos términos es la de **pleu-*, que indica la acción de fluir. La LLUVIA, que es el agua que fluye y cae de las nubes, deriva del latín *pluvia*

No obstante, había otra raíz indoeuropea para la respiración, cuyos derivados todos conocemos. Esta es la de **bhes-*, que ha dado en griego el sustantivo ψυχή («psychḗ»), que significa espíritu, aliento, vida, alma. De esta palabra griega nos han llegado muchos términos que tienen que ver con la PSICOLOGÍA, parte de la ciencia que trata del alma, sus facultades y operaciones, y ciencia o estudio de la mente y de la conducta en personas o animales. Estos son, por ejemplo, la PSICOSIS, enfermedad mental caracterizada por delirios o alucinaciones, como la esquizofrenia o la paranoia; la PSICODELIA (δήλη, «dḗlē», evidente, manifiesta), tendencia surgida en la década de 1960, caracterizada por la excitación extrema de los sentidos, estimulados por drogas alucinógenas, música estridente, luces de colores cambiantes, etc.; o la PSICOPATÍA, anomalía psíquica por obra de la cual, a pesar de la integridad de las funciones perceptivas y mentales, se halla patológicamente alterada la conducta social del individuo que la padece. Lo curioso de esta raíz es que es la misma que se encuentra en el sustantivo griego ψυχρός («psychrós»), que designaba, sorprendentemente, al frío, y de ahí nuestro PSICRÓMETRO, instrumento que mide y calcula el grado de humedad del aire.

SOBRE LA SALUD

Dejando de un lado la PSICOLOGÍA, lo que propugna la cita que encabeza este capítulo es la importancia de una vida con hábitos saludables, pues la salud es lo más importante de nuestras vidas. La SALUD es el estado en que el ser orgánico ejerce normalmente todas sus funciones, y su significado etimológico abarca la idea tanto de sano como de salvo. De hecho, SALUD y SALVO tienen el mismo origen, y es curiosa la raíz etimológica a la que se remontan ambos términos, entre otros. Esta raíz indoeuropea es la de **sol-*, que hace referencia a la solidez y a la entereza de algún elemento. Así, de ella proceden vocablos griegos como ὅλος («hólos», entero) y latinos como *salvus* (sano y salvo, entero), *salus* (salud, condición entera y sana) o *solidus* (sólido).

Del griego ὅλος («hólos», entero) nos han llegado palabras como CATÓLICO y HOLOCAUSTO. La primera está formada por la preposición κατά («katá»), que significa a lo largo de, y ὅλος, que significa todo, entero, que vendría a designar a la universalidad de la fe cristiana, que más tarde acabará oponiéndose a la ortodoxia cristiana tras el Cisma entre Oriente y Occidente. Por otra parte, HOLOCAUSTO deriva de ὁλόκαυστον, palabra griega formada por ὁλον («hólon», completamente), y καυστόν («kaustón», quemado). En ámbitos religiosos, el HOLOCAUSTO se diferenciaba del moirocausto en que el primero era un sacrificio de animales cuyo cuerpo era completamente consumido por el fuego como ofrenda a las divinidades, mientras que en el moirocausto una parte del animal era quemada y otra era comida. La palabra se adoptó para referirse al genocidio de los judíos por parte de la Alemania Nazi y aliados, debido a que estos últimos trataron de exterminar o quemar por completo al pueblo judío en sus cámaras de gas, como una macabra iteración de los antiguos sacrificios paganos.

Como dijimos anteriormente, *salvo* y *salud* tienen el mismo origen. El latín *salvus* significaba tanto sano como salvo y entero. El verbo *salvo* significaba tener salud, y los romanos usaban su imperativo *salve* y *salvete* para saludarse entre ellos. Por su parte, *salus* hacía referencia a la salud, a la condición en que uno está entero y sano. Para ello, uno debe procurar siempre tener hábitos saludables o SALUBRES, del latín *salubris*, bueno para la salud. Por último, *solidus* es un adjetivo que se refiere a algo sólido, completo, firme y que forma un único cuerpo. Es curioso este término, por los derivados que nos han llegado al castellano desde él.

Aparte del étimo directo SÓLIDO, podemos mencionar más vocablos relacionados con el latín *solidus*, como CONSOLIDAR, dar firmeza y solidez a algo; SOLIDARIO, adherido o asociado a la causa, empresa u opinión de alguien; SALDAR, que nos ha llegado a través del italiano *saldare*, derivado de saldo, entero, íntegro, firme, recio, y este del latín *solidus*, pagar enteramente una cuenta o una deuda; SOLDAR, del latín *solidare,* consolidar, afirmar, misma etimología que la de SOLDADO y SUELDO. El sueldo es la remuneración regular asignada por el desempeño de un cargo o servicio profesional y su etimología también proviene de *solidus,* sólido, una moneda de oro romana que se diferenciaba de las demás por ser más sólida y dura. Entonces, el soldado, el *solidatus*, es el que ha recibido su sueldo, su paga de mercenario.

Sano y salvo se decía en griego antiguo σῶς («sōs», que además tenía el significado de hinchado, fuerte e intacto). Este adjetivo comparte origen con la palabra que designa al cuerpo, que en griego era σῶμα-σώματος («sôma-sōmatos»). En efecto, ambos vocablos se remontan a la raíz indoeuropea **teuə-*, que hace referencia a la acción de hincharse o a algo hinchado, pues el cuerpo es algo hinchado por el aire y los humores que circulaban dentro, pensaban los antiguos. Y es que estos dos no son los únicos cognados, sino que hay algunos más que nos resultan curiosos. Así, TUMOR, una masa de células transformadas, con crecimiento y multiplicación anormales, es una hinchazón, igual que un TÚMULO, un sepulcro levantado de la tierra, o una TUMBA, del latín tumba, y este del griego τύμβος («týmbos», túmulo).

LA CABEZA DEL CUERPO SERRANO

Centrémonos ahora en el cuerpo humano y algunas etimologías de sus partes. Empezamos por la CABEZA, que es la superior y la más visible. En otros contextos es el extremo de algo: cabeza de puente, alfiler o viga. En latín es *caput-capitis*, de ahí varios derivados como CAPITEL, CAPÍTULO, CAPICÚA, CAPATAZ, CABO, CAPITÁN, CAPITAL, como vimos en otros capítulos. Incluso da el verbo PRECIPITARSE, ir con la cabeza por delante, es decir, caerse, y el verbo ACABAR, que es llevar a cabo algo. Un CAPRICHO, antojo, proviene del italiano *capriccio*, como una idea novedosa en el mundo del arte. Sin embargo, en sus orígenes, en el siglo XIII, hacía referencia a algo que producía escalofríos, escribiéndose *caporiccio*, de *capo*, cabeza, y *riccio*, erizado, por tanto horripilante.

En la cara tenemos las CEJAS, cuya principal función es proteger al ojo ante las posibles impurezas externas. Su forma y ubicación en nuestro cuerpo impiden el paso de objetos y bacterias, lo que mantiene sanos nuestros ojos. Su nombre viene del latín *cilia*, plural neutro de *cilium*, ceja. Sorprendentemente, CEJA tiene el mismo origen último que otros vocablos como CELDA o COLOR. Y es que su raíz etimológica indoeuropea es **kel-*, que designaba a la acción de cubrir o proteger. Veremos rápidamente los cognados de CEJA que provienen de esta raíz y que nos han resultado más llamativos.

Por ejemplo, el propio adjetivo latino *occultus*, cuyo étimo directo es OCULTO, está derivado de aquí, igual que el adjetivo *clandestinus*, que nos ha dado CLANDESTINO, dado que lo que está oculto es lo que está tapado o cubierto por otra cosa. Por otra parte, CELDA, que es cada uno de los aposentos donde se encierra a los presos en las cárceles celulares, proviene del latín *cella*, habitación pequeña, santuario, despensa, celdilla. La *cella* era la habitacioncilla donde se ocultaba o cubría algo o alguien, ya fuera a un preso en la cárcel o a la estatua de un dios en su templo. Y el COLOR viene del latín *color-oris*, que a su vez deriva del verbo *celo*, que significa ocultar, mantener secreto o cubrir. Su sentido pasó de *ocultar* a *algo que cubre* y oculta el aspecto o superficie de algo. Por último, el adjetivo griego καλυπτός («kalyptós», cubierto) también viene de aquí, y de él vienen el EUCALIPTO, palabra formada por εὖ («eû», bien) y καλυπτός, un árbol cuya semilla está escondida; APOCALIPSIS, formado por la preposición ἀπό («apó»), revelación, literalmente, descubrimiento aplicado al último libro canónico del Nuevo Testamento, que contiene revelaciones de San Juan sobre el fin del mundo, y cuyo nombre en griego significa «libro de la revelación».

En la cara también se encuentran los OJOS, órganos encargados de la vista en el ser humano y en los animales. Su origen indoeuropeo se remonta a la raíz **okw-*, que designaba a la acción de ver y al aspecto de algo. Del *oculus* latino, el ojo, derivan OCULAR, perteneciente o relativo a los ojos, e INOCULAR (del *inoculo,* injertar, inculcar), introducir en un organismo una sustancia que contiene los gérmenes de una enfermedad. Esta segunda palabra bien merece una explicación. Y es que el verbo *inoculo* en latín designaba la acción de introducir la rama de un árbol en otro árbol de especie distinta para que creciera. Este injerto se hacía en una abertura en la madera, ya fuera natural o provocada, en forma de ojo, de ahí que la rama se pusiera en el ojo, *in oculo*. De ahí pasó al sentido más general de «insertar un organismo en otro ajeno». En griego, por su parte, el ojo era ὄψ-ὀπός («óps-ópos»), de donde viene nuestro CÍCLOPE (formado con «kíklos», círculo), gigante con un solo ojo en el centro de la frente, y MIOPE (compuesto con el verbo μύω, «mýo», cerrar el ojo), defecto de la visión consistente en que los rayos luminosos procedentes de objetos situados a cierta distancia del ojo forman foco en un punto anterior a la retina. Lo curioso de esta raíz indoeuropea es que es la misma que ha formado adjetivos latinos como *antiquus* (ANTIGUO), compuesto por la preposición *ante*, pues es lo que aparecía delante de, lo que tiene un aspecto anterior; *ferox-ocis* (FEROZ), de aspecto fiero; y *atrox-ocis* (ATROZ), de aspecto negro, oscuro, pues negro en latín era *ater*.

La BOCA se decía en latín como *os-oris*. Esta misma raíz es la que se encuentra en otros vocablos latinos como ORAL, ÓSCULO (beso de respeto o afecto), ORIFICIO (boca, abertura, compuesto por *os-oris,* boca, y *facere*, hacer) u ORILLA (que cambió del sentido de boca y apertura, a borde y límite). Incluso el origen del AURIGA, hombre que en las antiguas Grecia y Roma gobernaba los caballos de los carros en las carreras de circo, se halla aquí. Así, la palabra vendría a estar formada por la raíz que estamos viendo y la del verbo *agō*, conducir, por lo que sería el hombre que maneja el freno de boca del caballo, el cochero.

LO QUE EL PECHO ALBERGA

Bajando un poco nos encontramos con el CORAZÓN, al que ya hemos aludido al hablar de la profesión médica, *cor-cordis* en latín. Antiguamente se pensaba que la memoria radicaba en el corazón, de ahí ACORDARSE y RECORDAR, que no es más que volver a traer al corazón un suceso. Este pensamiento lo tenemos también en el francés *par cœur* y en el inglés *by heart* para indicar el aprendizaje de memoria. Por otro lado, tenemos INCORDIAR, molestar o importunar el corazón de alguien; la CONCORDIA, conformidad y unión de corazones; y la MISERICORDIA, virtud que inclina el ánimo a compadecerse de los sufrimientos y miserias ajenos.

El corazón griego, καρδία («kardía»), nos ha dado términos técnicos de la anatomía como la CARDIALGIA, dolor agudo que se siente en el cardias y oprime el corazón; el ENDOCARDIO, membrana serosa que tapiza las cavidades del corazón; o el MIOCARDIO, parte musculosa del corazón de los vertebrados, situada entre el pericardio y el endocardio. Como curiosidad, el verbo latino para creer, *credo* (infinitivo: *credere*), comparte origen con *cor-cordis* y con καρδία, pues es, etimológicamente hablando, dar el corazón a alguien o a algo. Aparte del mismo verbo CREER, tenemos en castellano CRÉDITO, ENGREÍDO O CRÉDULO.

Nos vamos ahora a los BRAZOS, miembro del cuerpo que comprende desde el hombro a la extremidad de la mano, cuyo origen etimológico se encuentra en el griego βραχίων («brachíōn»), adjetivo comparativo que significa más corto. ¿Y por qué la palabra brazo viene de un adjetivo griego que designaba algo corto? Esto se debe a que la comparación se hizo con las piernas, pues los brazos son más cortos que las piernas. Así, de aquí provienen derivados como BRAZALETE, aro de metal o de otra materia que rodea el brazo por encima de la muñeca y se usa como adorno; BRAZA, una unidad de longitud que deriva del latín *brachium*, brazo, por ser la distancia media entre los dedos pulgares del hombre, extendidos horizontalmente los brazos; o BRAQUICÉFALO, persona que tiene un cráneo casi redondo. Incluso el adjetivo latino *brevis* comparte origen con *brachium*, y con él su derivado BRUMA, que hoy en día es un término que se refiere a la niebla, especialmente a la que se forma sobre el mar, pero que en latín designaba al solsticio de invierno, momento del año en el que el espacio de la luz solar era más breve.

BRAZOS Y MANOS

En los brazos tenemos las MANOS, parte del cuerpo humano unida a la extremidad del antebrazo y que comprende desde la muñeca hasta la punta de los dedos. En latín la palabra para mano era *manus*, de la que derivan curiosos vocablos castellanos como los que veremos a continuación. El verbo MANTENER, que tiene el significado de costear las necesidades económicas de alguien y también el de conservar algo en su ser, darle vigor y permanencia, viene de la frase latina *manu tenere*, tener en la mano. De la misma manera ocurre con otros verbos como MANEJAR, que literalmente significa usar algo con las manos; MANIOBRAR, que es hacer alguna operación material que se ejecuta con las manos; o MANIPULAR, operar con las manos o con cualquier instrumento. Tanto MANGA, parte del vestido en que se mete el brazo, como MANGO, parte alargada o estrecha con un extremo libre, por el cual se puede agarrar un instrumento o utensilio, derivan del latín *manica* y *manicus*. Y algo MAMPUESTO es lo que se hace en una obra de mampostería, palabra formada por mano y puesto, entendido como piedras colocadas a mano.

Por otro lado, una MANADA es un hato o rebaño pequeño de ganado que está al cuidado de un pastor, un conjunto de ciertos animales de una misma especie que andan reunidos, o incluso podría designar a una cuadrilla o pelotón de gente. Y en el fondo no es más que un puñado de gente o animales. Y algo MANSO es algo de condición benigna y suave, y si nos referimos a animales es porque son apacibles, sosegados, tranquilos. Este adjetivo deriva del verbo latino *mansuesco*, que significa suavizar, domesticarse, amansarse y acostumbrarse a la mano o poder de alguien, en última instancia.

Comparten origen con el latín *manus* otra palabra que en principio hacía referencia a esta extremidad en latín. Unos ejemplos de ellas son el adjetivo MANCO, que ha perdido un brazo o una mano, o el uso de cualquiera de estos miembros; EMANCIPAR (del latín *emancipo*, compuesto de la preposición *ex,* fuera, *manus*, mano, con el valor figurado de potestad y *capere*, coger), libertar de la patria potestad, de la tutela o de la servidumbre; y los derivados que provienen del verbo latino *mando*, mandar, encargar, poner en manos de alguien (formado con el verbo *do*, dar). Estos son, por ejemplo, DEMANDAR, que en latín significaba confiar, encomendar, y hoy en día lo entendemos como pedir y rogar, entre otras acepciones; COMANDAR, mandar un ejército, una plaza, un destacamento o una flota, o ENCOMENDAR (compuesto de *en-* y el antiguo *comendar,* recomendar, encomendar), encargar a alguien que haga algo o que cuide de alguien.

En las manos (y en los pies) tenemos los DEDOS, cada uno de los cinco apéndices articulados en que terminan la mano y el pie del hombre y, en el mismo o menor número, de muchos animales. La palabra dedo viene del latín *digitus*, del que provienen nuestros DÍGITOS, números que pueden contarse con los dedos. Los dedos de nuestras manos son el PULGAR, del latín *pollex-icis*, dedo pulgar, que podría estar relacionado con el verbo *polleo*, tener mucho poder, ser muy poderoso, ser eficaz, por ser el dedo pulgar el dedo fuerte y el hábil de la mano; el ÍNDICE, de *index-icis*, el que indica, por ser el dedo que usamos para indicar; el CORDIAL O DEDO DEL CORAZÓN, de *cor-cordis*, corazón, por ser el dedo del centro de la mano; el ANULAR, de *anulus*, anillo, llámase así debido a que allí se coloca el anillo; y el dedo MEÑIQUE, derivado en última instancia de *menino*, pequeño, por ser el más pequeño de los dedos de la mano.

La costumbre de llevar anillos de casamentero proviene de época romana. Las mujeres de buena familia, al adquirir el compromiso de casarse, recibían dos anillos, uno de oro, que llevaban en público, y uno de hierro o bronce que llevaban al atender las labores domésticas. Según Aulo Gelio en las *Noches Áticas*, el anillo se llevaba en el dedo anular de la mano izquierda, debido a la creencia de que por allí pasaba el «nervio» o «vena» del amor (*nervus aut vena amoris*) que conectaba directamente con el corazón. La costumbre de llevar anillos de diamante se popularizó en 1477, cuando Maximiliano I de Austria y su esposa María de Borgoña se comprometieron. El primero regaló a su esposa un bello anillo de diamante. Los nobles pronto siguieron la costumbre.

Sorprendentemente, el origen indoeuropeo de *digitus* se remonta a una raíz que significaba para mostrar o pronunciar solemnemente. La relación que tiene este sentido de la raíz con el dedo es que el dedo señala, indica y muestra. Otras palabras griegas y latinas que provienen de esta raíz son las que mencionaremos a continuación. El ya visto *iudex-icis*, el JUEZ, el que pronuncia y enseña la ley, es una de ellas, junto con sus derivados PREJUICIO, daño o menoscabo material o moral y PERJUICIO, juicio a una cosa o a una persona antes del tiempo oportuno, o sin tener de ellas cabal conocimiento. Del verbo griego δείκνυμι («deíknymi», señalar, indicar, mostrar, enseñar) viene nuestro PARADIGMA, que es un ejemplo o ejemplar, lo que se muestra.

Y PARA ACABAR, LOS PIES

Vamos llegando al final del presente capítulo y con él al final del cuerpo humano, o sea, los PIES, del latín *pes-pedis*. Su raíz etimológica indoeuropea, **ped-*, nos parece una de las más interesantes, pues de ella derivan muchas palabras que nos son familiares. PEZUÑA viene de *pedis ungula*, la uña del pie en latín, y los animales que la tienen son los SOLÍPEDOS, del latín *solidipes*, de pies sólidos, por tener estos animales duras pezuñas en las extremidades inferiores.

También tenemos palabras como PEDESTRE, que anda a pie; PEÓN, literalmente, que camina; PEATÓN, persona que va a pie por una vía pública; PEAJE, derecho de tránsito (para peatones en origen); PEDESTAL, cuerpo sólido, de forma cilíndrica o de paralelepípedo rectangular, que sostiene una columna o una estatua, etc.; y vocablos de libertad de paso: IMPEDIR, EXPEDITO o TROPEZAR.

Lo que nos llama la atención es que el adjetivo PEOR encuentre también su origen en esta raíz, y con él PÉSIMO y PEYORATIVO, todos ellos indicando algo de mala condición o de inferior calidad respecto de otra cosa con que se compara. La relación entre ellos y la raíz indoeuropea para pie es que son resultados de un tropiezo, pues *peior* en latín significa «hacia el suelo», es decir, el resultado de una caída, que suele ser siempre algo malo, y de ahí nuestro PEOR. Por último, un mal tropiezo, hacer una cosa que se aparta de lo recto y justo, o que falta a lo que es debido y cometer una infracción moral es PECAR o cometer un PECADO, términos que tienen el mismo sentido de tropezar o trompicar. Pero que etimologías tan negativas no desanimen al lector: más positivas e igual de interesantes encontrará en el siguiente capítulo, referido a los nombres propios.

18

EL HOMBRE ES LA MEDIDA DE TODOS LOS NOMBRES. ETIMOLOGÍAS Y CURIOSIDADES DE LOS NOMBRES PROPIOS

Había llegado a ese punto de emoción donde se encuentran las sensaciones celestes otorgadas por las Bellas Artes y los sentimientos más apasionados. Saliendo de la iglesia de la Santa Croce, se me aceleró el corazón, la vida se agolpaba dentro de mí. Tenía miedo de caerme.

H-M. B. STENDHAL, *Roma, Nápoles y Florencia*, 1817.

LAS COSAS, POR SU NOMBRE

No es aleatorio ni fortuito que hayamos elegido este texto de Stendhal para encabezar este capítulo. En las páginas precedentes hemos dado rienda suelta a las etimologías de las pasiones y los sentimientos. Sin emociones que nos zarandeen a diario poco tendríamos de humanos, y mucho nos perderíamos si no supiéramos captar, plasmar o nombrar lo que nos trastoca. De todo esto, de vivir las sensaciones y deleitarse con la belleza (a veces en exceso), sabía mucho Henri-Marie Beyle, sí, ya saben, el autor del texto que hemos extractado más arriba, y que da *nombre* a un famoso síndrome que acompaña a los turistas curiosos. ¿Que no saben quién es? Normal que no sepan su nombre, porque se le conoce mundialmente por su pseudónimo. Es Stendhal. Y de esto, no de Stendhal, sino de los pseudónimos y demás nombres en sus muy numerosas variantes, vamos a tratar en este capítulo.

Pero empecemos y llamemos a las cosas por su *nombre*. No pretendemos aquí crear un tratado con farragosos datos gramaticales, nada más lejos, sino aportar algunas curiosidades en torno a cómo nos llamamos, cómo nos llaman y cómo hemos dado en llamar a lo que nos rodea. De ahí que partamos, como era de esperar en las ciencias humanísticas, del hombre, del *ánthropos*, del ser humano. Parece un galimatías esto que decimos, pero seguro que poco a poco nos vamos a explicar mejor y nos vamos a entender. En estas breves páginas proponemos servirnos del antropocentrismo y situar al hombre como centro irradiador de la creación de los nombres, como demiurgo creador de esa preciosa capacidad nominalística que tenemos. Y es que necesitamos etiquetarnos y nombrarnos no solo a nosotros, sino a todo lo que nos circunda.

Y partimos del hombre, como hemos dicho, porque tenemos existencia real, individual e independiente, es decir, porque hacemos uso para todo de los SUSTANTIVOS O SUBSTANTIVOS, que no son otra cosa que lo que está por debajo (del latín *substantia*), la propia esencia, la etiqueta. Los sustantivos se denominan también, como saben, NOMBRES. La palabra NOMBRE proviene de la raíz latina *nomen-nominis*, que a su vez se retrotrae hasta el protoindoeuropeo **$h_1$nómn̥*, algo así como **onom-*, y presente en lenguas actuales como el inglés *name*, alemán *Name*, o griego ὄνομα («ónoma»), entre otros muchos ejemplos. De la raíz griega ya vista, («ónoma»), tenemos en nuestra lengua varios términos que hacen referencia al nombre y su tipología.

Así, para empezar, está la ONOMÁSTICA, del griego ὀνομαστική («onomastikḗ»), literalmente el arte de nombrar, y hoy en día todo lo relativo a los nombres propios, o la ciencia que de ellos se ocupa. Además, en la actualidad usamos la ONOMÁSTICA para señalar el día en el que se celebra el santo, debido a que muchos nombres propios provenían del día del santoral en cuestión. Asimismo, ὄνομα aparece en lemas cultos relacionados con la lingüística, y que iremos desvelando poco a poco, como pseudónimo, antónimo, sinónimo, homónimo, y otros tantos.

De la raíz latina *nomen*, nombre, tenemos igualmente una buena NÓMINA, lo que se pone a nombre de alguien. Es parte de nuestra curiosidad humana NOMINAR y DENOMINAR, nombrar, distinguir todo tipo de cosas. En ese afán por decir el nombre, en este caso de las personas, los romanos destacaron creando la figura del *nomenclator*, es decir, el esclavo encargado de ir pronunciando los nombres de los diferentes clientes de su señor, de su *dominus*. Y de ahí, NOMENCLATURA, conjunto ordenado de reglas, principios o nombres. Esas reglas son fundamentales en terrenos que la filología señorea, por lo que tenemos conceptos como PRONOMINAL, relativo al pronombre; o el NOMINATIVO, que en griego se dice curiosamente ὀνομαστική («onomastikḗ», que ya nos suena), el caso propio del nombre, y que recordarán todos los estudiantes de lenguas clásicas al estudiar las declinaciones.

El *nomen* nos recuerda a todos los que hemos traducido latín alguna vez la fórmula romana para designar a las personas, los famosos *tria nomina*. Nuestros antepasados romanos, los ciudadanos, eran conocidos por tres nombres: PRAENOMEN, NOMEN y COGNOMEN. El *praenomen*, compuesto de *prae*, delante, y *nomen*, nombre, era el nombre propio, y se daba al infante en el octavo día de nacimiento, si era niño, o en el noveno, si era niña, tras la purificación (*lustratio*). La lista de *praenomina* era reducida, por lo que los padres romanos no podían elegir nombres de moda. Actualmente, los franceses siguen utilizando esta terminología, pues usan *prénom* con el significado romano de nombre de pila. Después de ello, iba el *nomen*, el nombre de la *gens*, linaje o familia, algo así como nuestro apellido. De hecho, volvemos a Francia, allí se usa *nom* para referirse al apellido. Por último, el *cognomen* podía diferenciar a los individuos de una misma familia o *gens*, de ahí que fuera algo propio de esa persona, un mote o un sobrenombre con el que solo podrían referirse a él.

APELLIDOS CON MALA UVA

Los *cognomina* podían ser de muy diversa naturaleza, ya que podían hacer referencia a gentilicios, particularidades físicas, cualidades, defectos, trabajos, honores, etc. Algunos de ellos contenían la proverbial sorna de los romanos, desde luego. Para el lector poco habituado a estas curiosidades latinas, aportaremos algunos ejemplos de ilustres personajes con *cognomina* algo particulares. De tal forma: *Naso* (de gran nariz); *Nepos* (nieto); *Balbus* (tartamudo); *Nerva* (fuerte); *Agrippa* (que nace de pies); o *Cicero* (garbanzo), entre otros muchos. Por todo lo dicho, el archiconocido Julio César tenía estos tres nombres: *Gaius Iulius Caesar*, Gayo Julio César, donde *Gaius* sería el *praenomen*, el nombre de pila; *Iulius*, el *nomen* de la familia, pues pertenecía a la *gens Iulia*, los Julios; y *Caesar*, el *cognomen*, quizá irónicamente por la *caesaries*, la cabellera que posiblemente no lució nunca. Sea como fuere, estos *cognomina* poco a poco se tornaron en sobrenombres hereditarios para la familia, cerca, por tanto, de nuestros apellidos, que se forman con mil y una razones, como veremos dentro de poco. No es raro, por tanto, que a día de hoy el italiano siga conservando la palabra *cognome* para el apellido familiar único.

Esta costumbre romana difiere de otras muchas nomenclaturas que conviven a lo largo del planeta. Hay tantas formas de llamarse y ser conocidos como tradiciones y pueblos coexisten en el mundo. El nombre personal completo se conoce como PROSOPÓNIMO, a partir del compuesto griego πρόσωπον («prósōpon»), persona, cara; y la raíz ya vista («onomastikḗ»). Este prosopónimo se estructura de muchas maneras. Como rebasaría el cometido y la extensión de este libro, solo podremos tratar grandes generalidades y algunas curiosas particularidades de los ANTROPÓNIMOS, vocablo griego derivado de *ánthropos*, y que en este capítulo vamos a usar de forma genérica como el nombre de la persona, entendido ampliamente, o como el campo de estudio de la ANTROPONIMIA.

Actualmente, buena parte del mundo occidental hace uso de los APELLIDOS de uno de los padres, del latín *appellare*, como en francés *s'appeller*, nombrar, llamar. El apellido añadido al nombre es lo que lleva a denominar este sistema como BINOMIAL (de dos nombres), si bien los apellidos pueden ser más de uno, como en España y otros países de habla hispana. En cuanto a qué apellido recibe el recién nacido, cada vez son más las culturas que deciden proteger legalmente un consenso entre los progenitores, sin la secular tradición, muy presente aún, de dar preferencia al apellido paterno. En Portugal la madre suele aportar primero su apellido, aunque el nombre de familia derive de los apellidos del padre. Desde hace muy poco Italia, Francia o España permiten la elección entre los apellidos de los padres, e incluso Suecia propicia que, si no hay consenso, sea la madre la que legalmente aporte el apellido al infante. En todo este embrollo hay que tener en cuenta que, en muchos países de Occidente, la mujer adopta el apellido del marido al contraer matrimonio, por lo que el apellido es común a los hijos como emblema y blasón familiar. Aunque se puede rastrear la historia del apellido en algunas culturas desde la Edad Antigua, no es hasta el Medievo, sobre todo en Europa (desde el siglo XIII en Francia), cuando despunta como la forma habitual de reconocimiento familiar.

Los apellidos de las culturas occidentales se inspiran generalmente en varias temáticas: apodos o sobrenombres, como en español *Calvillo*, *Chamorro* (con la cabeza esquilada); o en italiano *Scornavacca*, (descuernavaca); profesiones, como en inglés *Smith* (herrero); y defectos o cualidades físicas, como en alemán: *Schwarzkopf* (cabeza negra). A su vez, pueden deberse a TOPÓNIMOS, nombres de lugar, del griego τόπος («tópos»), como por ejemplo el apellido *Ávila*; a FITÓNIMOS, del griego planta, φυτόν («phytón»), como en portugués: *Carvalho*, roble; a ZOÓNIMOS, del griego ζῷον («zōon»), animal, como en *Aguilar*, del latín *aquila*, águila; o, sin duda, en PATRONÍMICOS, que explicaremos líneas más abajo.

EL CARDENAL PONE ORDEN

Toda esa variedad de APELATIVOS creaba confusión y desorden a nivel administrativo, pues en muchas ocasiones miembros de la misma familia usaban diferentes apellidos como apodos con los que eran conocidos entre la gente más estrecha. Para paliar tan alta torre de Babel y crear una norma común, el Cardenal Cisneros dispuso en España entre 1501 y 1505 la obligatoriedad de ser identificado con un apellido fijo derivado del progenitor. Esta norma sobrevive hoy día. Sin embargo, no fue fácilmente aceptada. Pese a los esfuerzos del franciscano de Alcalá, aún en tiempos de Lázaro de Tormes los apellidos eran una cuestión dificultosa, como nos dice el mismo pícaro: «Pues sepa vuestra merced ante todas cosas que a mí llaman Lázaro de Tormes, hijo de Tome González y de Antonia Pérez, naturales de Tejares, aldea de Salamanca. Mi nacimiento fue dentro del río Tormes, por la cual causa tomé el sobrenombre, y fue desta manera (...)». (Tratado primero de *La vida del Lazarillo de Tormes, de sus fortunas y adversidades*, 1554).

El padre, justo lo que no tuvo Lázaro, es parte fundamental de los sistemas basados en los PATRONÍMICOS, otro compuesto de («ónoma»), nombre, y del griego πατήρ-πατρός («patḗr-patrós»), padre, pero que nos llega a partir del francés, por influjo del latín culto. Por este sistema se han regido la gran mayoría de tradiciones hasta la configuración del apellido moderno. De hecho, en muchas lenguas los patronímicos han propiciado buena parte de los apellidos, como ya hemos apuntado más arriba. La construcción es fácil y clara en este sistema, pues se añade el «hijo o hija de» en cada lengua. De tal forma, en lenguas germánicas podemos encontrar *-son*, *-zoon*, *-sen*, *-søn* (*Johnson*, hijo de John); en lenguas eslavas orientales *-ov*, *-ev*, *-ova* (*Ivanova*, hija de Iván); *-ian* en armenio (*Malikian*, hijo de Malik); *-oğlu* en Azerbaiyán, Turquía o Asia menor (*Mehmetoğlu*, hijo de Mehmet); *-poulos*, *-poulou*, *-akos*, *-iades*, en Grecia (*Alexandropoulou*, hija de Alexandros); *-escu* en Rumanía (*Petrescu*, hijo de Petro); *-fi* en Hungría, donde el apellido antecede al nombre, como en varios países de Asia (*Sandorfi*, hijo de Sandor); *-ic*, *-ovic*, en lenguas eslavas occidentales (*Ivanovic*, hijo de Juan/Iván); o *-z*, *-ez*, *-es*, *-iz*, en España y Portugal (*Martínez* o *Martines*, hijo de Martín), sufijo que los lingüistas relacionan, bien con una influencia visigoda latinizada *-icius*, *-ici*, bien con un sustrato prerromano.

Sin embargo, un patronímico *sensu stricto* sería la designación de una persona que recibe, tras su nombre de pila, el nombre de su padre con alguna terminación distintiva a la manera de «-hijo de», sin un apellido de familia hereditario. Vamos a explicarnos para no parecer un problema de lógica. En Islandia, por ejemplo, se suma el nombre del padre en genitivo más los sufijos *son*, para el hijo, y *dóttir*, para la hija. De tal forma *Gunnarsson* y *Gunnardóttir* serían hijo de Gunnar e hija de Gunnar, respectivamente. De hecho, también es habitual (y legal) usar el MATRONÍMICO, o nombre de la madre, e incluso servirse del AVONÍMICO, del latín, *avus*, abuelo, para distinguirse de un mismo nombre. Una formación semejante, si bien aparece junto al uso del apellido moderno, es la que se da en algunas tradiciones eslavas, sobre todo en la nomenclatura rusa. Es muy frecuente asumir el nombre de pila del padre con la terminación en *-ovich*, *-ievich*, *-ivic(h)* para los varones y en *-ieva*, *-ovna* o *-ichna* para las mujeres. Así Tolstoi es *Lev Nikoláievich Tolstói*, es decir Lev (León) *hijo de Nikolai* Tolstói. Y su inmortal personaje, *Anna Arkádievna Karénina*, es Anna, *hija de Arkadi* Karénina. Formaciones similares a partir de nombres de pila del progenitor se observan en otras tradiciones muy alejadas de las anteriormente referidas. Así, en Mongolia, donde se sirven del patronímico en genitivo *-giin*; o en Etiopía y Eritrea, donde se usa no solo el nombre del padre, sino el del abuelo, sumando en su tarjeta de identificación un total de tres nombres. Igualmente, muchos grupos étnicos malayos añaden a su nombre propio el nombre del padre con la palabra بن («bin»), hijo de, o بنت («bint»), hija de, delante.

El patronímico es, según la antropología, una de las más antiguas y más exitosas convenciones antroponímicas creadas por el hombre. Tal es así que los antiguos griegos utilizaron esta convención no solo en sus héroes y leyendas más renombradas, sino en su vida cotidiana. Los héroes homéricos eran reconocidos por el nombre, como era de esperar, pero portaban un prurito de categoría al mostrar su vinculación paterna con el sufijo *-ida*, con significado de vinculación con o hijo de. Así el iracundo Aquiles es *Pélida*, pues es hijo de Peleo, e incluso es *Eácida*, pues es nieto de Éaco. Odiseo, el de muchas tretas, es *Laertíada*, pues es hijo de Laertes. Incluso el tonante Zeus porta orgulloso su patronímico *Crónida*, hijo de Cronos. Los simples mortales gozaron también de la raigambre paterna al añadir a su nombre el genitivo paterno. De tal forma, el político Cimón («Κίμων») aparece en los *óstraka* —la votación para ser desterrado de Atenas— como (hijo) de Miltíades, en genitivo, es decir Μιλτιάδο*(υ)* («Miltiádou»).

Y como no toda la importancia va a recaer sobre los padres, vamos a ver cómo otros sistemas de nomenclatura se refieren a una persona por ser padre o madre de; es decir, por haber tenido un hijo o una hija destacados. Esta práctica recibe el nombre de PAEDONÍMICO, del griego παῖς-παιδός («país-paidós»), niño. El coreano, el swahili y el árabe hacen uso de este sistema. El árabe en concreto se sirve de este recurso tras una retahíla de nombres, patronímicos y avonímicos. Así, al nombre de pila le sigue el patronímico (y en ocasiones el nombre del abuelo) introducido por *-ibn*, *-bin*, hijo de; o *-ibnat*, *-bint*, hija de. A esta estructura se le suma un nombre o apodo, en origen, que deriva en el actual apellido familiar. Por último, podría incorporarse el paedonímico o *kunyah*, es decir la apelación a la cualidad de padre o madre de. Ello se configura a partir de las palabras iniciales *Abu*, para hombres, y *Umm*, para mujeres, seguidas del nombre del hijo o de la hija.

LAS MIL FUENTES DEL NOMBRE PROPIO

Pero cada uno de nosotros, pese a la lista de apellidos y apelativos que hablan de nuestro excelso linaje, somos únicos, en cierta manera, por nuestro NOMBRE PROPIO, con el que se nos conoce y se nos pone cara. Todos tenemos desde el inicio de nuestra existencia un nombre que viene dado por razones a cada cual más personal, de ahí su especial vinculación con nuestro paso por el mundo. Esa inicial caracterización es el NOMBRE DE PILA, llamado así porque tradicionalmente se solía adjudicar el nombre al recién nacido en el momento del bautismo, pasando por la húmeda PILA bautismal, del latín, *pila*, mortero o pieza de piedra. Este término pervive hoy en día, pese a que ya es el registro o la administración la que se encarga de recopilar el nombre y los apellidos de la criatura.

Este nombre que se nos da al nacer viene inspirado por un sinfín de razones. Depende de la vinculación con tradiciones culturales y religiosas, del nivel socioeconómico, de las variaciones geográficas, de las modas o gustos de un periodo concreto, etc. Sin embargo, y centrándonos en la lengua castellana, podemos desglosar unas cualidades generales que suelen presentar los nombres de pila. Una manera medianamente ordenada de presentarlos, es, bien según la temática, bien según la tradición o el origen lingüístico, teniendo en cuenta que, a veces, pueden relacionarse entre sí.

Según la temática, y somos conscientes de que se nos olvidarán muchas, los nombres de pila suelen tomarse de otros nombres que nos rodean, a saber: de fitónimos, nombres de plantas: Rosa, Violeta, Jacinto o Encina; de topónimos, de HIDRÓNIMOS (nombres de ríos o corrientes de agua, del griego ὕδωρ («hýdōr»); ORÓNIMOS (nombres de montañas y relieves, en griego ὄρος, «óros»), y lugares o accidentes geográficos: África, Mar, Montaña o Valle. También se inspiran por supuesto en HAGIÓNIMOS (de santos, ἅγιος, «hágios»), advocaciones y festividades religiosas concretas: Ascensión, Natividad, o Capilla, en Jaén; o en TEÓNIMOS (del griego θεός «theós», divinidades y otros personajes mitológicos): Ariadna, Minerva, Diana, Héctor, Penélope o Náyade.

Dependiendo de la tradición cultural o lingüística, los nombres de pila generalmente beben de los siguientes cauces; de la lengua griega: Alejandro, Irene, Sofía, Cristina, Jorge, Agapito, etc.; del latín: Lucía, Cecilia, Mario, Paula, Marcos, Laura, Beatriz, Claudio, Antonio, etc.; de tradición bíblica, hebrea y aramea, como Ismael, Isabel, Israel, David, Eva, María, Sara, José o Isaac, entre otros. Además, un buen número se toman de la tradición germánica y nórdica: Erik, Alberto, Álvaro, Froilán, Fernando o Roldán; de otras lenguas peninsulares como el vasco: Leire, Arantxa, Iker o Nerea; o por influencia del inglés, aunque en origen sean de otra tradición cultural, como Jénnifer, Nathan o Izan.

Según vamos creciendo, nuestro nombre de pila se puede ver alterado por motivos familiares, culturales o propios de los derroteros de modas y gustos. De ahí que podamos tener un nombre familiar, un diminutivo o un nombre cariñoso. Es lo que la ciencia de la onomástica denomina desde finales del siglo XIX HIPOCORÍSTICO, del griego ὑποκοριστικός («hypokoristikós»), con el significado de pequeño, infantil, acariciante y blando. Esta palabra se construye sobre el verbo griego ὑποκορίζομαι («hypokorízomai»), a partir de la raíz de muchacha, κόρη («kórē»), por lo que sería hablar de forma infantil. Incluiríamos aquí todas las denominaciones eufemísticas, familiares y cariñosas en las que se ven envueltos los nombres de pila. De ahí *Juani* por Juana; *Andy* por *Andrew* o Andrés, de donde proviene la expresión ser un DANDY (vestir a la moda inglesa, como «un Andrew»); *Lola* por Dolores; *Nora* por Honora, *Concha* por Concepción; *Choni* por Ascensión; *Charo* por Rosario; *Pili* por Pilar; *Tino* por Faustino, Constantino o Agustín; *Pepe* por José; y *Paco*, *Curro*, *Quico*, *Pancho* o *Frasco* por Francisco.

SOBRENOMBRES (PROPIOS E IMPROPIOS)

Incluso los hipocorísticos pueden encontrarse en identidades culturales concretas. Un caso famoso es el vocablo YANQUI, que nos llega a través del inglés YANKEE, pero basado en el hipocorístico holandés de Jan (Juan), Janke, por lo que sería algo así como JUANITO, aplicado con cierta retranca por los ingleses a los habitantes holandeses de Nueva Ámsterdam, futura Nueva York. Años más tarde, el término se utilizaría para designar a todos los habitantes de Nueva Inglaterra, extrapolándose a los habitantes del norte durante la Guerra de Secesión americana, y más tarde a todos los estadounidenses en general. Esa visión del otro, del que está fuera, suele ser muy creativa a la hora de formar nuevos adjetivos, nombres o SOBRENOMBRES, palabra de construcción latina (*super nominem*), y que inspira, por cierto, el inglés *surname*, apellido o nombre de familia. Cuando esa creación se refiere a una nación o linaje, se convierte en un ETNÓNIMO, es decir, el nombre de la tribu o pueblo, del griego ἔθνος («éthnos»). En ocasiones pasan a ser EXÓNIMOS, es decir, adjetivos o nombres que les vienen dados de fuera, ἔξω («éxo), dados por otros, cayendo normalmente en lo subjetivo, lo familiar, e incluso lo peyorativo, y por tanto en otra categoría onomástica más cercana al MOTE o al APODO.

Los MOTES no son sino sobrenombres dados por cualidades muy evidentes. La palabra tiene su origen en el francés *mot*, palabra, dicho, a su vez, posiblemente, del latín vulgar *muttum*, discurso vano, y presente igualmente en el italiano y en el inglés *motto*, divisa o lema. Con una semántica muy similar tenemos APODO, es decir, la palabra que define la idiosincrasia física o psicológica de una persona. En latín, evaluar o juzgar algo en general se decía *apputare* y de ahí APODAR, nombrar tras tener en consideración diferentes elementos. Y como estábamos hablando de pueblos y tradiciones, qué mejor que señalar aquí algunos curiosos sobrenombres que todos, más con inquina que con cariño, recibimos de otros pueblos.

Los españoles, por ejemplo, somos para argentinos y cubanos los GALLEGOS, debido a la numerosa emigración que desde Galicia cruzó el charco a inicios del siglo XX. Los madrileños son GATOS, pues, según una leyenda con poca base histórica, pero con mucho contenido heroico, un valeroso muchacho trepó la muralla como un felino durante la conquista cristiana de Madrid en 1085 para cambiar el pendón musulmán por el del rey Alfonso VI y propiciar la victoria de los castellanos. Asimismo, los de Toledo son denominados BOLOS, por mil y una explicaciones. La más pintiparada es la que habla de la fórmula de juramento de Recaredo al abrazar la fe católica en Toledo (en latín: *ego volo*, yo quiero), y de ahí BOLOS, que, en realidad podrían ser las bolas de acero de los armeros toledanos, y de ahí el nombre. Todos estos motes o sobrenombres se entrevén por toda la geografía nacional: *maños*, *polacos*, *maquetos*, *pixapins*, *charnegos*, *madriles*, son algunas formas curiosas, y poco formales, de diferentes exónimos que merecerían otro libro aparte.

En esta línea, también nosotros juzgamos a los extranjeros con curiosos apodos y motes, algunos de ellos no muy cariñosos. Ya hemos visto antes denominaciones como GUIRI o GABACHO en el capítulo de las etimologías peninsulares, o GRINGO en el apartado de etimologías falsas. Así que, como ven, todos tenemos para todos. Nadie se libra. En ruso se usa el exónimo *nemetskiy*, literalmente «el mudo» o «que no habla», para referirse a los alemanes. Los holandeses son *tulipanes* por su tradición floral desde la Edad Moderna; los italianos son en muchos países, *espaguetis*, por su afición a la pasta; y los neozelandeses son, sobre todo en el área anglófona, los *kiwis*, debido a que el emblema de sus regimientos militares es la Apteryx, un ave sin alas muy común en el país conocida popularmente como kiwi.

El mote o apodo no solo se manifiesta a nivel nacional, lógicamente, sino que todos somos susceptibles de ser apodados y todos podemos apodar; esa es la grandeza de la lengua. En el mundo mediterráneo, y en España, en concreto, somos maestros de la técnica y el uso del apodo, de servirnos del ALIAS, latinismo puro que se puede traducir como «de otro modo», equivalente al inglés AKA (Also Known As, «también conocido como»). En las tierras de Hispania el mote y el apodo campan a sus anchas casi desde que somos infantes, y en casi todas las parcelas de nuestra vida. La belleza de estos nombres estriba en su comicidad, en la plasticidad, en su mala uva.

Como sería imposible hacer un elenco de todos, nos vamos a fijar en los más conocidos, cómicos y sagaces. Y téngase en cuenta que, entre el épico sobrenombre de algunos reyes como Alfonso X el Sabio o Fernando el Católico, se desliza una muy vaga línea de excesiva familiaridad y falta de respeto. A la hija de los Reyes Católicos, enamorada de Felipe, el Hermoso, para más datos, la conocemos por Juana «la Loca» (1479-1555) debido a su aparente insania mental. Felipe IV (1605-1665), pariente de Juana, fue el «Rey Pasmado» por su semblante de sorpresa; y su hijo, Carlos II (1661-1700), será siempre «el Hechizado», por motivos físicos que aún hoy nos llamarían la atención. Igualmente, el hermano, ni más ni menos, del mismísimo Napoleón, José Bonaparte (1768-1844), fue bautizado por nuestros compatriotas como Pepe «Botella», debido a su afición, según dicen, por el vino y los licores. De hecho, no nos extrañe nuestra manía de apodar, pues se forjó a sangre y fuego durante el satírico y convulso siglo XIX. De esta época conservamos la irreverente, pero genial, denominación de la reina Isabel II (1830-1904) como «la Frescachona», por su insaciable apetito sexual, si bien fue obligada a casarse con su primo Francisco de Asís (1822-1902), conocido popularmente con el hipocorístico mordaz «Paquita», por su evidente amaneramiento, al que se sumaba el sobrenombre de «Natillas». Al pobre consorte, si no le era suficiente con un apodo ridículo, le regalaron una tonadilla popular igualmente injuriosa: «Paco Natillas es de pasta y flora, y mea de cuclillas como una señora».

En definitiva, que somos el país de los apodos. Y si no, que nos lo digan en los pueblos y en los barrios, donde todos recibimos un sobrenombre evidente que se remonta a generaciones. Somos el país de «El Potro de Vallecas», de «La Saeta Rubia»; de «La Roja»; de «La Faraona» o del «Tío Paco». Aquí se *sobrenombran* desde las constituciones, «La Pepa» de 1812, hasta las revoluciones, como «la Gloriosa» de 1868. Encumbramos a nuestras mejores plumas con adorables y personales epítetos: Cervantes porta «el Manco de Lepanto», pues en tal batalla (1571) participó; y Benito Pérez Galdós es, por zozobra de Vallé Inclán, «El Garbancero».

PSEUDÓNIMOS

Y ya que estamos con escritores de relieve e importancia, vamos a ver algunos señeros ejemplos de artistas que utilizan otras posibilidades de los nombres, como cambiarlos, variarlos y alterarlos a su personal antojo. Como ven, con respecto a lo anterior, los PSEUDÓNIMOS vienen elegidos por la propia persona que los porta, es decir, que se hacen a voluntad y por motivaciones mayormente artísticas. El PSEUDÓNIMO o SEUDÓNIMO, del griego ψευδώνυμος (pseudṓnymos), no es más, como dicen sus raíces, que un nombre falso. Todo esto tiene sus matices. Por ejemplo, son seudónimos los casos de escritores famosos como Clarín o Azorín. El primero hace referencia a Leopoldo García Alas Ureña (1852-1901), quien desde joven mostró inclinaciones muy evidentes hacia la música, muy presente en su obra. Y de ahí tomó el seudónimo de Clarín. Tras el segundo nombre se esconde José Martínez Ruiz (1873-1967), que, dicho así, tiene poco tirón editorial. Este autor de la Generación del 98 reutilizó desde 1903 el nombre de uno de sus primeros protagonistas, Antonio Azorín, para firmar su obra literaria.

Otros casos de juego o engaño en relación al nombre, y que entran dentro de una subtipología del pseudónimo, son los siguientes recursos. En primer lugar, el ALÓNIMO, que igualmente evidencia otra personalidad, del griego ἄλλος («állos»), otro, pero esta vez al menos con un nombre y un apellido. Por ejemplo: Rubén Darío (1867-1916) es el seudónimo alónimo de Félix Rubén García Sarmiento, nombre poco modernista, no nos engañemos. Igualmente, bajo esta etiqueta podríamos incluir a Tirso de Molina (1579-1648), trasunto de Gabriel Téllez; o Melitón Fernández, de Leandro Fernández de Moratín (1760-1828). En segundo lugar, habría que incluir los CRIP-

TÓNIMOS, nombres ocultos, como bien dice la palabra, del griego κρύπτος («krýptos»), que esconden tras las iniciales los nombres del autor, como en el caso de FGL para Federico García Lorca (1898-1936), por ejemplo. En tercer lugar, y siempre dentro de los pseudónimos, tenemos un curioso juego literario y estilístico, como son los HETERÓNIMOS, del griego ἕτερος («héteros»), otro, una identidad ficticia creada por un autor, pero que toma vida en los libros. Nos explicamos. Famosos son: *Juan de Mairena*, un escritor creado por Antonio Machado (1875-1939); *Fernán Caballero*, personalidad bajo la que se escondía Cecilia Böhl de Faber (1796-1877); o *Tomé de Burguillos*, autor de rimas nacido de la pluma de Lope de Vega (1562-1635).

Por último, estaría bien cerrar esta sección críptica y juguetona con los nombres ANAGRAMÁTICOS, del neologismo de base griega: ἀνά («aná»), a lo largo de, y γράμμα («grámma»), letra, es decir, nuevos nombres de autores creados a partir de una determinada y caprichosa trasmutación de sus letras. Tras *Elisa*, amante de Garcilaso de la Vega, está Isabel Freyre (1507-1536); *Ramón Arriala* era José Ramón de Larra (1809-1837); el autor de *Gargantúa y Pantagruel* firmó como *Alcofibras Nasier*, mostrándose en realidad François Rabelais (1494-1553); bajo VOLTAIRE (1694-1778), existe un juego de palabras que inventó el original Jean Marie Arouet, a partir de su lema: «Arouet L. J.» (*Arouet Le Jeune*, Arouet el Joven), teniendo en cuenta, eso sí, el alfabeto latino y su ambivalencia de U-V e I-J; y la premiada Marguerite Yourcenar (1903-1987) no es sino el anagrama de Crayencour, su apellido real.

LOS LLAMATIVOS EPÓNIMOS

Y si ya hemos visto la gran mayoría de posibilidades de llamarnos y de que nos llamen, ¿por qué no servirnos de nombres propios para generar otras palabras? Hay una relación íntima entre el nombre propio y el nuevo término, ya sea por homenaje, por metáfora, por vinculación histórica o por otros disparatados y divertidos motivos. Todos ellos se conocen como EPÓNIMOS, del griego ἐπώνυμος («epṓnymos»), con el significado de denominación, si bien el estudio de cómo se construyen y lexicalizan las nuevas palabras se conoce actualmente como DEONOMÁSTICA, neologismo acuñado por el lingüista italiano, Enzo La Stella, en 1984, sobre la base de la palabra ya manoseada a lo largo de este capítulo (onomástica). Propondremos a continuación algunos ejemplos curiosos de cómo ciertas personalidades, humanas o divinas, han dejado su nombre para los anales de la posteridad.

En la cúspide de la pirámide tendremos que señalar a los dioses y héroes de la Antigüedad grecolatina. A los dioses de Grecia y Roma ya hemos dedicado un capítulo, y ahí hemos dado buena cuenta de su influencia en los nombres de días, meses, expresiones y otros usos. Sin embargo, a los héroes y personajes de las inmortales leyendas grecolatinas no les hemos dedicado apenas tiempo, así que vamos a ver qué nos han legado en nuestra vida cotidiana. Para ello realizaremos un esfuerzo HERCÚLEO de síntesis y resumen, es decir una labor enorme y trabajosa, pero con éxito, cual las gestas del forzudo Hércules, en griego Heracles. Aunque no queremos entrar en la prensa rosa, hemos de decir que el padre de este muchacho fue nada más y nada menos que Zeus, quien se enamoró de una mortal. Para yacer con ella se convirtió en el marido de esta, un tal Anfitrión, quien puso mujer, casa y crianza del hijo hasta adolescente. Total, un chollazo de hombre, un buen ANFITRIÓN.

A la titánica y azarosa vida de Hércules debemos otras palabras en nuestra lengua. Al cobarde que le robó sus vacas queridas mientras dormía, un gigantón llamado Caco, en griego Κακός («Kakós»), malo, debemos nuestro actual CACO, ladrón. Por el titán que le ayudó a conseguir las manzanas de oro, Atlas, castigado por Zeus sosteniendo la bóveda celeste, tenemos nuestras cartas geográficas mundiales, conocidas como ATLAS, y la cordillera homónima que recorre el norte de África, donde estaba condenado el pobre titán. Y a las mujeres guerreras, duchas en la equitación, con las que Hércules se tuvo que enfrentar para adquirir el cinturón de la reina, debemos la denominación de la mujer que monta a caballo, la AMAZONA, y, cómo no, el río AMAZONAS, terreno inhóspito y salvaje en el que el descubridor Orellana creyó encontrar en 1542 a esta combativa caterva de guerreras.

Como estas últimas, otros seres horripilantes forman parte de nuestro acervo cultural. Los GIGAS de nuestras conexiones a Internet provienen de los enormes GIGANTES griegos, quienes se parecían a sus familiares de un solo ojo, los Cíclopes, a quienes debemos la expresión CICLÓPEO para referirnos a algo desmesurado, COLOSAL, como el Coloso de Rodas, una estatua que fue considerada una de las Siete Maravillas del Mundo Antiguo. Como maravilloso, pero aterrador y huracanado, era Tifón, el monstruo de la naturaleza que nos ha legado el TIFÓN como torbellino meteorológico. Otros seres, como las harpías o arpías, y las sirenas, muy semejantes, pues eran mitad mujer, mitad pájaro, inspiraron la idea de ARPÍA, mujer malvada, y de SIRENA, aparato que emite un sonido audible a distancia, tal y como era el canto engañador de las sirenas griegas.

Menos elocuentes, pero sí muy efectivas a la hora de crear léxico en nuestra lengua, han sido otras leyendas grecolatinas. De Morfeo, dios del sueño, tomamos la expresión CAER EN BRAZOS DE MORFEO, dormirse; o MORFINA, narcótico potente. Al portero, en ámbitos futbolísticos, lo seguimos denominando CANCERBERO, como el perro tricéfalo, Cérbero, que guarda la puerta del Hades, lugar sombrío donde se adentró Eneas junto con la Sibila de Cumas. Esta última, Sibila, nos ha dejado en herencia el adjetivo SIBILINO, oculto, misterioso, pues era una vidente un tanto particular. De hecho, tan particular o más que la Pitia, la sacerdotisa de Apolo que desvelaba los arcanos del porvenir en Delfos. De su nombre, Pitia, la actualidad sigue acordándose a través de la PITONISA, adivinadora. Al igual que de otra muy especial figura mitológica, la Medusa, gorgona de cabellos de serpiente y mirada pétrea, que ha inspirado, por su semejanza, el nombre de la MEDUSA, ese celentéreo tan especial.

Y qué nos dicen de las fabulosas criaturas que dejaron en nuestra lengua expresiones y frases hechas. PONERSE COMO UNA FURIA deriva directamente de las Furias, diosas romanas de la venganza y el tormento. PENSAR EN QUIMERAS o una QUIMERA es hoy por hoy algo irrealizable, casi un sueño, como la Quimera, monstruo de pesadilla, con cabeza de león, vientre de cabra y cola de dragón. No tan completo, sin embargo, como los sátiros, mitad hombre, mitad macho cabrío, y muy vinculados al origen popular del teatro, de ahí DRAMA SATÍRICO, la SÁTIRA o SATIRIZAR, composiciones mordaces como el comportamiento de estos «golfillos» de las veredas.

Pero no todo van a ser criaturas inmortales. Ya lo hemos dicho. El hombre es la medida de todo. Así que algunos héroes griegos, pobrecillos mortales de poca monta, dejaron sin embargo un importante depósito de palabras y dichos en español. A todos nos suena el TALÓN DE AQUILES, el punto vulnerable de alguien; e igualmente conocemos el TENDÓN DE AQUILES, tendón grueso ubicado en la parte posterior de la pierna. Y lo sabemos por el valiente e iracundo Aquiles, el héroe griego que cayó en Troya por culpa de la flecha disparada por Paris. Otro personaje de la Ilíada de Homero fue Στέντωρ («Sténtōr»), conocido por su chorro y potencia de voz, lo que nos ha llegado hasta hoy en el adjetivo ESTENTÓREO. Y a voces fue la toma de Troya, ciudad inmortal que de los versos de los poetas pasó a nuestro día a día en locuciones y expresiones como ARDA TROYA, propósito de realizar algo sin pensar en las consecuencias; ARMARSE LA DE TROYA, gran jaleo (pues la guerra en esta ciudad duró diez años, nada menos); AQUÍ TROYA, para denotar la ruina de una ciudad; y, cómo no, el CABALLO DE TROYA, estratagema oculta, como lo fue el ardid de los griegos; y, en lides informáticas, los TROYANOS, pues un virus o *malware* que aparece como inofensivo puede destruir nuestros tan queridos ordenadores, tal y como los troyanos, sin saberlo, abrieron las puertas de su rica ciudad a los griegos.

A otros hombres y mujeres de menor calado épico también debemos palabras, si bien en relación a fitónimos y topónimos, plantas y lugares. A las metamorfosis ovidianas debemos nombres de flores como JACINTO (por el joven amigo de Apolo), o NARCISO —y el NARCISISMO— (por el bello adolescente enamorado de sí mismo). Los lugares de la Antigüedad también se inspiraron en nombres propios de mortales. El BÓSFORO no es más que el periplo que recorrió la ternera Ío de la mitología griega entre Europa y Asia para huir de Hera (de hecho significa eso: paso de la ternera, βοῦς, «boús», buey, y φόρος, «phóros», pasaje); el estrecho de los DARDANELOS o HELESPONTO hace referencia también al mito, bien remontándose a Dárdano, hijo de Zeus y fundador mítico de Troya, bien tomándose de Hele, aquella jovencita que voló en el Vellocino de Oro y cayó al mar. Un mar, el EGEO, que recibe su denominación por el padre de Teseo, Egeo, quien también se lanzó al mar ante la desesperación de ver fracasar a su hijo. Y en esta misma línea, los PIRINEOS honran con su nombre a la bella ninfa PIRENE, amada por el gran Hércules.

En el terreno de la psicología y los sentimientos o percepciones, los personajes de tragedia o responsables de actos catárticos también han dejado su huella. A Freud y a Jung debemos el COMPLEJO DE EDIPO (la inclinación hacia la madre), y el COMPLEJO DE ELECTRA (la predisposición de una hija hacia su padre), por las desmesuradas acciones de Edipo, quien casó con su madre, y Electra, quien vengó a su padre asesinando a su madre. Igualmente, en psicología se estudia el COMPLEJO DE CASANDRA, aplicado a las personas que, pese a advertir algo, no son tenidas en cuenta, como la princesa troyana Casandra, maldita por Apolo. Al igual que a Pandora, la primera mujer, y causante de abrir la secreta caja de todos los males, debemos la expresión CAJA DE PANDORA, acción con consecuencias desastrosas.

DEL PARNASO AL MAUSOLEO

En definitiva, nuestra lengua no sería lo mismo sin estos personajes inmortales, culturalmente hablando, pues se han esparcido por muy diversos campos semánticos. En el terreno cultural tenemos el ATENEO, centro dedicado al conocimiento, pues de ello se ocupa la ojizarca diosa griega Atenea. Esta misma se transformó en un anciano para cuidar del hijo de Odiseo, Telémaco. Se convirtió en el anciano Méntor, y de ahí nuestro MENTOR, educador. A las Musas, hijas de la memoria y protectoras de las artes, debemos MUSEO y MÚSICA; al igual que por el poeta y citarista tracio Orfeo tenemos el ORFEÓN, agrupación de cantantes. Todos ellos, junto con los poetas más renombrados, forman parte de una PLÉYADE, por la constelación de las Pléyades, o un PARNASO, conjunto de los creadores literarios más renombrados por ser el monte Parnaso la morada de las musas y del dios de la poesía, Apolo.

Pero fuera de dioses y otros seres mitológicos, los hombres más sobresalientes continúan existiendo a partir de las palabras. De la Antigüedad y el mundo bíblico tenemos varios ejemplos. La organización educativa fundada por Platón (427-347 a. C.) en un jardín dedicado al héroe Akademos llevó por nombre Ἀκαδήμεια («Akadēmeia»), y de ahí nuestra institución actual, la ACADEMIA. Ya hemos hablado antes de su gran sucesora, el LICEO de Aristóteles. A la carrera (exactamente 42 kilómetros y 195 metros) de un joven griego desde Maratón a Atenas para anunciar la victoria sobre los persas (año 490 a. C.), le seguimos denominando MARATÓN, si bien con una idea deportiva más que bélica. La enorme tumba de Mausolo, rey de Caria, s. IV a. C., terminó aportando la palabra MAUSOLEO, un sepulcro magnífico. Y la expresión TENER LA ESPADA DE DAMOCLES, un amenazante peligro, proviene de la anécdota recreada, entre otros, por Cicerón, en la cual un cortesano llamado Damocles quiso probar las mieles del lujo y de la realeza por un día, descubriendo más tarde que encima del trono una afilada espada pendía de una leve crin de caballo, metáfora de las atormentadas decisiones de los gobernantes.

Asimismo, un MECENAS es alguien que avala y defiende las artes, tal y como hizo Cayo Mecenas (69-8 a. C.) con la Eneida de Virgilio, entre otras muchas obras. Y a la fórmula de matrimonio que pronunciaban en la comitiva nupcial las novias romanas: *ubi tu gaius, ibi ego gaia* (donde tú seas —llamado— Gayo, a mí —me llamarán— Gaya), y que especificaba tener el mismo nombre de familia, proviene nuestro TOCAYO (de TU GAIUS), si bien esta etimología sigue siendo discutida.

VOCABLOS Y DICHOS BÍBLICOS Y LITERARIOS

De los personajes de los Evangelios también tenemos rastros en nuestra lengua. Un JUDAS sigue siendo a día de hoy un traidor, en alusión a Judas Iscariote, quién vendió a Jesús por treinta monedas. A este último, lacerado y castigado, presentó Pilatos ante el pueblo judío pronunciando en un clásico latín: *Ecce, homo!* («¡he aquí al hombre!»), y del aspecto demacrado nos llega nuestro ECCEHOMO, persona desaliñada o de lastimoso aspecto. Por este mismo eccehomo, nada menos que el salvador para los cristianos, lloró durante la crucifixión María Magdalena, y por tanto nos legó la expresión LLORAR COMO UNA MAGDALENA. A otra Magdalena, en concreto a la cocinera francesa llamada Madeleine Paulmier, del siglo XVIII, se le atribuye la invención del sabroso y abizcochado dulce de la MAGDALENA. Y también a otra María, pero esta vez a la madre de Jesús, debemos un sinfín de nombres propios a lo largo y ancho del mundo, y de los que derivan en castellano los adjetivos MARUJA O MARICA. Los dos vocablos provienen del nombre de María, como un hipocorístico o un diminutivo, respectivamente, si bien se cargaron de sentido denigrante para denominar a las mujeres centradas en las labores domésticas, en el primer caso; y para referir de forma despectiva la homosexualidad afeminada, en el segundo.

Además, la literatura también aportó su granito de arena, creando prototipos que continúan en nuestra lengua. A personajes españoles como Don Quijote de la Mancha debemos el adjetivo QUIJOTESCO, de actitud similar al inmortal caballero. Un LAZARILLO es el guía de una persona ciega, como Lázaro de Tormes. Un galán con éxito siempre será un DONJUÁN por el lisonjero Don Juan Tenorio de Zorrilla y otros autores. Hacer de CELESTINA tiene evidentemente su origen en la obra de Francisco de Rojas. De otra comedia, en este caso de la comedia italiana, tenemos la palabra PANTALÓN, a partir del personaje caracterizado por un gran bombacho de gusto veneciano conocido como San Pantaleón, y que pasó a llamarse Pantalone, y de ahí nuestro pantalón. Y a otro italiano, Nicolás Maquiavelo (1469-1537), autor de *El Príncipe*, le debemos el adjetivo MAQUIAVÉLICO, actitud engañosa o astuta.

VOCABLOS DE AUTOBOMBO Y PELOTILLEO

A personalidades más mundanas, pero regias y de buena cuna, también se asocian, por su presencia, conquista o fundación, nombres de lugares, es decir ANTROTOPÓNIMOS. En España tenemos GIBRALTAR, ZARAGOZA o PAMPLONA, como ejemplos. La primera, aún en disputa con los británicos, toma el nombre del famoso Táriq ibn Ziyad, como ya hemos visto en el capítulo de arabismos. Zaragoza es la *Caesaraugusta* romana, por ser colonia fundada por el mismo César Augusto tras las guerras en el norte de España, 14 a. C. Y Pamplona, aunque se mueve en terreno de la *fake etymology*, se asocia tradicionalmente al gran Pompeyo Magno, fundador en el 74 a. C. de una tal Pompaelo que llevaría su nombre. Y es que ya sabemos que este procedimiento de los conquistadores de ir poniendo su nombre en ciudades o DEMOANTROPÓNIMOS (del griego δῆμος, «dēmos», pueblo), viene de antiguo. Acuérdense de las muchas *Alejandrías* que fundó Alejandro Magno; las Filipinas de Felipe II (1527-1598); las Islas Marianas, en honor a la consorte de Felipe IV, Mariana de Austria (1634-1696); las Islas Bermudas, descubiertas en 1503-1505 por Juan

Bermúdez (1449-1570), y que dieron después nombre a las BERMUDAS, pantalón corto que llevaban los *gentlemen* británicos; la isla de Tasmania, avistada en 1642 por el holandés Abel Tasman (1603-1659); o Luisiana, en honor al rey francés Luis XIV (1643-1715).

VOCABLOS DE VENCEDORES DE ENFERMEDADES Y OTROS MALES

Otros hombres, por su valía o como homenaje a su labor médica y científica, también engrosaron la nómina ilustre de aportar palabras nuevas. Es el caso de las enfermedades con «apellidos», es decir, las que evidencian a su más sobresaliente estudioso. Por sus investigadores o descubridores tenemos: ENFERMEDAD DE ALZHEIMER, descrita por el alemán Alois Alzheimer (1864-1915) en 1907; ENFERMEDAD DE PARKINSON, en honor al cirujano inglés James Parkinson (1755-1824); el DALTONISMO, por el químico inglés John Dalton (1766-1844); el sistema BRAILLE, del francés Louis Braille (1809-1852); o la tan importante acción de PASTEURIZAR, acuñado a partir de las investigaciones de Louis Pasteur (1822-1895).

En el terreno de las emociones y acciones humanas varios son los vocablos que tienen su origen en un nombre propio. De tal forma, el MASOQUISMO, acción por la cual se obtiene placer a través del sufrimiento propio, deriva de los escritos eróticos (como *La Venus de las pieles*, 1870) del austriaco Leopold von Sacher-Masoch (1836-1895). El SADISMO, que, por el contrario, es obtener placer causando sufrimiento a otros, igualmente tiene su origen en la obra literaria del francés Donatien Alphonse François de Sade (1740-1814), conocido como el Marqués de Sade; la tan francesa idiosincrasia patriótica del CHOVINISMO o CHAUVINISMO no podía proceder sino de un soldado galo de las guerras napoleónicas, un tal Nicolás Chauvin, ensalzado como patriotero narcisista en una obra de teatro de 1831 que consiguió inmortalizar su nombre para la posteridad.

COTILLA DIO SU NOMBRE AL COTILLEO

Y hablando de idiosincrasias y pecadillos nacionales: ¿por qué no recordar nuestro tan hispano COTILLEO? Proviene de una tal María Cotilla, mujer del siglo XIX especializada en difundir chismes y supercherías a favor del régimen absolutista y en contra de todo ápice de liberalismo. Muy avezado fue también el negocio que se montó nuestro querido Cioglio, un italiano de la corte de Carlos III, que alquilaba los sitios por donde pasaban las procesiones en el Madrid de la Ilustración. Tal vista de lince con el *business* le valió a este italiano el laurel de engrosar el diccionario con otra muy hispana palabra, el CHOLLO, el equivalente a BICOCA, que ya mencionábamos en el capítulo dedicado a las frases hechas.

Como estamos hablando de inventos comerciales que triunfan y dejan para la posteridad un nombre cristalizado que todo el mundo conoce, no está de más recordar aquí palabras que en su día no fueron más que el sello de una marca. Ejemplos muy conocidos por todos son CLÍNEX, de la marca Kleenex; VELCRO, marca homónima a partir del acrónimo francés VELours (terciopelo) y CROCHET (gancho); RÍMEL, por el sello Rimmel; TIRITAS, de Tirita; o CLAXON, bocina proveniente de la marca Klaxon.

Para terminar el capítulo vamos de nuevo a crear un pequeño salón de la fama donde figuren inventores ilustres y ciudades remarcadas a la hora de crear adjetivos y nombres propios. Entre los inventores tenemos a Joseph Ignace Guillot (1738-1814), que puso el uso de la GUILLOTINA al servicio de la revolución (aunque no la inventara él); por el chef François Pierre de la Varenne (1615-1678) tenemos una exquisita salsa que lleva el aristocrático apellido del rico gourmet a quien fue dedicada, Louis de Bechámiel (1630-1703), y de ahí BECHAMEL y BESAMEL. El músico belga A. J. Sax (1814-1894) da nombre al SAXOFÓN; el juez del estado de Virginia, en Estados Unidos, Charles Lynch (1736-1796), que castigó con dureza y excesiva violencia a los lealistas durante la guerra de la Independencia americana, da nombre, por su acción, al LINCHAMIENTO, ejecutar a alguien sin garantías de justicia.

EL LEGADO DE INVENTORES, CIENTÍFICOS Y OTRAS LUMINARIAS

Como este último, otros hombres dejaron para la humanidad palabras que vienen de inventos no tan alegres, sino relacionados con el engaño o la violencia. A los inventores de una ruleta fraudulenta durante los años treinta, D. STRAUSS y J. PERLOWITZ, debemos el ESTRAPERLO, venta de productos en el mercado negro. A Mijail Kalásnhikov (1919-2013), militar ruso de la Segunda Guerra Mundial, le debemos el KALASHNIKOV, fusil oficial de la Unión Soviética hasta 1978. Como el dirigible o ZEPELÍN proviene del conde alemán Friedrich von Zeppelin (1838-1917).

Sin embargo, en contraposición a las armas, muchas plantas y animales reciben su nombre de personas que jugaron un papel fundamental para su conocimiento científico; Darwin o Linneo saben mucho de ello. La GARDENIA se debe al zoólogo y botánico escocés Alexander Garden (1730-1791); al igual que la CAMELIA tiene su nombre por el jesuita checo Josephus Kamel o Camellus (1661-1706), quien las descubrió en Filipinas durante un viaje náutico, sirviendo a Linneo para nombrarlas en su honor como el género Camellia. Muy similar, en efecto, a la BUGANVILLA, que recibe este nombre por el navegante francés Louis Antoine de Bougainville (1729-1811), quien realizó la primera circunnavegación francesa y trajo consigo de Sudamérica esta colorida planta.

Y sitios, ya para terminar, es decir, topónimos, dejaron su impronta imborrable en variados y curiosos términos. De la región de Galilea (famosa por su origen pagano) proviene nuestra GALERÍA, ya que el latín especificó el nombre *galilea*, en un juego de palabras, para el atrio de la iglesia donde se reunía el pueblo aún sin convertir, y de ahí GALERÍA, corredor espacioso, si bien hoy sin la semántica religiosa, claro está. De los ropajes cálidos y abrigados de los marineros de la isla de Jersey, situada en el Canal de la Mancha, tenemos el tan invernal JERSEY. Como de la portuaria Génova, que los ingleses pronunciaban a la francesa (Gênes) como /ʒɛn/, provienen nuestros JEANS, por ser en esta ciudad donde se fabricaba la tela. Y por otra población británica, más en concreto por el nombre de la mansión donde empezó a practicarse a mediados del siglo XIX, *Badminton House*, tenemos el deporte olímpico del BÁDMINTON. Y ya no aristocrática, sino propia de la realeza y de sus reales sitios fue la ZARZUELA, género musical que empezó a representarse en su origen en un palacete cerca de El Pardo y lleno de zarzas conocido como Zarzuela, donde Felipe IV, muy aficionado a esos saraos, gustaba de degustar estas obras con el resto de la corte.

Y después de todo este maremágnum de reyes, nobles, inventores y nombres, señoras y señores, volvemos al inicio del capítulo repitiendo el mantra que hemos ido pronunciando en estas páginas: el hombre es la medida de todas las cosas, y, como ven de buen número de palabras. Los nombres, *ónoma*, han dado buen juego hasta ahora, pero nos seguirán acompañando en el siguiente episodio con otra versión más simpática y creativa, las onomatopeyas. Así que, no hagan *zapping* o *zapeo*, porque... CONTINUARÁ.

19

DE LA VOZ AL DICCIONARIO. PALABRAS QUE NACEN DE ONOMATOPEYAS Y EXPRESIONES ESPONTÁNEAS

Et sunt plurima ita posita ab iis qui sermonem primi fecerunt,
aptantes adfectibus vocem:
nam mugitus *et* sibilus *et* murmur *inde venerunt...*
(Y hay muchísimos nombres dispuestos por quienes en primer
lugar hicieron nuestra lengua,
adaptando el sonido a sus percepciones: y de ahí vinieron
mugido, silbido y *murmullo...*).

QUINTILIANO, *Institución oratoria* VIII *6, 31-32*

Y ¡tachán!, llegamos al último capítulo de este humilde libro de etimologías. Y lo dedicamos a las palabras cuyo origen no es otro que la acción espontánea, afectiva e imitativa de los hablantes. La gran mayoría de las lenguas, por no decir todas, se sirven de la simple y genial herramienta lingüística de crear palabras nuevas a partir de la recreación de los sonidos o tomando como base expresiones primarias o infantiles. Los griegos, en concreto los estoicos, ya vieron la vinculación entre la mímesis de los sonidos y el origen del lenguaje, existiendo una clara relación entre significado y significante. Es decir, y para ello nos servimos del sagaz orador Quintiliano, siglo I d. C., que la voz propia de la vaca es el MUGIDO (latín *mugitus*), pues MUGÍA (latín *mugire*), que no es otra cosa que prorrumpir un muy evidente y bovino *muu*, tal y como era percibido por un oído romano. Y así hasta nuestra lengua.

Este recurso expresivo se denomina ONOMATOPEYA, y nos llega a través del latín *onomatopoeia*, a su vez del griego ὀνοματοποιΐα («onomatopoiΐa»). Se compone de dos raíces que ya conocemos. Por un lado, ὄνομα («ónoma»), nombre, como ya se ha visto en el anterior capítulo, y por otro lado una variante del verbo ποιέω («poiéo»), hacer, construir. Así que la onomatopeya se puede entender como la creación de palabras mediante la imitación de sus sonidos.

El término tiene un larguísimo recorrido, tan extenso como debates ha suscitado desde hace siglos en torno a su origen expresivo, su naturaleza gramatical y su capacidad creadora de nuevos lemas. Los gramáticos griegos y latinos no solo la conocieron como onomatopeya. Para Platón, ss. V-IV a. C., fue imitación con la voz, μίμημα φωνῇ («mímēma phōnē»). Claudio Ptolomeo, s. II, alude a ella con el verbo ὀνοματοποιοῦνται («onomatopoiúntai»), acuñar nuevos vocablos. Los sabios romanos como Varrón o Cicerón, s. I a. C., usaron *vox*, voz; *sonus*, *sonitus*, sonido o ruido; y claro está: *onomatopoeia*, de donde la tomamos nosotros. Por tanto, la onomatopeya no es sino un connatural y útil recurso para nombrar. Quintiliano la define como *onomatopoeia quidem, id est fictio nominis*: «La onomatopeya, que es la creación de palabras». Y nuestro querido etimólogo, Isidoro de Sevilla, la denomina *nomen fictum ad imitandum sonum vocis confusae*, «palabra creada para imitar el sonido de una voz confusa».

LA VIDA DE UNA ONOMATOPEYA

Los estudiosos actuales nos muestran, casi con pulcritud biológica, cómo es la vida de una onomatopeya, desde su origen como sonido hasta su inclusión en el diccionario, ya metamorfoseada y lexicalizada en una linda palabra autónoma. Siguiendo la terminología de Lourdes Bueno, primero surge la audición del sonido en sí por parte del oyente (pongamos la voz propia de la gallina y el gallo). El siguiente paso de su evolución es la *interpretación*, por la cual el oyente imita la sensación fónica que le produce el ruido. Tras ello, continúa su crecimiento y se alfabetiza, es decir, que las que son aceptadas en el idioma y llegan hasta esa fase, habrán de adaptarse a una transcripción alfabética (*KiKL/CoCR*). De ahí que haya lenguas con más capacidad de crear onomatopeyas que otras, y con más afinidad hacia el sonido primigenio. Por último, ya en la última fase, la onomatopeya se lexicaliza, es decir, se introduce en el sistema léxico de cada idioma en forma de sustantivos, adjetivos, verbos, etc. (*quiquiriquí*, CACAREO, CACAREAR). Unas tienen suerte y se trasforman en palabras onomatopéyicas. Algunas sirven de base para nuevos usos. Y otras son eliminadas por la propia economía del lenguaje. No todos los sonidos van a convertirse en onomatopeyas. ¡Que los dioses nos asistan!

De parecidas características expresivas y apelativas son las INTERJECCIONES, que también nos interesan en este capítulo. Su nombre nos llega a través del latín *interiectio*, a partir del verbo latino *interiacio*, literalmente lo que se echa entre dos elementos, esto es, interponer, intercalar. Actúan en la frase como un inciso, un paréntesis que verbaliza los sentimientos del hablante. Sirven para formar enunciados exclamativos o VOCATIVOS, del latín *voco-as-are*, llamar, apelar (¡eh!, ¡ay!, ¡hola!, ¡bravo!). El origen de esta clase de palabra vuelve a ser la espontaneidad y la vinculación con los sonidos más primarios. Esa cotidianeidad, joya de nuestro día a día, ha servido también para crear palabras nuevas. Junto a estas incluiremos en este capítulo palabras que provienen de esa original espontaneidad del lenguaje. Son, parafraseando al filósofo Leibniz, *formas primitivas del habla*, y asumen unas características afectivas, infantiles o incluso eufemísticas que sirven para construir nuevos términos.

GORRINOS, CHIVOS Y PÁJAROS LEXICÓGRAFOS

Como todos saben, el mundo animal es terreno abonado para palabras de imitación fónica o para interjecciones apelativas. Varios animales de granja, muy vinculados a nuestros quehaceres y tradiciones, reciben su nombre por el sonido que realizan o por cómo se los llama. Un caso paradigmático es el de las muchas palabras para el cerdo, pues en muchas zonas se denomina GUARRO o GORRINO por asimilación con el rugido que emiten, *guarr* o *gorr*. Las voces, esta vez las de los porqueros para llamar a los animales, en origen *coch, coch*, son las que provocaron otro eufemismo para el cerdo, a saber, COCHINO, y de este el desusado COCHITRIL, hoy CUCHITRIL, habitación poco aseada.

Los sonidos apelativos pudieron igualmente estar presentes en la creación de una de las palabras más complicadas etimológicamente hablando del español, PERRO, del que ya hemos podido discutir en el capítulo relativo a los animales. Discusiones y teorías aparte, nuestros perros son también llamados CHUCHOS, palabra que quizá hoy pueda sonar despectiva y de poco pedigrí, si bien tiene su origen en la sílaba para hacer venir a los perros, *kusk* o *gozk/gus(k)*, sonido que crea en español el desconocido GOZQUE, perro pequeño y con mal genio; y en catalán la forma GOS, palabra usada para el perro.

Esta creación de nuevas palabras se encuentra igualmente en algunos términos cariñosos y afectivos para el adversario secular de los perros, es decir, el gato. Aunque ya hemos hablado de él en el capítulo pertinente, merece la pena subrayar aquí que las palabras MININO y MICIFUZ surgen de las formas para atraer al felino en cuestión hasta nuestros regazos, ya sea con el *min min*, ya con el *mici mici*, que en algunas zonas de España alterna con el *bish bish*.

Menos cariñosos, pero apasionantes, son algunos insectos que tienen igualmente nombres onomatopéyicos. Citaremos aquí a la titánica CUCARACHA, que debe su nombre a un léxico familiar y espontáneo, la *cuca*, forma que en terrenos infantiles se utilizaba, desde 1535, para designar a las orugas y a los bichos en general. Otro bichito gritón, la CHICHARRA, toma su nombre como variante de CIGARRA, que ya en latín repetía en su nombre su repetitivo sonido. Los romanos lo percibían como *cic cic*, de ahí *cicada* y *cicala*, y nosotros lo oímos como *chich chich*. Una voz semejante, la del GRILLO, del latín *grillus*, inspiró con su GRILLAR la palabra GRILLETE, pues los eslabones metálicos reproducían al moverse un *cri cri* semejante al del insecto.

Los pájaros y sus dulces TRINOS (*tri tri*) reciben nombres muy vinculados a los sonidos que percibimos. No pocas aves tomaron su nombre a partir de sus cantos. ABUBILLA, por ejemplo, es un diminutivo del latín *upupa*, que imita la voz en cuestión, como en *ululare*, ULULAR; el PINZÓN y la PICAZA se llaman así por los sonidos *pink* y *pik* que emiten. El CHORLITO debe su nombre a su continuo *chor chor*. La CLUECA, gallina que empolla, se toma de la voz *cloq*; y el PICHÓN nos llega a través del italiano *piccione*, pero desde el latín *pipio-pipionis* (de *pipiare*, PIAR), entendido primero como ave que pía, y más tarde especializado como pollo de paloma.

En los mismos terrenos ornitológicos tenemos dos curiosos ejemplares que por su forma de expresarse, casi humana y de cansino parlotear, reciben nombres propios de personas. Estas aves son los PERIQUITOS y las URRACAS. La primera es una variante de PERICO, tipo de papagayo que recibe su nombre por charlar como un Pero o Pedro cualquiera. La pareja de habladores se completa con la URRACA, a la que se bautizó desde el siglo XVI con este nombre de mujer tan castizo. Y es que ciertas aves llegan a pronunciar PALABRAS, del latín *parabola*, proverbio, y por tanto PARLAN, del latín *parabolare*.

Inversamente, los humanos a veces nos comportamos como aves, no solo porque nos *pavoneemos*, sino porque COQUETEAMOS, es decir que nos comportamos en ciertos ambientes de ligoteo como gallos que alardean delante de las gallinas. La palabra para gallo en francés es *coq*, claramente onomatopéyica (*kok*), así que este idioma creó el metafórico *coquette* y *coqueter*, pasando a nuestra lengua con la llegada de los Borbones como COQUETO, que se gusta y se maquea para atraer.

VERBOS ZOOLÓGICOS

Hablando de animales o personas, que parece que lo mismo es, no podemos obviar los verbos que se construyen a partir de la imitación del sonido en sí. No repasaremos aquí lo visto en la escuela infantil, pues damos por sabido que la rana CROA, el elefante BARRITA y el cocodrilo LLORA, entre otros verbos basados en sonidos. Sin embargo, sí nos ocuparemos de algunas formas que presentan cierto interés etimológico o lingüístico.

Los verbos onomatopéyicos de nuestra lengua pueden tener un abolengo antiguo y florido. Algunos son ya imitativos desde el latín, BALAR (*balare*), decir *ba* o *be*; o GRAZNAR (*gracinare*), decir *gra*, que tiene el mismo origen que el GRAJO, en latín *graculum*. Otros pueden ser creados ya en el castellano. Valgan aquí algunos ejemplos curiosos por poco conocidos u olvidados en las páginas del DRAE (tengan aquí su minutito de fama).

Saben que las palomas ARRULLAN (dicen *ru*). Pero... ¿saben que los cabritillos no saltan alegres, sino que CHOZPAN (*choz*)? ¿Saben que los pumas y las panteras HIMPLAN? ¿Que los patos y los gansos PARPAN (dicen *pa*)? ¿Que los pavos GLUGLUTEAN (emiten *glu*) y llaman a la manada con su TITAR (*ti ti*)? ¿Saben que las perdices AJEAN (*aj, aj*) y CHUCHEAN O CUCHICHEAN, en origen CUCHICHIAR (*cuchichí*), como hacemos las personas? ¿Acaso saben que las golondrinas TRISAN (*trí*), o que los cuervos CRO(S)CITAN, CROAJAN, O URAJEAN, voces todas muy similares y guturales (*cro, craj, uraj*)?

Si lo sabían es que son sapientes en grado sumo, porque nosotros nos hemos tenido que documentar al respecto; lo confesamos. Los que seguro conocerán son las siguientes formas, que, aunque muy conocidos, tienen ciertas curiosidades escondidas. Que las vacas mugen todos lo sabemos, pero quizá desconozcan que para llamar a los CHOTOS (palabra que designa, por cierto, a toda cría lactante por el ruido que hace al succionar la ubre, *chot*), las vacas REMUDIAN, que no es otra cosa que una variante del latino *mugitare*, decir *mu*, y que se emparenta directamente con el REBUDIAR de los jabalíes, un tipo de gruñido con cierto componente de *mu* que es conocido también como GUARREAR, de la ya vista onomatopeya *guarr*, dar gritos.

Este animal montaraz era denominado en latín *verres*, por lo que tenemos el actual VERRACO, un cerdo adulto y macho que BERREA de forma estruendosa y agresiva. De este verraco y su voz tenemos en español no solo el BERRIDO, sino el BERRINCHE, grito provocado por una exagerada irritación, y que se da también en los niños. Y posiblemente por influjo del valenciano y de la expresión *gran verro* (gran verraco) nos llegue nuestro popular GAMBERRO, persona que se comporta de forma salvaje; y BIRRIA, algo de aspecto rudo y desaliñado.

Menos salvajes y más melodiosas, por lo menos en cuanto a la etimología se refiere, son otras voces de animales. Los burros y asnos, como saben, REBUZNAN, que no es otra cosa que tocar la trompeta. En latín *bucinare* se usaba para el ruido de la trompa o de la BOCINA, y por semejanza con su agudo sonido nos ha quedado no solo REBUZNAR sino otro término menos conocido, VOZNAR, de la misma raíz latina, pero especificada para ciertas aves como los cuervos. Otros animales de caza, algunas aves y bastantes humanos CHILLAN, que proviene de una base romance * *tsisclare*, alteración por onomatopeya del clásico *fistulare*, tocar la flauta. Por razones etimológicas los CHILLIDOS están más cerca de los compases de la flauta que lo que cabría esperar en un principio.

Inesperados son ciertos giros de nuestra lengua, como estamos viendo, y como veremos. Del latín *latrare* tenemos nuestro LADRAR, voz propia de los perros, que ya hemos comentado en el capítulo de los animales, pero no la única. Cuando el cánido es maltratado y sufre, GAÑE, del latín *gannire*; y cuando sigue a una presa y emite una voz aguda y corta, LATE, sí, del verbo LATIR. En latín *glattire* se utilizaba en origen para los pequeños ladridos agudos, si bien más tarde pasó a designar un temblor leve, y de ahí el LATIDO del corazón, un batir continuo y monótono como el de los podencos. Estos ejemplares eran asimismo JALEADOS por los cazadores en los lances cinegéticos, es decir que les metían prisa y les AZUZABAN (de la interjección *sus*) con un reiterativo *hala hala*, voz expresiva para animar también a algunos equipos deportivos.

VOCES DE LOS SONIDOS COTIDIANOS

Esa creación expresiva, desenfadada e imitativa de la lengua también está presente en nuestro día a día. En español tenemos verbos a partir de los sonidos de las acciones mismas que realizamos, que en sí ya son algo ruidosas, como TOCAR -*toc*-, TOPAR (*top*), CHIRRIAR (*chií*), CHOCAR (*chok*), TUMBAR o RETUMBAR (*tumb*), entre otros muchos que ya conocen. También hay verbos que nos llegan a partir del oído de los romanos, que son prácticamente los nuestros. De tal forma, TINTINEAR proviene de un antiguo *tintinnare*, literalmente tocar un *tintín*, que no es un cómic belga sino el sonido de un tipo de campana. De semejante estructura tenemos TITILAR, que en latín *titillare* significa hacer cosquillas, provocar temblores, y así lo usamos metafóricamente para las estrellas. Estos cuerpos luminosos a veces nos inducen el sueño y nos llevan a RONCAR, que no es otra cosa que emitir una voz ronca, áspera. Esta acción existe desde siempre, de ahí que las raíces de nuestros RONQUIDOS estén en el griego ῥόγχος («rónchos») y en el latín tardío *rhonchare*, voz grave o sonido bronco, casi como tener RONQUERA.

En ocasiones estos ronquidos van acompañados de ciertos sonidos desagradables al chocar los dientes, esto es, que RECHINAN. Para explicar el origen de esta palabra nos tenemos que ir hasta CHINA, no el gran país asiático, sino la CHINA, pequeña piedrecita que se suele quedar en los zapatos y que es objeto de juegos de azar (de ahí la expresión «te tocó la CHINA»). Parece posible que su creación sea onomatopéyica y propia del lenguaje infantil a partir del sonido *chin*, por imitación con el ruido que hacen los pequeños guijarros al ser movidos. Esa piedrecita puede ser muy molesta al rozar con algún elemento duro, de ahí que RECHINAR sea un sonido continuo que recuerde a esa desagradable sensación. Hay que decir que ese disgusto o incomodidad que producen las chinas nos lleva hasta un uso metafórico en terrenos jergales, pues CHINARSE sería sinónimo de enfadarse o molestarse. Para terminar, hemos de decir que también en ámbitos de jerga la CHINA se utiliza como pequeña piedra de sustancias opiáceas como el hachís, así que todo está relacionado, al fin y al cabo.

Un vínculo total existe también entre los sonidos y el lenguaje. Según sea la competencia lingüística en el manejo de un idioma, tenemos diferentes acciones. Al inicio se BALBUCEA, del latín *balbutire*, sonar torpemente (*balb balb*); o, aunque se hable más deprisa, se FARFULLA (*farf farf*). Uno se traba y se confunde, BARBOTA (*barb*, *barb*), vamos, que habla a BORBOTONES (*borb*, *borb*), con precipitación. Pero con la práctica uno va adquiriendo soltura y deja de TITUBEAR, del latín *titubare*, o TARTAMUDEAR, a partir del adjetivo TARTAMUDO, que habla *tart tart*. Y por fin empieza a CHAPURREAR, voz imitativa de *chap chap*.

Los griegos, nación orgullosa de todos sus logros, veían que los extranjeros eran incapaces de aprender correctamente la lengua de Platón por su dificultad (¡y qué verdad es!). A ellos las demás lenguas les sonaban raras y exóticas, con un repetitivo sonido *bar bar*, de ahí que a los no griegos los empezaran a llamar βάρβαρος («bárbaros»), dejándonos, por mediación del latín, el adjetivo BÁRBARO, salvaje, tosco, temerario; y más tarde BARBARISMO, incorrección lingüística. Y no bárbara, ni mucho menos, pero sí de habla confusa o balbuciente (que suena *bab bab*), como dice Corominas, es el BABLE, forma despectiva de designar a la lengua asturiana.

En la práctica del habla, seleccionamos un verbo u otro según la función del lenguaje. Podemos CHARLAR tranquilamente, que nos llega a través del italiano *ciarlare*, de base onomatopéyica *cia cia*, y que en español se aplica también al sonido que emiten las ranas, CHARLEAR. Podemos MURMURAR, sonar entre dientes como un *mur mur*, ya desde el latino *murmurare*; o SUSURRAR, del latín *susurrare*, sonar quedo para que no nos oigan. En cambio, también podemos ABUCHEAR para mostrar nuestro desagrado y desaprobación, del menos usado AHUCHEAR, decir un depreciativo *uch*, y que en origen era el sonido usado por los cetreros para llamar a las aves.

Todas estas acciones las hacemos forzando la GARGANTA, pues de ella sale un evidente *garg* o *gurg*, y por ello su nombre y el de toda su resonante familia: GÁRGARA, ruido semejante al agua en ebullición; GARGAJO, mucosidad en la garganta; GARGANTILLA, que rodea el cuello; y GÁRGOLA, del francés *gargouiller*, hacer ruido semejante a un tubo con agua, metáfora de la desaguadora labor de estas curiosas esculturas. Pero ya sea con la garganta o con el COGOTE (de la forma infantil para cabeza *coca* o *cocote*) tendremos que cuidar nuestras cuerdas vocales si no queremos DESGAÑITARNOS, algo así como aullar, y que en origen tiene que ver con el verbo latino *gannire*, GAÑIR, voz también usada para los perros y los lobos, como ya hemos visto.

RUIDOS DEL ENTORNO

Pero no REFUNFUÑEN, que seguimos con más palabras onomatopéyicas, y en concreto con las que pertenecen al escenario que nos rodea. La naturaleza en todo su esplendor nos deja palabras que ilustran perfectamente su significado y su significante. Vamos, que no podrían ser llamadas de otra forma, pues su nombre es ciertamente evocador. Como muestra, imaginemos la fuerza de la lluvia. Así, un CHAPARRÓN es una lluvia abundante y copiosa que cae al ritmo del *chap chap*. Y a veces es tal que del CHAPOTEO se puede saltar en los CHARCOS (*charc*). La cantidad de agua parece una TROMBA, que nos llega por el italiano *tromba*, aunque de origen germánico y claramente onomatopéyico (*trumb*). Al inicio era un instrumento usado como llamada de ataque, si bien de la violencia y el ímpetu que conllevaba el sonido pasó metafóricamente a significar irrupción tumultuosa o fenómeno meteorológico violento.

A veces la lluvia cae y GORGOTEA (*gurg*) como si de un CHORRO (*chor chor*) se tratara, calándonos hasta los huesos, o mejor dicho, hasta el TUÉTANO, del arcaico TÚTANO, de *tut* y *tot*, imitación del sonido de un instrumento de viento, pues al inicio significó flauta, cuerno o tubo hechos de huesos, y más tarde pasó a designar el interior de los mismos.

Esa cercanía cotidiana permite asimismo que los objetos y las cosas que utilizamos reciban en muchas ocasiones un nombre sonoro con el que pasan a engrosar las hojas de los diccionarios. Aunque aún se discute, parece que la palabra ZAPATO nos llega al español a partir de la onomatopeya que imita el sonido de pisar, *tsap*, que podría explicar la coincidencia con otras lenguas del mundo donde la raíz es muy similar. Y gracias a la voz *gan gan* de un ave semejante a la perdiz, la ganga, tenemos nuestro actual GANGA. La carne de esta gallinácea es dura y correosa, por lo que al inicio designaba una cosa de poco provecho, y más tarde algo que se adquiere sin esfuerzo o a muy bajo coste.

Y hablando de alimentos, muchos de ellos, si bien pasados por la sartén o una buena parrilla, saben y suenan mejor. Es el caso de todo aquello que provenga de la onomatopeya *chusc* y que CHISPORROTEE (*chisp*); vamos, que esté CHURRUSCADO. Valga un buen CHURRASCO, o si son más de dulce, un grasiento CHURRO. Como se observa, la imitación del sonido crujiente o que proviene de un golpe violento, tiene en el fonema palatal /ch/ una solución perfecta, como es el caso de CHASCAR O CASCAR, del latín *quassicare*, golpear, y por extensión el producto quebrado, la CÁSCARA.

Las armas, por su estentórea naturaleza, reciben nombres que tienen relación estrecha con el estallido que producen. La BOMBA, que evidencia un claro *bomb*, del latín *bombus*, sonido o zumbido, se usó como máquina de elevar agua primero y después como proyectil. La PISTOLA, de origen toponímico (Pistoia, Italia), es tenida por la RAE como palabra proveniente del alemán *Pistole*, pero basada en el checo *pišťal*, flautín o caramillo, a partir del sonido *pi(s) pit*. Y retumbantes efectos traemos al hablar de la ESCOPETA, palabra que nos llega por el italiano *schioppetto*, a su vez de *scoppio*, abrirse con violencia, del latín *scloppus*, resultado de la voz onomatopéyica que usaban los romanos para el fragor o la violencia (*scop*).

ONOMATOPEYAS FARANDULERAS

Pero pasemos a algo más agradable como es el mundo del espectáculo y la farándula. Es este un ámbito vinculado a la música y al sonido, de ahí que tengamos palabras que nacen de una pretensión mimética. Y esto es así en todos los pueblos de España, donde hay una jocosa CHARANGA que repite con ánimo y brío un *chan charán*, con el que estamos todo el día en la cabeza. De cabeza nos traen a algunos las PIRUETAS, del francés *pirouette*, salto o acrobacia que en su giro aéreo suena como un *pir pir*, y de ahí su nombre. Y muchas PERINOLAS, giros que se oyen como *pirn*, se recrean en el rioplatense TANGO, una palabra que esconde por su onomatopeya sus orígenes africanos y criollos inspirados en el toque de tambor (*tang tong*). Sin embargo, todas estas palabras, vengan de donde vengan, se merecen un fuerte aplauso (*pla pla*), un sonoro *klak klak*, lo que inspira *claque* en francés, y CLÁ en español, grupo de personas contratadas para aplaudir en determinado *show*.

PRIMERAS PALABRAS, PRIMERAS ONOMATOPEYAS

Aun y con todo, lo que nos llama la atención es el gran éxito de las onomatopeyas y las creaciones improvisadas en palabras de semántica afectiva, familiar o propia de la risa y el insulto. Cuando somos INFANTES, es decir, que no hablamos propiamente (del latín *in*, no, y *for*, hablar), los inicios de nuestro aprendizaje lingüístico se basan en la repetición de sonidos simples y primarios que están cargados de un apego especial y subjetivo.

Muchas lenguas presentan cierta inclinación hacia consonantes facilonas como las labiales y las dentales (m, b, p, t, d) para estas primeras palabras. Son claros ejemplos nuestros afectivos PAPÁ y MAMÁ. Ambos, cosa curiosa, deben su tilde a la pronunciación francesa que acompañó a los primeros Borbones españoles. Las dos palabras tienen su origen en las lenguas clásicas. PAPÁ se vincula con el latín *papa* y antes con el griego πάπας («pápas»), sacerdote, obispo, por lo que también es origen de la voz para el Sumo Pontífice (como hemos visto en el capítulo de la política), el PAPA, acentuación que deberíamos haber tenido en español antes de Felipe V. A su vez, MAMÁ es heredera de la palabra latina para el pecho de la madre, esto es: *mamma*, que también conservamos en español como cultismo médico, la MAMA. Y ya que hablamos de esa primera crianza, no podemos olvidarnos de la TETA, palabra de origen expresivo muy presente en el desarrollo antropológico y lingüístico de muchos pueblos (como en germánico **titta*).

Cuando llevamos BABERO porque se nos cae la BABA (claramente onomatopéyica), nuestra familia nos entretiene con NANAS (*na na*) y nos llama con cariñosos vocativos que se circunscriben al ámbito familiar. Eso ocurre sobre todo cuando somos PEQUEÑOS. Esta palabra presenta ciertas características comunes a muchas lenguas romances. La idea de lo diminuto se observa en esta voz expresiva que ya se encuentra en latín vulgar *pitinnus* con idea de pequeñez, y que está también en portugués *pequeno* o italiano *piccolo*. Sucede lo mismo con CHICO, con idea de algo pequeño o de poco valor; y NIÑO, proveniente de una creación espontánea ya en romance antiguo **ninnus*, con esa misma afectividad que está en NENE O NENA, y que se evidencia en muchas hablas del occidente europeo.

Y no solo en el oeste de Europa, sino de trascendencia internacional es la metáfora de llamar NIÑA a la pupila, pues hace referencia a la visión diminuta (**ninna*) de nuestra imagen proyectada en el ojo de la persona con quien estamos hablando. La poética expresión viene de antiguo. Parece que ya los griegos denominaban a la pupila κόρη («kórē»), muchacha. Y así se ha mantenido en muchas lenguas, y en el caso del castellano hasta de dos formas diferentes. Tenemos NIÑA y tenemos PUPILA, del latín *pupilla*, literalmente niñita.

En estos ambientes cariñosos y familiares se suelen dar ARRUMACOS, que se relaciona con la palabra MUECA, muy posiblemente de la raíz afectiva *mocc*, para el campo semántico de la broma y la risa, como la MOFA (*mof mof*). Se repiten los ACHUCHONES (*chu, chu*) y las

COSQUILLAS, de otra raíz: *kosk*, que en origen se usó como chasquido para llamar la atención de los niños y provocar su risa. No paran las CHANZAS (*chan*), las CHACOTAS (*chac*), los CHASCARRILLOS (*chasc*), los CHISTES (de CHISTAR, *chist*, para llamar la atención del oyente); y, por supuesto, las CARCAJADAS (*carj/jar*), palabras todas que tienen en el divertimento el denominador común.

INSULTOS RUIDOSOS

Pero no podemos cerrar este capítulo sin dedicar algunas líneas a un campo fecundo de la lengua española: el del insulto y las palabras malsonantes u obscenas. En muchas ocasiones se construyen con un especial gracejo repetitivo e imitativo que es parte de nuestro blasón e idiosincrasia nacionales. La repetición de sílabas con vocales abiertas es una de sus características más destacadas. Por este mecanismo nuestro lenguaje atesora bastantes insultos que, según Corominas, son idea de insistencia necia y floja: TONTO, FOFO, ZONZO, BOBO O LELO tienen, por tanto, el mismo origen.

Igualmente, algunos defectillos físicos o provenientes del habla y la expresión oral inspiraron términos que llevaban la sorna puesta de serie. Así, a los poco duchos en la retórica les podemos llamar GANGOSOS (por el sonido repetitivo *gang gan*). Los excesivamente templados de ánimo son PACHORRAS, de una raíz repetida en muchas lenguas que evidencia la gordura y la pesadez (como en alemán *patschig*, rechoncho), y que tiene paralelos con algo de poco valor o ajado, POCHO (*poch*). A los faltos de entendederas, cortos o botarates les podemos denominar TURULATOS, TARUMBAS O ATURULLADOS, palabras todas de una misma raíz y con una íntima relación musical, pues evocan el sonido informe y poco académico cuando se TARAREA una canción: *tu ru*. Esta onomatopeya desde el siglo XVIII pasó a ser sinónimo de algo sin sentido, identificándose después con adjetivos como loco o falto de juicio.

Este juicio nos empieza a faltar cuando vamos siendo mayores, ancianos que inspiran ternura y que son, según la RAE, lelos de puro cariño, es decir CHOCHOS, que CHOCHEAMOS. No cabe duda del origen onomatopéyico de esta palabra, pues se relaciona con el adjetivo ya visto clueco, algo viejo e inoperante. Igual que la gallina clueca debe su nombre a la voz del animal, este chocho se debería paralelamente a una imitación del sonido del achacoso anciano (*choch*) que ve mermada sus capacidades mentales, y por ello inspira cariño. Pero no confundan ese CHOCHO con el que podría aparecer en el capítulo del sexo, la vulva, que también tiene una raíz expresiva con esa tan gran *máquina onomatopeyizadora* del español que es la *CH*, inspiradora de cariño y blandura en numerosos ejemplos, como CHOCHO y sus variantes: CHICHI, CHOCHA, CHUCHA, CHIRRI, CHUMINO, todas formas coloquiales para referirse al aparato reproductor femenino.

Como contrapunto, el pene también recibe otros nombres por la imitación de ciertos sonidos. Por su forma aflautada y su paralelo con un instrumento de viento, el pene es también conocido como PITO, que deriva de la onomatopeya *pit pit*. Por el ruido que produce a la hora de la micción, *pishh*, se le denomina PICHA O PIJA, atestiguándose como sinónimo del miembro viril ya en árabe hispánico *píšš[a]*. Y ya puestos a reproducir el sonido en cuestión, ¿qué nos dicen del quevediano CUESCO, esa ventosidad ruborizante que suena claramente como su nombre (*cusc*)? ¡Qué genialidades hacen las onomatopeyas, *guauuu*!

Y así, en un *plis plas*, hemos llegado al final de nuestro viaje, al final de este humilde libro de etimologías e historias varias. Esperamos no haberles mareado mucho, ni dejarles *ni fu ni fa* al leer estas páginas, pues este libro no se ha hecho al buen *tuntún*. Se ha redactado con mimo y paciencia para divertimento y solaz de ustedes, nuestros queridos lectores.

A MODO DE EPÍLOGO

DE LA ETIMOLOGÍA Y DE LO HUMANO

En la retórica y la oratoria antiguas el ἐπίλογος («epílogos») era la última parte del discurso, en griego λόγος («lógos»). En él no solo se recogían y enumeraban los argumentos diseminados a lo largo de la exposición, sino que se apelaba directamente a los sentimientos del auditorio, que retenía gracias a esta conclusión «por encima» (en griego ἐπί-, «epi-») una idea clara, concisa y motivadora. Justo lo que ahora queremos provocar en usted, querido lector.

Ya se haya leído el libro de la cabeza a la cola (de cabo, *caput*, a rabo), ya se haya servido del mismo como consulta espontánea, pero recurrente, habrá encontrado un denominador común en todos estos mundos que hemos querido abarcar a lo largo de tantas y densas páginas. La etimología se ofrece como respuesta fiable para entender mejor la formación histórica de una lengua y la propia evolución del mundo que nos rodea. Es la llave para desvelar los arcanos y mágicos misterios de cualquier disciplina.

La etimología es algo útil y provechoso, pues aporta conocimiento y saber, de ahí que sea, al menos etimológicamente, una CIENCIA. En latín el verbo *scio* tenía el significado de saber y conocer mediante la observación y el razonamiento. El participio presente de este verbo es *sciens*, y de ahí deriva más tarde el sustantivo abstracto *scientia*, acción de conocer. Todas las ramas formarían parte de este mismo árbol *de la ciencia*, sin distinción académica, elitista o diferenciadora entre los conjuntos o tipos de saberes, ya sean *ciencias* exactas, naturales, sociales o humanas. ¿Acaso en todas no se inserta el ser humano; acaso este no participa de todas ellas? ¿No se interrelacionan todas entre sí a partir de la nominalización y el uso de las palabras? ¿Acaso no se conecta la célula con el latín? ¿No se vincula el átomo con el griego? Evidentemente, sí. No seamos NECIOS, palabra cuyo origen recordarán los lectores atentos. ¡Estos chicos saben latín!

En ese proceso de conocimiento a partir de la etimología existe también un regocijo y una deleitación personal. La etimología, permítasenos la subjetividad, provoca inmediatamente curiosidad y divertimento en el lector, lo que se traduce en que la absorción de saber es infinitamente más duradera. Los seres humanos somos curiosos, cotillas; anhelamos saber. Adán y Eva, Pandora, Odiseo, Psique y otros tantos tuvieron ese «pecadillo» tan nuestro, esa humanidad.

De la impronunciable raíz protoindoeuropea para tierra, para el terreno físico que nos rodea **d^hg^hom-* / **d^heg^h-m*, tenemos en latín la forma **hom/hem*, que especificó *humus*, tierra, y de ahí HUMILDAD (comportarse apegado a la tierra); y *homo*, que en origen hacía referencia a los nacidos propiamente en la tierra, los HOMBRES (recuerden que tanto el Dios bíblico como el Prometeo grecolatino moldearon a los hombres del barro). Estos, los terrestres, se oponían a los dioses, a los celestes o celícolas. La tierra frente al cielo, o lo que es lo mismo: los HUMANOS frente a los dioses. Del latín *homo-hominis* se creó efectivamente el adjetivo *humanus*, y de ahí el *genus humanum*, GÉNERO HUMANO, designando tanto a la mujer como al hombre, que es la evolución del acusativo latino *hominem* (que también sirve para designar al varón). De la misma raíz **human-*, se creará *humanitas-humanitatis*, lo que atañe a los humanos, lo que nos concierne, lo global en sentido abstracto, la HUMANIDAD. Todo tiene más sentido. Si esto no les deleita, es que tienen poco de humanos (y de HUMANISTAS).

Como todo nos atañe, y nada humano nos es ajeno, como diría Terencio en su famoso verso: *homo sum, humani nihil a me puto alienum esse*, nos hemos dedicado durante estas páginas a intentar desvelarles diferentes aspectos *humanos*, sean de la rama o de la ciencia que sean. Nuestro objetivo ha sido, como en la máxima ciceroniana, *docere et delectare*, es decir, enseñar y deleitar, hacer que aprendan mientras disfrutan. La etimología nos lo ha puesto fácil, hemos de reconocerlo, ya que tiene la virtud de crear saber y provocar curiosidad a partes iguales, como ya saben. Buena conjunción esta (que no se da, por cierto, en todas las *ciencias*).

En nuestra esperanza está no haberles aburrido demasiado con datos eruditos y excesivamente académicos. Hemos querido mezclar el rigor de la verdad con esa ironía lúdica y divulgativa que tanto nos caracteriza a los tres componentes de @EtimosDirectos. En todo momento hemos querido crear un libro veraz, fiable y de apacible lectura. Si por algún casual les hemos decepcionado o las hipótesis planteadas les parecen disparatadas, les pedimos etimológicos perdones. Ha sido nuestra bisoñez e inexperiencia. Pese a todo, estamos abiertos al debate y al mutuo intercambio de ideas. La etimología no es, gracias a los divinos celícolas, una *ciencia exacta*. Si así lo fuera, sería muy aburrida, sería casi *inhumana*.

Gracias por leernos…

Madrid, en plena pandemia (2021)

BIBLIOGRAFÍA GENERAL

ÀIRES, G. y DUBY, P., *Historia de la vida privada*, Taurus, Madrid, 2001.

ÁLVAREZ MONTALBÁN, F., «Hacerse el sueco. *Estereotipos culturales en el lenguaje popular español*», Universidad de Uppsala, Suecia, 2007.

ASALE-RAE, *Diccionario de americanismos*, Madrid, 2010.

BALLANO, A., *Diccionario de medicina y cirugía*, Madrid, 1817.

BARCELÓ, P. y HERNÁNDEZ DE LA FUENTE, D., *Breve historia política de la Grecia Clásica*, Guillermo Escolar, Editor, Madrid, 2015.

BEALY, F., *Diccionario de ciencia política*, Istmo, Madrid, 2003.

BENZONI, G., *Historia del Nuevo Mundo*, edición de M. Carrera Díaz, Alianza Editorial, Madrid, 1989.

BUENO PÉREZ, L., «La onomatopeya y su proceso de lexicalización. Notas para un estudio», *Anuario de estudios filológicos*, 17, 1994, pp. 15-26.

BUITRAGO, A., *Diccionario de dichos y frases hechas*, Espasa Libros, Madrid, 2007.

BUZEK, I., *La imagen del gitano en la lexicografía española*, Masarykova Univerzita, 2010.

CALVOCORESSI, P., *Historia política del mundo contemporáneo. De 1945 a nuestros días*, Akal, Madrid, 1999.

Cardini, F., *Los reyes magos. Historia y leyenda*, Ediciones Península, Barcelona, 2001.

Celdrán Gomáriz, P., *Inventario general de insultos*, Ediciones del Prado, Madrid, 1995.

Colón, C., *Textos y documentos completos. Relaciones de viajes, cartas y memoriales*, edición de Consuelo Varela, Alianza Editorial, Madrid, 1982.

—, *Nuevas cartas*, edición de J. Gil, Alianza Editorial, Madrid, 1992.

Colón, H., *Historie dei fatti dell'Ammiraglio*, Venecia, 1571.

—, *La historia de Cristoforo Colombo: D. Fernando Colombo e le sue historie*, studio introduttivo di R. Caddeo, Milán, 1929.

—, *Historia del almirante*, edición de Luis Arranz Márquez, Dastin SL, Madrid, 2009.

Cook, C., *Diccionario de términos históricos*, Ediciones Altaya, Madrid, 1997.

Corriente, F., *Diccionario de arabismos y voces afines en iberorromance*, Gredos, Madrid, 2003.

Corripio, F., *Diccionario de ideas afines*, Herder Editorial, Madrid, 1983.

Esparza Torres, A., «La palabra canoa y la datación del *Vocabulario español-latino* de Antonio de Nebrija», *Orillas*, 9, 2020, pp. 819-868.

Fernández de Oviedo, G., *Historia general y natural de las Indias*, edición de J. Amador de los Ríos, Madrid, 1851.

—, *Sumario de la Natural Historia de Indias*, Cátedra, Madrid, 2016.

García Gallarín, C. (coord.), *Los nombres del Madrid multicultural*, Ediciones Partenón, Madrid, 2007.

—, *Diccionario Histórico de Nombres de América y España*, Sílex, Madrid, 2014.

Gargantilla Madera, P., *Breve historia de la medicina*, Ediciones Nowtilus, Madrid, 2011.

Gil, J. (dir.), *300 historias de palabras. Cómo nacen y llegan hasta nosotros las palabras que usamos*, Espasa, Madrid, 2015.

GINÉS DE SEPÚLVEDA, J., *Del Nuevo Mundo*, edición crítica, traducción e introducción filológica a cargo de L. Rivero García; introducción histórica de H. Pietschmann, en *Obras Completas de Juan Ginés de Sepúlveda*, Ayuntamiento de Pozoblanco, 2005, vol. 11.

—, *Epistolario*, edición crítica, traducción e introducción filológica a cargo de I. García Pinilla y J. Solana Pujalte; introducción histórica a cargo de J. Gil, en *Obras Completas de Juan Ginés de Sepúlveda*, Ayuntamiento de Pozoblanco, 2007, vol. 8.

GIOL Y SOLDEVILLA, A., *Palabras españolas de origen* árabe, Darek-nyumba, Madrid, 1975.

IRIBARRÉN, J. M., *El porqué de los dichos*, Aguilar, Madrid, 1995.

KUNTH, D., *Las palabras del cielo*, Liber Factory, Madrid, 2017.

LA STELLA, E., *Dizionario storico di deonomastica,* Florencia, 1984.

LAÍN ENTRALGO, P., *Historia de la medicina en la Antigüedad*, Salvat, Barcelona, 1978.

LAS CASAS, B., *Historia de las Indias*, edición de A. Miralles Carlo, México, 1951.

LÓPEZ DE GÓMARA, F., *Historia general de las Indias*, edición de J. Gurria Lacroix, Editora de los Amigos del Círculo Bibliófilo, Madrid, 1978.

MARTÍN RAMÍREZ, M., «La lengua romaní, vehículo de la cultura gitana, y su penetración en el idioma castellano», conferencia pronunciada en el II Congreso de Escritores de Lengua Española, Caracas, 18-23 de octubre, 1981.

MÁRTIR DE ANGLERÍA, P., *Décadas del Nuevo Mundo*, trad. J. Torres Asensio, Ediciones Polifemo, Madrid, 1989.

MC KEOWN, J., *Gabinete de curiosidades médicas de la Antigüedad*, Editorial Crítica, Madrid, 2017.

MENDEL, Y., KAISERMAN, J. y PAWLOWSKI, M., *Historia de la medicina*, Cambridge, 2019.

O' SULLIVAN, J. F., «Caesarean birth», *The Ulster Medical Journal*, 59, 1, 1990, pp. 1-10.

ORTEGA PÉREZ, V., *Palabrotalogía*, Editorial Crítica, Madrid, 2015.

—, *Palabradicción*, Editorial Crítica, Madrid, 2016.

PÉREZ JIMÉNEZ, A., «Fundamentos de la Astronomía en la Antigua Grecia», *Uciencia*, 2, 2009, pp. 16-20.

POTTIER-NAVARRO, H., «El concepto de americanismo léxico», *Revista de Filología Española*, 72, 3/4, 1992, pp. 297-312.

REAL ACADEMIA ESPAÑOLA: *Diccionario de la lengua española*, 23.ª ed., [versión 23.4 en línea]. *https://dle.rae.es* [consultado por última vez 28-08-2021].

REDONDO REYES, P., «Onomatopeya, imitación y poesía en Grecia y Roma», *Studia Philologica Valentina*, 21, 2019, pp. 209-229.

ROBERT, J. N., *Eros romano. Sexo y moral en la antigua Roma*, Editorial Complutense, Madrid, 1999.

ROBERTS, B. y PASTOR, E., *Diccionario etimológico indoeuropeo de la lengua española*, Alianza Editorial, Madrid, 1996.

RODRÍGUEZ ADRADOS, F., *El reloj de la historia. Homo sapiens, Grecia antigua y mundo moderno*, Ariel, Barcelona, 2006.

RODRÍGUEZ GONZÁLEZ, F., *Diccionario del sexo y el erotismo*, Alianza Editorial, Madrid, 2011.

RODRÍGUEZ GUZMÁN, J., «Morfología de la onomatopeya. ¿Subclase de palabra subordinada a la interjección?», *Moenia*, 17, 2011, pp. 125-178.

ROLDÁN HERVÁS, J. M., *Historia de Roma*, Liceus, Salamanca, 1995.

—, *Historia de España*, Edelsa, Madrid, 2000.

RUBIO GARCÍA, L., «Onomatopeyas en sentido de hablar», *Estudios románicos*, 7, 1991, pp. 195-202.

SALILLAS, R., *El delincuente español: hampa y lenguaje*, Madrid, 2004, pp. 161-181.

SASSI, M., *La scienza dell'uomo nella Grecia antica*, Turín, 1988.

SOCA, R., *El origen de las palabras*, Editorial del Nuevo Extremo, Barcelona, 2018.

VARELA BUENO, C., *Cristóbal Colón: retrato de un hombre*, Boletín Oficial del Estado, Madrid, 1992.

Velázquez, G., *Origen y significado de los nombres propios*, Ciudad de México, 2001.

VV. AA., «Archivio per il Vocabolario Storico Italiano», (*www.avsi.unical.it*), vol. 1, 2018.

VV. AA., *Diccionario médico-biológico, histórico y etimológico*, Universidad de Salamanca (*https://dicciomed.usal.es*).

VV.AA., «Historiografía y bibliografía americanistas», *Anuario de Estudios Americanos*, 66., 2009, pp. 323–355.

Wagner, M. L., «Sobre algunas palabras gitano-españolas y otras jergales», *Revista de Filología Española*, 25, 1941.

ÍNDICE ETIMOLÓGICO